KB263047

【魯迅選集 2】

한 문 학 사 강 요 │ 고 적 서 발 집

▲ 『한문학사강요』

▼ 『한문학사강요』 속표지

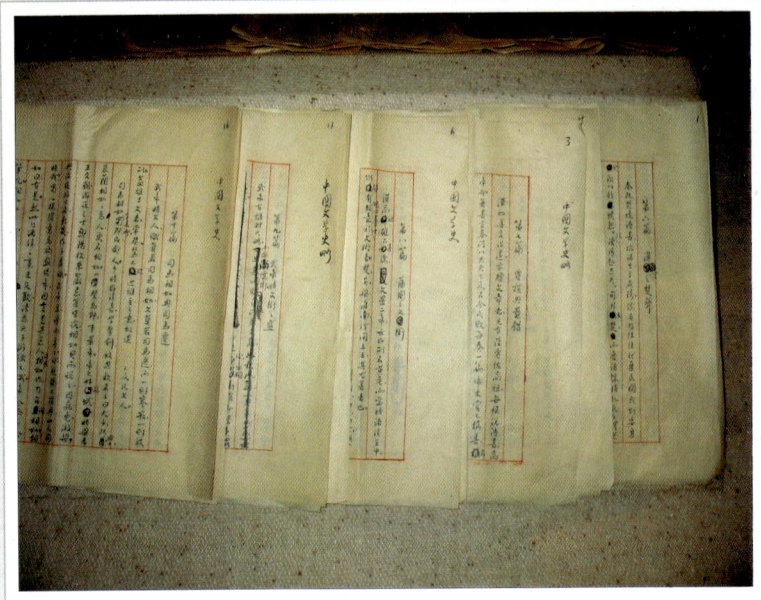

▲▼ 하문대학(厦門大學)에서 중국문학사를 강의할 때 편찬한 강의록

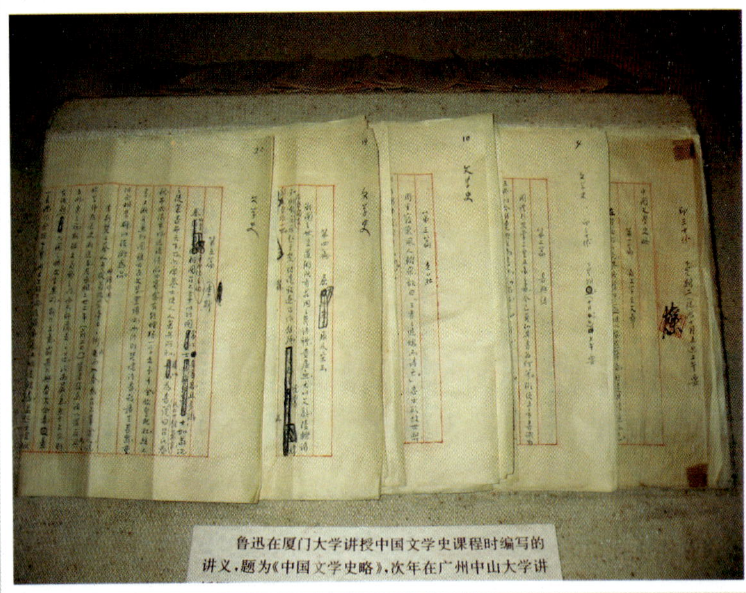

▲ 『당송전기집』

▼ 『당송전기집』 목록 수고(手稿)

▲ 『고소설구침』과 『소설구문초』

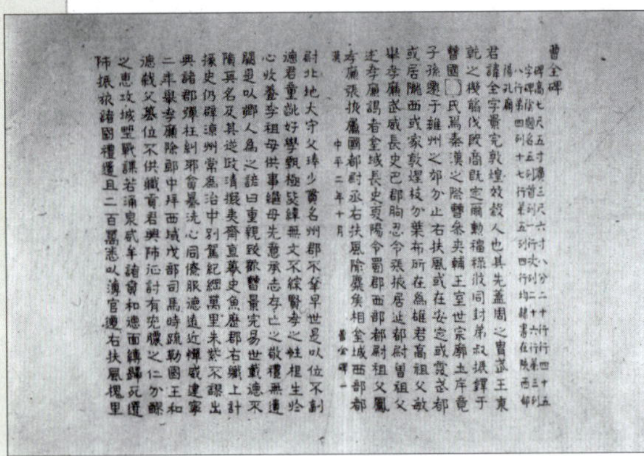

▲ 『동한(東漢) 때의 「조
전비(曹全碑)」를 초록
한 수고(手稿)

▶ 『혜강집(嵇康集)』을
교감한 수고(手稿)

▼ 『환우정석도(寰宇貞石
圖)』 중의 한 페이지

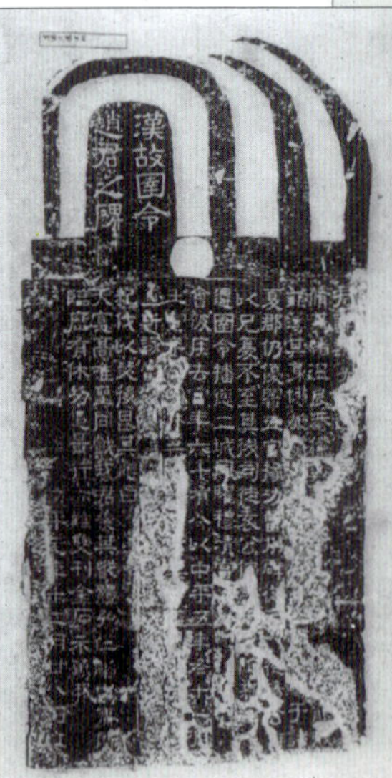

【魯迅選集 2】

한문학사강요 | 고적서발집
漢文學史綱要 | 古籍序跋集

루쉰魯迅 지음

홍석표 옮김

선학사

역자 서문

魯迅은 소설 및 산문(시)을 창작한 현대 중국의 대표적인 작가로서 그가 쓴 수많은 잡문(雜文)은 예리한 현실 비판적 성격을 가진다. 그는 또 철학적 문제를 깊이 탐색하여 독특한 관점을 제시하고 있어 사상가로 이해할 수 있는 많은 단서를 제공해준다. 이른바 생명철학적 사유는 魯迅을 사상가로 이해할 수 있는 중요한 근거가 되고 있다. 그리고 魯迅은 평생동안 중국고전을 교감·집록(輯錄)하며 이를 연구하였고, 이를 바탕으로 뛰어난 문학사 저술을 남겼다. 『중국소설사략(中國小說史略)』과 『한문학사강요(漢文學史綱要)』는 바로 문학사 기술과 관련된 그의 대표적인 저술이며 오늘날에도 중국 문학사가들의 경전이 되고 있다. 중국고전을 교감·집록하며 썼던 여러 가지 서발문을 모아 놓은 『고적서발집(古籍序跋集)』 역시 魯迅의 중국고전에 대한 연구의 깊이와 폭을 가늠할 수 있는 중요한 자료이다. 魯迅의 중국문학사 기술 및 고전 연구와 관련된 글들은 모두 문언문(고문)으로 씌어 있으며, 『중국소설사략』은 국내에 이미 번역되어 있지만 『한문학사강요』와 『고적서발집』은 국내에 번역되어 있지 않다. 이 책은 바로 魯迅의 『한문학사강요』와 『고적서발집』을 완역한 것이다.

魯迅은 "침식을 잊으며 마음을 단단히 먹고 샅샅이 뒤지는"(「소설구문초·재판 서언」) 철저한 실증적 태도로 고전자료를 수집하고 교감하였으며, 이를 토대로 문학사 기술을 시도했다. 중국의 역대 유자(儒者)들은 『시(詩)』를 '교훈적'인가 그렇지 않은가의 입장에서 비평하면서 아름다운 '정풍(鄭風)'을 음란하다고 평가하였는데, 이에 대해 魯迅은

'정나라 음악이 아악(雅樂)을 어지럽힘을 싫어한다'고 말한 공자의 관점 때문에 "후대의 유자들이 마침내 「정풍(鄭風)」을 의심하여 음란하다고 여겼으니 그 본뜻을 잃었다. 자기 마음이 깨끗하지 않으면 외부 사물도 그렇게 보인다."라고 지적하였다. 이것이 魯迅의 문학사 기술의 한 실례이다. 魯迅은 바로 '교화(教化)'의 관점에서 이루어진 고전에 대한 기존 평가를 뒤집어 '진실 표현'과 미학적 관점을 중시하고 사회적·문화적 배경을 중시하는 새로운 평가를 시도하였다. 그래서 魯迅은 "사가(史家)의 법식에 구속되지 않고 자구에 얽매이지 않고 감정대로 표현하고 마음에서 나오는 대로 글을 지었다"고 여긴 司馬遷의 『사기(史記)』를 "비록 『춘추(春秋)』의 뜻에 배치되지만 진실로 사가(史家)의 절창(絶唱)이요 운율이 없는 「이소(離騷)」라 할 것이다"라고 극찬하였던 것이다(『한문학사강요』). 결국 魯迅은 결손되고 흩어진 고전의 원형을 온전하게 복원하여 "옛 책에 혼을 되돌려주고(歸魂故書)"(「고소설구침·서」), "옛것을 잊지 않기(不忘于故)"(「회계군고서잡집·서」) 위해 고전의 수집·교감·집록 및 그에 대한 연구를 진행하였고, 이를 토대로 고전의 재평가를 시도하는 문학사 기술을 기획했다.

魯迅은 1909년 일본유학을 마치고 귀국한 후 항주(杭州), 소흥(紹興)에서 중학교 교원으로 봉직하면서 유서(類書)들을 통해 결손되고 흩어진 고소설을 정리하고[『고소설구침(古小說鉤沉)』] 고향인 회계(會稽, 소흥 일대) 지방의 역사·지리에 관한 일서(佚書)들을 집록하기 시작했다. 1912년에는 교육부 직원으로 북경에 상경하여 당송(唐宋)시대의 전기문(傳奇文), 謝承의 『후한서(後漢書)』, 謝沈의 『후한서(後漢書)』, 虞預의 『진서(晉書)』를 집록하였고, 1913년에는 張澂의 『운곡잡기(雲谷雜記)』를 집록하고 稽康의 『혜강집(稽康集)』을 교감·집록하기 시작했다. 1914년에는 『지림(志林)』, 『광림(廣林)』, 『범자계연(范子計然)』, 『임자(任

子)』, 『위자(魏子)』 및 『회계군고서잡집(會稽郡故書雜集)』을 집록하였으며, 1916년에는 환우정석도(寰宇貞石圖)』의 정리를 마쳤다. 또 1920년부터 북경대학 등에서 중국소설사를 강의하면서 지속적으로 『소설구문초(小說舊聞鈔)』를 엮고 『당송전기집(唐宋傳奇集)』을 교감·집록하였다. 이외에도 魯迅은 중국고전에 대한 교감·정리 작업을 간단없이 지속하였는데, 『혜강집』에 대해서는 1913년부터 1924년까지 무려 10여 년 동안 작업을 지속하여 완성하는 대단한 집착과 철저함을 보였다. "잘못되고 빠진 부분을 발견하면 그것을 유서(類書)와 대조하여 고증하였고, 우연히 일문(逸文)을 만나면 얼른 초록하여 두었다"(「고소설구침·서」)는 자신의 말처럼 魯迅은 일문을 초록하고 여러 유서와 믿을 만한 수많은 판본과 대조하여 가장 완벽한 정본(正本)을 완성해 나갔다. 말하자면 魯迅의 중국고전에 대한 교감·집록과 연구는 매우 지난한 과정을 거쳐 이루어졌다. 이러한 성과를 토대로 魯迅은 중국소설사 기술인 『중국소설사략』을 완성하였고, 이어 중국문학사 기술을 계획했다. 1926년 하문대학(厦門大學)에 있을 때 魯迅은 許廣平에게 보내는 편지에서 "비교적 훌륭한 문학사를 쓰고 싶다"라고 하였고, 또 "만일 달리 번거로운 일들이 없으면 『중국문학사략』의 편찬에 착수하려 한다"고 하였다. 그 결과 중국고대문학 부분의 문학사 기술인 『한문학사강요』를 완성했다.

魯迅의 중국고전 연구와 문학사 기술은 그가 끊임없이 추구했던 전통의 해체 작업과 병행하여 진행된 또 다른 측면의 전통의 재구성 작업과 관련되어 있다. 魯迅에게서 소설 및 잡문의 창작은 '문학활동'으로서 그 목표가 전통의 해체에 있었다고 한다면 고전 연구와 문학사 기술은 '학술연구'로서 그 목표가 전통의 재구성에 있었다고 말할 수 있다. 魯迅의 고전 연구와 문학사 기술은 개인적인 기호와도 관련되어 평생동안 진행되었고, 그런 만큼 전통의 재구성 과제는 魯迅의 개인적인 내밀한 작업으로서 '노신학(魯迅學)'의 양대 줄기의 하나를 구성한다. 따라서 이 책은 '노신학'의 한 줄기를 이해할 수 있는 좋은 참고자료가 될 것이다.

魯迅이 남겨 놓은 학술연구 업적 속에는 고전과 현대를 넘나드는 해박한 지식과 탁월한 비평적 혜안이 풍부하게 담겨 있다. 그래서 고전의 정리와 재창조가 매우 중요한 과제로 떠오르고 있는 오늘날에 魯迅의 방향은 우리에게 많은 시사점을 제공해줄 것으로 기대한다. 그리고 중국문학 영역으로 한정할 때 보통 고전문학과 현대문학 사이에는 넘나들 수 없는 높은 담이 가로놓여 있는 것 같다. 고전문학과 현대문학은 그 성질이 크게 다르다는 것은 누구나 알고 있고 인정하고 있는 사실이다. 그러나 그 둘을 가르는 담이 높으면 높을수록 고전문학 속에 숨어 있는 생명력을 활성화하여 현대문학에 생기를 불어넣는 일은 더욱 어려울 것이며, 역으로 현대적 학문방법에 의한 고전문학의 재구성 또한 제대로 완성하기 어려울 것이다. 그러기에 고전문학과 현대문학이 서로 넘나들며 대화할 수 있는 대화의 공간이 시급히 요청된다. 이 때 魯迅의 학술연구 업적은 우리에게 훌륭한 모범을 보여줄 것이다.

이 책은 1981년에 출판된 인민문학출판사 본 『노신전집』을 저본으로 하여 번역하였다. 주석은 『노신전집』의 원주를 바탕으로 불필요한 부분은 약간 생략하며 번역한 것이고, 필요에 따라 다른 책을 참고하며 역주도 첨부하였다. 또 일일이 밝히지는 않았지만 일부 인용문을 번역할 때는 기존의 중국고전 번역서를 참고하기도 했다. 중국고전에 대한 지식이 많이 부족한 역자로서는 1년 남짓 번역하는 과정이 그리 순탄치만은 않았으며, 상당히 고심했음에도 불구하고 매끄럽지 못한 번역이 없지 않을 것으로 생각한다.

　끝으로 魯迅을 아낀다는 이유만으로 번역원고의 출판을 기꺼이 허락해주신 선학사 이찬규 사장님에게 감사드린다.

2002년 11월 3일
홍 석 표

차례

한문학사강요

漢文學史綱要

이 책은 노신(魯迅)이 1926년 하문대학(厦門大學)에서 중국문학사 교과목을 담당하였을 때 집필한 강의록이며, 제목을 『중국문학사략(中國文學史略)』이라 하였다. 이듬해 광주(廣州) 중산대학(中山大學)에서 동일한 교과목을 강의하였을 때도 사용하였는데, 『고대한문학사강요(古代漢文學史綱要)』라고 제목을 고쳤다. 작자가 살아 있을 때 정식으로 출판되지는 않았으며, 1938년 『노신전집(魯迅全集)』에 편입할 때 지금의 이름으로 고쳤다. 그 후 1941년 10월에 노신전집출판사의 『노신삼십년집(魯迅三十年集)』으로 출판되었고, 1958년 4월에 인민문학출판사에서 단행본으로 출판되었다.

제1편 문자(文字)에서 문장(文章)까지

옛날 원시사람들은 무리지어 살면서 대개 몸짓이나 소리로 자신들의 감정[情意]을 표현했다. 소리가 복잡하게 변하여 점차 말[言辭]이 되었고, 말이 조화롭고 아름다워 마침내 노래[歌咏]의 징조가 나타났다. 때는 초매(草昧, 천지개벽 이전의 혼돈상태―역자)인지라 백성들은 순박하여 마음 속의 뜻[心志]이 안으로 쌓여 맺히면 마음껏 노래부르고, 천지가 밖에서 변하면 경외감으로 송축하며 덩실덩실 춤을 추고 가락을 붙여 읊었는데[咏嘆], 때때로 무리에서 뛰어난 것이 있어 뭇사람들이 감상하고 마음에 새겨 잊지 않고 입으로 서로 전하니 어떤 것은 후세까지 이르렀다. 다시 무격(巫覡)이 생겨 신과 교통하는 직무를 맡아 성대하게 노래하고 춤을 추며 신의 은총을 빌었고, 사람들[人群, 사회―역자]이 이를 칭송하니 그 쓰임이 마침내 더욱 광대해졌다.

오늘날의 야만족을 살펴보건대, 비록 상태는 지극히 미개하여[1] 의복·가옥·문자는 아직 없지만 신을 기리고 감정을 표현하는 시편(詩篇)과 영혼을 내리고 귀신을 부르는 사람이 대체로 존재한다. 여불위(呂不韋)는 "옛날 갈천 씨(葛天氏)의 음악은 세 사람이 쇠꼬리를 잡고 발을 구르며 팔결(八闋)을 노래하는 것이었다"[2][『여씨춘추·중하기·

---

1) (역주) 미개하여(원문 狉獉) : 여기서는 태고 때 인류가 아직 개화하지 않은 상태를 형용하고 있다. 원래는 '榛狉'로 써야 한다. 당대(唐代) 유종원(柳宗元)은 「봉건론(封建論)」에서 "초목이 무성하고, 사슴과 돼지가 무리 지어 달린다(草木榛榛, 鹿豕狉狉)"라고 하였다.

고악(呂氏春秋·仲夏紀·古樂)』]라고 했다. 정현(鄭玄)은 "시(詩)가 발흥한 것은 짐작건대 복희씨(伏羲氏) 시대가 아니겠는가"[『시보서(詩譜序)』][3] 라고 했다. 비록 태고 때에는 문자가 없었으니 실증하기는 어렵겠지만 오늘날의 야만인에 근거하고 인간의 심리에 비추어 볼 때, 진실로 여씨(呂氏)의 말은 사리에 비교적 가깝다고 해야 할 것이다.

그렇지만 말이란 바람이나 파도와 같아서 격동이 그치고 나면 그 자취[餘踪]도 묘연해지니, 오로지 입으로 전해지는 것에 의지해서는 아무래도 멀리까지 퍼지거나 후세까지 전해지기 어렵다. 시인이 사물에 감응하여 노래나 읊조림으로 표현하지만, 읊조림은 이미 감정이 엷어진 것이므로 그 일도 이에 따라 끝이 나고 만다. 가령 언행을 기억하고 일의 성취를 보존하려 할 때 오로지 말[言語, 입에서 발화되는 음성언어−역자]에만 의존하면 잊을까 크게 염려하여, 그래서 옛날에는 새끼에 매듭을 지어[結繩] 처리하였고, 후대의 성인은 그것을 서계(書契)로 바꾸었다. 새끼에 매듭을 짓는 방법은 지금으로서는 알 수 없다. 서계의 경우, "옛날 포희씨(庖犧氏)가 세상을 다스릴 때, 우러러보아 하늘

---

2) 여불위(呂不韋, ?~B.C. 235) : 전국(戰國)시대 말기 위(衛)나라 복양(濮陽)[지금은 하남성에 속함] 사람이며, 원래 대상인이었다. 진(秦)나라 장양왕(莊襄王)·진황(秦王)이 다스릴 때 상국(相國)이었으며, 후에 면직되어 근심하고 두려워하다 자살했다. 그는 문객(門客)에게 『여씨춘추(呂氏春秋)』 26권을 편찬하게 했다. 갈천씨(葛天氏) : 전설에 나오는 씨족 지도자 중의 한 사람이다. 팔결(八闋) : 『여씨춘추·중하기·고악(呂氏春秋·仲夏紀·古樂)』의 기록에 따르면, 「재민(載民)」, 「현조(玄鳥)」, 「수초목(遂草木)」, 「분오곡(奮五穀)」, 「경천상(敬天常)」, 「건제공(建帝功)」, 「의지덕(依地德)」, 「총금수지극(總禽獸之極)」이 그것이다.

3) 정현(鄭玄, 127~200) : 자는 강성(康成)이며, 동한(東漢) 때 북해(北海) 고밀(高密)[지금은 산동성에 속함] 사람이다. 그가 편찬한 『시보(詩譜)』는 『시경(詩經)』의 풍(風), 아(雅), 송(頌) 각 부분의 지역, 시대 등의 상황을 각각 설명하고 있다. 『시보』의 「서(序)」에서는 『시경』의 형성과 시대의 관계를 종합적으로 서술하고 있다. 상황(上皇) : 복희씨[伏羲氏, 포희씨(庖犧氏)라고도 함]를 가리키며, 전설에 따르면 그는 백성들이 그물을 짜고 어로와 수렵·목축에 종사하도록 가르쳤다고 한다.

의 모양[象]을 관찰하고 굽어보아 땅의 형상[法]을 관찰하고, 새·짐승의 무늬[文]와 땅의 결[宜]을 관찰하고, 가까이로는 몸에서 취하고 멀리로는 사물에서 취하여 처음으로 8괘(卦)를 지었고"[『역·하계사(易·下系辭)』], "신농씨(神農氏)는 다시 그것을 중복하여 64효(爻)를 만들었다"[4][사마정(司馬貞)의 『보사기(補史記)』]는 이야기가 전해지므로 자못 문자의 기원에 가깝다. 그 그림[文]이 오늘날 『역(易)』[5]에 모두 보존되어 있는데, 획[畵]이 쌓여 괘상[象]을 이루며, 길고 짧음이 엇섞이고 변화[變易]가 제한적이어서 후대의 문자와는 서로 연관이 없다. 그래서 허신(許愼)은 다시 "황제(黃帝)의 사관(史官)인 창힐(倉頡)이 새·짐승의 발자국 흔적을 보고 결[理]을 나누면 서로 차이를 구별할 수 있음을 알고 처음으로 서계(書契)를 만들었다"[『설문해자서(說文解字序)』]라고 여겼다. 요컨대 문자의 성립을 보면, 오랜 세월을 지나면서 뭇사람들의 손을 거쳐 사회 전체가 다 납득해야 널리 유통될 수 있었으니 누가 지은 것인지는 아무래도 정확히 지적하기 어려우며, 성인 한 사람에게 그 공을 돌리는 것은 억측에 근거한 설(說)이다.

　허신(許愼)[6]은 이렇게 말했다. "창힐이 처음 글[書]을 만들 때 대개

---

4)　당(唐)나라 사마정(司馬貞)의 『보사기(補史記)』[「삼황본기(三皇本紀)」]에 따르면, "염제(炎帝) 신농씨(神農氏)는, ……나무를 깎아 보습을 만들고 나무를 휘어서 쟁기를 만들어 김매는 데 사용하여 그것을 만인에게 가르쳤는데, 처음으로 농사짓는 것을 가르쳤기 때문에 신농씨라 부르게 되었다. 게다가 납제(蠟祭)를 하고 붉은 도리깨로 초목을 후려쳐서 처음으로 온갖 풀들을 맛보게 되었고, 비로소 의약이 생겨났다. 또 다섯 줄의 거문고(瑟, 거문고와 비슷한 현악기의 일종—역자)를 만들었다. 사람들에게 해가 중천에 떠 있을 때 장을 열도록 가르쳐 교역하고 돌아오면 각자 원하는 것들을 얻게 되었다. 마침내 8괘(卦)를 중복하여 64효(爻)를 만들었다."

5)　『역(易)』:『주역(周易)』이라고도 하며 중국의 고대 점복서(占卜書)이다. 경(經)과 전(傳)으로 나뉘어 있다. 경은 괘(卦), 괘사(卦辭), 효사(爻辭) 세 부분으로 되어 있고, 전은 10편(篇)으로 되어 있으며 경을 해석하고 있다.

6)　허신(許愼, 약 58~약 47) : 자는 숙중(叔重)이고, 동한(東漢) 때 여남(汝南) 소릉(召陵)[지금의 하남성 언성(偃城)] 사람이다. 그가 지은 『설문해자(說文解字)』30권은

종류별로 그 모양을 본떴으며, 그래서 그것을 문(文)이라 했다. 그 후 모양[形]과 소리[聲]가 서로 더해져, 곧 그것을 자(字)라고 했다. 자(字)는 말[言]이 파생되면서 점차 많아졌다. 대나무와 비단에 기록한 것을 서(書)라 한다. 서(書)란 같다[如]는 뜻이다.7) ……주례(周禮)에 따르면 8세 때 소학(小學)에 들어가는데, 보씨(保氏)는 공경대부의 자제들[國子]을 가르칠 때 먼저 육서(六書)로 시작했다. 첫째는 지사(指事)이며, 지사란 보면 식별할 수 있고 살피면 알 수 있는 것으로 상(上)과 하(下)가 그것이다. 둘째는 상형(象形)이며, 상형이란 사물을 그림으로 그려 형체대로 꾸불꾸불한 모양을 이루는 것으로[詰詘] 일(日)과 월(月)이 그것이다. 셋째는 형성(形聲)이며, 형성이란 사물[事]을 나타내는 글자를 명목으로 삼고 소리가 같은 글자를 취해 서로 합친 것으로 강(江)과 하(河)가 그것이다. 넷째는 회의(會意)이며, 회의란 여러 글자를 모아 의미를 합성하여 나타내고자 하는 뜻을 드러내는 것으로 무(武)와 신(信)이 그것이다. 다섯째는 전주(轉注)이며, 전주란 같은 부수를 하나 세워 놓고 동일한 의미를 서로 이어받는 것으로 고(考)와 노(老)가 그것이다. 여섯째는 가차(假借)이며, 가차란 본래 그 글자가 없지만 소리[聲]에 기대고 사실[事]에 기탁하는 것으로 영(令)과 장(長)이 그것이다."(『설문해자서』) 지사, 상형, 회의는 형체(形體)와 관련된 것이고, 형성, 가차는 소리와 관련된 것이고, 전주는 훈고(訓詁)와 관련된 것이다. 우하[虞夏, 유우씨(有虞氏) 때와 하대(夏代)를 가리킴—역자]의 서계는 지금 볼 수 없고 구루봉(岣嶁峰)의 우서(禹書)8)는 위조한 것이라 논할 것이 못되

문자학과 관련된 중요한 저작이다.

7) (역주) 그림으로 그린 형상과 실제 사물의 형상이 서로 닮았다는 의미에서 "서(書)란 같다[如]는 뜻이다"라고 하였다.

8) 구루봉(岣嶁峰)의 우서(禹書) : 호남성 형산(衡山)의 구루봉(岣嶁峰) 위에 70여 글자가 새겨진 비문이 있어 글자체가 기이하고 옛스러운데, 이는 우임금이 새긴 것이라고 하지만 실은 후대 사람들의 위탁(僞托)이다.

며, 상주(商周) 이래의 경우 갑골(甲骨)과 금석(金石)에 새겨진 것이 많고, 아래로 진한(秦漢)에 이르면 문자가 더욱 복잡해지니 육서(六書)로 귀납한 것은 대체로 부합한다. 생각건대 문자가 처음에 만들어질 때 우선 틀림없이 모양을 본떠서[象形] 보기만 해도 이해할 수 있어 가르침을 주고받을 필요가 없었고, 점차 변하여 발전하니 회의와 지사의 종류가 생겨났을 것이다. 오늘날의 문자는 형성자(形聲字)로 많이 전이되었지만, 그 구조를 잘 살펴보면 십중팔구는 형상(形象)을 뿌리로 삼고 있어 한 글자를 외어 익히려면 반드시 형(形), 음(音), 의(義) 이 세 가지를 알아야 한다. 그 음(音)을 입으로 외고 귀로 듣고, 그 모양[形]을 눈으로 살피고, 그 뜻[義]을 마음으로 통달하는 이 세 가지 인식[識]을 병용해야만 한 글자에 대한 공부가 완전해진다. 문장에서는 산을 묘사할 때 준증차아(峻嶒嵯峨)라 하고, 물을 형용할 때 왕양팽배(汪洋澎湃)라 하며, 폐불총롱(蔽芾葱蘢)은 마치 무성한 나무를 만난 듯하고, 준방만리(鱒魴鰻鯉)는 많은 물고기를 보는 듯하다.9) 따라서 그 담고 있는 내용은 곧 세 가지 아름다움을 갖추게 되는데, 뜻이 아름다워 마음을 감동시키는 것이 하나이고, 소리가 아름다워 귀를 즐겁게 하는 것이 둘이고, 모양이 아름다워 눈을 즐겁게 하는 것이 셋이다.

　문자를 연속해도 역시 이를 문(文)이라 한다. 그런데 그것이 흥성한 것은 대개는 무사(巫史)10)에 의해서였다. 무(巫)는 신에 관한 일[神事]

---

9) (역주) 준증(峻嶒)은 산이 높고 가파른 모양, 차아(嵯峨)는 산이 높고 험한 모양을 형용하고, 왕양(汪洋)은 물이 넓고 큰 모양, 팽배(澎湃)는 물결이 세차게 일어나 넘치는 모양을 형용한다. 폐불(蔽芾)은 초목이 무성한 모양, 총롱(葱蘢)은 초목이 푸르고 무성한 모양을 형용하고, 준(鱒)은 송어, 방(魴)은 방어, 만(鰻)은 뱀장어, 리(鯉)는 잉어를 가리킨다.

10) (역주) 무사(巫史) : 옛날에 신을 부르거나 점을 치는 일에 종사하던 사람을 '무(巫)'라 하였고, 천문(天文), 성상(星象), 역수(曆數), 사책(史冊) 등을 관장하던 사람을 '사(史)'라 하였다.

을 기록하였고, 더 발전하여 사(史)는 인간의 일[人事]을 기록하였는데, 그렇지만 아직은 하늘에 아뢰기 위한 것이었으니 오늘날 『역(易)』과 『서(書)』를 펼쳐보면 간혹 그와 비슷한 것을 찾을 수 있다. 상고(上古) 때의 실제 상황에 대해서는 황막하여 고증할 수 없고 군장(君長)의 이름 또한 자세히 알기 어려운데, 세상에서 천황(天皇), 지황(地皇), 인황(人皇)을 삼황(三皇)이라 하여 삼재(三才)가 시작된 순서를 열거하였고[11], 계속해서 유소(有巢)・수인(燧人)[12], 복희(伏羲)・신농(神農)이 있었다고 하여 사회[人群]가 진화해 온 과정을 밝혔지만, 아마도 모두 후대 사람들이 명명한 것으로 진짜 명칭은 아닐 것이다. 헌원[軒轅, 황제(黃帝)를 가리킴-역자]으로 내려와 드디어 전설이 많아지고 우하(虞夏)에 이르러 마침내 간책(簡策, 옛날 글자를 적는 데 쓰던 가늘고 긴 대쪽-역자)에 기록한 문(文)이 생겨나서 오늘날에 전해지고 있다.

무사(巫史)는 시인이 아니라 그 직분이 비록 일을 전하는[傳事] 데 그쳤지만, 그들은 처음에 역시 입과 귀에 의지하였으므로 잘못이 있을까 우려하여 구(句)를 단련하고 음(音)을 조화롭게 하여 암송하기 편리하게 하였다. 문자가 만들어지면서 물론 잘못의 우려는 없어졌지만, 간책은 번거롭고 무거우며 기록하고 새기는 데 힘이 들었으므로 다시 그 문(文)을 간략하게 만들어 물자나 노력을 줄여야 했고, 사람들은 구습(舊習)에 따라 그대로 운문[韻言]을 지었다. 오늘날 전해지는 황제(黃帝)의 「도언(道言)」[『여씨춘추(呂氏春秋)』에 보임][13], 「금인명(金人銘)」[『설원(說苑)』][14], 전욱(顓頊)의 「단서(丹書)」[『대대예기(大戴禮記)』][15],

---

11) (역주) 먼저 하늘이 있고, 다음으로 땅이 있고, 그 다음으로 사람이 있다는 뜻이다.

12) 유소(有巢)・수인(燧人) : 전설에 나오는 고제(古帝)이다. 유소(有巢)는 사람들에게 집을 짓도록 가르쳐서 유소씨(有巢氏)라 했고, 수인(燧人)은 사람들에게 나무를 비벼 불을 일으키도록 가르쳐서 수인씨(燧人氏)라 했다.

13) 황제(黃帝)의 「도언(道言)」 : 대체로 황제(黃帝)는 도가(道家)로 인식되었기 때문에 그의 말을 도언(道言)이라 했다.

제곡(帝嚳)의 「정어(政語)」[『가의신서(賈誼新書)』]16)는 비록 모두 진한(秦漢) 때 사람들의 책에 나오는 것이어서 믿을 수는 없지만, 대체로 음을 조화롭게 하고 어구[詞]를 대구하여 읽는 사람에게 입으로 외기 쉽도록 하였으니, 이것이 대체로 옛날의 원칙[道]이었을 것이다.

앞에서 언급한 것으로부터 더욱 추론해 보면, 처음 시작할 때의 문(文)은 아마 본래 말[語言]과는 다소 달라서 문채와 운율[藻韻]이 있어 입으로 외어 전하기 편리해야 했는데, "직언하는 것을 언(言)이라 하고, 시비를 따지는 것을 어(語)라 한다"17)는 것과는 구별된다. 그렇지만 한대(漢代)에 이미 대나무와 비단에 기록한 것들도 모두 문장(文章)이라 병칭하였으며[『한서·예문지(漢書·藝文志)』], 나중에는 그 영역

---

14) 「금인명(金人銘)」: 서한(西漢) 때 유향(劉向)의 『설원·경신(說苑·敬愼)』에서는 공구(孔丘)가 주(周)나라 태묘(太廟)에서 쇠로 된 사람[金人, 동인(銅人)]을 보았는데, 등에 325글자가 새겨진 명문(銘文)이 있었다고 기록하고 있다. 그 명문은 대체로 운이 있어 다음과 같다. "熒熒不滅, 炎炎奈何. 涓涓不壅, 將成江河. 綿綿不絕, 將成網羅. 靑靑不伐, 將尋斧柯."

15) 전욱(顓頊)의 「단서(丹書)」: 전욱(顓頊)은 전설에 나오는 고제(古帝)인데, 『제왕세기(帝王世紀)』의 기록에 따르면 그는 황제(黃帝)의 손자이며 고양씨(高陽氏)라 한다. 『대대예기·무왕천조(大戴禮記·武王踐阼)』에서 전욱의 「단서(丹書)」의 한 단락을 이렇게 기록하고 있다. "敬勝怠者吉, 怠勝敬者滅; 義勝欲者從, 欲勝義者凶(공경함이 업신여김보다 나은 자는 길하고, 업신여김이 공경함보다 나은 자는 멸할 것이며, 의리가 사욕보다 나은 자는 순조롭고, 사욕이 의리보다 나은 자는 흉할 것이다.)."

16) 제곡(帝嚳)의 「정어(政語)」: 제곡(帝嚳)은 전설에 나오는 고제(古帝)인데, 『제왕세기(帝王世紀)』의 기록에 따르면 그는 황제(黃帝)의 증손자이며, 고신씨(高辛氏)라 한다. 「정어(政語)」는 제왕이 정치를 연마하는 말인데, 『가의신서·수정어상(賈誼新書·修政語上)』에는 제곡의 말을 다음과 같이 기록하고 있다. "德莫高于博愛人, 而政莫高于博利人, 故政莫大于信, 治莫大于仁, 吾慎此而已也(덕은 사람을 널리 사랑하는 것보다 더 높은 것이 없고, 정치는 사람을 널리 이롭게 하는 것보다 더 높은 것이 없고, 그래서 정치는 믿음보다 더 큰 것이 없고, 다스림은 어짊보다 더 큰 것이 없으니, 나는 이를 신중히 할 따름이다.)."

17) "직언하는 것을 언(言)이라 하고 시비를 따지는 것을 어(語)라 한다(直言曰言, 論難曰語)": 이 말은 『설문해자(說文解字)』 제3권에 보인다.

을 더욱 확대하여 그림으로 그릴 수 있고, 눈으로 접촉할 수 있는 일체를 다 거기에 포함시키는 경우도 있었다. 양(梁)나라 유협(劉勰)18)은, "인문(人文)의 기원은 태극(太極)에서 시작되었고"[『문심조룡·원도(文心雕龍·原道)』], 삼재(三才)의 드러남은 도(道)의 오묘함에서 비롯되어 "형체[形]가 확립되면 무늬[章]가 이루어지고, 소리[聲]가 나오면 화성[文]이 생긴다"라고 말하는 데까지 이르렀으니, 그래서 호랑이의 얼룩무늬, 놀의 아름다운 무늬, 숲속의 바람소리, 샘물소리 모두가 다 문장(文章)이 된다. 이 주장은 허황하여 이해할 수 없다. 다소 좁은 의미로 보면, 『역(易)』에 "음양[物]이 서로 뒤섞여[雜] 있으므로 문(文)이라 한다"19)라는 말이 있고, 『설문해자(說文解字)』에는 "문(文)은 어긋나게 그린 것이다[錯畵]"라고 하였는데, 대개 이른바 문(文)이란 반드시 서로 착종(錯綜)되어 있고, 어긋나더라도 어지럽지 않아서 역시 아름다운 모양[象]에 가까운 것임을 알 수 있다. 유희(劉熙)20)는 "문(文)이란, 갖가지 색깔을 한데 모아 비단 수[錦繡]를 이루고, 갖가지 글자를 한데 모아 사의(辭義)를 이루어 마치 화려한 수[文繡]와 같다"[『석명(釋名)』]라고 했다. 그렇다면 확실히 문장(文章)과 관련된 것은 마땅히 사의(辭義)가 구비되고, 게다가 화려한 꾸밈이 있어 마치 화려한 수[文繡]와 같아야 한다. 『설문해자』에서는 또 문(彣)이라는 글자에 대해 "무늬(馘)이

---

18) 유협(劉勰, ?~약 520) : 자는 언화(彦和)이고, 남조(南朝) 양(梁)나라 남동완(南東莞)[지금의 강소성 진강(鎭江)] 사람이다. 그가 지은 『문심조룡(文心雕龍)』은 10권 50편이며, 중국에서 체계적인 최초의 문학이론비평서이다.

19) "음양이 서로 뒤섞여 있으므로 문이라 한다(物相雜, 故曰文)" : 이 말은 『역·계사하(易·繫辭下)』에 나온다. '물(物)'은 음양(陰陽)을 가리킨다. 여기서의 두 구는 음(--)과 양(一)이 서로 뒤섞여 곧 문(文)이 된다는 뜻이다.

20) 유희(劉熙) : 자는 성국(成國)이고, 동한(東漢) 말엽 북해(北海)[지금의 산동성 액현(掖縣)] 사람이다. 그의 사적은 미상이다. 그가 지은 『석명(釋名)』은 8권이며, 음이 같거나 음이 비슷한 글자를 이용하여 글자의 의미를 해석하고, 사물에 이름을 붙이는 유래를 궁구하고 있다.

며", "무늬(黻)는 화려한 문채이다(彣彰)"21)라고 하였다. 아마 바로 이 뜻일 것이다. 그렇지만 후대에는 쓰이지 않게 되었고, 다만 문장(文章)을 쓴다 함은 오늘날에는 일반적으로 문학(文學)을 가리킨다.

유협은 비록 「원도(原道)」편에서 사람은 "오행의 으뜸이며 천지(天地)의 중심(心, '마음'으로 번역할 수도 있음—역자)으로서, 중심(心, 마음)이 생기면 말(言)이 확립되고, 말이 확립되면 문(文)이 분명해지는데, 이는 자연의 이치이다. 그 밖의 만물에 이르면 동식물 모두가 문(文, 무늬—역자)을 이룬다 ……."라고 했지만, 진송대(晋宋代) 이래로 문(文)과 필(筆)의 구별은 더욱 엄격하였다. 즉, 『문심조룡(文心雕龍)』의 「총술(總術)」편에서 "오늘날 일반적으로 문(文)이니 필(筆)이니 하고 말하는데, 운(韻)이 없는 것을 필이라 하고, 운이 있는 것을 문이라 한다"라고 하였다. 소역(蕭繹)22)의 전(詮)에 따르면 더욱 분명해지는데, "오늘날 문도(門徒)들은 전수하며 함께 배우고 있으며, 성인의 경전에 통달한 자를 유(儒)라 하고, 굴원(屈原), 송옥(宋玉), 매승(枚乘), 장경(長卿)의 무리들은 사부(辭賦)에만 머무르고 있어 이들을 문(文)이라 한다. ……시(詩)를 잘 짓지 못하는 염찬(閻纂)이나 장주(章奏, 상주문—역자)를 잘 짓는 백송(伯松)23)과 같은 이런 부류를 보통 필(筆)이라 한다. 풍요[風

---

21) 허신(許愼)의 『설문해자』에는 원래 "黻, 有文章也"로 되어 있다. 청대 단옥재(段玉裁)는 주(注)에서 "彣, 黻也, 有部曰黻, 有彣彰也"라고 하였다. 문(彣)에 대해 단옥재는 주에서 "붓으로 꾸며 그려서 화려한 문채를 이루는 것이다(以毛飾畵而成彣彰)"라고 하였다. (역주) 여기서 노신은 『설문해자』를 인용하여 문장(文章)은 화려하게 꾸미는 것이었다는 점을 말하고 있다.

22) 소역(蕭繹, 508~554) : 양(梁)나라 원제(元帝)이며, 스스로 금루자(金樓子)라고 했다. 처음에는 상동왕(湘東王)에 봉해졌고, 후에는 제왕으로 즉위하였다. 그가 지은 『금루자(金樓子)』는 필기체(筆記體) 저작으로서 원래는 10권이었으나 지금은 6권이 남아 있다.

23) 염찬(閻纂)은 염찬(閻纘)으로 자는 속백(續伯)이며, 진대(晋代) 파서(巴西) 안한(安漢) 사람이다. 태부양준사인(太傅楊駿舍人)을 역임하였으며, 『진서(晋書)』에 전(傳)이

謠, 『시경(詩經)』의 15국풍(國風)을 가리킴─역자]를 읊고, 슬픈 생각에 깊이 빠져 있는 사람을 문(文)이라 한다."라고 하였다. 또 "필(筆)이란, 소극적으로는 완전한 작품이라 할 수 없고, 적극적으로는 바른 도리를 얻었다[24] 할 수 없으니, 재주와 총명을 신비롭게 하는 붓놀림일 뿐이다. 문(文)과 같은 것은 다만 고운 비단이 펼쳐지고 음악이 아름다워야 하며 표현력을 집중하고 정신이 요동쳐야 한다. 그래서 옛날의 문필(文筆)과 오늘날의 문필은 그 근원이 다르다"[『금루자·입언편(金縷子·立言篇)』]라고 하였다. 대개 그 당시 문장의 경계는 쉽게 늘이고 당길 수 있었으니, 확대하면 모든 만물의 모양과 소리[形聲]를 포괄하였고, 엄격히 하면 간단하고 소박한 기록[敍記]은 배제하고, 반드시 아름다운 운이 있어 쉽게 사람의 감정을 움직일 수 있어야 비로소 문(文)이라 할 수 있었다. 그렇지 않은 것이면 대체로 필(筆)이라 했다.

사(辭)와 필(筆), 또는 시(詩)와 필(筆)의 상호대비는 당대(唐代)에도 여전했고, 송원대(宋元代)에 이르러 이 뜻은 마침내 모호해졌다. 그리하여 산문체의 필(筆)도 문(文)으로 병칭하였고, 게다가 그 쓰임은 도(道)를 싣는 것이라 하여 경전의 의미를 이끌어 내고 아름다운 문사를 제거하였는데, 강장(講章, 과거시험을 위해 편찬한 사서오경에 관한 설명서─역자)과 고시(告示)가 문단에 크게 유행하였다. 청대(淸代) 완원(阮元)[25]이 「문언설(文言說)」을 짓고, 그의 아들 완복(阮福)이 또 「문필대

있다. 백송(伯松)은 성이 장(張), 이름이 송(竦)이며, 서한(西漢) 말년(末年)의 무양(武陽) 사람이다. 장주(章奏)를 잘 지어 숙덕후(淑德侯)에 봉해졌고, 단양(丹陽)의 태수를 역임했다.

24) (역주) 바른 도리를 얻었다(取義) : 『맹자·고자상(孟子·告子上)』에 "생(生)도 내가 원하는 것이고, 의(義)도 내가 원하는 것이지만 이 두 가지를 동시에 얻을 수 없다면 나는 생을 버리고 의를 취할 것이다(生, 亦我所欲也; 義, 亦我所欲也, 二者不可得兼, 舍生而取義者也)"라는 구절이 있다. 여기서 의(義)란 바른 도리 또는 정의를 가리키는데, 본문에서 필(筆)은 보편적인 바른 도리나 정의를 담고 있지 않다는 것이다.

(文筆對)」를 지어 다시 옛 의미를 밝혀 보았지만 그러한 주장은 역시
유행되지 않았다.

___

25) 완원(阮元, 1764~1849) : 자가 백원(伯元), 호가 운대(芸臺)이며, 청대 의정(儀征)[지
   금은 강소성에 속함] 사람으로 양광총독(兩廣總督)·체인각대학사(體仁閣大學士)
   등을 역임했다. 저서로는 『연경실집(揅經室集)』이 있는데, 그 속의 「문언설(文言說)」,
   「문운설(文韻說)」, 「여우인논고문서(與友人論古文書)」 등의 편(篇)에서 문(文)과 필
   (筆)의 구분을 논하고 있다.

제2편   『서(書)』와 『시(詩)』

『주례(周禮)』[1]에서 외사(外史)는 삼황오제(三皇五帝)의 서(書)를 관장한다고 하였는데,[2] 지금은 이미 그 서(書)가 어떤 것인지 알 길이 없다. 가령 오제(五帝)의 서(書)가 정말 오전(五典)이라면 지금은 오직 「요전(堯典)」만이 『상서(尙書)』에 있을 뿐이다. "상(尙)이란 위(上)라는 뜻이다. 위(上)에서 한 것을 아래(下)에서 적은(書) 것이다."[왕충(王充)의 『논형·수송편(論衡·須頌篇)』] 어떤 이는 "상고시대[上代] 이래의 이러한 서(書)를 말한다"[공영달(孔穎達)의 『상서정의(尙書正義)』]라고 했다. 위서(緯書)[3]에서 "공자(孔子)가 서(書)를 찾아 나서 황제(黃帝), 현손(玄孫),

---

1) 『주례(周禮)』 : 『주관(周官)』이라고도 하며, 주(周)나라 왕실의 관제(官制)와 전국(戰國) 시기 각 나라의 제도를 기술하고 있으며, 전국 후기에 씌어졌다. 내용은 「천관총재(天官冢宰)」, 「지관사도(地官司徒)」, 「춘관종백(春官宗伯)」, 「하관사마(夏官司馬)」, 「추관사구(秋官司寇)」, 「동관사공(冬官司空)」 등 여섯 편으로 구성되어 있다. 「동관사공」은 이미 없어졌으며, 서한(西漢)의 하간헌왕(河間獻王, 劉德)이 「고공기(考工記)」로 보충하였다.

2) 외사(外史) : 『주례·춘관종백(周禮·春官宗伯)』의 기록에 따르면, "외사(外史)는 바깥으로 나가는 명령의 기록을 관장하고, 사방의 지(誌)를 관장하고, 삼황오제(三皇五帝)의 서(書)를 관장하고, 사방으로 서명(書名)을 전달하는 일을 관장한다. 만약 서(書)를 가지고 사방으로 사절을 보낼 때, 그 명령을 기록한다." 삼황오제(三皇五帝)의 서(書) : "삼분오전(三墳五典)"을 가리킨다. 서한(西漢) 때 공안국(孔安國)의 『상서서(尙書序)』의 기록에 따르면, "복희(伏羲), 신농(神農), 황제(黃帝)의 서(書)를 삼분(三墳)이라 하며, 대도(大道)를 언급하고 있다. 소호(少昊), 전욱(顓頊), 고신(高辛), 당(唐), 우(虞)의 서(書)를 오전(五典)이라 하며, 상도(常道)를 언급하고 있다."

3) 위서(緯書) : 한대(漢代) 사람들이 신학(神學)·미신사상을 혼합하여 유가 경전의 뜻을 견강부회한 책이다. 『역(易)』, 『서(書)』, 『시(詩)』, 『예(禮)』, 『악(樂)』, 『춘추(春

제괴(帝魁)의 서(書)를 얻었고, 진(秦) 목공(穆公)에 이르러 도합 3,240편이었다. 오래 된 것은 없애고, 가까운 것은 취해 대대로 본받을 만한 것으로 120편을 확정했다. 102편은 『상서(尙書)』, 18편은 『중후(中候)』라 하였다. 3,120편은 없앴다"[『상서·선기검(尙書·璇璣鈐)』]라고 하였다. 그러니 한대(漢代) 사람들의 과장된 말은 믿을 수 없다. 『상서(尙書)』는 원래 100편으로 「우하서(虞夏書)」가 20편, 「상서(商書)」와 「주서(周書)」가 각각 40편이다. 오늘날의 책에는 공자가 지은 것이라 전하는 서(序)가 있어 그것을 짓게 된 의미를 말하고 있지만[『한서·예문지(漢書·藝文志)』], 역시 믿기 어려우니 그 문장이 닮지 않았기 때문이다.4) 진(秦)나라가 경적(經籍)을 불태우자 제남(濟南)의 복생(伏生)이 서(書)를 품고 산중으로 숨었는데, 그것도 없어졌다. 한(漢)나라가 일어나 경제(景帝)가 조조(鼂錯)를 보내어 구술로 받아쓰게 했지만 복생이 곧 늙어 죽자 겨우 「요전(堯典)」에서 「진서(秦誓)」에 이르는 28편만을 얻게 되었으며, 그래서 한(漢)나라 사람은 일찍이 28숙(宿)5)에 비유하였던 것

秋)』, 『효경(孝經)』 등 칠경(七經)의 위서를 '칠위(七緯)'라 통칭한다. 『선기검(璇璣鈐)』은 『상서위(尙書緯)』의 일종이다. 명대(明代) 호응린(胡應麟)의 『사부정와(四部正譌)』에서 "위(緯, 씨줄―역자)라 이름한 것은 경(經, 날줄―역자)을 보충하기 위해서이다"라고 했다. 원서(原書)는 이미 전하지 않고, 명대 손곡(孫縠)의 『고미서(古微書)』와 청대 마국한(馬國翰)의 『옥함산방집일서(玉函山房輯佚書)』에 일부 집록되어 있다. 제괴(帝魁) : 남송(南宋) 나비(羅泌)의 『노사후기·황제기(路史後紀·黃帝紀)』에서 "제괴씨(帝魁氏)는 대홍씨(大鴻氏)의 증손이다"라고 했다. 전설에 따르면 대홍씨는 황제(黃帝)의 아들이다. 『중후(中候)』 : 『상서중후(尙書中候)』 18편을 가리키며, 『상서(尙書)』의 위서(緯書)의 일종이다.

4) 공자가 『서(書)』의 서(序)를 지었다는 데 대해 『한서·예문지(漢書·藝文志)』에서는 이렇게 기록하고 있다. "따라서 『서(書)』의 기원은 오래 되었지만 공자에 이르러 편찬되었다. 위로는 요임금까지 끊고 아래로는 진(秦)나라까지 다루어 전체가 100편이며, 게다가 서(序)를 지어 그것을 지은 의미를 말하였다."

5) (역주) 28숙(宿) : 중국의 고대 천문학가들이 하늘의 황도(黃道)를 도는 항성을 28개의 성좌로 구분한 것을 가리킨다.

이다.

『서(書)』의 체례(體例)는 여섯 가지가 있는데, 전(典), 모(謨), 훈(訓), 고(誥), 서(誓), 명(命)이 그것이며, 이를 육체(六體)라고 한다. 그런데 그 중에서 「우공(禹貢)」[6]이 기(記, 서술문―역자)에 자못 가깝고, 그 나머지는 대체로 아랫사람을 훈계하고 윗사람에게 아뢰는 글들로서 후세의 조령(詔令) 및 상주문[奏議]과 비슷하다. 그 문장은 질박하고 또 난해하여 읽기 곤란하니, 문채와 운율[藻韻]로 수식하여 외어 익히기에 편하고 널리 유통하기에 편하게 하던 때와는 거리가 상당히 멀다. 진대(晉代) 위굉(衛宏)[7]은 이렇게 말했다. "복생이 늙어 제대로 말을 할 수 없어 그 말을 알아들을 수 없었는데, 딸을 시켜 말을 전하며 조조에게 가르치도록 하였다. 제(齊)나라 사람의 말은 영천(潁天)과 많이 달라[8] 조조가 알지 못하는 것이 무릇 열 중에 두셋은 되었으니 대략 그 의미에 따라 연독(連讀)했을 뿐이다." 그래서 해독하기 어려운 곳이 많다. 이제 「요전(堯典)」에 나오는 말을 약간 기록하여 그 대체적인 모습을 보도록 한다.

……제(帝)가 말씀하시되, 때[時]를 따를 자 뉘를 찾아 등용(登庸)할꼬.

---

6) 「우공(禹貢)」: 『상서·하서(尙書·夏書)』의 1편이다. 내용은 우임금이 기(冀)·연(兗)·청(靑)·서(徐) 등 구주(九州)를 확정한 사실을 기술하고, 각 주(州)의 산천, 토양, 물산 및 공부(貢賦)의 등급을 기록하고 있다. 오늘날 사람들은 이처럼 광대한 지역의 자연현상과 공부(貢賦) 문제를 담고 있는 서술문은 적어도 전국시기에 이르러 비로소 나타날 수 있다고 여기고 있다.

7) 위굉(衛宏): 자는 경중(敬仲)이고, 동한(東漢) 동해(東海)[군 소재지는 지금의 산동성 담성(郯城)] 사람이다. 광무제(光武帝) 때 의랑(議郎)을 역임하였고, 『모시(毛詩)』 및 『고문상서(古文尙書)』를 연구하였다. (역주) 본문에서 진대(晉代)는 마땅히 동한(東漢)이라 해야 옳다.

8) (역주) 제나라는 오늘날 산동성 태산(泰山) 이북의 황하유역과 교동반도(膠東半島) 지역이며, 영천(潁天)은 오늘날 하남성 우현(禹縣)이다.

방제(放齊, 요임금의 신하—역자)가 아뢰도, 윤자(胤子)인 주[朱, 요임금의 후계자인 단주(丹朱)—역자]가 계명[啓明, 개명(開明)과 같은 뜻—역자]하나이다. 제(帝)가 말씀하시되, 아아, 완악하고 다투거니, 괜찮겠는가? 제(帝)가 말씀하시되, 내 일을 따를 자 뉘를 찾을꼬? 환도(驩兜)가 말하되, 아아, 공공[共工, 관명(官名)—역자]이 또한 모여 공(功)을 나타내니이다. 제(帝)가 말씀하시되, 아아, 조용할 때는 말하되 쓰여지면 어기고, 겉모습[象]만 공손하여 하늘을 업신여기니라! 제(帝)가 말씀하시되, 아아, 사악(四岳)[9]이여! 상상(湯湯, 물이 세차게 흐르는 모양—역자)한 홍수(洪水)가 바야흐로 해쳐서 탕탕(蕩蕩)히 산(山)을 싸며 능(陵)을 올라 호호(浩浩, 큰 물이 흐르는 모양—역자)히 하늘에 만연할새, 하민(下民)이 이를 탄식하나니, 능한 자 있거든 그에게 다스리게 하리라. 모두 아뢰되, 아아, 곤(鯀, 요임금의 신하이며 우임금의 아버지—역자)이 있나이다! 제(帝)가 말씀하시되, 아아, 그렇지 않느니라! 명(命)을 어기고 족(族)을 무너뜨리니라. 악(岳)이 아뢰되, 그만두시더라도 잘 되는지 보시고 그만두소서. 제(帝)가 말씀하시되, 가서 공경하라! 구 년 동안[九載] 공적[績用]이 이루어지지 않았다. 제(帝)가 말씀하시되, 아아, 사악(四岳)이여! 짐(朕)이 제위에 있기 칠십 년이니, 그대 명(命)을 쓸 수 있나니, 짐의 제위를 사양할진저. 악(岳)이 아뢰되, 부덕(不德)하여 제위(帝位)를 욕되게 하리이다. 말씀하시되, 명[明, 여기서는 고관(高官)을 가리킴—역자]을 분명히 하고[明] 측루(側陋, 미천한 사람의 뜻—역자)를 천거하라! 모두 제(帝)께 아뢰되, 홀아비[鰥]가 있어 미천한 신분[在下]으로 우순(虞舜, 우는 성, 순은 이름—역자)이라 하나이다. 제(帝)가 말씀하시되, 옳거니! 내 들었노라. 어떠하뇨? 악(岳)이 말하되, 장님[瞽]의 아들로서 아버지[父, 고수(瞽叟)라 불렀음—역자]

---

9) (역주) 사악(四岳) : 정현(鄭玄)은 사악은 네 시관(時官)으로 사방의 산악에 관한 일을 주관하는 관직이라 했고, 공안국(孔安國)은 희(羲)·화(和)의 네 사람이 사악(四岳)을 분장한 제후였기 때문에 생긴 이름이라고 했다.

가 완고하고[頑] 어머니[母, 순임금의 후모(後母)-역자]가 어리석고[嚚], 상[象, 이모(異母)의 동생 이름-역자]이 교만[傲]하거늘, 효로써 화해[諧]로울 수 있어 증증(烝烝, 날로 진보하는 모양-역자)히 다스려 나쁜데[姦] 이르지 않게 하나이다. 제(帝)가 말씀하시되, 내 그를 시험할진저. 이에 시집보내어 이녀(二女, 요임금의 두 딸인 아황(娥皇)·여영(女英)-역자)에게 대하는 법을 살펴보리라 하시고, 이녀(二女)를 치장하여 위예(嬀汭, 순임금이 살았던 곳-역자)에 보내시어 우(虞)의 아내가 되게 하셨다[嬪].10)

양웅(揚雄)은 "옛날 『서(書)』를 설명한 사람들의 서(序)가 100을 헤아리는데,……「우하지서(虞夏之書)」는 돈후순박하고[渾渾], 「상서(商書)」는 막힘 없이 넓고[灝灝], 「주서(周書)」는 엄숙하다[噩噩]"[『법언·문신(法言·問神)』]고 했다. 우하(虞夏)는 선양(禪讓)하여 치적(治績)이 특히 두드러지고 훌륭한 공적을 많이 베풀었으니, 그래서 대단히 위대하였다. 주(周)나라 때는 정벌이 많아 위아래가 서로 조심하여 일은 위급하였으나 말은 정성스러웠으니 준엄하여 아부나 관용을 허락하지 않았다. 다만 『상서』에는 때때로 슬프고 격렬한 소리[音]가 있어 마치 벼랑 끝에서 도움을 얻지 못한 듯한데, 이를 편안하고 대범하다[夷曠]고 여기니 자세히 알 수가 없다. 예를 들어 「서백감려(西伯戡黎)」를 보자.

---

10) (원문) "……帝曰: 疇咨若時, 登庸. 放齊曰: 胤子朱, 啓明. 帝曰: 吁! 嚚訟, 可乎? 帝曰: 疇咨若予采? 讙兜曰: 都! 共工, 方鳩僝功. 帝曰: 吁! 靜言庸違, 象恭, 滔天! 帝曰: 咨, 四岳! 湯湯洪水方割, 蕩蕩懷山襄陵, 浩浩滔天, 下民其咨. 有能, 俾乂. 僉曰: 於, 鯀哉! 帝曰: 吁, 咈哉! 方命, 圮族. 岳曰: 异哉! 試可, 乃已. 帝曰: 往, 欽哉! 九載, 績用弗成. 帝曰: 咨, 四岳! 朕在位七十載, 汝能庸命, 巽朕位. 岳曰: 否德, 忝帝位. 曰: 明明, 揚側陋! 師錫帝曰: 有鰥在下, 曰虞舜. 帝曰: 兪! 予聞. 如何? 岳曰: 瞽子. 父頑, 母嚚, 象傲. 克諧以孝, 烝烝乂, 不格姦. 帝曰: 我其試哉. 女于時觀厥刑于二女, 釐降二女于嬀汭, 嬪于虞."

서백(西伯)이 이미 여(黎)를 이겼거늘, 조이[祖伊, 조기(祖己)의 후손]는 두려워하여 왕[王, 은(殷)나라의 마지막 임금인 주(紂)를 가리킴—역자]에 게 달려가 고하니라. 아뢰되, 천자시여, 하늘이 이미 우리 은(殷)나라의 운명을 끊으신지라, 격인[格人, 지인(至人), 선지자—역자]과 원귀(元龜, 거북점—역자)가 감히 길(吉)을 알지 못하노니, 선왕(先王)이 우리 후인(後人) 을 돕지 아니하시는 것이 아니라, 왕이 방탕하고 유희하여[淫戲] 그로써 스스로 끊음이니이다. 그러므로 하늘이 우리를 버리사 충분한 식량[康食] 이 있지 않게 하며, 천성(天性)을 헤아리지 아니하며, 따를 법을 밟지 아 니하게 하니이다. 이제 우리 백성이 망하기를 바라지 않는 자가 없고, 말 하되, 하늘은 어찌 위엄을 내리지 아니하시며 대명(大命)은 이르지 아니 하느뇨 이제 왕은 어찌하랴 하나이다. 왕이 말씀하시되, 오호라, 내 생 (生)은 그 명(命)이 하늘에 있지 아니하느냐? 조이(祖伊)가 돌아가 말하되, 오호라, 그대 죄 많아 하늘에 다 알려져 있거늘, 어찌 그대의 명(命)을 하 늘에 탓할 수 있으리요? 은(殷)이 곧 망하리로니, 그대가 한 일을 보면 알 수 있나니, 반드시 그대 나라에서 죽임을 당할 것이로다!11)

무제(武帝) 때 노(魯)나라 공왕(共王)은 공자의 옛집을 헐다가 그의 말 손(末孫)인 혜(惠)가 소장하고 있던 책을 얻었는데, 글자가 모두 고문(古 文)이었다. 공안국(孔安國)12)은 금문(今文)과 대조하여 25편을 얻었고, 그 중 5편은 복생(伏生)이 외고 있던 것과 서로 합치되었는데, 이에 따 라 모두 고문에 의거하여 각 편(篇)의 차례를 정하고 예서(隷書) 고자

---

11) (원문) "西伯旣戡黎, 祖伊恐, 奔告于王曰: 天子! 天旣訖我殷命, 格人元龜, 罔敢知吉. 非先王不相我後人, 惟王淫戲用自絶. 故天棄我, 不有康食, 不虞天性, 不迪率典. 今我 民罔弗欲喪, 曰, 天曷不降威. 大命不摯, 今王其如台. 王曰: 嗚呼! 我生不有命在天. 祖 伊反曰: 嗚呼! 乃罪多參在上, 乃能責命于天? 殷之卽喪, 指乃功, 不無戮于爾邦!"

12) 공안국(孔安國): 공구(孔丘)의 12대 손이며, 한(漢) 무제(武帝) 때 간대부(諫大夫)· 임회(臨淮)의 태수를 역임하였다.

(古字)로 그것을 쓰니 58편으로 완성되었다. 때마침 무고[巫蠱, 당시의 미신으로 나무인형을 땅속에 묻고 무술(巫術)로써 저주하면 사람을 해칠 수 있다는 것—역자]의 사건13)이 일어나 임금에게 바칠 수 없게 되자 개인적으로 제자들에게 그 업(業)을 전수하였는데,『상서』고문의 학(『尙書』古文之學)이라 불렀다.[『수서·경적지(隋書·経籍志)』] 그리고 앞서 복생이 구술로 전수한 것은 한(漢)의 예서(隸書)로 씌어졌기 때문에 그와 반대로 금문(今文)이라 했다.

공씨(孔氏)가 전한 것은 무고(巫蠱)의 사건을 만나 유행되지 않았고, 곧 장패(張霸)14)의 무리들이「순전(舜典)」,「누작(淚作)」등 24편을 위조하여 역시 고문서(古文書, 고문『서(書)』의 뜻—역자)라 했지만 글의 내용이 난잡하고 천박하여 세상으로부터 믿음을 얻을 수 없었다. 공씨가 전한, 오늘날의 책『고문상서(古文尙書)』는 진대(晋代) 예장(豫章)인 매색(梅賾)15)이 임금에게 바친 것으로 다만「순전(舜典)」이 빠져 있었고, 수대(隋代)에 이르러 상을 내걸고 널리 구하자 마침내 그 편을 얻게 되었으며, 당대(唐代) 공영달(孔穎達)16)이 그에 소(疏)를 붙이자 드디어 세상에 크게 유행하게 되었다. 송대(宋代) 오역(吳棫)17)은 처음으로 의심

---

13) 무제(武帝)는 만년에 병이 많았는데, 누군가 무고(巫蠱)의 방법으로 자신을 해치려 한다고 생각하였다. 총신(寵臣)인 강충(江充)이 마침내 태자가 무고의 방법으로 제위를 찬탈하려 한다고 모함하였다. 정화(征和) 2년에 태자는 쫓겨서 달아났고, 끝내 자살하였다. 무고의 사건을 조사하는 과정에서 죽은 자가 수만 명에 이르렀다.

14) 장패(張霸) : 서한(西漢) 동래(東萊)[군 소재지는 지금의 산동성 액현(掖縣)] 사람이다. 한대 성제(成帝) 때 고문(古文)『상서(尙書)』를 위조하였다.

15) 매색(梅賾) : 매이(梅頤) 또는 매색(枚賾)이라고도 하며, 자는 중진(仲眞)이고, 동진(東晉) 여남(汝南)[지금의 호북성 무창(武昌)] 사람으로 예장내사(豫章內史)를 역임했다. 동진 원제 때 공씨가 전한『고문상서』를 진상하였다.

16) 공영달(孔穎達, 574~648) : 자는 충원(冲遠)이고, 당대(唐代) 기주(冀州) 형수(衡水)[지금은 하북성에 속함] 사람이다. 수대에서 당대에 들어 관직이 국자제주(國子祭酒)에 이르렀고, 태종(太宗)의 명을 받들어『오경정의(五經正義)』를 주편했다.

17) 오역(吳棫, 약 1100~1154) : 자는 재로(才老)이고 남송(南宋) 건안(建安)[지금의 복

스럽다고 여겼으며, 주희(朱熹)는 더욱이 그 어구[詞]를 비교하여 "금
문(今文)은 난삽한 데가 많고, 고문(古文)은 반대로 평이하여", "오히려
진송(晋宋) 시대의 문장과 흡사하며" 또한 서(書)의 서(序) 역시 공안국
(孔安國)이 지은 것이 아닐 것이라 생각하였다. 명대(明代) 매작(梅鷟)[18]
은 『상서고이(尚書考異)』를 지어 더욱 강하게 그 진상을 밝히면서 "『상
서』는 오직 금문(今文) 뿐으로 복생이 입으로 외어 전한 것이 진짜 고
문(古文)이다. 공자의 집 벽에서 나온 것은 다 후대 유자(儒者)들의 위
작으로서 대체로 『논어(論語)』, 『맹자(孟子)』와 같은 여러 경전에 나오
는 말에 의거하고 집약하고 있으며, 또한 그 자구를 표절하여 겉치레
로 꾸며 놓았다"라고 했다.

시가(詩歌)의 기원은 당연히 기사(記事)보다 이르지만, 갈천(葛天)의
「팔결(八闋)」, 황제(黃帝)의 악사(樂詞)[19]는 겨우 그 이름만 남아 있다.
『가어(家語)』[20]에서는 순(舜)임금이 오현금(五弦琴)을 타며 「남풍(南風)」
의 시를 만들어 이렇게 노래하였다고 한다. "남풍의 훈훈함이여, 우리
백성들의 원망을 풀어 줄 수 있구나. 남풍이 불어올 때라, 우리 백성들

건성 건구(建甌)] 사람이다. 관직은 천주(泉州)의 통판(通判)이었고 『운보(韻補)』 등
을 지었다. 그는 『고문상서(古文尚書)』에 대해 의심하였는데, 그가 지은 『서패전(書
稗傳)』에 보인다. 이 책은 이미 없어졌고, 청대 염약거(閻若璩)의 『고문상서소증(古
文尚書疏證)』 권8에서 "고문상서를 의심한 것은 오재로(吳才老)에서 시작되었다"
라고 했다. 남송의 주희(朱熹), 명대 매작(梅鷟)은 모두 오역의 설을 인용 서술한 적
이 있다.

18) 매작(梅鷟) : 자는 경재(敬齋)이고 명대 정덕(旌德)[지금은 안휘성에 속함] 사람이
며, 무종(武宗) 정덕(正德) 연간에 진사가 되었다. 『상서고이(尚書考異)』, 『상서보(尚
書譜)』를 지었다.

19) 황제(黃帝)의 악사(樂詞) : 「함지(咸池)」를 가리킨다. 『한서·예악지(漢書·禮樂誌)』
에서 "옛날 황제(黃帝)가 「함지(咸池)」를 지었다"라고 하였다.

20) 『가어(家語)』 : 『공자가어(孔子家語)』의 준말, 『한서·예문지』에 27권으로 기록되
어 있다. 현존하는 것은 10권이며, 송대 이래로 그것은 위(魏)나라 때 왕숙(王肅)이
수집·위조한 것이라고 여겨 왔다.

의 재산을 늘일 수 있구나.(南風之熏兮, 可以解吾民之慍兮; 南風之時兮, 可以阜吾民之財兮)"『상서대전(尙書大傳)』21)에는 또 다음과 같은 「경운가(卿雲歌)」가 실려 있다. "상스러운 구름이 찬란히 이리저리 맴돌고, 햇살과 달빛이 밝고도 밝구나(卿雲爛兮, 糺縵縵兮, 日月光華, 旦復旦兮)!" 가사[辭]는 의미만을 전달하고 있어 자못 고풍스러운[古風] 데가 있지만, 한위(漢魏) 시대에 처음으로 전해졌으니 아마 역시 후대 사람들의 모작일 것이다. 그 중에서 확실히 믿을 만한 것은 『상서(尙書)』의 「고요모(臯陶謨)」[공안국(孔安國)이 전했다는 가짜 『상서』에는 이것을 「익직(益稷)」으로 분류하였음] 속에 있으며, 다음과 같다.

> ……기(夔)가 아뢰되, 아아, 내가 돌[石, 여기서는 석경(石磬) 즉, 돌경쇠를 가리킴―역자]을 치고 돌을 두드리매 백수(百獸)가 따르며 춤을 추고, 서윤[庶尹, 모든 백관부(百官府)의 장(長)을 가리킴―역자]이 진실로 화해로우니이다. 제(帝)가 애써 노래를 지으시며 말씀하시되, 하늘의 명(命)을 삼가는 것은 어느 때[時] 어느 일[幾]에도 필요하다 하시고, 노래하여 말씀하시되, 고굉(股肱, 임금이 가장 믿고 중하게 여기는 신하―역자)이 기쁘면 원수(元首, 천자를 가리킴―역자)가 일어나 백공[百工, 백관(百官)을 가리킴―역자]이 넓어지리라! 고요(臯陶)가 손을 들어 절하고[拜手] 머리를 조아리며[稽首] 소리 높여 아뢰되, 생각하소서! 거느려 일을 일으키시고[作興], 법을 삼가사 공경하소서! 한 일을 자주 살피사 공경하소서! 이어 노래를 지어 아뢰되, 원수(元首)가 밝으시면 고굉(股肱)이 어질어지고 서사(庶事)가 평안하리이다. 원수(元首)가 자질구레하시면[叢脞] 고굉(股肱)이 게을러지고 만사(萬事)가 무너지리이다. 제(帝)가 말씀하시되, 그렇구나, 가서 공경하라!22)

---

21) 『상서대전(尙書大傳)』: 옛 책에는 서한(西漢)의 복생(伏生)이 지었다고 적혀 있다. 청대 진수기(陳壽祺)가 그 집록본을 만들었다.

형식[體式]으로 말하면 지극히 간단하여 조자(助字)를 제거하면 실제로 삼언(三言)에 지나지 않으며, 후대의 "탕(湯)임금의 「반명(盤銘)」에 나오는, '만일 어느 날 새로워지면, 날마다 새로워져야 하고, 또한 날마다 새로워진다(苟日新, 日日新, 又日新)'"는 형식과 같다. 또 비록 짝수 글자로 운(韻)을 밟고 있지만 소박하고 수수하여 기사(記事)보다 크게 나은 데가 없다. 그렇지만 이는 다만 임금과 신하가 서로 고무하며 각자 법헌(法憲)을 신중히 하고 직분을 존중할 것을 기대하면서 말을 길게 늘이며 가락을 붙여 읊고 있어, 그래서 노래[歌]라고 하였고, 본래 시인이 지은 것은 아니다.

상(商)나라에서 주(周)나라에 이르는 사이에 시가 마침내 완비되었는데, 오늘날에는 305편이 남아 있고, 『시경(詩經)』이라 한다. 그것은 이전에 진(秦)나라 때의 분서(焚書)를 당하였지만 사람들이 암송하고 있었고 죽백(竹帛)에도 남아 있었으므로 가장 완전하였다. 사마천(司馬遷)은 처음으로 이렇게 생각했다. "옛날에 『시(詩)』 3,000여 편이 있었는데, 공자에 이르러 중복되는 것은 버리고 예(禮)와 의(義)에 적용할 수 있는 것은 취해 위로는 설(契)·후직(后稷)23)을 뽑고, 중간으로는 은(殷)·주(周)나라의 성대함을 기술하고, 유왕(幽王)·여왕(厲王)24)의 실정[缺]에 이르기까지 다루었다." 그렇지만 당대(唐代) 공영달(孔穎達)은 벌써 그 말에 의문을 품었고, 송대(宋代) 정초(鄭樵)25)는 시(詩)는 모

---

22) (원문) "……夔曰: 於! 予擊石拊石, 百獸率舞, 庶尹允諧. 帝庸作歌曰: 勅天之命, 惟時惟幾. 乃歌曰: 股肱喜哉, 元首起哉, 百工熙哉! 皐陶拜手稽首揚言曰: 念哉! 率作興事, 愼乃憲, 欽哉! 屢省乃成, 欽哉! 乃賡載歌曰: 元首明哉, 股肱良哉, 庶事康哉! 又歌曰: 元首叢脞哉, 股肱惰哉, 萬事墮哉! 帝曰: 俞, 往, 欽哉!"

23) (역주) 설(契) : 설(楔) 또는 설(卨)이라고도 하며, 상족(商族)의 시조라고 한다. 그는 우임금의 치수를 도와 우 사도(司徒)에 임명되었다. 후직(后稷) : 주족(周族)의 시조라고 하며, 농관(農官)에 임명되었고, 각종 농작물을 심는 데 뛰어났다.

24) (역주) 유왕(幽王)·여왕(厲王) : 모두 서주(西周) 말엽의 군주로서 포악한 정치를 했던 것으로 유명하다.

두 상(商)·주(周)나라 사람들이 지은 것으로 공자가 노(魯)나라 태사(太師)에게서 얻어 편집하여 기록한 것이라고 했다. 주희(朱熹)는 시(詩)에 대해 의견이 항상 정초(鄭樵)와 일치하였는데, 역시 "사람들은 공자[夫子]가 시를 산정[刪]하였다고 하지만, 내가 보기에는 다만 많은 시들을 채집하였을 뿐이다. 공자는 산거(刪去)하지 않았으며 다만 간정(刊定)하였을 따름이다."라고 했다.

『서(書)』에는 육체(六體)가 있고, 『시』에는 육의(六義)가 있으니, 첫째가 풍(風), 둘째가 부(賦), 셋째가 비(比), 넷째가 흥(興), 다섯째가 아(雅), 여섯째가 송(頌)이다. 풍아송(風雅頌)은 성질에 따라 말한 것으로, 풍(風)은 여항(閭巷)의 정시(情詩)이고, 아(雅)는 조정의 악가(樂歌)이고, 송(頌)은 종묘의 악가(樂歌)이다. 이것이 『시』의 세 가지 날줄[三經]이다. 부비흥(賦比興)은 체제(體制)에 따라 말한 것으로, 부(賦)는 감정을 직서(直抒)한 것이고, 비(比)는 사물을 빌어 뜻[志]을 말한 것이고, 흥(興)은 사물에 기탁하여 말[辭]을 떠올리게 하는 것이다. 이것이 『시』의 세 가지 씨줄[三緯]이다. 풍은 「관저(關雎)」로 시작하고[始], 아에는 대소(大小)가 있다. 소아(小雅)는 「녹명(鹿鳴)」으로 시작하고, 대아(大雅)는 「문왕(文王)」으로 시작하고, 송은 「청묘(淸廟)」로 시작하는데, 이것이 네 가지 시작[四始]이다. 한대(漢代)에는 『시』를 해설하는 사람이 많았으니, 노(魯)나라에는 신배(申培), 제(齊)나라에는 원고(轅固), 연(燕)나라에는 한영(韓嬰)이 있어[26] 모두 일찍이 학관(學官)에 올랐으나 그 책들은 지금

---

25) (역주) 정초(鄭樵, 1104~1162) : 자는 어중(漁仲)이고 남송(南宋) 보전(莆田)[지금은 복건성에 속함] 사람이며, 사학가이다. 관직은 추밀원(樞密院) 편수(編修)에 이르렀다. 저서로는 『통지(通志)』 200권이 있다. 산시설(刪詩說) 문제에 대한 정초의 견해는 그가 지은 『육경오론·산시변(六經奧論·刪詩辨)』에 보인다.

26) 신배(申培) : 서한(西漢) 때 노(魯)[지금의 산동성 곡부(曲阜)] 사람이며, 무제(武帝) 때 태중대부(太中大夫)가 되었다. 원고(轅固) : 서한 때 제(齊)[지금의 산동성 치박(淄博)] 사람이며, 경제(景帝) 때 박사(博士)였다. 한영(韓嬰) : 서한 때 연(燕)[지금의

모두 없어졌다. 남아 있는 것은 오직 조(趙)나라 사람 모장(毛萇)의 시전(詩傳)뿐인데, 그의 학(學)은 자하(子夏)로부터 전수받은 것이라고 스스로 말하였고, 하간헌왕(河間獻王)이 특히 그것을 좋아하였다.[27] 그 시(詩)는 편마다 모두 서(序)가 붙어 있고, 정현(鄭玄)은 첫 편의 대서(大序)는 곧 자하가 지은 것이고, 뒤에 나오는 소서(小序)는 자하와 모공(毛公)[28]의 합작이라고 여겼다. 그러나 한유(韓愈)는 "자하는 시에 서를 붙이지 않았다"고 했다. 주희(朱熹)는 시를 해석하면서 역시 시만 믿고 서는 믿지 않았다. 그러나 범엽(范曄)[29]의 주장에 따르면 사실 후한(後漢) 때 위굉(衛宏)이 그것을 지은 것이다.[30]

모씨(毛氏)의 「시서(詩序)」도 믿을 수 없고, 삼가(三家)의 『시』 또한 전하지 않으니 시를 지은 본의(本義)는 끝내 잘 알기 어렵다. 그리고 『시』의 편목(篇目) 차례 또한 그다지 시대에 따라 선후를 정한 것이 아

북경(北京)] 사람이며, 문제(文帝) 때 박사였다. 이 세 사람은 각각 '노시학(魯詩學)', '제시학(齊詩學)', '한시학(韓詩學)'의 창시자이다.

27) 모장(毛萇) : 장(萇)은 '장(長)'이라고도 하며, 서한 때 조(趙)[군 소재지가 지금의 하북성 한단(邯鄲)] 사람이다. '모시학(毛詩學)'의 전수자로 알려져 있다. 하간헌왕(河間獻王)의 박사를 역임했다. 자하(B.C. 507~?) : 성은 복(卜), 이름은 상(商)이며, 춘추(春秋) 시기에 진(晋)나라 온(溫)[지금의 하남성 온현(溫縣)] 사람이며, 공구(孔丘)의 제자이다. 『시(詩)』와 『서(書)』는 그가 전수한 것이라 전한다. 하간헌왕(河間獻王) : 유덕(劉德)을 가리킨다.

28) 모공(毛公) : 모형(毛亨)을 가리킨다. 서한 때 노(魯)나라 사람인데, 일설에는 하간(河間) 사람이라고도 한다. '모시학(毛詩學)'의 창설자라고 전한다. 모장(毛萇)의 『시』학은 모형으로부터 전수받았는데, 후대 사람들은 이 때문에 모형을 '대모공(大毛公)', 모장을 '소모공(小毛公)'이라 했다.

29) (역주) 범엽(范曄, 398~446) : 자는 울종(蔚宗)이고, 남조(南朝) 유송(劉宋) 때 순양(順陽)[지금의 하남성 절천(浙川) 동쪽] 사람이며, 사학가이다. 상서이부랑(尙書吏部郎)을 역임하였다. 『후한서(後漢書)』 기전(紀傳) 80권을 지었고, 『10지(十誌)』는 완성하지 못하였다.

30) (역주) 위굉(衛宏)이 「모시서(毛詩序)」를 지었다는 주장은 범엽(范曄)의 『후한서 · 유림전(後漢書 · 儒林傳)』에 보인다.

니며, 그래서 후대로 오면서 이설(異說)이 많아졌다. 명대 하해(何楷)[31]
는 『모시세본고의(毛詩世本古義)』를 지어 시를 연대에 따라 엮고, 위로
는 하(夏)나라 소강왕(少康王) 때(「공유(公劉)」, 「칠월(七月)」 등)부터 시
작하여 주(周)나라 경왕(敬王)의 시대(「하천(下泉)」)까지 이른다고 하였
는데, 비록 맹자(孟子)의 지인논세(知人論世)[32]의 설과 합치되지만, 역
시 꼭 그 본의(本意)는 아니다. 요컨대 『상송(商頌)』 5편은 사적(事迹)이
분명하고 가사[詞]도 난해하여 『상서(尚書)』와 비슷한데, 이로써 위로
순(舜)임금 고요(皋陶)의 노래[33]를 계승하였음은 아마 거짓이 아닐 것
이다. 이제 그 중 「현조(玄鳥)」 1편을 적어 본다. 『모시(毛詩)』의 서(序)
에서는 '고종(高宗)에게 제사지내는 것'이라 하였다.

> 하늘이 현조(玄鳥)를 명하사[34]
>
> 내려와 상(商)나라를 탄생시켜
>
> 은(殷)나라 땅의 크고 큰 곳에 거주하게 하시거늘

---

31) 하해(何楷) : 자는 원자(元子)이고, 명대 진해위(鎮海衛)[지금의 복건성 장포(漳浦)]
사람이며, 희종(熹宗) 천계(天啓) 연간에 진사가 되었다. 그가 지은 『모시세본고의
(毛詩世本古義)』는 『시경세본고의(詩經世本古義)』라고도 하며, 28권이다. 『시』 300
편에 대해 억지로 시대를 구분하고 작자의 성명을 견강부회하고 있으며, 사물의
이름에 대한 고증이 비교적 상세하다.

32) 지인논세(知人論世) : 이 말은 『맹자·만장(孟子·萬章)』에 나오는데, "그 사람의
시를 읊고 그 사람의 책을 읽고도 그 사람에 대해 알지 못할 수도 있지 않겠는
가? 그래서 그 사람의 시대를 논하는 것이며, 이것이 옛날로 거슬러 올라가서 벗
삼는다는 것이다(頌其詩, 讀其書, 不知其人, 可乎? 是以論其世也, 是尙友也)"라고
하였다.

33) (역주) 앞의 『상서·고요모(尚書·皋陶謨)』의 가사를 가리킨다.

34) (역주) 현조(玄鳥)는 제비를 가리킨다. 고신씨(高辛氏)의 비(妃)이며 유융씨(有娀氏)
의 딸인 간적(簡狄)이 교매(郊禖, 옛날 제왕들이 아들을 얻기 위해 제사지내던 신)
에 기도할 때 제비가 알을 떨어뜨려 주거늘 간적이 이를 삼키고 설(契)을 낳았는데,
그 후세에 마침내 유상씨(有商氏)가 되어 천하를 소유했다고 한다.

옛날 상제(上帝)께서 무탕(武湯)을 명하사

국경을 저 사방(四方)에 바로 잡게 하시고

사방(四方)으로 그 제후(諸侯)들에게 명하사

곧 구유[九有, 구주(九州)―역자]를 소유하게 하시니라

상(商)나라의 선왕(先王)들이

명(命)을 받음이 위태롭지 않은지라

무정[武丁, 고종(高宗)―역자]의 손자에게 하셨도다.35)

무정(武丁)의 손자인

무왕(武王)이 이기지 않음이 없으시니

용기(龍旂)36)와 십승(十乘)으로

큰 서직(黍稷)을 이에 받들어 올리도다.37)

나라의 국경 천리여

백성들이 거주하는 바이니

저 사해(四海)에 국경을 비로소 열어 놓아

사해(四海)가 와서 이르느니

와서 이름이 많고도 많거늘

경산(景山)38)의 둘레에 있는 하수(河水)에

---

35) (역주) 지금 무정(武丁)의 손자가 아직도 그 복의 덕을 보고 있음을 말한다.

36) (역주) 제후들이 세우는 교룡기(交龍旂)이다.

37) (역주) 제후들이 서직(黍稷, 기장을 가리키며, 옛날 곡식을 대표함)을 받들어 와서
제사를 돕지 않음이 없었음을 말한다.

38) (역주) 상(商)나라가 도읍한 곳이라고도 한다.

은(殷)나라가 명(命)을 받음이 모두 마땅한지라

온갖 복록을 이어 받도다.39)

『소아(小雅)』・『대아(大雅)』의 경우, 어떤 것은 찬미하고 어떤 것은 풍자하고 있어 작자의 감정을 비교적 쉽게 드러내고 있으니『송(頌)』의 시(詩)와 같지는 않지만 대체로 찬미하는 내용이다. 예를 들어『소아』의「채미(采薇)」는 정인(征人)이 멀리 변방을 지키며 비록 힘이 들지만 감히 쉬지 못한다는 내용인데, 이렇게 노래하고 있다.

고사리를 뜯고 고사리를 뜯음이여

고사리 또한 땅에서 나왔으리로다

돌아감이여, 돌아감이여

해 또한 저물리로다

실가(室家)가 없음이

험윤(獵狁, 오랑캐 – 역자)의 연고이며

편안히 거처할 겨를이 없음이

험윤의 연고이니라

……

저 환한 꽃은 무엇인고

상체(常棣)의 꽃이로다

저 노거(路車, 수레 – 역자)는 무엇인고

군자(君子)가 타는 수레로다

---

39) (원문) "天命玄鳥, 降而生商, 宅殷土芒芒. 古帝命武湯, 正域彼四方, 方命厥后, 奄有九有. 商之先后, 受命不殆, 在武丁孫子. 武丁孫子, 武王靡不勝, 龍旂十乘, 大糦是承. 邦畿千里, 維民所止, 肇域彼四海, 四海來假, 來假祁祁, 景員維河, 殷受命咸宜, 百祿是何."

융거[戎車, 병거(兵車)-역자]를 이미 멍에하니
네 필의 말이 건장도 하도다
어찌 감히 편안히 거처하리오
한 달에 세 번 승리하리로다
……
옛날 내가 출정나갈 때에는
양류(楊柳)가 의의(依依)하더니
지금 내가 돌아올 때에는 함박눈이 펄펄 내리도다
길을 감이 길고 멀어
목마르며 굶주리노라
내 마음 서글퍼하거늘
나의 슬픔을 알아주지 않도다[40]

이것이 이른바 원망하지만 어지럽지 않고[怨誹而不亂], 온유하고 돈후하다[溫柔敦厚]는 말 그것이다. 그렇지만 또 대단히 직설적이고 격렬한 것도 있으니, 예를 들어 『대아』의 「첨앙(瞻卬)」을 보자.

하늘을 우러러 보니
나에게 은혜를 내리지 않는지라
심히 오랫 동안 편하지 못하여
이 큰 난을 내리셨도다
나라가 안정됨이 없어

---

40) (원문) "采薇采薇, 薇亦作止. 曰歸曰歸, 歲亦莫止. 靡室靡家, 玁狁之故; 不遑啓居, 玁狁之故. …… 彼爾維何? 維常之華. 彼路斯何? 君子之車. 戎車旣駕, 四牡業業; 豈敢定居, 一月三捷. …… 昔我往矣, 揚柳依依; 今我來思, 雨雪霏霏, 行道遲遲, 載渴載飢. 我心傷悲, 莫知我哀!"

선비와 백성들이 병드니
모적(蟊賊, 싹을 해치는 벌레—역자)의 해침이
평하여 끝이 없으며
죄망을 거두지 아니하여
평하여 나음이 없도다

남이 소유한 토전(土田)을
네 도리어 소유하며
남이 소유한 민인(民人)을
네 도리어 빼앗으며
이 죄 없는 사람을
네 도리어 구속하며
저 죄 있는 사람을
네 도리어 놓아 주도다.

명철한 지아비는 나라를 이루거늘
명철한 부인(婦人)은 나라를 전복시키느니라
……

용솟음쳐 나오는 함천(檻泉)이여
그 깊기도 하도다
마음에 근심함이여
어찌 지금부터이리오
나로부터 먼저도 아니며
나로부터 뒤도 아니로다
하늘이 아득히 머나

능히 공고히 하지 못함이 없으시니

황조(皇祖)를 욕되게 하지 않는다면

그대의 후일을 구원해주리라[41]

『국풍(國風)』의 가사[詞]는 비교적 평이하고 성정(性情)을 토로하고 있어 더욱 이해하기 쉽다. 다음을 보자.

들에 죽은 노루가 있거늘

흰 띠풀로 싸도다

아가씨가 봄을 그리워하거늘

길사[吉士, 미사(美士)와 같음―역자]가 유인하도다

숲에 떡갈나무가 있으며

들에 죽은 사슴이 있거늘

흰 띠풀로 묶으니

여자가 옥(玉)처럼 아름답도다

가만가만 서서히 와서

내 수건을 움직이게 하지 말며

삽살개가 짖게 하지 말라[42]

[「소남·야유사균(召南·野有死麕)」]

---

41) (원문) "瞻卬昊天, 則不我惠, 孔塡不寧, 降此大厲. 邦靡有定, 士民其瘵. 蟊賊蟊疾, 靡有夷屆; 罪罟不收, 靡有夷瘳! 人有土田, 女反有之; 人有民人, 女覆奪之. 此宜無罪, 女反收之; 彼宜有罪, 女覆說之! 哲夫成城, 哲婦傾城. ……觱沸檻泉, 維其深矣; 心之憂矣, 寧自今矣. 不自我先, 不自我後. 藐藐昊天, 無不克鞏; 無忝皇祖, 式救爾後!"

42) (원문) "野有死麕, 白茅包之; 有女懷春, 吉士誘之. 林有樸樕; 野有死鹿, 白茅純束, 有女如玉. 舒而脫脫兮; 無感我帨兮; 無使尨也吠!"

진수(溱水)와 유수(洧水)가

봄물이 막 성하거늘

남자와 여자가

막 난초를 잡고 있도다

여자가 "구경하자"고 하자

남자가 "이미 하였노라" 하도다

"또 가서 구경할진저

유수(洧水) 밖은

진실로 넓고 또 즐겁다" 하여

남자와 여자가

서로 희학을 하면서

작약(勺藥)을 선물하도다[43]

[「정풍·진유(鄭風·溱洧)」]

산에는 느릅나무가 있으며

진펄에는 흰 느릅나무가 있느니라

그대가 의상(衣裳)이 있으되

입지 않고 끌지 않으며

그대가 거마(車馬)가 있으되

달리지 않고 몰지 않으면

완연(宛然)히 죽거든

타인(他人)이 이에 즐거워하리라

산에는 북나무가 있으며

---

43) (원문) "溱與洧, 方渙渙兮; 士與女, 方秉蘭兮. 女曰觀乎, 士曰旣且. 且往觀乎, 洧之外,
洵訏且樂. 維士與女, 伊其相謔, 贈之以勺藥 ……."

진펄에는 싸리나무가 있느니라

그대가 뜰이 있으되

물뿌리지 않고 쓸지 않으며

그대가 종고(鍾鼓)가 있으되

두들기지 않고 치지 않으면

완연(宛然)히 죽거든

타인(他人)이 이에 차지하리라

산에는 옻나무가 있으며

진펄에는 밤나무가 있느니라

그대가 술과 밥이 있으되

어찌 날로 비파를 타면서

기뻐하고 즐거워하지 않으며

또 날을 길게 보내지 않는고

완연(宛然)히 죽거든

타인(他人)이 집에 들어오리라[44]

[「당풍·산유추(唐風·山有樞)」]

『시』의 차례는 처음이 『국풍』, 그 다음이 『아』, 그 다음이 『송』이다. 『국풍』의 차례는 「주남(周南)」·「소남(召南)」으로 시작하여 다음으로 패 (邶), 용(鄘), 위(衛), 왕(王), 정(鄭), 제(齊), 위(魏), 당(唐), 진(秦), 진(陳), 회(檜), 조(曹)를 거쳐 빈(豳)으로 끝난다. 그 서열의 선후에 대해 송대 (宋代) 사람들은 대부분 공자의 심오한 뜻[微旨]이 깃들어 있는 것으로

---

44) (원문) "山有樞, 隰有榆. 子有衣裳, 弗曳弗婁; 子有車馬, 弗馳弗驅; 宛其死矣, 他人是愉. 山有栲, 隰有杻. 子有廷內, 弗洒弗埽; 子有鐘鼓, 弗鼓弗考, 宛其死矣, 他人是保. 山有漆, 隰有栗. 子有酒食, 何不日鼓瑟? 且以喜樂, 且以永日. 宛其死矣, 他人入室."

여겼는데, 그렇지만 고시(古詩)는 오랫동안 유전(流傳)되어 왔으니 편(篇)의 차례가 꼭 그 같은 이유 때문일 필요는 없으며 오늘날 역시 순서를 확정할 길이 없다. 다만 『시』는 평이한 『풍』으로 시작하여 점차 전아하고 장중한 『아』와 『송』에 이르고, 『국풍』은 또 존중하던 주(周)나라 왕실에서 시작하여 점차 각 국을 아울러 다루고 있는데, 아직은 대강 미루어 짐작할 수 있을 뿐이다.

『시』삼백 편은 모두 북방에서 나왔으니 황하(黃河)를 중심으로 하고 있다. 열다섯 나라 중에서 주남(周南), 소남(召南), 왕(王), 회(檜), 진(陳), 정(鄭)은 하남(河南)에, 패(邶), 용(鄘), 위(衛), 조(曹), 제(齊), 위(魏), 당(唐)은 하북(河北)에, 빈(豳), 진(秦)은 경수(涇水)와 위수(渭水) 유역에 위치하는데, 영토는 대개 지금의 하남(河南), 산서(山西), 섬서(陝西), 산동(山東) 네 성(省)을 벗어나지 않는다. 이 곳 백성들은 몸가짐이 신중하여[厚重] 비록 가슴 속 생각[胸臆]을 직서(直抒)하여도 예(禮)와 의(義)에서 벗어나지 않을 수 있었고, 화를 내더라도 어그러지지 않았고, 원망하더라도 노하지 않았고, 슬퍼하더라도 마음을 상하지 않았고, 즐거워하더라도 지나치지 않았으니 비록 시가(詩歌)이지만 역시 교훈적이다. 그렇지만 이는 다만 후대 유자(儒者)들의 주장일 뿐이고, 실제로는 격렬하고 처량한 말과 분방한 언사가 『풍』·『아』 가운데 자주 나온다. 그러나 공자는 "『시』삼백을 한 마디로 생각함에 사악함이 없다"고 요약했다. 공자는 안연(顔淵)에게 나라 다스림을 설명하면서 "정(鄭)나라 음악을 물리쳐야 한다"고 했고, 또 "정나라 음악이 아악(雅樂)을 어지럽힘을 싫어한다"고 하였는데, 후대의 유자(儒者)들은 이 때문에 마침내 『정풍(鄭風)』을 의심하여 음란하다고 여겼으니 그 본뜻[旨]을 잃었다. 자기 마음이 깨끗하지 않으면 외부 사물도 그렇게 보이는 것이니 혜강(嵇康)45)은 이렇게 말했다. "정(鄭)나라 음악은 지극히 아름다운[至妙] 소리인데, 아름다운 음악이 사람을 감동시킴은 미색(美色)이 의지[志]를

미혹시키고 환락에 탐닉하고 술에 빠지는 것과 같아 본업[業]을 잃기
쉬우니 지인(至人)이 아니고서 누가 그것을 저지할 수 있을까.”[본집(本
集) 「성무애락론(聲無哀樂論)」, 여기서 본집은 『혜중산집(嵇中散集)』을
가리킴−역자] 세상이 고운 음악[窈窕之聲]을 버리려는 것은 대개 이
로 말미암은 것이며, 그러한 이치는 문장에도 통한다.

참고문헌

『상서정의(尚書正義)』, [당대 공영달(孔穎達)].
『모시정의(毛詩正義)』(상동).
『경의고(經義考)』, [청대 주이존(朱彝尊)] 권 72~76, 권 98~100.
『지나문학사강(支那文學史綱)』, [일본 아도헌길랑(兒島獻吉郎)] 제2편 제2~4장.
『시경연구(詩經研究)』[사무량(謝無量)].

---

45) 혜강(嵇康, 224~262) : 자는 숙야(叔夜)이고, 삼국 시기 위(魏)나라 초군(譙郡) 질
(銍)[지금의 안휘성 숙현(宿縣)] 사람이다. 관직은 중산대부(中散大夫)였고, 저서는
『혜중산집(嵇中散集)』이 있다.

제3편 노자(老子)와 장자(莊子)

주(周)나라 왕실이 점차 쇠퇴하여 시인[風人]들이 채집을 그만두게 되었고, 그래서 "성왕(聖王)들이 시를 채집하던 일이 폐지되자 시가 없어졌다(王者之迹熄而詩亡)"[1]고 했다. 지사(志士)들은 세상의 폐해를 구제하고자 온갖 궁리[神慮]를 다하고 자기의 지식과 견문을 동원하였다. 그리고 제후들도 바야흐로 서로 다투며, 유세하던[游學] 선비들을 후한 대접으로 불러모았는데, 어떤 이들은 군주에 영합하고 자기 주장을 실행하려 하였고, 그래서 다시 이설[異家]을 극력 배척하면서 자기가 쥐고 있는 것을 중요한 원리[要道]로 여겼으니, 논의와 주장이 종횡무진하고 저작이 구름처럼 일어났다. 그렇지만 당시에 '현학(顯學)'이라 할 만한 것은 실로 삼가(三家), 즉 도가(道家), 유가(儒家), 묵가(墨家)뿐이었다.

도가(道家)의 책[書]으로는 『한서·예문지(漢書·藝文志)』의 기록에 의하면 『이윤(伊尹)』, 『태공(太公)』, 『신갑(辛甲)』 등이 있지만, 지금은 모두 전하지 않는다. 『죽자(鬻子)』, 『관자(管子)』 역시 후대 사람들이 지은 것이므로 오늘날 남아 있는 것으로 『노자(老子)』보다 앞서는 것은 없다. 노자(老子)는 이름이 이(耳), 자가 담(聃), 성이 이(李)씨이며, 초(楚)나라 사람이다. 대개 주(周)나라 영왕(靈王) 초(B.C. 약 570년)에 태

---

1) 이 말은 『맹자·이루하(孟子·離婁下)』에 나온다. 남송의 주희(朱熹)는 주(注)에서 "왕자지적식(王者之迹熄)이란 평왕(平王)이 동천(東遷)한 후 정교호령(政敎號令)이 세상에 미치지 않게 되었음을 말한다"고 하였다.

어나서 수장실(守藏室)의 사(史)로 지낸 적이 있으며, 주나라의 쇠락을 보고 마침내 떠나 관문[關]에 이르렀고 관령(關令)인 윤희(尹喜)를 위해 상·하편의 책을 지어 도덕(道德)의 의미를 주장하며 5,000여 자를 남기고 떠났으며, 그의 죽음에 대해 아는 사람은 없다. 오늘날의 책은 또 81장으로 분리되어 있으며, 역시 후대 사람들이 함부로 나누어 놓았고, 본문은 실로 사상을 잡다하게 서술하고 있어 자못 조리가 없다. 때때로 글자를 대구하고[對字] 운을 맞추어[協韻] 암송하기 편리하게 하였는데, 진한(秦漢) 때 사람들이 전한 황제(黃帝)의 「금인명(金人銘)」, 전욱(顓頊)의 「단서(丹書)」 등(제1편 참고)과 동일하다.

보아도 보이지 않으니 이름하여 이(夷)라 하고, 들어도 들리지 않으니 이름하여 희(希)라 하고, 잡아도 잡을 수 없으니 이름하여 미(微)라 한다. 이 세 가지는 철저하게 따져 구명할[致詰] 수 없으며, 그러므로 섞여서 하나가 된다. 그 위는 밝지 아니하고, 그 아래는 어둡지 아니하며, 끊이지 않고 이어져 이름짓지 못하고, 무물(無物)로 되돌아간다. 이를 일러 무상(無狀)의 상(狀), 무물(無物)의 상(象)이라 하며, 이를 일러 홀황(惚恍, 분명하지 않은 모양―역자)이라 한다. 마주보아 그 머리를 보지 못하고, 뒤따라 그 뒤를 보지 못하며, 옛 도(道)를 잡아 이로써 오늘날의 유(有, 있음―역자)를 제어한다. 태고의 시원[古始]을 알 수 있으면 이를 일러 도기(道紀, 도의 근본―역자)라 한다.[2]

대상(大象)[3]을 잡고 천하로 나아간다. 나아가도 해롭지 않으니 태평(太

---

2) (원문) "視之不見名曰夷, 聽之不聞名曰希, 搏之不得名曰微. 此三者不可致詰, 故混而爲一. 其上不皦, 其下不昧, 繩繩兮不可名, 復歸於無物. 是謂無狀之狀, 無物之象, 是謂惚恍. 迎之不見其首, 隨之不見其後, 執古之道, 以御今之有. 能知古始, 是謂道紀."
3) (역주) 『노자(老子)』에 '대상무형(大象無形)'이라는 말이 나오는데, 도(道)를 말한다.

平)이다. 쾌락과 음식은 나그네가 발길을 멈추지만 도의 출구(出口)는 담백하여 그 맛이 없으며, 보아도 볼 수 없고, 들어도 들을 수 없고, 써도 다할 수 없다.4)

노자는 주나라 왕실에서 책을 돌보아 문전(文典)을 널리 보았고, 또 세상의 변화를 읽고 아는 것이 대단히 많았으니, 반고(班固)5)가 "도가(道家)라는 유파는 대개 사관(史官)에서 나왔으며, 성패(成敗), 존망(存亡), 화복(禍福), 고금(古今)의 도리를 낱낱이 기록하고, 그런 다음 요지와 근본을 장악할 줄 알아 청허(淸虛)로써 스스로를 지키고 비약(卑弱)으로써 스스로를 견지하였다"라고 한 것은 대개 이 때문이다. 그렇지만 노자의 주장 역시 순일(純一)하지 않아 계율[戒]의 언급이 많고 종종 울분의 언사[辭]가 있으며, 무위(無爲)를 숭상하지만, 여전히 세상을 다스리고 싶어한다. 그가 무위(無爲)를 말한 것은 "하지 못하는 것이 없으려(無不爲)" 하기 때문이다.6)

도(道) 그 자체는 보이지 않으니 형(形)이 없다고 하는 것이지만, 그 형(形)이 없는 것을 마음에 잡은 것을 상(象)이라 한다.

4) (원문) "執大象, 天下往. 往而不害, 安平太. 樂與餌, 過客止; 道之出口, 淡乎其無味, 視之不足見, 聽之不足聞, 用之不足旣."

5) 반고(班固, 32~92) : 자는 맹견(孟堅)이고, 부풍(扶風) 안릉(安陵)[지금의 섬서성 함양(咸陽) 동북쪽] 사람이다. 동한(東漢) 때의 사학가·문학가이다. 명제(明帝) 때 낭(郞)이 되었고, 도서(圖書)와 문적(文籍)을 관장하였으며, 부친인 반표(班彪)를 계승하여 『한서(漢書)』를 편찬하였다. 장제(章帝) 때 당시의 여러 유생들과 백호관(白虎觀)에서 오경(五經)의 이동(異同)을 강론하고, 『백호통덕론(白虎通德論)』을 지었다. 문학작품으로는 『양도부(兩都賦)』 등이 있다.

6) (역주) 노신은 『『출관』의 '관'(『出關』的'關')』[『차개정잡문말편(且介亭雜文末編)』]에서 이렇게 말했다. "하지 못할 것이 없으려면 해야 할 것이 하나도 없어야만 하는데, 왜냐하면 해야 할 것이 하나라도 있으면 한계가 생겨서 '하지 못하는 것이 없다(無不爲)'라고 볼 수 없기 때문이다.(要無所不爲, 就只好一無所爲, 因爲一有所爲, 就有了界限, 不能算是'無不爲'了.)" 할 것이 없어야(無爲) 하지 못하는 것이 없게(無

대도(大道)가 폐(廢)하여 인의(仁義)가 있다. 지혜(智慧)가 나와서 대위(大偽)가 있다. 육친(六親, 부자·형제·부부를 말함—역자)이 불화(不和)하여 효자(孝慈)가 있고, 국가가 혼란하여 충신(忠臣)이 있다.[7]

백성들의 굶주림은, 위(上, 통치자 또는 지배자—역자)에서 부세를 많이 먹음으로써 그래서 굶주린다. 백성들의 다스리기 어려움은, 위에서 하는 것이 있음(有爲)으로써 그래서 다스리기 어렵다. 백성들의 죽음을 경시하는 것은, 그들이 생을 추구하는 것이 두터움으로써 그래서 죽음을 경시한다. 무릇 오직 생(生)으로써 하는 것 없는 것이 생(生)을 귀하게 여기는 것보다 낫다.[8]

……성인(聖人)은 무위(無爲)의 일에 처신하고 불언(不言)의 가르침을 행하고, 만물(萬物)이 일어나도 사양하지 않고, 생겨나도 있다고 하지 않고, 작위(爲)해도 믿지 않으며, 공(功)이 이루어져도 거기에 머무르지 않는다. 무릇 오직 머무르지 않음으로써 떠나지 않는다.[9]

배움[學]을 해나가면 날로 더해지고, 도(道)를 해나가면 날로 덜어진다. 덜어지고 또 덜어지면 이로써 무위(無爲)에 이른다. 무위(無爲)이면 하지 못하는 것이 없다. 천하를 취하는 것은 언제나 무사(無事)로써 가능한데, 유사(有事)에 이르면 천하를 취할 수 없다.[10]

不爲) 되므로 노자가 말하는 '무위(無爲)' 속에는 무엇이든지 다 하려(無不爲)는 의도가 숨어 있다고 노신은 지적하고 있다.

7) (원문) "大道廢, 有仁義. 智慧出, 有大僞. 六親不和有孝慈, 國家昏亂有忠臣."

8) (원문) "民之飢, 以其上食稅之多, 是以飢. 民之難治, 以其上之有爲, 是以難治. 民之輕死, 以其生生之厚, 是以輕死. 夫唯無以生爲者, 是賢于貴生."

9) (원문) "……聖人處無爲之事, 行不言之敎, 萬物作焉而不辭, 生而不有, 爲而不恃, 功成而不居. 夫唯弗居, 是以不去."

　유가(儒家)·묵가(墨家) 두 유파는 노씨(老氏) 이후에 일어난 것이며 각각 인력(人力)을 다하고 그것으로써 세상의 어지러움을 구하고자 하였다. 공자(孔子)는 주(周)나라 영왕(靈王) 21년(B.C. 551년) 노(魯)나라 창평향(昌平鄉) 추읍(陬邑)에서 태어났고, 나이 30여 세에 노담(老聃)에게 예(禮)를 물은 적이 있다. 그러나 요순(堯舜) 임금을 조술(祖述)하며 세상 폐해를 다스리고자 하였으며, 도(道)가 이루어지지 않자 『시(詩)』, 『서(書)』를 확정하고[定], 『예(禮)』, 『악(樂)』을 수정하고[訂], 『역(易)』을 차례 정하고[序], 『춘추(春秋)』를 지었다[作]. 그가 죽자[경왕(敬王) 41년, B.C. 479년] 문하생들이 또 더불어 그의 언행을 집록하고 그것을 논찬(論纂)하여 『논어(論語)』라 하였다. 묵자(墨子) 역시 노나라 사람으로 이름이 적(翟)이며, 대개 공자보다 130~140년 뒤진다[약 위열왕(威烈王) 1년에서 10년 사이에 태어남]. 그는 하도[夏道, 하우(夏禹), 즉 우임금의 치세사상을 가리킴—역자]를 숭상하고,11) 평등하게 사랑하고, [兼愛] 상동(尙同)12)을 주장하였으며, 옛 예악[古之禮樂]을 반대하고, 유가(儒家)도 반대하였으며, 책[書] 71편이 있었으나 지금은 15권만 남아 있다. 그런데 유자(儒者)는 실(實)을 숭상하고 묵가(墨家)는 질(質)을 숭상하였으므로, 『논어』와 『묵자』는 그 문사(文辭)에 모두 화려한 수식이 조금도 없고 뜻을 충분히 전달할 수 있으면 그만이었다. 그 당시에 또

---

10) (원문) "爲學日益, 爲道日損. 損之又損之, 以至于無爲. 無爲而無不爲. 取天下常以無事; 及其有事, 不足以取天下."

11) (역주) 묵자는 번잡하고 꾸밈이 많은 주(周)나라의 예제(禮制)를 반대하고 열심히 노력하고 소박한 하우(夏禹, 우임금)의 정신을 본받을 것을 주장하였다.

12) (역주) 묵자는 "웃사람이 옳다고 여기는 것은 반드시 모두가 그것을 옳다고 여기며, 웃사람이 그르다고 여기는 것은 반드시 모두가 그것을 그르다고 여겨야 한다. (上之所是, 必皆是之; 上之所非, 必皆非之.)"[『묵자·상동상(墨子·尙同上)』]라고 하였다. '상동(尙同)'은 숭상하고 화동(和同)한다는 뜻으로 세상의 평화로운 질서를 위해 천자를 정점으로 가군(家君)은 국군(國君)에게 복종하고 국군은 천자에게 복종해야 한다는 일종의 치세사상이다.

양주(楊朱)가 있어 '위아(爲我)'를 중심으로 삼았으니 아마 책을 저술하지는 않았지만 그의 주장 역시 전국(戰國) 시기에 성행하였다. 맹자(孟子)는 가(軻)(B.C. 372년에 태어나 B.C. 289년에 죽었음)라는 이름을 가진 추(鄒)나라 사람으로 자사(子思)13)로부터 배웠고, 역시 당우(唐虞, 요·순임금―역자)를 숭상하고 인의(仁義)를 주장하였으며, 양주와 묵자에 대해 논의를 펼쳐 물리쳤고, 7편을 저술하여 『맹자(孟子)』라 하였다. 생존시기가 주(周)나라 말엽이라 점차 번잡한 문사[繁辭]가 많아지지만 서술은 때때로 매우 정묘(精妙)하여, 예를 들어 '무덤가에서 걸식하다(墦間乞食)'라는 단락은 송대(宋代) 오씨(吳氏)[『임하우담(林下偶談)』]14)가 극구 칭찬하였다.

제(齊)나라 사람으로 아내와 첩을 데리고 한 집에서 사는 자가 있었다. 남편은 외출할 때마다 반드시 잔뜩 배불리 먹고 술이 거나하게 취해서 돌아왔다. 그의 아내가 함께 먹고 마신 사람들이 누구인지 물어 보면, 모두 다 돈 많고 권세 있는 자들이었다. 그의 아내가 첩에게 말했다. "남편이 외출하면 반드시 배불리 먹고 거나하게 취해서야 돌아오는데, 함께 먹고 마신 사람들이 누구인지 물어 보면 다 돈 많고 권세 있는 사람들이며, 그러나 여태껏 그 유명한 사람들이 우리 집에 찾아오는 경우가 없었

---

13) 자사(子思, 약 B.C. 483~B.C. 402) : 성은 공(孔), 이름은 급(伋)이며, 춘추(春秋) 시기에 노(魯)나라 사람이다. 공구(孔丘)의 손자이며, 그는 증삼(曾參)에게 배워 『중용(中庸)』을 지었다고 한다.

14) 송대(宋代) 오씨(吳氏) : 오자량(吳子良)을 가리킨다. 자는 명보(明輔), 호는 형계(荊溪)이고, 남송(南宋) 임해(臨海)[지금은 절강성에 속함] 사람이며, 이종(理宗)의 보경(寶慶) 연간에 진사가 되었다. 그가 지은 『임하우담(林下偶談)』은 4권이다. 이 책의 권4에서 『맹자』를 이렇게 논하였다. "문법이 대단히 볼만하여, 예를 들어 제(齊)나라 사람이 무덤 가에서 걸식하다(齊人乞墦)는 단락은 특히 뛰어난데, 당대(唐代) 사람들의 잡설류(雜說類)는 대개 이를 모방한 것이다." '무덤 가에서 걸식하다(墦間乞食)'는 이 단락의 인용문은 『맹자·이루하(孟子·離婁下)』에 보인다.

으니 내가 남편이 가는 곳을 살펴보아야겠다.' 아침 일찍 일어나 멀찍이 떨어져 남편이 가는 곳을 뒤따라갔다. 온 성(城)을 다 지나는 동안 그와 함께 서서 이야기하는 사람이 없었으며, 마침내 동쪽 성 밖에 있는 묘지에 이르러 제사지내는 사람들에게 다가가 제사지내고 남은 음식을 얻어 먹고, 부족하면 다시 주위를 둘러보아 다른 곳으로 갔다. 이것이 그가 배불리 먹는 방법이었다. 그의 아내가 집으로 돌아와 첩에게 알려 주며 이렇게 말했다. "남편이란 우러러 보며 평생동안 같이할 사람인데, 오늘 보니 이 모양일세." 그리고 첩과 함께 그의 남편을 원망하며 마당 한가운데서 울었다. 그러나 남편은 그런 줄도 모르고 의기양양하게 밖에서 돌아와 그의 아내와 첩 앞에서 으스대었다.[15]

그렇지만 문사(文辭)가 아름답고 풍부한 것은 실제로 도가(道家)뿐인데, 『열자(列子)』와 『갈관자(鶡冠子)』라는 책은 늦게 나와 모두 후대 사람들의 위작이고, 오늘날 남아 있는 것으로는 『장자(莊子)』가 있다. 장자(莊子)는 이름이 주(周)이고 송(宋)나라 몽(蒙) 사람이며, 대개 맹자보다 조금 후대 사람으로 몽(蒙)의 칠원리(漆園吏, 벼슬이름—역자)를 지냈다. 10여 만 언(言)을 저술하였는데, 대체로 우언(寓言)으로 인물과 땅이 모두 가공적인 이야기로 사실과 무관하다. 그러나 그 문장은 열고 닫음의 기세가 웅장하고[汪洋辟闔] 의태가 다채로워[儀態萬方] 주나라 말기의 제자(諸子)들의 저작 중에 어느 것도 이를 능가할 수 없다. 지금은 33편이 남아 있는데, 「내편(內篇)」7, 「외편(外篇)」15, 「잡편(雜

---

15) (원문) "齊人有一妻一妾而處室者. 良人出, 則必饜酒肉而後反; 其妻問所與飲食者, 盡富貴也. 其妻告其妾曰: 良人出, 則必饜酒肉而後反, 問其與飲食者, 盡富貴也, 而未嘗有顯者來, 吾將瞷良人之所之也. 蚤起, 施從良人之所之. 徧國中無與立談者, 卒之東郭墦間之祭者, 乞其餘, 不足, 又顧而之他. 此其謂饜足之道也. 其妻歸, 告其妾曰: 良人者, 所仰望而終身也, 今若此. 與其妾訕其良人, 而相泣於中庭. 而良人未之知也. 施施從外來, 驕其妻妾."

篇)」11이 그것이다. 그렇지만 「외편」과 「잡편」은 역시 후대 사람들이 덧붙인 것이 아닐까 한다. 여기에 「내편」의 문장을 약간 기록하여 그 대강을 보도록 한다.

설결(齧缺, 요임금 때의 어진 사람으로 다음에 나오는 왕예의 제자─역자)이 왕예(王倪)에게 물었다. "선생님께서는 사물이 다 같게 시인(是認)되는 근거를 아십니까?", "내가 어찌 그것을 알겠느냐?", "선생님께서는 선생님이 알지 못하고 계시다는 것을 알고 계십니까?", "내가 어찌 그것을 알겠느냐?", "그렇다면 사물에 대하여 아는 것이 없으시다는 것입니까?", "내가 어찌 그것을 알겠느냐? 그렇지만 시험삼아 그것에 대하여 이야기 해 보기로 하자. 내가 말하는 안다는 것이 알지 못하는 것이 아님을 어떻게 알겠는가? 내가 말하는 알지 못한다는 것이 아는 것이 아님을 어떻게 알겠는가? 그러니 내 너에게 물어 보기로 하자. 사람이 습지에서 자면 허리에 병이 나고 말라죽게 되는데, 미꾸라지도 그러한가? 사람은 나무 위에서는 두려워 덜덜 떠는데 원숭이도 그러한가? 이 세 가지 것들 중에서 어느 것이 바른 거처를 알고 있는 것인가? ……내가 보건대 어짐과 의로움의 기준이나 옳고그름의 방향이 어지러이 뒤섞여 있다. 내 어찌 그 분별을 알 수가 있겠는가?" 설결(齧缺)이 말하였다. "선생님께서는 이롭고 해로운 것을 알지 못한다고 하시는데, 그러면 지인(至人)은 진정 이해(利害)를 알지 못하는 것입니까?" 왕예(王倪)가 대답하였다. "지인(至人)이란 신묘하여, 큰 연못을 말릴 뜨거운 불이라 하더라도 그를 뜨겁게 할 수가 없고, 큰 강물을 얼어붙이는 추위도 그를 춥게 할 수가 없고, 굉장한 우레가 산을 무너뜨리고 바람이 바다를 뒤흔든다 하더라도 놀라는 일이 없다. 그러한 사람은 구름을 타고 해와 달에 올라앉아 이 세상 밖에 노니는 것이다. 죽음과 삶도 자기에게 변화를 가져올 수 없거늘 하물며 이해(利害)의 평가야 어떠하겠는가?"16)[「제물론(齊物論)」제2]

우물이 마르면 물고기들은 서로 땅 위에 모여 서로 물기를 뿜어 주고 서로 물거품으로 적셔 주지만, 강물이나 호수 속에서 서로를 잊고 있던 때만 못한 것이다. 그처럼 요(堯)임금을 기리고 걸왕(桀王)을 비난하는 것은 차라리 두 사람을 다 잊고 올바른 도(道)로 동화되는 것만 못하다. 대지(大地)는 우리에게 형체를 부여하고, 삶을 주어 우리를 수고롭게 하고, 늙게 만듦으로써 우리를 편안하게 해 주고, 죽음으로써 우리를 쉬게 하고 있다. 그러므로 자기의 삶을 잘 사는 것은 곧 자기의 죽음을 잘 맞이하는 길이다.[17][「대종사(大宗師)」제6]

남해(南海)의 제왕(帝王)을 숙(儵), 북해(北海)의 제왕을 홀(忽), 중앙(中央)의 제왕을 혼돈(混沌)이라 하였다. 숙(儵)과 홀(忽)이 어느 때, 혼돈(混沌)의 땅에서 만나게 되었다. 혼돈(混沌)이 이들을 매우 잘 대접하여 숙(儵)과 홀(忽)은 혼돈의 은덕(恩德)을 갚을 방법을 의논하여 말하였다. "사람들은 모두 일곱 개의 구멍을 가지고 보고 듣고 먹고 숨쉬고 있는데, 혼돈만은 이것을 가지고 있지 않소. 그에게도 구멍을 뚫어 주어 보십시다." 그리고는 혼돈의 몸에 하루에 한 구멍씩 파 나갔는데, 칠일(七日)만에 혼돈은 죽고 말았다.[18][「응제왕(應帝王)」제7]

---

16) (원문) "齧缺問乎王倪曰: 子知物之所同是乎? 曰: 吾惡乎知之. 子知子之所不知邪? 曰: 吾惡乎知之. 然則物无知邪? 曰: 吾惡乎知之. 雖然, 嘗試言之: 庸詎知吾所謂知之非不知邪? 庸詎知吾所謂不知之非知邪? 且吾嘗試問乎汝: 民濕寢則腰疾偏死, 鰌然乎哉? 木處則惴慄恂懼, 猨猴然乎哉? 三者孰知正處. ……自我觀之: 仁義之端, 是非之塗, 樊然殽亂. 吾惡能知其辯. 齧缺曰: 子不知利害, 則至人固不知利害乎? 王倪曰: 至人神矣, 大澤焚而不能熱, 河漢沍而不能寒, 疾雷破山, 風振海而不能驚. 若然者乘雲氣, 騎日月, 而遊乎四海之外. 死生無變于己, 而況利害之端乎?"

17) (원문) "泉涸, 魚相與處於陸, 相呴以濕, 相濡以沫, 不如相忘於江湖. 與其譽堯而非桀也, 不如兩忘而化其道. 夫大塊載我以形, 勞我以生, 佚我以老, 息我以死. 故善吾生者, 乃所以善吾死也."

18) (원문) "南海之帝爲儵, 北海之帝爲忽, 中央之帝爲混沌. 儵與忽時相與遇於混沌之地,

말미의 「천하(天下)」[호적(胡適)은 장주(莊周)가 지은 것이 아니라고 하였음)[19]라는 편에서 '세상의 도술을 닦는 사람들(天下之治方術者)'을 두루 평가하면서 관윤(關尹)인 노자(老子)를 가장 높이 받들며 '옛날의 위대한 진인(古之博大眞人)'이라 여겼고, 또 자기 글과 그 의미에 대해 스스로 이렇게 기술했다.

적막하여 형체가 없고, 변화무상하다. 죽은 것인지 산 것인지? 하늘과 땅과 나란히 존재하는 것인지? 신명(神明)에 따라 움직이는 것인지? 망연하여 어디로 가며, 황홀[恍惚, 불명(不明)한 모양―역자]하여 어디로 변화하여 가는 것인지? 만물(萬物)을 다 망라하고 있지만 귀일(歸一)될 만한 곳은 없다. 옛날의 도술(道術)에도 이러한 경향을 지닌 사람이 있었다. 장주(莊周)가 그러한 학설을 듣고 좋아하여, 아득한 이론과 황당한 말과 종잡을 수 없는 언사로써 이를 논하였다. 때때로 자기 멋대로 논하였지만, 치우치지 않았고, 단일한 입장에서 보지 않았다. 지금 천하는 침체하고 혼탁하여 올바른 의론(議論)을 펼 수가 없다고 생각하여, 치언(卮言, 임기응변 식의 교묘한 말―역자]들을 끝없이 늘어놓고, 중언(重言, 존중받는 옛사람들에 관한 이야기―역자]을 진실한 것으로 믿게 하고, 우언(寓言)을 널리 적용하였다. 홀로 하늘과 땅의 정신(精神)과 왕래하며, 만물을 업신여기지 않고, 옳고그름을 따지지 않고, 세속(世俗)과 더불어 살아갔다. 그의 책은 탁월하지만 부드러워 사람의 마음을 해치지는 않는다. 그의 말은 복잡하지만 기이하여 볼 만하다. 그는 마음 속이 가득 차서 써내지 않

混沌待之甚善. 儵與忽謀報混沌之德, 曰: 人皆有七竅以視聽食息, 此獨無有. 嘗試鑿之. 日鑿一竅, 七日而混沌死."

19) 호적(胡適)은 그의 『중국철학사대강(中國哲學史大綱)』 제9편 제1장에서 "「천하(天下)」 편은 절묘한 후서(後序)의 편으로서 결코 장자가 직접 지은 것은 아니다"라고 하였다.

을 수 없었다. 위로는 조물주와 더불어 노닐고, 아래로는 죽음과 삶을 넘어선 시작과 끝이 없는 자와 벗하였다. 그는 근본에 대해서는 광대하고도 탁 트였으며, 심원(深遠)하고도 자유로웠다. 그는 대종(大宗)에 대해서는 조화되고 위로 천도(天道)에 이르렀다고 할 수 있다.[20]

그러므로 사마천[史遷][21] 이래로 모두가 장주(莊周)의 근본[要本]은 노자의 주장에 귀결된다고 말하였던 것이다. 그렇지만 노자는 아직도 유무(有無)를 말하고, 장단[修短]을 구별하고, 흑백(黑白)을 알고자 하였으며 세상을 염두에 두었다. 장주는 유무(有無), 장단[修短], 흑백(黑白)을 병합하여 그것을 하나로 만들어 '혼돈(混沌)'에로 크게 돌아가고자 하였으니 그가 말한 "옳고그름을 따지지 않는다(不譴是非)", "죽음과 삶을 넘어선다(外死生)", "시작과 끝이 없다(無終始)"는 것은 다 이 뜻이다. 중국에서 출세(出世)의 설(說)은 여기에 이르러 비로소 완비되었다.

주나라 말엽의 사조를 살펴보면, 대략 네 유파가 있었다. 하나는 추노파(鄒魯派)로서 모두 선왕(先王)을 칭송하며 본받고 인의(仁義)를 표방하여 이로써 세상의 시급함에 대비하였으니, 유가에는 공맹(孔孟)이 있었고 묵가에는 묵적(墨翟)이 있었다. 둘은 진송파(陳宋派)로서 노자는 고현(苦縣)에서 태어났으니 본래 진(陳)나라 땅이며 그는 청정(淸淨)한 다스림을 주장하였고, 장주는 송(宋)나라에서 태어났고 또한 "세상이

---

20) (원문) "芴漠无形, 變化无常. 死與生與? 天地竝與? 神明往與? 芒乎何之, 忽乎何適? 萬物畢羅, 莫足以歸, 古之道術, 有在于是者. 莊周聞其風而悅之, 以謬悠之說, 荒唐之言, 无端崖之辭, 時恣縱而不儻, 不以觭見之也. 以天下爲沈濁, 不可與莊語, 以巵言爲曼衍, 以重言爲眞, 以寓言爲廣. 獨與天地精神往來, 而不敖倪於萬物; 不譴是非, 以與世俗處. 其書雖瓌瑋, 而連犿无傷也. 其辭雖參差, 而諔詭可觀. 彼其充實, 不可以已. 上與造物者遊, 而下與外死生无終始者爲友. 其於本也, 弘大而闢, 深閎而肆; 其於宗也, 可謂稠適而上遂矣. ……"

21) (역주) 역사가의 대표적인 인물이라는 의미에서 『사기(史記)』의 저자 사마천(司馬遷)을 '사천(史遷)'이라고 한다.

타락하고 혼탁하여 자기[莊]와 더불어 이야기할 수 없다"고 여겨 무위(無爲)로부터 허무(虛無)에로 들어갔다. 셋은 정위파(鄭衛派)로서 정(鄭)나라에는 등석(鄧析), 신불해(申不害)가 있었고, 위(衛)나라에는 공손앙(公孫鞅)이 있었고, 조(趙)나라에는 신도(愼到), 공손용(公孫龍)이 있었고, 한(韓)나라에는 한비(韓非)가 있었으니 모두 명법(名法)을 주장하였다. 넷은 연제파(燕齊派)로서 대부분 공소(空疏)하고 황당한[迂怪] 이야기를 많이 지었는데, 제(齊)나라의 추연(騶衍), 추석(騶奭), 전병(田騈), 접자(接子) 등이 다 그 중에서 탁월한 사람들이며, 진한대(秦漢代)의 방사(方士)들은 이들로부터 나왔다.

참고문헌

『노자(老子)』, [진대(晋代) 왕필(王弼) 주(注)].
『장자(莊子)』, [진대 곽상(郭象) 주(注)].
『사기(史記)』, [『공자세가(孔子世家)』, 맹자·노자·장자 열전(列傳) 등].
『한서(漢書)』, 「예문지(藝文志)」].
『자략(子略)』, [송대 고사손(高似孫)].
『지나문학사강(支那文學史綱)』, [일본 아도헌길랑(兒島獻吉郎)] 제2편 제6장).
『중국대문학사(中國大文學史)』, [사무량(謝無量)] 권2 제7장.
『중국철학사대강(中國哲學史大綱)』, [호적(胡適)] 상권.

제4편 굴원(屈原)과 송옥(宋玉)

전국(戰國) 시기에 도술(道術)의 측면에서 이미 장주(莊周)가 시(詩)와 예(禮)를 업신여기고 허무(虛無)를 귀하게 여겼으며, 특히 문사(文辭)로써 제자(諸子)들을 압도하였다. 운문[韻言]에서는 굴원(屈原)[1]이 초(楚)나라에서 일어나 모함을 받아 방축되면서 곧 「이소(離騷)」를 지었다. 빼어난 울림과 위대한 문사는 일세(一世)에서 가장 뛰어났다. 후대 사람들은 그의 문채(文采)에 경탄하여 서로 따르며 모방하였는데, 굴원이 초나라 출신이었으므로 '초사(楚辭)'라 했다. 초사를 『시(詩)』와 비교하면, 그 말[言]이 대단히 길고, 그 생각[思]이 대단히 환상적이고, 그 문사[文]가 대단히 아름답고, 그 취지[旨]가 대단히 분명하고, 마음내키는 대로[凭心] 말하고 법도[矩度]를 따르지 않고 있다. 그래서 시교(詩教)를 마음에 새기고 있던 후대의 유자(儒者)들은 간혹 비방하며 그것을 배척하였지만, 후대의 문장에 끼친 영향력은 심지어 삼백편(三百篇, 『시경』을 가리킴―역자) 이상이었다.

굴원은 이름이 평(平)이고 초(楚)나라 왕족과 같은 성(姓)이었으며,[2]

---

1) 굴원(屈原, 약 B.C. 340~약 B.C. 278) : 이름은 평(平), 자는 원(原) 또는 영균(靈均)이며 전국(戰國) 후기의 초(楚)나라 사람이다. 초(楚)나라 회왕(懷王) 때 관직이 좌도(左徒)였고, 안으로 정치를 세우고 어진 사람과 능력 있는 사람을 기용하고 제(齊)나라와 연합하여 진(秦)나라에 맞설 것을 주장하였으며, 그 후 모함을 받아 관직에서 쫓겨났다. 경양왕(頃襄王) 때 원수(沅水)·상수(湘水) 유역으로 쫓겨났다. 진(秦)나라 병사가 영도(郢都)를 공격하여 무너뜨린 후에 비분(悲憤)에 싸여 멱라강(汨羅江)에 빠져 자살하였다.

좌도[左徒, 고대의 관명(官名)으로 공봉(供奉)과 풍간(諷諫)을 담당하였음—역자]로 지내며, 회왕(懷王)을 섬겼다. 굴원은 견문이 넓고 의지가 강직하고 치란(治亂)에 밝고 사령(辭令)에 능숙하여 왕이 그에게 헌령(憲令)을 기초하도록 하였는데, 상관대부(上官大夫)3)가 그 원고를 탈취하려 하였고, 원고를 얻지 못하자 왕에게 모함하였으며, 왕은 노하여 굴원을 멀리하였다. 굴원은 산택(山澤)을 방황하다 선왕(先王)들의 묘당과 공경(公卿)들의 사당을 보고 천지(天地)·산천(山川)·신령(神靈)을 아름답고[琦瑋] 기묘하게[僪佹] 그려내었으며, 옛 현성(賢聖)들과 괴물(怪物)들의 행적[行事]에까지 미쳤다. 그 벽에 글을 써서 질책하고 추궁하며 불만을 토로하였으므로 『천문(天問)』이라 하였다. 사구(辭句)는 대체로 사언(四言)이며, 그려내고 있는 이야기가 지금은 대부분 전하지 않기 때문에 종종 해독하기 어렵다.

　　……숫 살무사는 머리가 아홉인데, 그 빠른 동물은 어디에 있는가? 어느 곳에 죽지 않는 나라가 있으며, 키 큰 사람은 무엇을 지키는가? 무성한 마름은 온 길에 널렸는데, 모시풀 꽃은 어디에 있는가? 신령스런 뱀이 코끼리를 삼키니 그 크기가 어떠한가? 흑수(黑水)는 발꿈치까지 검게 하고, 삼위(三危, 산 이름—역자)는 어디에 있는가? 오래도록 죽지 않으니, 수명은 어디에서 그치는가? 능어(鯪魚)는 어느 곳에 있으며, 기퇴(魃堆)는 어디에 있는가? 예(羿)는 어디에서 해를 쏘았고, 까마귀는 어디에서 깃을 떨어뜨렸는가……?4)

---

2) (역주) 초나라 왕족의 3성(姓)은 소(昭), 굴(屈), 경(景)이다.

3) (역주) 상관대부(上官大夫) : 일설에는 상관(上官)은 복성(復姓)이고 대부(大夫)는 벼슬이름으로 상관근상(上官靳尙)을 가리킨다고 한다[동한(東漢) 왕일(王逸)의 「이소경서(離騷經序)」]. 일설에는 상관대부 전체가 벼슬이름이라고 한다[『사기·굴원가생열전(史記·屈原賈生列傳)』].

4) (원문) "……雄虺九首, 僬忽焉在? 何所不死, 長人何守? 靡蓱九衢, 枲華安居? 一蛇

……중앙(中央)을 함께 다스리는데 후(后)께서 왜 노하셨는가? 벌과 개미는 보잘것없는데, 어찌 힘이 굳센가? 여인이 고사리 캐는 것을 경계하는데, 사슴이 무엇을 도와 주었는가? 북쪽으로 회수(回水)에 이르러, 갑자기 왜 기뻐하였는가? 형에게 사람을 무는 개가 있어 아우는 어째서 이를 갖고자 하였으며, 이것을 100냥으로 바꾸고자 하였으나 마침내 녹(祿)까지 내리지 않았는가……?5)

吞象, 厥大何如？ 黑水玄趾, 三危安在？ 延年不死, 壽何所止？ 鯪魚何所？ 魪堆焉處？ 羿焉彈日, 烏焉解羽？……" (해설) 세상에 아홉 머리의 숫 살무사가 있어서 구토(九土)를 먹고 왕래하는 것이 빠르다고 하는데, 그러한 것이 어디에 있는가. 또 불사(不死)의 나라가 있다고 하지만 그러한 나라가 어디에 있는가. 장인(長人)이 있다고 들었지만 어느 곳을 지키는가. 넝쿨이 뻗은 수초(水草)는 그 가지가 엉클어져서 거리의 길과 같이 나왔다고 하고, 모시풀 꽃은 매우 크게 자라는 진기한 식물이라고 하는데, 지금 모두 어디에 있는가. 또 코끼리를 삼킨 큰 뱀이 있었다고 하는데, 그 뱀의 크기는 과연 어떠했는가. 서방(西方)에 흑수(黑水)라는 물이 있는데, 이 물을 건너면 발이 검어진다고 하고, 또 삼위(三危)의 산은 어디에 있는가. 흑수의 마름과 삼위의 이슬을 먹으면 모두 죽지 않는다고 하는데 그렇다면 그 수(壽)는 몇 살까지 계속되는 것인가. 그 얼굴은 사람과 같고 몸은 물고기와 같으며 또 수족이 있고 바닷 속에서 서식한다는 능어는 어디에 있는가. 그 모양은 닭과 같고 흰 머리에 쥐의 발, 범의 발톱으로 사람을 먹는다는 기퇴라는 새는 어디에 있는가. 예가 해를 쏘았다는 것은 어디이며 까마귀의 깃이 떨어졌다는 곳은 어디인가?

5) (원문) "……中央共牧后何怒？ 蜂蟻微命力何固？ 鷖女采薇鹿何祜? 北至回水萃何喜？ 兄有噬犬弟何欲？ 易之以百兩卒無祿……" (해설) 중국 열토(列土)의 임금들이 함께 그 백성들을 목양(牧養)하는데 하늘이 무엇을 노여워하여 패망(敗亡)이 계속되게 하는 것이 이와 같았는가. 벌이나 개미 같은 보잘것없는 것도 싸우고 지키는 힘을 가지고 있는데 사람들이 오히려 이만 못한 것은 무슨 까닭인가. 백이(伯夷)와 숙제(叔齊)가 수양산(首陽山)에서 고사리를 캐서 먹는데, 어떤 여인이 '이것 또한 주(周)나라 곡식이다'고 경계하자 두 사람은 그 뒤로는 고사리도 캐먹지 않고 그대로 굶어 죽으려 했다. 이 때 흰 사슴이 나타나서 그들에게 젖을 먹였는데, 사슴은 왜 그들을 도와 주었던가. 수양산은 하수(河水)가 돌아 구부러진 북쪽에 있는데, 그 두 사람은 이 수양산에 이르러 무슨 기쁜 일이 있어서 여기에서 그쳤던가. 형 진백(秦伯)이 가지고 있는, 사람을 무는 개를 아우가 갖고자 한 것은 무슨 까닭이며, 아우가 백 냥으로 바꾸려 하자 듣지 않고 그의 녹까지 빼앗은 것은 무슨 까닭인가?

후에 다시 부름을 받고 돌아왔고, 제(齊)나라와 연합하여 진(秦)나라와 맞서려고 하였으나 받아들여지지 않았다. 회왕(懷王)이 진(秦)나라와 혼인관계를 맺고 자란(子蘭)6)이 진(秦)나라에 편입할 것을 왕에게 권하자 굴원은 이를 저지하였으나 받아들여지지 않았으며, 마침내 진(秦)나라에 억류되었다. 맏아들 경양왕(頃襄王)이 즉위하자 자란(子蘭)은 영윤(令尹)이 되어 역시 굴원을 모함하였고, 왕은 노하여 굴원을 좌천시켰다. 굴원은 상수(湘水)와 원수(沅水) 사이에서 9년을 지내면서 택반(澤畔)을 거닐며 시를 읊고 안색이 초췌하였으며, 「이소(離騷)」를 지었다. 결국 돌을 품고 스스로 멱라수(汨羅水)에 뛰어들어 죽었으니 이 때가 대개 경양왕 14~15년(B.C. 285~286년)이다.

「이소(離騷)」에 대해, 사마천(司馬遷)은 "근심을 당하다[離憂]"라 여겼고, 반고(班固)는 "근심을 만나다[遭憂]"라고 여겼고, 왕일(王逸)은 이별의 근심스런 마음[離別之愁思]으로 해석하였고, 양웅(揚雄)의 경우는 "불평하다[牢騷]"로 해석하여 그래서 「반이소(反離騷)」를 지었고, 또 「반뢰수(畔牢愁)」를 지었다.7) 글은 자기의 탄생에서 시작하여 장대(壯大)하기를 거쳐 임종에 이르기까지를 기술하고 있는데, 타고난 아름다움[內美]을 가진 데다 능력을 배양하여 비른 도리를 정직하게 하였으나 반역으로 모함을 당하였고, 그리하여 원대한 이상을 마음껏 펼치

---

6) 자란(子蘭) : 초나라 회왕(懷王)의 막내 아들이며, 경양왕(頃襄王) 때 관직이 영윤(令尹)이었다.

7) '이소(離騷)'라는 말의 함의에 대해서는 다양한 해석이 있다. 『사기·굴원가생열전(史記·屈原賈生列傳)』에서는 "이소(離騷)라는 말은 근심을 당하다와 같다(離騷者, 猶離憂也)"라고 하였다. 반고(班固)는 「이소찬서(離騷贊序)」에서 "이(離)는 만나다와 같고, 소(騷)는 근심이다. 자기를 드러내다 근심을 만나 글을 지었다(離, 猶遭也; 騷, 憂也. 明己遭憂作辭也.)"라고 하였다. 왕일(王逸)은 「이소경서(離騷經序)」에서 "이(離)는 이별이고, 소(騷)는 근심이다(離, 別也; 騷, 愁也.)"라고 하였다. 양웅(揚雄)은 「반이소(反離騷)」와 「반뢰수(反牢愁)」를 지었는데, '이소(離騷)'·'뇌수(牢愁)'는 초나라 말로 불평하다[牢騷]는 뜻이다.

며 옛 제왕을 칭찬하고, 신산(神山)을 그리워하고, 용과 규룡(虯龍)을 부르짖고, 일녀(佚女, 미녀-역자)를 그리워하고, 자기 심정을 펼쳐 내고, 스스로 무죄임을 밝히면서 이로써 풍간(諷諫)하고 있다. 문장은 2,000자에 가까운데, 그 중의 일부를 보자.

……엎드려 옷깃을 여미어 말씀을 드리니, 나는 벌써 이 중정(中正, 치우치지 않고 올바름-역자)의 도를 밝게 얻었네. 네 필의 옥규(玉虯)를 몰고 봉황을 타고, 문득 먼지 바람 날리며 위로 올라가네. 아침에 창오[蒼梧, 순임금을 장사지낸 곳으로 구의산(九疑山)-역자]에서 출발하여, 저녁에 현포[縣圃, 신산(神山)으로 곤륜(崑崙) 위에 있음-역자]에 이르네. 잠시 영쇄[靈瑣, 신령(神靈)의 문-역자]에 머물려니 해가 어느덧 저물려 하네. 나는 희화[羲和, 요임금 때 사시(四時)를 맡은 관원으로서 해를 맞고 해를 보내는 일을 했음-역자]에게 걸음을 멈추게 하고, 엄자(崦嵫, 해가 들어가는 곳에 있는 산-역자)를 바라보며 재촉하지 못하게 하네. 길이 아득히 멀어서 나는 아래위로 다니며 찾는도다. 내 말에게 함지(咸池, 해가 미역감는 곳-역자)에서 물 먹이고, 부상(扶桑, 나무 이름으로 해가 그 밑에서 뜬다고 함-역자)에서 고삐를 매는도다. 약목(若木, 나무 이름으로 그 꽃이 땅에 비친다고 함-역자)을 꺾어서 해를 가리고, 잠시 거닐며 방황하네. ……사극(四極)을 두루 살펴보고, 하늘을 돌아다니다가 나는 내려가겠노라. 높고 먼 요대(瑤臺, 옥으로 만든 아름다운 대-역자)를 바라보니 유융(有娀, 나라 이름-역자)의 미녀[佚女, 제곡(帝嚳)의 비(妃)인 간적(簡狄)을 가리킴-역자]가 보이네. 짐(鴆, 깃에 독이 있는 악조-역자)을 매파로 삼으려 하니, 짐은 나에게 좋지 않다고 하네. 수비둘기가 울며 날아가니, 나는 그의 경박함이 미워지는도다. ……중매가 졸렬하고 매파가 아둔하여, 중매하는 말이 미덥지 못할까 염려되네. 세상이 혼탁하여 어진 사람을 질투하니, 아름다움을 가리고 악을 드러내기 좋아하네. 규중(閨中)

은 깊고 머니, 지혜로운 임금께서 깨닫지 못하네. 내 품은 사랑을 펴지 못하니, 내 어찌 차마 여기서 오래 살 수 있을까……!8)

이 다음의 서술은, 영분(靈氛)에게 점을 치고 무함(巫咸)9)에게 물으니 한결같이 그에게 원유(遠游)를 권하며, 고국[故宇, 초나라를 가리킴—역자]을 그리워하지 말라 하거늘, 그리하여 정신과 뜻을 자유롭게 내달리며 비상하려 하는데, 그러나 조국[宗國]을 사모하여 끝내 죽을지언정 차마 떠나지 못한다는 내용이다.

……깃발을 숙이고 천천히 떠나가니, 아득히 높이 올라 달려갈 일을 생각하는도다. 「구가(九歌)」를 연주하고 소(韶)의 춤을 추면서, 잠시 틈을 내어 즐거이 노닌다. 빛나는 하늘에 올라서, 문득 저 옛 고향[舊鄉]을 엿보니, 마부는 슬피 울고 내 말조차 근심에 차서 움츠리며 고갯짓하면서 떠나지 않는구나. 노래하노니, 아 아서라! 나라에는 어진 사람 없어 나를 알아 줄 이 없으니, 고향[故都]일랑 생각해서 무엇하리요? 아름다운 정치일랑 더불어 할 수 없으니 나는 팽함(彭咸)이 있는 곳을 따르겠노라!10)

---

8) (원문) “……跪敷衽以陳辭兮, 耿吾旣得此中正. 駟玉虯以乘鷖兮, 溘埃風余上征. 朝發軔於蒼梧兮, 夕余至乎縣圃, 欲少留此靈瑣兮, 日忽忽其將暮. 吾令羲和弭節兮, 望崦嵫而勿迫, 路曼曼其脩遠兮, 吾將上下而求索. 飲余馬於咸池兮, 總余轡乎扶桑, 折若木以拂日兮, 聊逍遙以相羊. ……覽相觀於四極兮, 周流乎天余乃下, 望瑤臺之偃蹇兮, 見有娀之佚女. 吾令鴆爲媒兮, 鴆告余以不好; 雄鳩之鳴逝兮, 余猶惡其佻巧. ……理弱而媒拙兮, 恐導言之不固; 世混濁而嫉賢兮, 好蔽美而稱惡. 閨中旣以邃遠兮, 哲王又不寤. 懷朕情而不發兮, 余焉能忍與此終古……!”

9) (역주) 영분(靈氛)과 무함(巫咸)은 모두 중국의 고대 신무(神巫)이다. 영분(靈氛)은 『산해경·대황서경(山海經·大荒西經)』에 나오는 무반(巫盼)이다. 무함(巫咸)은 은(殷)나라 때의 신무(神巫)로서 이름이 함(咸)이다.

10) (원문) “……抑志而弭節兮, 神高馳之邈邈; 奏「九歌」而舞韶兮, 聊假日以婾樂. 陟陞皇之赫戲兮, 忽臨睨夫舊鄉; 僕夫悲余馬懷兮, 蜷局顧而不行. 亂曰, 已矣哉! 國無人, 莫我知兮, 又何懷乎故都? 旣莫足與爲美政兮, 吾將從彭咸之所居!”

지금 전하는 『초사(楚辭)』 속에는 「구장(九章)」 9편이 있으며, 역시 굴원이 지은 것이다. 또 「복거(卜居)」, 「어부(漁父)」가 있어 굴원이 방축되어 점장이[卜者] 및 어부와 문답한 내용을 기술하고 있는데, 굴원 자신이 지은 것이라고도 하나,[11] 후대 사람들이 그 이야기를 가져다 모방하여 지은 것이다. 그러나 문답형식으로 설정하고 운(韻)을 밟으며 구(句)를 대구하는 이러한 방식은 자못 사인(詞人)들의 본보기가 되었으니, 예를 들어 가까이는 송옥(宋玉)의 「풍부(風賦)」, 멀리는 사마상여(司馬相如)의 「자허부(子虛賦)」·「상림부(上林賦)」, 반고(班固)의 「양도부(兩都賦)」가 다 그런 것이다.

「이소」의 출현은 문림(文林)에 두루 영향을 미쳤는데, 극히 광대하고 심원해지자 비평의 말이 드디어 분분하고 다양해졌다. 그것을 높이려는 자(사마천을 가리킴−역자)는 해·달과 빛을 다툴 수 있다고 말했고, 그것을 누르려는 자(반고를 가리킴−역자)는 진취적이고 강직한 사람[狂狷]과 동등하게 취급해서는 안 된다고 하였는데, 대개 한쪽은 문장에 달관하였고, 한쪽은 단지 시교(詩敎)에 갇혀 있었으니, 그래서 그 평가[裁決]가 다른 것이다. 사실 「이소」가 『시(詩)』와 다른 점은 특히 형식과 아름다운 표현에 있는데, 때[時]가 세속과 다르기 때문에 음률[聲調]이 다르고, 땅[地]이 다르기 때문에 산천, 신령(神靈), 동식물이 다 다르다. 다만 간적(簡狄)[12]과 혼인하려 하고 이요(二姚)[13]를 아내로

---

11) (역주) 왕일(王逸)은 『초사장구(楚辭章句)』에서 "굴원이 지은 것이다(屈原之所作也)"라고 하였다.

12) (역주) 간적(簡狄) : 고신씨(高辛氏)의 비(妃)이며 유융씨(有娀氏)의 딸이다. 그녀가 교모(郊禖, 옛날 제왕들이 아들을 얻기 위해 제사지내던 신)에 기도할 때 제비가 알을 떨어뜨려 주거늘 이를 삼키고 설(契)을 낳았다고 한다.

13) (역주) 이요(二姚) : 하(夏)나라 때 유우(有虞)의 군장(君長)의 두 딸이다. 『좌전·애공원년(左傳·哀公元年)』의 기록에 따르면, 과요(過澆)가 하후상(夏后相)을 멸하자 상(相)의 아들 소강(少康)은 유우(有虞)로 달아났는데, 유우(有虞)의 군장(君長)이 두 딸을 그에게 시집보냈다.

맞이함은 아마 북방 인민들이 감히 언급할 수 없는 것이겠지만, 처지와 운명을 원망하는 말이라면 삼백편(三百篇) 중에도 이보다 더 심한 것이 많다. 초나라는 비록 오랑캐[蠻夷]였으나 오랫동안 대국(大國)으로서 춘추(春秋)시대에 이미 시를 지을[賦詩] 수 있었고, 풍아의 가르침[風雅之敎]을 완전히 익히지는 않아14) 다행히 그 고유문화가 아직 없어지지 않았으므로 문장 속에 엇섞여 들어가 마침내 장중한 문채가 생겨났다. 유협(劉勰)은 「이소」의 언사(言辭)를 취해 경전(經典)과 대조하면서, 다른 점도 있고, 같은 점도 있으며, 진정 아송(雅頌)의 박도(博徒)요 실로 전국(戰國) 시기의 풍아(風雅)라 하였고15), "비록 경서의 뜻을 녹여 넣고 있지만 역시 스스로 탁월한 표현을 만들어 내었다. ……그러므로 그 기(氣)는 옛날을 압도하고 그 문사(文辭)는 오늘날에 절실할 수 있었으며, 놀랄 만한 수사와 절묘한 아름다움은 그와 비견하기 어렵다."[『문심조룡·변소(文心雕龍·辯騷)』]라고 하였다. 견식 있는 사람(知言者)이라 할 만하다.

형식과 문채가 다른 것은 두 가지 원인 때문인데, 때[時]와 땅[地]이 그것이다. 옛날에는 이웃나라와의 교섭에서 상견례[揖讓]를 할 때 대개 반드시 시(詩)를 외웠고, 그래서 공자는 "『시(詩)』를 배우지 않으면 할 말이 없다"고 했다. 주(周)나라 왕실이 쇠함에 따라 사절이 방문할 때 노래로 읊던[歌咏] 관례가 열국(列國)에서 이루어지지 않았고, 대신 유세(游說)의 기풍이 점차 성행하고 종횡가[縱橫之士, 전국 시기에 합종 연횡(合縱連橫)을 주장—역자]들이 말재주[脣吻]로 성과를 얻으려 하였

---

14) (역주) 풍아(風雅)는 『시(詩)』의 편명(篇名)이며, 여기서는 『시』를 가리킨다. 『시』는 중국의 북방, 즉 중원(中原) 지역에서 나왔으므로 남방의 초나라는 아직 이의 영향을 크게 받지 않았다는 뜻이다.

15) (역주) 아송(雅頌)과 풍아(風雅)는 『시』의 편명(篇名)이며, 모두 『시』를 가리키는데, '아송의 박도'란 『시』와 비교하여 불량자라는 뜻이고, '전국 시기의 풍아'란 전국 시기의 『시』에 해당한다는 뜻이다.

는데, 마침내 다투어 아름다운 문사[美辭]를 지어 임금을 감동시켰다. 굴원과 같은 시기에 소진(蘇秦)이라는 사람이 있어 그는 조(趙)나라 사구[司寇, 옛날의 관명(官名)으로서 주(周)나라 때 육경(六卿)의 하나였음 -역자]인 이태(李兌)에게 유세하며 이렇게 말했다. "낙양[雒陽, 옛 도시로 오늘날의 낙양(洛陽)-역자]의 승헌리(乘軒里, 낙양에 있던 옛 지명-역자) 사람인 소진(蘇秦, 자신을 가리킴-역자)은 집안이 가난하고 부모가 연로하여 낡은 수레나 둔한 말도 없고, 뽕나무 바퀴와 봉초(蓬草)로 만든 상자도 없이, 각반으로 싸고 봇짐을 짊어지고, 먼지를 덮어쓰고, 서리와 이슬을 맞고, 장하(漳河, 하북성에 있음-역자)를 건너서, 발이 무겁고 지치나 매일 100리를 가서 휴식을 취하며, 왕궁의 문 밖에 이르러, 대전에 나아가고자 하여 천하의 일을 언급하였습니다."16) [『조책(趙策)』기일(其一)]. 스스로 자기 내력을 서술할 때 화려한 수식이 여기까지 이르고 있으니 변설(辯說)하던 당시를 미루어 알 수 있다. 그 여파가 만연되어 점차 문원(文苑)에 미치니 복잡하고 화려한 사구(辭句)는 당연히 『시(詩)』의 질박한 형식[體式]으로는 이미 담을 수 있는 것이 아니었다. 하물며 「이소」의 생산지가 『시』의 그것과 달랐으니, 후자는 황하(黃河)와 위수(渭水)가 있었고, 전자는 원수(沅水)와 상수(湘水)가 있었으며, 후자는 잡목만 있었고, 전자는 향초[蘭蒫]17)가 있었다. 또 「이소」의 생산지에서는 무(巫)를 중시하여 호탕한 노래와 아름다운 춤으로 신(神)을 즐겁게 할 수 있었고, 성대한 가사(歌辭)로 제사에 사용하였다. 『초사』 중에 「구가(九歌)」가 있어 이렇게 말하고 있다. "초나라 영도(郢都) 남쪽의 작은 고을, 원수(沅水)와 상수(湘水) 사이의 그 곳 풍습은 귀신을 믿고 제사를 좋아하였다. ……굴원이 방축되어, …… 근

---

16) (원문) "雒陽乘軒里蘇秦, 家貧親老, 無罷車駑馬, 桑輪蓬篋, 嬴縢擔囊, 觸塵埃, 蒙霜露, 越漳・河, 足重茧, 日百而舍, 造外闕, 願造于前, 口道天下之事."

17) (역주) 난채(蘭茝)는 난초와 구리때를 가리키며, 향초의 총칭으로 쓰이고 있다.

심스럽고 답답하여 밖을 나왔다가 속인(俗人)들의 제사지내는 의식과 노래하고 춤추는 음악을 보았고, 그 가사가 저속하였는데[鄙俚], 이에 「구가」라는 곡을 지었다." 그런데 화려하고 아득함[綺靡杳渺]이 굴원의 다른 문장과 자못 달라 비록 "지었다"라고 하였지만 마땅히 근거가 있어야 할 것이다. 속가(俗歌)와 이구(俚句)도 사인(詞人)들에게 영향을 미치지 않을 수 없어 구식(句式)은 사언(四言)에 구애받지 않았고, 성인은 요순(堯舜)임금에 한정되지 않았으니, 대개 형초[荊楚, 초나라를 형(荊)이라고도 했는데, 형초는 초나라 지역을 가리킴－역자] 지역의 일반적인 관습으로서 그 유래는 오래 되었다. 이제 그 「상부인(湘夫人)」을 대략 적어 본다.

　　제자(帝子, 상부인을 가리킴－역자)가 북쪽 물가에 내리시니, 눈이 아찔하며 근심에 차는도다. 한들한들 가을바람이 이니 동정(洞庭)호의 물결이 일고 나뭇잎이 지는구나. 흰떼[白蘋, 가을에 나는 풀－역자]에 올라 사방을 바라보며 아름다운 기약을 저녁에 펴겠노라. 새는 어찌하여 마름 풀 속에 모이고, 그물은 어찌하여 나무 위에 걸려 있는가. 원수(沅水)에는 향초가 있고 풍수(澧水)에는 난초가 있는데, 공자(公子, 상부인을 가리킴－역자)를 그리워하며 감히 말을 못하도다. 아득히 멀리 보며 흐르는 물을 내려다보니 졸졸 흘러가네. 큰 사슴은 뜰에서 무엇을 먹으며, 교룡은 물가에서 무엇을 하느뇨 아침에 나의 말을 강가로 내달리고, 저녁에는 서쪽 개펄을 건너네. 미인이 나를 부르는 소리를 듣고 올라타고 함께 떠나가리라. 물 속에 집을 짓고 거기에 연꽃덮개로 잇는도다. 향초의 벽을 짓고 자개단을 갖추고 향기로운 후추를 사당 가득히 뿌리도다. 계수나무 기둥과 난초 서까래를 갖추고 신이(辛夷)풀로 처마를 하고 구리떼잎으로 방을 꾸미네. ……백지로 지붕을 잇고 연꽃으로 집을 짓고, 두형(杜衡)풀로 그것을 묶는도다. 온갖 풀을 모아서 뜰에 채우고 문간방에 향수를 뿌리도다. 구의산(九疑山)의 신들이 성대하게 맞이하니 신령 오시는 것이 구름과 같도다. 나의 옷소매를 강 속에 버리고 나의 홑옷을 풍수의 물가에 버리고서 평평한 물섬의 두약(杜若)을 가져다 멀리 계신 분께 보내겠노라. 가는 세월 다시 얻을 수 없으니 거닐면서 느긋이 보내리라.[18]

같은 시기에 유자(儒者) 중에 조(趙)나라 사람인 순황(荀況, B.C. 약 315~B.C. 230년)[19]이 있어 나이 오십에 비로소 제(齊)나라로 가서 유세하였고[游學], 세 번 제주(祭酒)[20]가 되었다. 그 뒤 모함을 받아 초(楚)나라로 갔고, 춘신군(春申君)이 그를 난릉령(蘭陵令)으로 삼았다.[21] 역시 부(賦)를 지었으니, 『한서(漢書)』에는 10편이라 하였으나, 지금은 5편이 『순자(荀子)』 속에 있다. 「예(禮)」, 「지(知)」, 「운(雲)」, 「잠(蠶)」, 「잠(箴)」이 그것으로 신하가 은어(隱語)로 물음을 던지면 왕이 은어(隱語)로 그것을 풀고 있는데, 문장[文]은 질박하고 대체로 사언(四言)으로 되어

---

18) (원문) "帝子降兮北渚, 目眇眇兮愁余. 嫋嫋兮秋風, 洞庭波兮木葉下. 登白薠兮騁望, 與佳期兮夕張. 鳥何萃兮蘋中, 罾何爲兮木上. 沅有茝兮澧有蘭, 思公子兮未敢言; 慌惚兮遠望, 觀流水兮潺湲. 麋何食兮庭中, 蛟何爲兮水裔. 朝馳余馬兮江皋, 夕濟兮西澨. 聞佳人兮召予, 將騰駕兮偕逝. 築室兮水中, 葺之兮荷蓋. 蓀壁兮紫壇, 播芳椒兮盈堂. 桂棟兮蘭橑, 辛夷楣兮藥房. ……芷葺兮荷蓋, 繚之兮杜衡. 合百草兮實庭, 建芳馨兮廡門. 九疑繽兮竝迎, 靈之來兮如雲, 捐余袂兮江中, 遺余褋兮澧浦. 搴汀洲兮杜若, 將以遺兮遠者. 時不可兮驟得, 聊逍遙兮容與."

19) 순황(荀況) : 순경(荀卿)·손경(孫卿)이라고도 하며, 전국(戰國) 시기에 조(趙)나라 사람이다. 제(齊)나라 직하(稷下)의 제주(祭酒), 초(楚)나라 난릉령(蘭陵令)이 되었다.

20) (역주) 제주(祭酒) : 옛날에 성대한 연회를 베풀 때 반드시 빈객 중에서 나이가 있고 명망이 있는 한 사람을 추천하여 먼저 술을 들어 신에게 제를 올렸는데, 그를 제주(祭酒)라고 했다. 한대(漢代) 이후에는 관직명으로 사용되었다.

21) (역주) 춘신군(春申君) : 전국(戰國) 시기에 초나라 재상인 황헐(黃歇)의 봉호(封號)이며, 그는 20여 년 동안 초나라의 재상이 되어 집에서 식객 3,000여 명을 길렀다. 난릉(蘭陵) : 초나라의 현성(縣城)으로 소재지는 지금의 산동성 조장시(棗庄市) 동남쪽에 있었다.

있어 초나라 노래[楚聲]와 닮지 않았다. 또 「궤시(佹詩)」라는 것이 있어 실제로는 부(賦)인데, 세상이 다스려지지 않는 이유는 바로 춘신군(春申君)을 버렸기 때문이라는 점을 말하고 있으며, 언사[詞]가 대단히 직설적이고 격렬하여 아무래도 굴원보다 못하지 않으니, 몸소 초나라 땅으로 가서 사는 곳이 그 사람의 기(氣)를 바꾸어 놓아[22] 결국 근심스런 생각[牢愁之思]을 낳은 것이 아니겠는가?

천하가 다스려지지 않으니 이런 궤시(佹詩)[23]를 읊어볼까 한다. '천지가 제자리를 잃고, 사계절의 순서가 뒤바뀐다. 뭇 별들이 떨어져내려, 아침과 저녁이 어두워 빛이 없다. ……어진 사람은 파직되어 곤궁하고, 거만하고 포악한 사람은 전횡과 위세를 부린다. 천하가 아득하고 험난하여 시대의 영웅을 잃을까 두렵다. 교룡(蛟龍)이 도마뱀이 되고, 올빼미가 봉황(鳳凰)이 된다. 비간[比干, 은나라 말의 귀족으로 주왕(紂王)에게 간(諫)하였다가 심장이 갈려서 죽었음-역자]은 심장이 갈렸고, 공자는 광(匡) 땅에서 억류되었다. 아는 사람은 분명하게 알고 있나니, 우울하게도 불길한 시대를 만났기 때문이라.' ……성인(聖人)이 읍을 하고 시간이 얼마 지나자, 학생들[愚, 우(愚)는 자신을 낮추는 말인데 여기서는 듣고 있던 학생들을 가리킴-역자]이 의문이 들어 반복적인 해설을 듣고 싶다고 했다. 그 시의 결미는 이렇다. '저 먼 나라[遠方]를 생각하건대, 어찌 그렇게 막혀 있는가. 어진 사람은 파직되어 곤궁하고, 포악한 사람들이 만연되어 있다. 충신은 위태롭고, 중상자들은 느긋하게 즐긴다. 아름다운 옥

---

22) 사는 곳이 그 사람의 기를 바꾸어 놓아(居移其氣) : 이 말은 『맹자·진심상(孟子·盡心上)』에 나오며, "사는 곳이 기를 바꾸어 놓고, 영양이 체질을 바꾸어 놓는다(居移氣, 養移體)"라고 하였다.

23) (역주) 풍자적인 시를 가리키는데, 나라가 다스려지지 않은 뜻을 서술한 기괴하고 직설적이고 격렬한 순자(荀子)의 시이다.

과 구슬은, 노리개로 찬다는 것을 알지 못한다. 삼베와 비단을 뒤섞어, 그 차이를 알지 못한다. ……눈어두움을 눈밝음으로 여기고, 귀어두움을 귀밝음으로 여기고, 위태함을 안락함으로 여기고, 길함을 흉함으로 여긴다. 아아 하늘이여, 어찌 이런 사람들(시비를 전도하는 사람들—역자)과 함께 할 수 있으리요!'[24]

얼마 후 초나라에는 또 송옥(宋玉), 당륵(唐勒), 경차(景差)의 무리가 나타나 모두 사(辭)를 좋아하였고 부(賦)로써 이름을 얻게 되었다. 그러나 비록 굴원의 문사(文辭)를 배웠지만 끝내 감히 직간(直諫)하는 사람이 없었으니, 대개 그 애수(哀愁)를 주워 모으고 그 화려함[華艶]을 찾아다녔을 뿐 "아홉 번 죽어도 후회하지 않는"[25] 절개는 잃었다. 송옥(宋玉)에 대해 왕일(王逸)은 굴원의 제자라고 여겼으며, 그는 회왕(懷王)의 아들 양왕(襄王)을 섬겨 대부(大夫)가 되었지만 뜻을 얻지 못하였다. 그가 지은 것은 본래 16편으로 지금은 11편이 남아 있으며, 대부분이 후대 사람들의 모작으로 믿을 수 있는 것으로는 「구변(九辯)」이 있다. 「구변」은 본래 고사[古辭, 사(辭)의 초기 형태로서 옛 악장을 가리킴—역자]인데, 송옥이 그 제목을 취하여 새 작품[新制]으로 창작하였고, 비록 마음껏 내달리는 상상력[馳神逞想]은 「이소」만 못하지만 구슬프고 원망스런 감정은 실로 탁월하다. 다음을 보자.

---

24) (원문) "天下不治, 請陳佹詩: 天地易位, 四時易鄕. 列星殞墜, 旦暮晦盲. ……仁人絀約, 敖暴擅强. 天下幽險, 恐失世英. 螭龍爲蝘蜓, 鴟梟爲鳳凰. 比干見刳, 孔子拘匡. 昭昭乎其知明也, 鬱鬱乎其遇時之不祥也. ……聖人共手, 時幾將矢, 與愚以疑, 願聞反辭. 其小歌曰: 念彼遠方, 何其塞矣. 仁人絀約, 暴人衍矣. 忠臣危殆, 讒人般矣. 璇玉瑤珠, 不知佩也. 雜布與錦, 不知異也. ……以盲爲明; 以聾爲聰; 以危爲安, 以吉爲凶. 鳴呼上天, 曷維其同!"

25) 이 말은 「이소(離騷)」에 나오며, "내 마음의 선함이여, 비록 아홉 번 죽어도 후회하지 않는다(亦余心之所善兮, 雖九死其猶未悔.)"라고 하였다.

하늘은 고르게 사계절을 나누셨는데 나는 유독 이 찬 가을이 서글프다. 흰 서리 백초(百草)에 서렸으니, 어느덧 이 오동과 가래나무가 흩어지리라. 밝은 해는 지고 기나긴 밤이 유유히 찾아드네. 풀향기는 흩어지고 시들어 쓸쓸해져 가네. 가을은 벌써 흰 서리로 알리고 겨울도 찬 서리로 겹쳐 오네. ……세월은 어언 다 가고 내 인생 얼마 남지 않은 듯하다. 내 인생 헛되이 보낸 일 슬퍼지며, 이 슬프고 두려운 세상 만났도다. 조용히 홀로 살아가려니 쓸쓸히 귀뚜라미 이 서당에서 우는구나. 이 마음 놀라고 두려워서 울렁거리니 이 많은 근심을 어찌하면 좋을 건가? 밝은 달 쳐다보며 긴 한숨쉬노라니 뭇별만 헤며 지새는구나.26)

또 「초혼(招魂)」 1편이 있어 밖으로는 사방의 악(惡)을 진술하고, 안으로는 초나라의 아름다움[美]을 숭상하며 혼백(魂魄)을 불러 수문(修門)27)으로 돌아오기를 바란다는 내용이다. 사마천은 굴원이 지은 것이라 여겼으나, 어투[辭氣]가 크게 닮지 않았다. 문장은 화려하고 길게 늘여 서술하고 있으며, 험난함을 말할 때면 천지간에 누구도 거기서 살 수 없고, 안락함을 진술할 때면 음식과 가무·여색에 대해 반드시 그 흥취를 극한까지 추구하니, 후대 사람들이 부(賦)를 지을 때 자못 이러한 과장을 배웠다. 구(句)의 말미에는 한결같이 '사(些)'자를 사용하고 있어 역시 독창적인 격식이며, 송대(宋代) 심존중(沈存中)28)은 "오

---

26) (원문) "皇天平分四時兮, 竊獨悲此凜秋. 白露旣下降百草兮, 奄離披此梧楸. 去白日之昭昭兮, 襲長夜之悠悠. 離芳藹之方壯兮, 余萎約而悲愁. 秋旣先戒以白露兮, 冬又申之以嚴霜. ……歲忽忽而遒盡兮, 恐余壽之弗將. 悼余生之不時兮, 逢此世之俇攘. 澹容與而獨倚兮, 蟋蟀鳴此西堂. 心怵惕而震蕩兮, 何所憂之多方? 明月而太息兮, 步列星而極明."

27) (역주) 수문(修門) : 용문(龍門)을 가리킨다. 초나라 영도(郢都)의 남관삼문(南關三門)의 하나로서 지금의 호북성 강릉(江陵) 일대이다.

28) 심존중(沈存中, 1031~1095) : 이름은 괄(括)이고, 북송(北宋) 전당(錢塘)[지금의 절강성 항주(杭州)] 사람이다. 한림학사(翰林學士)·지연주(知延州)를 역임하였다.

늘날 기협(夔峽), 호상(湖湘) 및 남북강(南北江) 지역 사람들[獠人, 멸시
하며 부르는 말-역자]은[29] 대개 액막이 주문을 욀 때 구의 말미에 모
두 사(些)라는 말을 붙이는데, 이는 초나라 사람들의 옛 풍습이다"라고
말하였다.

혼이여 돌아오라, 남방에는 그대 머물 곳 없도다. 그곳 사람들은 이마
를 아롱지게 새기고 이빨을 검게 드러내는도다. 사람 고기로 제사드리고,
그 뼈로 장 담는도다. 큰 뱀은 도처에 웅크리고 있고, 큰 여우는 천리에
깔려 있도다. 수독사는 머리가 아홉 개, 몸 동작이 민첩하고, 사람 삼킬
때면 독성은 더욱 심해지는도다. 돌아오라, 거긴 오래 머물 곳이 아니도
다. ……혼이여 돌아오라, 그대는 하늘에 오르려 하지 말라. 그곳에는 호
랑이와 표범이 구중 관문을 지키고, 하계의 사람들을 물어 해칠 것이로
다. 한 사나이 있어 머리는 아홉 개, 하루에 나무 9,000그루를 뽑아낼 것
이로다. 승냥이와 이리는 눈을 세워 뜨며, 이리저리 어슬렁거릴 것이로
다. 사람을 거꾸로 매달아 희롱하고, 심연에 던져 버릴 것이로다. 상제에
게 말씀드리고 그런 후에야 (저 동물들이) 눕게 될 것이로다. 돌아오라,
거긴 가서 몸 위험할까 두렵도다. ……혼이여 돌아오라, 영도(郢都)의 성
문 안으로 들어오라. ……친족의 부부들 모두가 그대를 존경하고, 먹을
것도 갖가지 장만했을 것이로다. 백미·피·이른 보리에 누런 기장을 섞
어 밥을 했을 것이로다. 메주·소금·식초 그리고 신 것, 단 것이 어우러

『몽계필담(夢溪筆談)』, 『장흥집(長興集)』 등을 지었다. 인용문은 『몽계필담』 권3
에 보인다.

29) (역주) 기(夔) : 기주(夔州)를 가리키며, 지금의 사천성 봉절현(奉節縣)이다. 협(峽) :
지금의 호북성 의창현(宜昌縣) 일대이다. 호상(湖湘) : 동정호(洞庭湖)와 상수(湘水)
유역이다. 남북강(南北江) : 광서성 검강(黔江) 상류의 남북반강(南北盤江) 유역이
다. 사람들[獠人] : 옛날 중국에서 중국 서남쪽 지역의 소수민족들을 멸시하며 부
르던 말이다.

져 갖가지 맛을 낼 것이로다. 살찐 쇠고기의 근육은 푹 고아져 있고, 향내까지 날 것이로다. 식초와 간수를 타서 오(吳)나라 국처럼 맛있는 국을 진열해 놓을 것이로다. 삶은 자라와 구운 양고기에는 설탕물이 곁들여 있을 것이로다. ……안주며 맛있는 음식은 아직 치우지 않았고, 가녀와 악공들이 정렬해 있도다. 쇠북을 진열하고 북을 쳐서 새 가락을 반주하고 있도다. 섭강(涉江)·채릉(采菱)이며, 양하(揚荷) 등 초(楚)나라 악곡을 소리내어 부르고 있도다. 미인들은 모두가 취하여 얼굴이 불그레하게 달아올랐도다. 희롱하는 눈으로 곁눈질할 때면, 눈에서는 물결 같은 빛이 반짝거리도다. 아름답게 차려 입은 옷맵시, 화려하고도 신기하도다. 긴 머리카락, 늘어뜨린 귀밑머리, 요염하고 빛나도다. ……[30]

부(賦)라는 것으로는 9편[『문선(文選)』에 4편, 『고문원(古文苑)』에 6편이 있으며, 그런데 「무부(舞賦)」는 실제로 부의(傅毅)가 지었음][31]이 있

---

30) (원문) "……魂兮歸來, 南方不可以止些. 雕題黑齒得人肉以祀, 以其骨爲醢些. 蝮蛇蓁蓁, 封狐千里些. 雄虺九首, 往來儵忽, 呑人以益其心些. 魂兮歸來, 不可以久淫些. ……魂兮歸來, 君無上天些. 虎 豹九關, 啄害下人些. 一夫九首, 拔木九千些. 豺狼從目, 往來侁侁些. 懸人以娭, 投之深淵些. 致 命于帝, 然後得瞑些. 歸來歸來, 往恐危身些. ……魂兮歸來, 入修門些. ……室家遂宗, 食多方些. 稻粢穱麥, 挐黃粱些. 大苦鹹酸, 辛甘行些. 肥牛之腱, 臑若芳些. 和酸若苦, 陳吳羹些. 胹鱉炮羔, 有柘漿些. ……肴羞未通, 女樂羅些. 敶鐘按鼓, 造新歌些. 涉江采菱, 發揚荷些. 美人旣醉, 朱顔酡 些. 娭光眇視, 目曾波些. 被文服纖, 麗而不奇些. 長髮曼鬋, 艶陸離些. ……"

31) 여기서 말한 '9편'은 『문선(文選)』에 수록된 「풍부(風賦)」, 「고당부(高唐賦)」, 「신여부(神女賦)」, 「등도자호색부(登徒子好色賦)」 그리고 『고문원(古文苑)』에 수록된 「풍부(諷賦)」, 「적부(笛賦)」, 「조부(釣賦)」, 「대언(大言)」, 「소언(小言)」을 가리킨다. 『문선(文選)』: 『소명문선(昭明文選)』을 가리키며, 남조(南朝) 양(梁)나라 소통(蕭統, 昭明太子)이 엮었고, 선진(先秦)에서 양(梁)나라까지의 시문사부(詩文詞賦)를 선록(選錄)하고 있는데, 도합 38류(類)로 나뉘어 있다. 『고문원(古文苑)』: 엮은이는 미상이며 옛날에는 당대(唐代) 사람의 구장본(舊藏本)이라고 했으나 청대 고광기(顧廣圻)는 송대(宋代) 사람이 채록한 것으로 여겼다. 주대(周代)에서 남제(南齊)까지의 시문(詩文)을 수록하고 있는데, 모두 사전(史傳) 및 『문선』에 실리지 않은 것들이며 도

으며, 내용은 대체로 송옥(宋玉)이 당륵(唐勒)·경차(景差)와 함께 초왕(楚王)을 모시던 이야기로서 눈앞의 일에 감정이 일어나 이에 부(賦)로 지은 것이다. 그러나 문사(文辭)가 번잡하고 겹치고[繁縟塤委], 때때로 신선(神仙)을 언급하고 있어 송옥의 「구변(九辯)」·「초혼(招魂)」 및 당시의 정경(情景)과 자못 어긋나 굴원의 「복거(卜居)」·「어부(漁父)」처럼 다 후대 사람들이 의탁하여 지은 것이 아닐까 한다. 또 「대초왕문(對楚王問)」[『문선(文選)』과 『설원(說苑)』에 보임]이 있어 스스로 사민(士民) 대중으로부터 칭찬을 받지 못하는 까닭을 해석하면서 먼저 노래[歌曲]를 예로 들어 증명하고, 다음으로 고래와 봉황[鯨鳳]32)을 끌어들여 속된 선비들이 성인을 알아볼 수 없음을 밝히고 있다. 그 언사[辭]가 대단히 번잡하여 대체로 유세가(游說家)의 담변(談辯)과 같으니 아마 역시 의탁일 것이다. 유협(劉勰)은, 부(賦)는 「이소(離騷)」에서 싹이 텄고, 순경(荀卿)·송옥(宋玉)이 고유 이름[專名]을 부여하여 시(詩)와 경계를 그음으로써 번성하여 대국(大國)을 이루었다고 했다. 또 "송옥(宋玉)은 재능이 있어 처음으로 '대문(對問, 문답체의 부─역자)'을 창조하였고," 그리하여 매승(枚乘)의 「칠발(七發)」, 양웅(揚雄)의 「연주(連珠)」 등, 울분을 토로한 문장이 무성하게 일어났다고 했다. 그렇다면 「이소」는 본래 삼백편(三百篇, 『시』를 가리킴─역자)의 은택을 받았지만, 특히 그 당시 유세(游說)의 풍조로부터 광대해지고, 형초(荊楚) 지역의 풍습으로 인해 기이하고 웅대해졌던 것이다. 부(賦)와 대문(對問)은 또 오랫동안 그 흐름이 후대까지 만연했다.

───────────────

합 9권으로 20류(類)로 나뉘어 있다. 『고문원』에는 또 「무부(舞賦)」 1편이 있어 부의(傅毅)가 지었다. (역주) 부의(傅毅, ?~90): 동한(東漢) 때의 문학가이다. 자는 무중(武仲)이고, 부풍(扶風) 무릉(茂陵)[지금의 섬서성 홍평현(興平縣) 동북쪽] 사람이다. 시, 부, 「칠격(七激)」 등의 작품이 있다.

32) (역주) 여기서 고래와 봉황은 자신을 비유하는데, 고래와 봉황처럼 자신은 초연하여 대중들부터 이해받지 못한다는 뜻이다.

당륵(唐勒)과 경차(景差)의 문장은 지금 전하는 것이 더욱 적다. 『초사』 속에 「대초(大招)」가 있어 「초혼(招魂)」을 본받으려 하였으나, 거기에 훨씬 미치지 못하며, 왕일(王逸)은 "굴원이 지은 작품이며, 경차(景差)가 지은 것이라고도 한다"고 했다. 그 문사(文辭)를 살펴보면 경차(景差)가 지은 것이라고 하는 것이 근사할 것이다.

참고문헌

『초사집주(楚辭集注)』, [송대 주희(朱熹)].
『순자(荀子)』, 권 18.
『사기(史記)』, 권 84 「굴원가생열전(屈原賈生列傳)」.
『문심조룡강소(文心雕龍講疏)』, [범문란(范文瀾)], 권 2「전부(詮賦)」, 권 3「잡문(雜文)」.
『지나문학의 연구(支那文學之硏究)』, [일본 영목호웅(鈴木虎雄)], 권 1 「소와 부의 생성(騷賦之生成)」.
『초사신론(楚辭新論)』, [사무량(謝無量)].
『초사개론(楚辭概論)』, [유국은(游國恩)].

제5편   이사(李斯)

진(秦)나라 시황제(始皇帝) 즉위 초에 상국(相國) 여불위(呂不韋)는, 열국(列國)이 항상 선비[士]에게 예를 갖추고 빈객(賓客)을 좋아하였으며 또 변사(辯士)들이 많아 순황(荀況)의 무리 같은 자들이 책을 저술하여 세상에 퍼뜨렸으므로 이에 역시 선비를 후한 대접으로 양성하여 각자 자기가 알고 있는 것을 저술하게 하여 모아 책으로 만들었다. 도합 20여 만 언(言)으로 『여씨춘추(呂氏春秋)』라 하고, 이를 함양시(咸陽市)의 시문(市門)에 내걸고 제후(諸侯), 유사(游士), 빈객(賓客)을 초빙하여 한 글자라도 더하거나 뺄 수 있는 사람이 있으면 그에게 천금(千金)을 주었다. 시황(始皇)은 기반이 튼튼해지자 여불위를 축출하였고, 또 점차 열국(列國)을 겸병하였는데, 비록 문학[文學, 유생(儒生)을 가리킴－역자]을 초빙하고 박사[博士, 박사관(博士官)을 가리킴－역자]를 설치하였으나 결국은 『시(詩)』·『서(書)』를 불태우고 수많은 제생(諸生)을 죽였으며, 승상 이사(李斯)를 중임하여 법술(法術)로써 다스렸다.

이사(李斯)는 초(楚)나라 상채(上蔡) 사람이며, 젊어서 한비(韓非)와 더불어 순황(荀況)으로부터 제왕의 술법[帝王之術, 나라를 다스리는 이론과 방법－역자]을 배웠고, 성장하여 진(秦)나라로 들어가 여불위(呂不韋)의 식객이 되어 시황(始皇)에게 유세하여 장사(長史)[1]에 임명되었으며, 점차 승진하여 좌승상(左丞相)에 이르렀다. 2세(二世, 시황제의 차남

---

1) (역주) 장사(長史) : 제사(諸史)의 장(長)을 뜻하며, 사(史)는 옛날 관부(官府)의 막료를 가리킨다.

—역자) 2년(B.C. 208)에는 환관 조고(趙高)가 모반죄로 모함하여 그를 죽이고 오형(五刑)의 벌을 다하고 삼족(三族)을 멸하였다. 이사는 비록 순경(荀卿)의 문하 출신이지만 유자(儒者)의 도를 받들지 않고 다스림에 있어 엄급(嚴急)을 중시하였다. 그러나 문자(文字) 면에서는 수훈(殊勳)이 있었다. 육국(六國) 시기에 문자는 자형이 달랐는데, 이사는 이에 뜻을 세워 진(秦)나라 문자와 합치되지 않는 것들을 버리고 하나의 서체(書體)로 그려 『창힐(倉頡)』 7장을 지으니, 옛 문자[古文]와 자못 달라 후에 진전(秦篆)이라 했다. 또 처음으로 예서(隸書)를 만들었는데, 관옥(官獄, 고급관리들을 구금하는 감옥—역자)에 일이 많아서 임시로 간이(簡易)함을 추구하여 도예(徒隸, 옛날 감옥에서 복역중인 범인—역자)에 그것을 시행하였다. 법가(法家)는 대체로 문채(文采)가 적었으나, 다만 이사의 상주문[奏議]은 그래도 화려한 문사가 있었으니, 예를 들어 상소문 「간축객(諫逐客)」을 보자.

……꼭 진(秦)나라에서 생산된 것이라야만 한다면 곧 야광(夜光)의 구슬은 조정을 장식할 수 없게 될 것이고, 외뿔소 뿔과 코끼리 이빨로 만든 그릇을 애완(愛玩)할 수 없게 될 것이며, 정(鄭)나라·위(衛)나라 여자들이 후궁(後宮)에 채워질 수 없을 것이고, 결제(駃騠) 같은 좋은 말들이 외양간에 매어질 수 없게 될 것이며, 강남의 금과 주석도 쓸 수가 없고, 서촉(西蜀)의 단청(丹靑)도 채색으로 쓰지 못하게 될 것입니다. ……물독을 두드리고 물동이를 치며 쟁(箏)을 뜯고, 넓적다리를 두드리며 신나게 노래하고 소리 지름으로써 귀와 눈을 즐겁게 하는 것이 참된 진나라 노래입니다. 그러나 정·위나라의 노래와 상간(桑間)의 노래 및 소우(韶虞)와 무상(武象)의 음악은 다른 나라의 음악입니다. 지금 물독을 두드리고 물동이를 치던 방식을 버리고 정·위나라의 노래를 즐기고, 쟁을 뜯는 음악을 물리치고 소우(韶虞)의 음악을 취하고 계십니다. 그와 같이 하는 것은 무

엇 때문이겠습니까? 당장에 기분이 좋고 보기에 흡족하기 때문일 따름일 것입니다. 지금 사람을 쓰는 데에는 그렇지 않습니다. 가부를 묻지도 않고 곡직을 따지지도 않고서 진나라 출신이 아니면 물리치고 외국 출신 인사면 내쫓겠다는 것입니다. 그러니 중히 여기는 것은 여색과 음악과 구슬과 옥 같은 것이고, 가벼이 여기는 것은 사람들이라는 셈이 됩니다. 이것은 사해(四海)에 군림하고 제후들을 제어하는 술법이 되지 못하는 일입니다 …….2)

28년에 시황(始皇)은 비로소 동쪽으로 군현(郡縣)을 순시하였으며, 군신(群臣)들은 이에 서로 더불어 그의 공덕을 기리며 금석(金石)에 새겨 후세에 전하였다. 그 글[辭]은 이사가 지었고, 지금도 유전(流傳)되고 있는데, 질박하고 웅장하여 실로 한진(漢晋) 시대의 비명(碑銘)은 그것으로부터 나온 것이다. 「태산각석문(泰山刻石文)」을 예로 든다.

황제(皇帝)께서 제위에 올라 명법(明法)을 제작하시고 신하들이 몸을 닦고 언행을 삼갔다. 26년 초에 천하를 병합하자 복종하지 않는 자가 없었다. 친히 천하의 백성들을 순수(巡狩)할 때 이 태산에 올라 동쪽 끝을 두루 살펴보았다. 종신(從臣)들이 그의 사적(事迹)을 생각하고 그 사업을 더듬어 그 공덕(功德)을 삼가 기렸다. 치덕(治德)이 널리 이루어지고 제(諸) 생산이 제 자리를 찾아 모두 법식이 있었다. 대의(大義)가 크게 밝아 후세에 드리우니 순조롭게 계승하고 혁명은 말지라. 황제께서 몸소 성덕(聖德)

---

2) (원문)"……必秦國之所生然後可, 則是夜光之璧, 不飾朝廷; 犀象之器, 不爲玩好; 鄭衛之女, 不充後宮; 而駿良駃騠, 不實外廄; 江南金錫不爲用, 西蜀丹青不爲采. ……夫擊甕叩缶, 彈箏搏髀, 而歌呼嗚嗚快耳目者, 眞秦之聲也. 鄭衛桑間, 『昭虞』『武象』者, 異國之樂也. 今棄擊甕叩缶而就鄭衛, 退彈箏而取『昭虞』. 若是者, 何也? 快意當前, 適觀而已矣. 今取人則不然: 不問可否, 不論曲直, 非秦者去, 爲客者逐. 然則是所重者在乎色樂珠玉, 而所輕者在乎人民也. 此非所以跨海內, 制諸侯之術也 ……."

을 실천하여 천하를 평정하고 다스림에 게을리 하지 않았다. ……내외(內
外)를 환하게 나누고 청결하지 않음이 없이 후사(後嗣)에 베풀었다. 그 교
화가 무궁한 데까지 이르니 유조(遺詔, 황제가 임종 때 내리는 조서-역
자)를 따르고 받들어 영원히 계승하며 더욱 경계할지라.[3]

36년에 동군(東郡)의 군민들이 운석(隕石)에 글을 새겨 시황(始皇)을
저주하였는데,[4] 조사하여 신문하였으나 불복하자 돌 주위에 사는 사
람들을 모조리 죽였다. 시황은 결국 즐겁지 않아 박사(博士)들에게 「선
진인시(仙眞人詩)」를 짓게 하였고, 행소(行所)에 이르며 세상을 노닐며
악인(樂人)들에게 명하여 그것을 노래로 연주하게 하였다. 그 시(詩)는
대개 후세의 유선시(游仙詩)의 비조이나 전하지 않는다. 『한서(漢書)』의
「예문지(藝文志)」에서는 진(秦)나라 때의 잡부(雜賦) 9편을 밝히고 있고,
「예악지(禮樂誌)」에서는 주(周)나라에 「방중락(房中樂)」이 있었고, 진(秦)
나라에 이르러 이를 「수인(壽人)」이라 하였다고 하였는데, 지금은 역시
다 없어졌다. 그러므로 현존하는 것으로 말하면, 진대(秦代)의 문장은
이사(李斯) 한 사람의 것뿐이다.

참고문헌

『사기(史記)』 권 6 「진시황제본기(秦始皇帝本紀)」, 권 85 「여불위(呂不韋)」, 권

---

3) (원문) "皇帝臨位, 作制明法, 臣下修飭. 二十六年, 初幷天下, 罔弗賓服. 親巡天下黎民,
登玆泰山, 周覽東極, 從臣思迹, 本原事業, 祇誦功德. 治道運行, 諸産得宜, 皆有法式.
大義休明, 垂于後世, 順承勿革. 皇帝躬聖, 旣平天下, 不懈于治. ……昭隔內外, 靡不
淸淨, 施于後嗣. 化及無窮, 遵奉遺詔, 永承重戒."

4) (역주) 『사기・진시황본기(史記・秦始皇本紀)』의 기록에 따르면, 동군(東郡) 사람들
이 운석에 글자를 새겨 시황을 저주하며, "시황은 죽고 땅이 나뉜다[始皇死而地
分]"라고 하였다. 동군(東郡)은 진(秦)나라 36군(郡) 중의 하나이며, 지금의 산동성
이다.

87 「이사열전(李斯列傳)」.

『전진문(全秦文)』, [청대 엄가균(嚴可均) 집록].

『중국대문학사(中國大文學史)』, [사무량(謝無量)] 제2편 제8장.

제6편 한(漢)나라 궁궐의 초(楚)나라 노래

진(秦)나라가 『시(詩)』와 『서(書)』를 불태우고 여러 유생(儒生)들을 함양(咸陽)에 매장하자 유자(儒者)들은 이에 종종 민간으로 숨어들었으며, 어떤 이는 적(敵)에게 몸을 맡겨 분노와 원망을 누그러뜨렸다. 그래서 진섭(陳涉)[1]이 필부(匹夫, 평범한 사람의 뜻으로 농민을 가리킴-역자)를 일으켜 한 달 동안 초(楚)나라를 통치하자 노(魯)나라의 여러 유생(儒生)들이 공씨(孔氏)의 예기(禮器)[2]를 가지고 그에게 귀의하였고, 공갑(孔甲)은 진섭(陳涉)의 박사(博士)가 되었다가 더불어 함께 패하여 죽었다. 한(漢)나라가 일어나 고조(高祖) 역시 유술(儒術)을 좋아하지 않았고, 그를 보좌하는 사람들 중에는 또 문서를 작성하는[刀筆] 관리들이 많았으나 오직 역식기(酈食其), 육가(陸賈), 숙손통(叔孫通)[3]이 문아(文雅)

---

1) 진섭(陳涉, ?~B.C. 208) : 이름은 승(勝), 자는 섭(涉)이고, 진(秦)나라 말엽 양성(陽城)[지금의 하남성 등봉(登封)] 사람이며, 중국 역사에서 첫 번째 농민기의를 일으킨 지도자이다. 『한서 · 유림전(漢書 · 儒林傳)』에서 "진섭(陳涉)이 왕이 되었을 때 노(魯)나라 제유(諸儒)들이 공씨(孔氏)의 예기(禮器)를 들고 그에게로 갔고, 그리하여 공갑(孔甲)은 진섭의 박사가 되었으나, 마침내 더불어 함께 죽었다"라고 하였다. 공갑(孔甲, 약 B.C. 264~B.C. 208) : 이름은 부(鮒)이고, 공구(孔丘)의 9대 손이다.

2) (역주) 공씨(孔氏)의 예기(禮器) : 공구(孔丘)의 집안 사람들이 제사지낼 때 사용하던 제기(祭器)를 가리킨다.

3) 역식기(酈食其, ?~B.C. 203) : 한대(漢代) 초 진유(陳留)[지금의 하남성 기현(杞縣)] 사람이다. 유방(劉邦)의 책략가였다. 육가(陸賈) : 한대(漢代) 초 초(楚) 지역 사람이다. 유방이 천하를 평정한 이후 대중대부(大中大夫)에 임명되었다. 숙손통(叔孫通) : 한대(漢代) 초 설(薛)[지금의 산동성 설성(薛城)] 사람으로 원래 진(秦)나라 박사였으나 후에 유방에 귀의하였다. 한나라가 건국될 때 조회(朝會)의 전장제도(典章制

하여 박사(博士)의 여풍이 있었다. 그러나 그들이 한(漢)나라 조정에 몸을 담았어도 오로지 문술(文術) 때문만은 아니었다. 육가(陸賈)는 비록 『시』와 『서』로 유명하였지만, 다만 말재주[辯才]로 칭찬을 받았을 뿐이고, 역식기(酈食其)는 스스로 유자(儒者)라고 했지만, 고조(高祖)는 세객(說客, 웅변가─역자)으로 그를 대우했다. 숙손통(叔孫通)은 바로 곡학아세(曲學阿世)로 기용되었으니 그가 조회(朝會)의 의식(儀式)을 정할 수 있고, 전례(典禮)를 알고 있음을 중시한 것은 아니었다. 즉위 후에 노(魯)나라를 지나다 비록 돼지와 양을 제물로 바치며[中牢]4) 공자(孔子)에게 제사지냈으나 대개 영웅이 사람들을 속이는 것으로 이를 빌려 인심(人心)을 사로잡으려는 것이었으니, 진(秦)나라를 반대하기 위한 행위의 하나임을 알아야 할 것이다. 고조가 붕어하였으나 유자(儒者)들은 역시 기용되지 않았는데, 『한서(漢書)』의 「유림전(儒林傳)」에서는 이렇게 말하였다. "효혜제(孝惠帝)·고후(高后, 고조의 태후로서 이 때 아직 살아 있었음─역자) 때에 공경(公卿)들은 다 무력(武力) 공신(功臣)들이었다. 효문제(孝文帝)는 본래 형명(刑名)의 말을 좋아하였다. 효경제(孝景帝)에 이르러서도 유자(儒者)들은 임용되지 않았고, 두태후(竇太后)는 또 황로술(黃老術)을 좋아하였으므로 박사(博士)들은 임관을 준비하고 부름을 기다리고 있었지만 관직에 오른 사람은 없었다."

그리하여 문장(文章) 면에서 초(楚)나라에서 한(漢)나라로 넘어가는 시기에 시교(詩敎)는 이미 식었고, 민간에서는 대부분 초(楚)나라 노래를 즐겼으며, 유방(劉邦)은 일개 정장[亭長, 옛날 숙역(宿驛)의 장으로서 진한(秦漢) 시대에는 10리마다 정(亭)을 두고 정마다 장(長)을 두어 도둑을 잡게 했음─역자]으로서 제위에 올랐으니 그 기풍은 마침내 비빈

度)를 마련하였다.

4) (역주) 중뢰(中牢)는 제사에서 돼지와 양 두 종류를 제물로 바침을 가리킨다. 소, 돼지, 양 세 종류를 완전히 갖추면 태뢰(太牢)라고 한다.

(妃嬪)이 거처하는 곳[宮掖]에까지 뒤덮었다. 대개 진(秦)나라가 육국(六國)을 멸하자 사방이 원한에 싸여 있었고, 초(楚)나라가 특히 발분(發憤)하여 비록 초나라는 아주 작지만[三戶] 반드시 진나라를 멸망시킬 것이라 맹세하였으니, 그리하여 세상에서 격앙된 선비들은 드디어 초(楚)나라 노래를 숭상하게 되었다. 항적[項籍, 항우(項羽)—역자]은 해하(垓下)에서 어려움에 처해 있을 때, 이렇게 노래불렀다. "힘은 산을 뽑고 기개는 세상을 뒤덮는데, 시세가 불리하니 추(騅, 항우가 몰던 준마의 이름—역자)가 나아가지 않는구나! 추가 나아가지 않으니 어찌하랴? 우미인(虞, 항우의 애첩—역자)이여 우미인이여 그대를 어찌할 것인가?"5) 이는 초나라 노래[楚聲]이다. 고조(高祖)는 천하를 평정하고, 이어 경포(黥布)6)를 정벌하러 가는 도중에 패(沛) 땅을 지나며 패궁(沛宮)에서 주연을 베풀고 옛 친구, 어른, 자제들을 불러 술자리의 흥을 돋구었는데, 스스로 축(築)을 연주하며 이렇게 노래불렀다. "큰 바람이 일고 구름이 높이 날고, 위세가 세상을 덮으며 고향으로 돌아오니, 어떻게 맹사(猛士)를 얻어 사방을 지킬 것인가!"7) 이 역시 초나라 노래이다. 게다가 패(沛) 땅의 아이들 120명을 뽑아 노래를 가르치니 군(郡)내의 아이들이 다 그 노래를 따라 배웠다. 그 후 척부인(戚夫人)의 아들 조왕(趙王) 여의(如意)를 옹립하려 하였고, 이에 태자를 폐하고자 하였으나 성사되지 않자 척부인은 눈물을 흘리며 역시 고조에게 초무(楚舞)를 추게 하고 스스로는 초나라 노래를 지었다.

---

5) (원문) "力拔山兮氣蓋世, 時不利兮騅不逝! 騅不逝兮可奈何? 虞兮虞兮奈若何?"

6) (역주) 경포(黥布, ?~B.C. 195) : 원명은 영포(英布)이고, 육현(六縣)[지금의 안휘성 육합현(六合縣) 북쪽] 사람이다. 한(漢)나라에 모반하였으나 싸움에서 패하여 피살되었다.

7) (원문) "大風起兮雲飛揚. 威加海內兮歸故鄕. 安得猛士兮守四方!"

> 홍곡(鴻鵠)은 높이 날아, 한 번에 천리를 가며,
>
> 날개를 펼치면, 사해(四海)를 가로지른다네.
>
> 사해(四海)를 가로지른다니, 또 어찌할 것인가?
>
> 주살이 있다지만, 쏠 곳이 어디인가?8)

　「방중락(房中樂)」9)은 주(周)나라에서 시작되었고 선조를 즐겁게 하기 위한 것이었다. 한(漢)나라 초에 고제(高帝)의 총희(寵姬)인 당산부인(唐山夫人)은 악사(樂詞)를 지었는데, 임금의 기호에 맞추었기 때문에 역시 초나라 노래였다. 효혜제(孝惠帝) 2년(B.C. 193년)에 이르러 악부령(樂府令)10)인 하후관(夏侯寬)에게 통소와 피리[簫管]에 맞추게 하고 「안세락(安世樂)」이라고 고쳤는데, 전체가 16장으로 이제 그 중 둘을 적어 본다.

> 강아지풀 무성하고,
>
> 송라(식물의 이름-역자) 널리 퍼져 있다네.
>
> 얼마나 아름다운가,
>
> 누가 이런 성장을 바꿀 수 있을까?
>
> 비할 데 없이 커서,
>
> 교화의 덕을 이루고,
>
> 비할 데 없이 길게 자라,
>
> 끝없이 뒤덮는다.11)

---

8) (원문) "鴻鵠高飛, 一擧千里, 羽翼已就, 橫絶四海. 橫絶四海, 又可奈何? 雖有矰繳, 尚安所施?"

9) 「방중락(房中樂)」: 주대(周代)의 악가(樂歌)의 일종으로 종묘(宗廟)에 사용하던 악장(樂章)이다.

10) (역주) 악부령(樂府令): 제사 등 대전(大典)에 사용하던 아악(雅樂)을 관장하던 악관(樂官)이다.

도량(都梁)과 벽려(薜荔)(모두 향초 이름—역자)가 향기를 뽐고,

들쭉날쭉 계화(桂花)가 피어 있다네.

효도를 하늘에 알리니,

해와 달의 빛과 같도다.

(제사를 받은 선조는—역자) 네 마리 검은 용을 타고,

북행(北行)으로 내달려 돌아가네.

화려한 털장식 깃대는,

풍성하여 끝이 없도다.

효도를 대대로 전하여

문장(文章, 예악제도—역자)을 마련한다네.12)

또 패궁(沛宮)을 원묘(原廟)13)로 삼고 노래하는 아이들[歌兒]에게 고제(高帝)의 「대풍가(大風歌)」의 연주를 익히게 하여 드디어 120명을 고정인원으로 사용하였다. 문제(文帝)·경제(景帝)가 계승하여 예관(禮官)이 그것을 익혔다. 초나라 노래가 한나라 궁궐에서 이토록 중시를 받았기 때문에 후대의 제왕들은 문득 자기 뜻을 말할[言志] 때는 대체로 그 노래를 사용하였으며, 무제(武帝)의 가사의 화려함[詞華]은 실로 탁월하였다. 무제가 하동(河東)에 행차하여 후토(后土, 토지신을 가리킴—역자)에게 제사지내고 고개 돌려 제경(帝京, 임금이 있는 도읍지—역자)을 바라보니 마음이 흐뭇하여 군신(群臣)들과 연회를 베풀고 스스로 「추풍사(秋風辭)」를 지으니, 구성지고 유려하여 비록 사인(詞人)이라도

---

11) (원문) "豊草葽, 女羅施. 善何如, 誰能回? 大莫大, 成教德; 長莫長, 被無極."

12) (원문) "都荔逐芳, 宵窊桂華. 孝奏天儀, 若日月光. 乘玄四龍, 回馳北行. 羽旄殷盛, 芬哉芒芒. 孝道隨世, 我署文章."

13) (역주) 원묘(原廟) : 다시 세운 궁묘(宮廟)라는 뜻이다. '원(原)'은 '다시[再]'라는 의미이다. 장안(長安)에 이미 고제묘(高帝廟)가 있었지만, 유방(劉邦)이 고향으로 돌아갈 때 머물렀던 패궁(沛宮)을 또 다른 궁묘로 다시 사용하였다.

넘어설 수 없는 것이었다.

> 가을바람 불고 흰 구름 나는데,
>
> 초목은 낙엽지고 기러기 남으로 돌아간다.
>
> 난초 아름답고 국화 향기로워,
>
> 그리운 님 잊을 수 없다네.
>
> 누선(樓船) 띄워 분하(汾河)를 건너는데,
>
> 강물 가로지르니 흰 물결 날리고,
>
> 퉁소 불고 북 치며 뱃노래 부른다.
>
> 즐거움 다하니 애닯은 정 많아지고,
>
> 젊은 날 얼마나 되며 늙어감은 어이 하리![14]

소제(少帝)[15]로 내려와 그가 동탁(董卓)에 의해 독살될 즈음 아내 당희(唐姬)와 이별하면서 이런 슬픈 노래를 불렀다. "하늘의 도가 바뀌어 나는 얼마나 괴로운가, 만승(萬乘)[16]을 버리고 물러나 번(藩)을 지키는구나. 역신(逆臣)에게 핍박받아 생명을 연장할 수 없고, 죽어서 곧 그대를 떠나려 하나니 저승에 가나보다!"[17] 당희(唐姬)는 이렇게 노래불렀다. "황천(皇天)이 무너지고 후토(后土)가 허물어지니, 신분은 임금이나 명은 요절이로다. 생과 사의 길이 달라서 여기서 갈라지고, 의지할 곳 없는 이 몸 어찌할까 마음이 슬프도다!"[18] 비록 위기에 처해 울분을

---

14) (원문) "秋風起兮白雲飛, 草木黃落兮鴈南歸. 蘭有秀兮菊有芳, 懷佳人兮不能忘. 泛樓船兮濟汾河, 橫中流兮揚素波, 簫鼓鳴兮發棹歌. 歡樂極兮哀情多 少壯幾時兮奈老何."

15) 소제(少帝) : 동한(東漢)의 소제(少帝) 유변(劉辯, 173~190)이며, 중평(中平) 6년(190)에 즉위하였고, 얼마 지나지 않아 동탁(董卓)이 홍농왕(弘農王)으로 폐위시켰다.

16) (역주) 만승(萬乘) : 승(乘)은 수레를 세는 단위인데, 천자는 만 대의 수레를 거느리고 있으므로 만승은 천자의 권력을 상징한다.

17) (원문) "天道易兮我何艱, 棄萬乘兮退守藩. 逆臣見迫兮命不延, 逝將去汝兮, 適幽玄!"

토로하고 있어 말뜻[詞意]이 가볍고 깊이가 없지만 그 형식[體式]은 역시 다 초나라 노래[楚歌]이다.

참고문헌

『한서(漢書)』, [「제기(帝紀)」, 「예악지(禮樂誌)」].
『전한시(全漢詩)』, [정복보(丁福保) 집록].
『중국대문학사(中國大文學史)』, [사무량(謝無量)] 제3편 제1장.

---

18) (원문) “皇天崩兮后土穨, 身爲帝兮命天摧. 死生路異兮從此乖, 奈我?獨兮中心哀!”

제7편   가의(賈誼)와 조조(鼂錯)

한대(漢代) 초에 치도(治道)를 잘 설명하고 문장에 뛰어난 사람 중에 먼저 육가(陸賈)가 있어 고조(高祖)를 보좌하며 자주 『시(詩)』와 『서(書)』를 거론하였다. 고제(高帝, 고조 유방―역자)는 그에게 명하여 책을 저술하여 진(秦)나라가 천하를 잃은 까닭과 고금(古今)의 성패를 말하라 하였는데, 1편씩 바칠 때마다 임금은 훌륭하다고 칭찬하지 않은 적이 없었다. 그 책은 『신어(新語)』라 이름하였으며, 지금 남아 있다. 문제(文帝) 때 영천(潁川)의 가산(賈山)[1]이라는 사람은 일찍이 진(秦)나라를 빌려 비유하며 치란(治亂)의 도리를 설명하였으며 그것을 「지언(至言)」이라 하였다. 그 후 자주 글을 올렸으며, 말은 대부분 직설적이고 격렬하고 사건의 의미를 잘 지적하였는데, 기용되지는 않았다. 그 말은 지금 대부분 없어졌고, 다만 「지언」은 『한서(漢書)』 본전(本傳)에 보인다.

가의(賈誼)는 낙양(雒陽) 사람이며, 일찍이 진(秦)나라 때 박사(博士) 장창(張蒼)[2]으로부터 『춘추좌씨전(春秋左氏傳)』을 전수받았다. 나이 18

---

1) 가산(賈山) : 서한(西漢) 때 영천((潁川)[지금의 하남성 우현(禹縣)] 사람이다. 영천(潁川)의 후관영기위(侯灌嬰騎尉)를 역임하였다. 『한서 · 예문지』에는 「가산(賈山)」 8편을 저록(著錄)하고 있다. 「지언(至言)」 : 진(秦) 왕조가 멸망한 역사적 교훈을 논술하고 있으며, 제왕은 마땅히 신하들의 권고와 간언을 들어야 한다고 강조하고 있다.

2) 장창(張蒼, ?~B.C. 152) : 서한(西漢) 양무(陽武)[지금의 하남성 원양(原陽)] 사람이다. 진(秦)나라 때 어사(御史)였으며, 한대(漢代) 초에 북평후(北平侯)에 봉해졌고 후에 승상(丞相)이 되었다. 『한서 · 예문지』에 「장창(張蒼)」 16편이 저록(著錄)되어 있다.

세 때 『시(詩)』와 『서(書)』를 외우며 문장을 지을 수 있는 것으로 군(郡) 내에서 유명하였고, 정위[廷尉, 구경(九卿)의 하나-역자]인 오공(吳公)3) 이 문제(文帝)에 천거하여 박사(博士)로 부름을 받았으니 그 때의 나이 20여 세였다. 그리고 조령(詔令)에 답하는 데 뛰어나 제생(諸生) 중에서 그에 미칠 수 있는 사람이 없었다. 문제(文帝)는 이를 기뻐하여 1년 만 에 특례로 대중대부(大中大夫)까지 승진시켰으며, 또 공경(公卿)으로 임 명할 예정이었다. 강후(絳侯), 관영(灌嬰), 풍경(馮敬) 등4)은 가의를 비방 하여 "낙양(雒陽) 사람은 나이가 젊은 초학자[初學]로서 오로지 권력을 마음대로 휘두르려 하니 여러 가지 일들에 분란을 일으키고 있다"고 했다. 그리하여 임금 역시 그를 멀리했고 그의 주장은 기용되지 않았 다. 나중에 가의는 장사왕(長沙王)5)의 태부(太傅, 태자나 제후왕을 가르 치는 관직-역자)가 되었다. 가의가 귀양가게 되자 스스로 뜻을 얻지 못하였다고 생각하여 상수(湘水)를 건널 즈음 부(賦)를 지어 굴원(屈原) 을 애도하고6) 이로써 스스로를 위로하였다.

---

3) 오공(吳公) : 이름과 자는 미상이며, 서한(西漢) 때 상채(上蔡)[지금은 하남성에 속 함] 사람이다. 이사(李斯)에게서 배운 적이 있다. 그는 하남군(河南郡) 군수(郡守)에 임명되었을 때 가의(賈誼)를 자못 신임하였고, 정위(廷尉)에 임명된 후에는 가의를 조정으로 천거하였다.

4) 강후(絳侯) : 주발(周勃, ?~B.C. 169)이며 서한(西漢) 때 패현(沛縣)[지금은 강소성에 속함] 사람이다. 관영(灌嬰, ?~B.C. 176) : 서한(西漢) 때 휴양(睢陽)[지금의 하남성 상구(商丘)] 사람이다. 이 두 사람은 유방(劉邦)을 따라 기의를 일으켰으며, 후에는 함께 제여(諸呂)를 죽이는 데 협력하여 문제(文帝)를 옹립하였다. 주발은 좌승상(左 丞相)이었고, 관영은 태위(太尉)였다. 풍경(馮敬, ?~B.C. 142) : 문제(文帝) 때 전객 (典客)·어사대부(御史大夫)에 임명되었다. 주발, 관영, 풍경 등이 가의를 비방한 일 은 『한서·가의전(漢書·賈誼傳)』에 보인다.

5) 장사왕(長沙王) : 한(漢)나라 초에 장사국(長沙國)을 세우고 오예(吳芮)를 장사왕(長 沙王)에 봉했다. 가의(賈誼)가 가르친 사람은 제5대 장사왕인 오산[吳産, 산(産)은 저(著)라고도 함]이다.

6) (역주) 가의가 「조굴원부(弔屈原賦)」를 지은 것을 가리킨다. 문장은 『사기』와 『한

삼가 천자(天子)의 은혜를 입어,

장사(長沙)에서 죄를 기다리게 되었다.

듣건대 굴원이,

멱라(汨羅)에 몸을 던졌다 하니,

나는 가서 상강(湘江)에 기탁(寄託)하여,

삼가 선생을 애도하노라.

매우 어지러운 세상을 만나,

이에 그 몸을 망치게 되었도다.

아아, 슬프도다,

상서롭지 못한 때를 만났음이여!

난새와 봉황은 몸을 숨기고,

부엉이와 올빼미가 날뛰는구나.

어리석고 무능한 자들이 존귀해지고,

참소(讒訴)하고 아첨하는 자들이 뜻을 얻으며,

현인·성인(聖人)들이 도리어 끌려다니고,

곧고 바른 선비들이 거꾸로 세워지도다.

……

아아, 뜻을 얻지 못하고,

선생은 까닭없이 화를 당하셨도다.

주(周)의 금솥을 내버리고,

진흙 항아리를 보배로 여기는도다.

지친 소에게 수레를 끌게 하고,

절름발이 노새를 곁말로 삼으며,

천리마는 두 귀를 늘어뜨리고

서』의 본전(本傳)에 보인다.

소금 수레나 끌게 하였도다.

장보관(章甫冠)을 신발 아래 깔은 셈이니,[7]

더욱 오래 갈 수 없었으리라.

아아, 선생이시여,

홀로 이 재난 당하셨도다.

이에 말하노라.

"끝났도다.

나라 안에 아무도 날 알아주는 이 없네." 하셨으니.

내 홀로 답답함 이 마음 누구에게 이야기할까?

봉황이 훨훨 날아 높이 사라져 버리니

스스로 물러나 멀리 가버리는 것이며,

깊은 못에 몸을 숨기는 신룡(神龍)은

고요히 잠겨 자중(自重)하는 것이라.

교달(蟂獺, 벌레의 일종―역자)을 멀리하고 숨어 지내니,

어찌 새우나 거머리와 지렁이들과 어울리겠는가?

성스러운 신덕(神德)을 귀히 여겨,

혼탁한 세상을 멀리하여 스스로 숨었도다.

기린(麒麟)이라도 묶어서 굴레를 씌운다면,

어찌 개나 양과 다르다 하겠는가.

어지러운 세상에서 머뭇거리다가 이 참소를 당하심도,

선생의 잘못이었네.

온 천하를 두루 다니며 밝은 임금을 찾아 섬길 것이지,

하필 이 고장만을 생각하셨을까!

봉황은 천 길의 하늘을 날다가,

---

7) (역주) 장보관(章甫冠)은 은(殷)나라에서 쓰던 이름난 관(冠)인데, 머리에 써야 할 장
보관을 신발 밑에 깐다는 것은 현인이 소인 아래에 있음을 비유한다.

성군(聖君)의 덕이 빛남을 보고 그 곳에 내리며,

덕(德)이 없어 위험한 징조가 보이면,

다시 날개쳐 멀리 떠나 버린다네.

저 보통의 웅덩이에,

어찌 배를 삼킬 만한 큰 물고기를 담을 수 있겠는가.

강과 호수를 가로지를 만한 전어(鱣魚)나 고래라도,

진정 땅강아지나 개미에게 제압당하고 말 것이로다.[8]

3년 만에 어떤 부엉이가 가의의 집에 날아들어 앉은 자리 한쪽에 내려앉았다.[9] 장사(長沙)는 지대가 낮고 습한 곳이라 가의는 스스로 오래 살지 못할 것을 두려워하여 「복부(服賦)」를 지어 스스로 마음의 여유를 가졌는데, 복(服)이란 초나라 사람들이 부엉이를 일컫던 말이다. 대의(大意)는, 화복(禍福)이 뒤엉켜 있고 길흉(吉凶)이 구별 없으며, 살아 있음을 기뻐할 필요 없고 죽음을 근심할 필요 없으며, 몸을 방임하고 운명에 내맡기며, 그리하여 도(道)와 함께 하고, 하찮은 일에 설복당해도 우려할 필요가 없다는 내용이다. 그 밖의 생사(生死) 문제는 조물주의 뜻에 따르고 있는데, 아마 장자(莊子)에게 그것을 배웠을 것이다. 1년

---

8) (원문) “恭承嘉惠兮竢罪長沙, 側聞屈原兮自湛汨羅. 造托湘流兮敬弔先生, 遭世罔極兮乃殞厥身. 烏虖哀哉兮逢時不祥, 鸞鳳伏竄兮鴟鴞翱翔. 闒茸尊顯兮讒諛得志, 賢聖逆曳兮方正倒植. ……于嗟默默, 生之亡故兮. 斡棄周鼎, 寶康瓠兮. 騰駕罷牛, 驂蹇驢兮. 驥垂兩耳, 服鹽車兮. 章甫薦履, 漸不可久兮. 嗟苦先生, 獨離此咎兮. 訊曰: 已矣, 國其莫吾知兮, 予獨壹鬱其誰語. 鳳漂漂其高逝兮, 夫固自引而遠去. 襲九淵之神龍兮, 沕淵潛以自珍; 偭蠵獺以隱處兮, 夫豈從蝦與蛭螾. 所貴聖之神德兮, 遠濁世而自臧; 使麒麟可係而羈兮, 豈云異夫犬羊. 般紛紛其離此尤兮 亦夫子之故也; 歷九州而相其君兮, 何必懷此都也! 鳳凰翔于千仞兮, 覽德輝而下之; 見細德之險微兮, 遙增擊而去之. 彼尋常之汙瀆兮, 豈容夫吞舟之巨魚; 橫江湖之鱣鯨兮, 固將制于螻蟻.”

9) (역주) 장사(長沙) 지역의 옛 풍습에 따르면, 부엉이는 흉조로서 사람의 집에 내려오면 주인이 죽는다고 한다.

여 세월이 지난 후 문제(文帝)가 가의를 불러들여 귀신의 본질을 물었고, 가의는 거기에 미치지 못함을 스스로 탄식하였다. 얼마 후 임금의 막내아들 양회왕(梁懷王)의 태부(太傅)에 임명되었다. 그 때 회남(淮南) 여왕(厲王)의 아들 네 명10)을 거듭 열후(列侯)로 봉하자 가의는 상소하여 간하였고, 또 제후(諸侯) 왕으로서 분에 넘치는 의례를 하고 땅 또한 여러 군(郡)을 아우르는 것은 옛날의 제도가 아니라고 여겨 이에 누차 상소하여 정사(政事)를 진술하며 조금 삭감할 것을 간청하였다. 안녕과 질서에 관한 방책[治安之策]이 방대하여 6,000 언(言)에 이르렀고, 세상 "일의 추세는 통곡할 만한 것이 하나, 눈물을 흘릴 만한 것이 둘, 길게 탄식할 만한 것이 여섯이 있으며, 기타 이치에 배치되고 도리를 해치는 것이라면 일일이 열거하기 어렵다"고 여겼다. 이에 두루 그 잘못을 지적하였는데, 자못 사정에 부합하였지만 받아들여지지 않았다. 여러 해를 살다가 회왕(懷王)은 말에서 떨어져 죽고 후사(後嗣)가 없었다. 가의는 스스로 태부(太傅)로서 면목이 없음을 가슴아파하며 1년 여를 울며 눈물을 흘리다 역시 죽었으니 나이는 33세(B.C. 200년~B.C. 168년)였다.

조조(鼂錯)는 영천(潁川) 사람이며 어려서 지현(軹縣)의 장회(張恢)로부터 신불해(申不害)·상앙(商鞅)의 형명(刑名)을 배웠고, 문제(文帝) 때 문학(文學)의 자격으로 태상장고(太常掌故)가 되었으며,11) 파견되어 제

---

10) 회남(淮南) 여왕(厲王)은 문제(文帝)의 서제(庶弟)인 유장(劉長)인데, 그는 모반죄로 사천(四川)으로 압송되는 도중에 먹지 않고 죽었으며, 문제는 대단히 후회하여 그의 아들 안(安), 발(勃), 사(賜), 양(良) 네 명을 열후(列侯)로 봉했다. 가의(賈誼)는 "임금이 반드시 장차 다시 그들을 왕으로 모시게 될 것을 알고" 나라에 불리함을 상소하여 저지할 것을 간하였다.

11) (역주) 문학(文學) : 관명(官名)이며 한나라 때 주군(州郡) 및 번국(藩國)이 모두 문학(文學)을 설치하였다. 태상장고(太常掌故) : 태상(太常)은 관명으로서 종묘의 예의(禮儀)를 관장하고 또 박사(博士)의 선발을 관장하였다. 장고(掌故)는 태상(太常)이 예속되어 있는 태사령(太史令)의 속관(屬官)이며, 국가의 전장제도(典章制度)를 관

남(濟南)의 복생(伏生)으로부터 『상서(尚書)』를 전수받고 돌아왔다. 이로 인해 나라에 도움이 될 만한 정사(政事)를 상소할 때 『상서』의 말을 들어 설명하였고, 태자사인(太子舍人)·문대부(門大夫)[12]로 부름을 받았으며, 박사(博士)로 전임되었다가 태자가령(太子家令)[13]에 임명되었다. 또 변설에 능하여 태자의 총애를 받았으며, 태자가 가호(家號)로 지낭(智囊, 지혜주머니라는 뜻—역자)이라 했다. 현량문학[賢良文學, 한나라 때 인재를 뽑던 과목(科目)의 하나—역자]에 응시하여 대책(對策)에서 높은 등위로 합격하였으며, 또 여러 차례 문제(文帝)에게 글을 올려 제후와 관련된 일을 줄이고 법령을 개정할 수 있을 것에 대해 언급하였다. 임금은 듣지 않았으나 그의 재능을 기특하게 여겨 중대부(中大夫)[14]로 천거하였다. 경제(景帝)가 즉위하자 조조를 내사(內史)로 삼았고 간언[言事]을 즉시 받아들여 비로소 총애가 구경(九卿)을 압도하여 법령을 많이 개정하게 되었으니 원앙(袁盎), 신도가(申屠嘉)[15]가 모두 이를 좋아하지 않았다. 그러나 조조는 더욱 직위가 높아져 어사대부(御史大夫)[16]로 승진하였다. 또 제후의 땅을 삭감하여 그에 딸린 군[枝郡]을 거둬들일 것을 간청하였다. 그 중에 오(吳)나라 땅을 삭감할 것을 언급한 내

장하였다.

12) (역주) 태자사인(太子舍人)·문대부(門大夫)는 태자태부(太子太傅)의 속관이다. 사인 (舍人)은 주위에서 시중드는 사람에 대한 통칭이다.

13) (역주) 태자가령(太子家令) : 태자의 식량이나 음식 등 집안일을 주관하던 벼슬이다.

14) (역주) 중대부(中大夫) : 의론(議論)을 관장하던 벼슬로서 대중대부(大中大夫) 다음 의 지위였다.

15) 원앙(袁盎, ?~B.C. 148) : 원앙(爰盎)을 가리킨다. 자는 사(絲)이며 서한(西漢) 때 초 (楚) 지역 사람으로 후에 안릉(安陵)[지금의 섬서성 함양(咸陽)]으로 이사하였다. 문 제(文帝) 때 낭중(郎中)이 되었고, 후에 태상(太常)이 되었다. 신도가(申屠嘉, ?~B.C. 155) : 서한(西漢) 때 양(梁)[군 소재지는 지금의 하남성 상구(商丘)] 사람이며, 문제 (文帝) 때 어사대부(御史大夫)였고, 관직은 승상(丞相)에 이르렀다.

16) (역주) 어사대부(御史大夫) : 진한(秦漢) 때 중앙에서 승상(丞相) 다음으로 지위가 가 장 높은 장관이며 형법과 감찰 등을 관장하였다.

용을 보자.

옛날 고제(高帝)께서 처음으로 천하를 평정하였을 때에는 형제는 적고
여러 자제들은 약하였기 때문에 크게 동성(同姓)을 왕으로 봉하였습니다.
그런 까닭에 얼자(孽子) 도혜왕(悼惠王)을 제(齊)나라 72성의 왕으로 삼았
으며, 서제(庶弟) 원왕(元王)을 초(楚)나라 40성의 왕으로 삼았고, 형의 아
들 비(濞)를 오(吳)나라 50여 성의 왕으로 삼았습니다. 이 세 서얼(庶孽)을
봉하여 천하의 반을 나누어 주었습니다. 지금 오왕(吳王)은 전일에 태자
와 사이가 좋지 않아 속여서 병이라고 핑계하고 입조(入朝)하지 않고 있
습니다. 옛 법에 의하면 그의 죄는 사형에 해당합니다. 문제(文帝)께서 차
마 그렇게 하지 못하고 이어 곤장 몇 대를 하사하셨는데, 은덕(恩德)이 지
극히 후하였습니다. 허물을 고치거나 스스로 마음을 새롭게 하지 않고
더욱 교만이 넘쳐서 산에 나는 구리를 이용하여 화폐를 주조하고, 해수
(海水)를 끓여 소금을 구우며, 천하의 도망자들을 유치(誘致)하여 반란을
일으킬 것을 음모하였습니다. 지금 그의 영지를 삭탈(削奪)하여도 배반할
것이고, 삭탈하지 않아도 또한 배반할 것입니다. 영지를 삭탈하면 그가
배반하는 일은 빨리 일어날 것이나 화(禍)는 작을 것입니다. 삭탈하지 않
으면 배반하는 일은 더디지만 화는 클 것입니다.[17]

땅을 삭감할 것을 간청한 조조의 상주에 대해 모든 귀인(貴人)들이
다 감히 비난하지 못하였지만 오직 두영(竇嬰)[18]만이 그에 대해 논쟁

---

17) (원문) "昔高帝初定天下, 昆弟少, 諸子弱, 大封同姓, 故王孽子悼惠王王齊七十二城,
庶弟元王王楚四十城, 兄子濞王吳五十餘城. 封三庶孽, 分天下半. 今吳王前有太子之
隙, 詐稱病不朝, 于古法當誅, 文帝不忍, 因賜几杖. 德至厚也. 不改過自新, 乃益驕恣,
公卽山鑄錢, 煮海水爲鹽, 誘天下亡人, 謀作亂逆. 今削之亦反. 不削亦反. 削之, 其反
亟, 禍小; 不削之, 其反遲, 禍大."

18) 두영(竇嬰, ?~B.C. 131) : 자는 왕손(王孫)이고, 서한(西漢) 때 관진(觀津)[지금의 하

하였고, 이로 인해 조조와 틈이 벌어졌다. 제후들 역시 우선 법령 삼십 장(三十章)의 변경을 싫어하였으며, 그리하여 오초(吳楚) 등 일곱 나라가 드디어 반란을 일으켜 조조를 죽인다는 것을 명분으로 내세웠다.[19] 두영(竇嬰)과 원앙(袁盎)은 또 문제(文帝)[20]를 설득하여 조조에게 조복(朝服)을 입혀 동시(東市)에서 참수하도록 하였다(B.C. 154년).

조조와 가의의 성격과 행적은 처음에는 자못 같았으니, 한 사람은 복생(伏生)으로부터 『상서(尙書)』를 전하였고, 한 사람은 장창(張蒼)으로부터 『좌씨(左氏)』를 전수받았다. 조조는 제후의 땅을 삭감할 것과 법령을 개정할 것을 간청하였고, 가의 역시 정삭(正朔, 정월 초하루를 뜻하며 매년의 첫날을 계산하는 월령을 가리킴—역자)을 바로잡고 복색(服色)을 고치려고 했으며,[21] 또 동일하게 공신과 총신들로부터 모함을 받았다. 글은 모두 솔직하고 격렬하고, 하고 싶은 말을 다 하였으니 사마천(司馬遷) 역시 "가의와 조조는 신불해(申不害)·상앙(商鞅)에 밝았다"고 했다. 다만 가의는 특히 문채(文采)는 있었지만 깊이와 실질[沈實] 면에서 다소 떨어지는데, 예를 들어 그의 「치안책(治安策)」, 「과진론(過秦論)」은 조조의 「현량대책(賢良對策)」, 「언병사소(言兵事疏)」, 「수

북성 형수(衡水)] 사람이다. 경제(景帝) 때 대장군(大將軍)에 임명되었고, 무제(武帝) 때 승상(丞相)이 되었다.

19) B.C. 154년에 오왕(吳王) 유비(劉濞)가 초(楚)·조(趙)·교동(膠東)·교서(膠西)·제남(濟南)·치천(淄川) 등 6국의 제후왕들과 연합하여 조조를 죽인다는 명분으로 기병하여 중앙정권에 반대하였는데, 오래지 않아 평정되었다. 이 내용은 『사기·오왕비열전(史記·吳王濞列傳)』에 보인다.

20) 마땅히 '경제(景帝)'라고 해야 옳다.

21) (역주) 한대(漢代) 초에는 진력(秦曆, 진나라 역법)을 사용하여 10월을 한 해의 시작으로 삼았는데, 가의(賈誼)는 하력(夏曆, 하나라의 역법)을 사용하여 정월을 한 해의 시작으로 할 것을 주장하였다. 또 당시의 음양오행설에 근거하여 가의는 진(秦)나라는 흑색을 숭상하였으니 한(漢)나라는 황색을 숭상하도록 고쳐야 한다고 생각했는데, 토(土)가 수(水)를 이긴다고 보았기 때문이다. 토(土)는 황색이고 수(水)는 흑색이다.

변권농소(守邊勸農疏)」와 더불어 모두 서한(西漢)의 뛰어난 문장으로 후대 사람들에게 깊은 영향을 끼쳐 그 은택은 대단히 심원하였지만, 두 사람이 흉노(匈奴)를 논한 것을 서로 비교해 보면, 가의의 말은 상당히 조잡하여 조조의 깊이 있는 식견과 비교할 수 없음을 알 수 있다.

다만 나중에 크게 달라지는 이유는 대개 문제(文帝)가 보수적이었기 [守靜] 때문인데, 그래서 가의는 주장이 모두 기용되지 않았고 양왕(梁王)의 스승이 되어 우울하게 지내다 생을 마쳤다. 조조는 때마침 경제(景帝)를 만나 다소 개혁할 수 있었고, 그리하여 크게 총애를 얻어 자기 주장을 실행할 수 있었지만, 갑자기 변란을 초래하여 동시(同市)에서 참수당하였다. 또 평소에 형명(刑名)으로 이름을 날리더니 마침내 "사람들에 대해 준엄하고 가혹하다"22)는 비방을 돌려 받았다. 가령 다른 땅에서 살고 다른 주인을 만났다면 그들의 만년의 말로(末路)가 어떠했을지는 모를 일이다. 그러나 가의는 문장에 능하였고 게다가 평생 동안 뜻을 얻지 못하였으니, 사마천은 그의 불우(不遇, 재능이 있지만 마땅한 대우를 받지 못함—역자)를 애도하여 굴원(屈原)과 동일한 전(傳)에서 다루어 마침내 더욱 후세에 널리 알려지게 되었다.

참고문헌

『사기(史記)』(권 84, 101).
『한서(漢書)』(권 48, 49).
『전한문(全漢文)』, [청대 엄가균(嚴可均) 집록].
『중국대문학사(中國大文學史)』(제3편 제2장).
『지나문학사강(支那文學史綱)』(제3편 제4장).

---

22) 이 말은 『한서·원앙조조전(漢書·袁盎鼂錯傳)』에 나온다. "조조는 사람들에 대해 준엄하고 가혹하였다(錯爲人峭直刻深)."

제8편 번국(藩國)의 문술(文術)[1]

한(漢)나라 고조(高祖)는 비록 유가(儒家)를 좋아하지 않았고 문제(文帝)와 경제(景帝) 두 임금 역시 형명(刑名)과 황로(黃老)를 좋아하였지만, 당시의 제후왕 중에 선비를 양성하는 데 심혈을 기울이고 문술(文術)에 전념한 사람이 있었다. 초(楚), 오(吳), 양(梁), 회남(淮南), 하간(河間)의 다섯 왕들은 그 중에서 특히 두드러진 사람이다.

초(楚)나라 원왕(元王) 교(交)[2]는 고조의 이복동생으로서 책을 좋아하고 재예(才藝)가 많았으며, 젊었을 때 노(魯)나라의 목생(穆生), 백생(白生), 신공[申公, 신배(申培)—역자]과 더불어 손경(孫卿)의 문하생인 부구백(浮丘伯)[3]에게서 『시(詩)』를 전수받았다. 그래서 『시』를 좋아하게 되었고, 초나라를 다스리게 되자 제자(諸子)들 역시 모두 『시』를 읽었으며, 신공(申公)이 처음으로 『시』를 전수(傳授)하여 '노시(魯詩)'라고 하자 원왕(元王) 역시 스스로 『시』를 전수하여 '원왕시(元王詩)'라 하였다. 한나라 초기에 『시』를 연구하던 대사(大師)들이 모두 초나라에 살았는데, 신공(申公), 백공(白公) 이외에 또 위맹(韋孟)[4]이 있었으니 그는 원왕(元

---

1) (역주) 번국(藩國)은 제후국을 뜻하고 문술(文術)은 문장과 학술을 뜻한다.

2) 초(楚)나라 원왕(元王) 교(交) : 유교(劉交, ?~B.C. 179)를 가리키며, 유방(劉邦)의 이복 막내 동생이다. 유방을 따라 기병하였고, 후에 초왕(楚王)에 봉해졌다. 문예를 좋아하여 유생들을 초나라로 모았으며, 『원왕시(元王詩)』를 지었으나 이미 없어졌다. 그의 사적은 『한서·초원왕전(漢書·楚元王傳)』에 보인다.

3) 부구백(浮丘伯) : 부구공(浮丘公)이라고도 하며, 부구(浮丘)는 복성(復姓)이다. 한(漢)나라 초의 제(齊) 사람이다.

王)의 스승이었을 뿐 아니라 원왕의 아들인 이왕(夷王) 및 손왕(孫王)인 무(戊)의 스승이었다. 무(戊)가 방탕하여 도(道)를 따르지 않자 위맹은 이에 시를 지어 풍간(諷諫)하였다. 후에 마침내 자리에서 물러나 추(鄒)로 집을 옮기고 다시 시 1편을 지었는데, 사건의 서술과 말[詞]의 배치가 자연스럽게 일체(一體)를 이루어 모두 풍아(風雅)의 유운(遺韻)이 있었다. 위진(魏晋) 이래로 서로 스승을 본받으려 하여 선인의 공적을 서술하고 선조의 유덕(祖德)을 기술하였는데, 그래서 임방(任昉)은 『문장연기(文章緣起)』5)에서 "사언시(四言詩)는 전한(前漢)의 초나라 왕의 스승인 위맹(韋孟)의 「간초이왕무(諫楚夷王戊)」라는 시에서 시작되었다"고 여겼다.

오왕(吳王) 비(濞)6)는 고조(高祖)의 형인 중(仲)의 아들이다. 문제(文帝) 때 오나라 태자가 입궐하여 황태자와 더불어 박도(博道, 옛날 도박의 일종—역자)를 다투었는데, 황태자가 도박판[博局]7)을 들어 그에게 던

---

4) 위맹(韋孟) : 서한(西漢) 때 팽성(彭城)[군 소재지는 지금의 강소성 서주(徐州)] 사람이다. 초(楚)나라의 유교(劉交)·유영(劉郢)·유무(劉戊) 세 왕의 스승을 역임하였다. 유무(劉戊)가 무도(無道)하여 위맹은 「간초이왕무시(諫楚夷王戊詩)」를 지었고, 후에 직위를 버리고 추(鄒)로 집을 옮기고, 「재추시(在鄒詩)」를 지었다. 「재추시」는 「술지시(述志詩)」라고도 한다.

5) 임방(任昉, 460~508) : 낙안(樂安) 박창(博昌)[지금의 산동성 수광(壽光) 일대] 사람이며, 송(宋)·제(齊)·양(梁) 3대에 걸쳐 벼슬하였다. 양나라 때에는 의흥(義興)·신안(新安)의 태수를 역임하였으며, 표(表)·주(奏)·서(書)·계(啓)의 문장에 뛰어났다. 『문장연기(文章緣起)』: 『문장시(文章始)』라고도 하며 1권으로 수대(隋代)에 이미 없어졌다. 『신당서·예문지(新唐書·藝文志)』에는 장적(張績)이 보충하여 지었다고 기록하고 있다. 북송(北宋) 때 오늘날 전해지는 책을 발견하였는데, 아마 장적이 보충하여 지은 책일 것이다. 이 책은 시(詩)·문(文)·소(騷)·부(賦) 등 각종 문체의 기원을 논술하고 있으며, 도합 85제(題)이다.

6) 오왕(吳王) 비(濞) : 유비(劉濞, B.C. 215~B.C. 154)이며, 유방(劉邦)의 조카로서 오왕(吳王)에 봉해졌다. 경제(景帝) 때 오·초 등 7국을 선동하여 반란을 일으켰고, 싸움에서 패하여 동월(東越)로 도망가서 피살되었다. 그의 사적은 『한서·형연오열전(漢書·荊燕吳列傳)』에 보인다.

져 죽였다. 오왕(吳王)은 이로 말미암아 원망하며 도망자나 죽을 죄를 지은 사람들을 감추어 주는 일을 30여 년 동안 지속하였고, 그리하여 그들을 부릴 수 있었다. 그렇지만 기용한 사람들은 대부분 종횡가(縱橫家)의 유세(游說)하는 선비들이었고, 그 중에는 문사(文詞)에도 뛰어난 사람들이 있어 엄기(嚴忌), 추양(鄒陽), 매승(枚乘) 등이 그들이다. 오나라가 패하자 모두 양(梁)나라로 갔다.

양(梁)나라 효왕(孝王)8)은 이름이 무(武)이며 문제(文帝)의 두황후(竇皇后)의 막내아들이다. 일곱 나라의 반란이 있을 때 양나라는 오・초(吳楚)와의 싸움에서 가장 크게 공을 세웠고 또 가장 큰 나라였으므로 왕의 행차가 천자(天子)의 그것과 닮았으며, 사방의 호걸들을 불러모으니 산동(山東) 출신의 유사(游士)들이 빠짐없이 모였다. 『역(易)』을 전한 사람으로는 정관(丁寬)이 있어 그는 전왕손(田王孫)에게 그것을 전수했고, 전왕손은 시구(施仇), 맹희(孟喜), 양구하(梁丘賀)9)에게 전수했다. 이로

---

7) (역주) 박국(博局)은 그 위에서 도박을 하는 나무판을 가리킨다.

8) 양(梁)나라 효왕(孝王) : 유무(劉武, ?~B.C. 144)이며, 문제(文帝) 유항(劉恒)의 차남이다. 두황후(竇皇后)로부터 가장 총애를 받았으며, 두황후가 그에게 임금의 뒤를 잇도록 하고자 하였으나 대신인 원앙(袁盎) 등이 반대하였다. 양왕(梁王)이 원한을 품고 사람을 시켜 원앙을 암살하였고, 경제(景帝)에게 미움을 사서 울적하게 지내다 죽었다. 그의 사적은 『한서・문삼왕전(漢書・文三王傳)』에 보인다.

9) 정관(丁寬) : 자는 자양(子襄)이고, 한대(漢代) 초 양(梁)나라 사람이다. 경제(景帝) 때 양(梁) 효왕(孝王)이 오(吳)・초(楚)를 막을 때 정장군(丁將軍)이라 했다. 전하(田何)에게서 『역』을 전수받았는데, 『한서・예문지』에 『정씨(丁氏)』 8편을 기록하고 있다. 전왕손(田王孫) : 서한(西漢) 때 탕(碭)[지금의 안휘성 탕산(碭山)] 사람이며, 경제(景帝) 때 박사(博士)였다. 시구(施仇) : 자는 장경(長卿)이고, 서한(西漢) 때 패현(沛縣)[지금은 강소성에 속함] 사람이며, 선제(宣帝) 때 박사(博士)였다. 맹희(孟喜) : 자는 장경(長卿)이고 서한(西漢) 때 난릉(蘭陵)[지금의 산동성 역현(嶧縣)] 사람이다. 효렴(孝廉)에 응시하여 낭(郎)이 되었고, 곡대서장(曲臺署長)이 되었다. 양구하(梁丘賀) : 양구(梁丘)는 복성(復姓)이며 자는 장옹(長翁)이고 서한(西漢) 때 낭야(瑯琊) 제현(諸縣)[지금의 산동성 제성(諸城)] 사람이다. 선제(宣帝) 때 태중대부(太中大夫)에 임명되었고, 관직은 소부(少府)에 이르렀다.

말미암아 『역』에는 시(施)·맹(孟)·양구(梁丘)의 삼가(三家)의 학(學)이 있게 되었다. 또 양승(羊勝), 공손궤(公孫詭), 한안국(韓安國)[10]이 있어 각자 언변[辯智]으로써 명성이 두드러졌다. 오나라가 패하자 오나라의 식객[客]들은 다시 모두 양나라로 갔고, 사마상여(司馬相如) 역시 양나라에 와 있었는데, 다 사부(詞賦)의 고수였으니 세상에서 문학(文學)의 성대함은 당시 아마 양나라 만한 데가 없었을 것이다.

엄기(嚴忌)는 본래 성이 장(莊)이었으나 후에 명제[明帝, 성이 유(劉), 이름이 장(莊)이었음―역자]의 이름자를 피하기 위해 엄(嚴)이라 했고, 회계오(會稽吳) 사람이다. 사부(詞賦)를 좋아하여 굴원의 충정과 불우한 처지를 슬퍼하여, 「애시명(哀時命)」이라는 사(詞)를 지었다. 마침 경제(景帝)가 사부(詞賦)를 좋아하지 않을 때라 뜻을 펼칠 수가 없었으며, 곧 오나라로 갔다. 오나라가 패하자 걸어서 양나라로 들어갔고, 효왕(孝王)이 그를 알아보아 추양(鄒陽), 매승(枚乘)과 더불어 존중을 받았으며, 엄기의 이름은 더욱 왕성하여 세상에서 장부자(莊夫子)라 했다.『한지(漢志)』[『한서·예문지(漢書·藝文志)』―역자]에 「장부자부(莊夫子賦)」 24편이라 되어 있으나, 오늘날에는 「애시명(哀時命)」 1편만 남아 있으며 『초사(楚辭)』에 실러 있다.

추양(鄒陽)은 제(齊)나라 사람으로 처음에는 엄기(嚴忌), 매승(枚乘)과 더불어 오나라에서 벼슬했고, 모두 문변(文辯)으로 이름이 높았다. 오왕(吳王)이 모반을 일으키려 할 때 추양은 글을 지어 간하였으나 받아들여지지 않았고, 이에 오나라를 떠나 양나라로 갔으며 효왕(孝王)을

---

10) 양승(羊勝, ?~B.C. 150)·공손궤(公孫詭, ?~B.C. 150) : 두 사람 모두 양왕(梁王)의 문객(門客)이었다. 한안국(韓安國, ?~B.C. 130) : 자는 장유(長孺)이고, 서한(西漢) 때 양(梁) 성안(成安)[지금의 하남성에 위치] 사람이다. 먼저 양(梁)나라 효왕(孝王)의 중대부(中大夫)에 임명되었고, 무제(武帝) 때 어사대부(御史大夫)가 되었다. 그의 사적은 『한서(漢書)』 본전(本傳)에 보인다.

따라 돌아다녔다. 그 사람됨이 지략이 있고 기개가 있어 남에게 아부하지 않았는데, 양승(羊勝)과 공손궤(公孫詭)의 모함을 받아 효왕(孝王)이 노하여 추양을 하옥시키고 그를 죽이려 하였다. 추양은 옥중에서 상주서[11]를 올려 스스로 이렇게 해명했다.

> ……속담에 '(친구 사이에 서로 이해하지 못하면—역자) 머리가 하얗게 될 때까지 사귀어도 처음 만났을 때와 같고, (서로 이해하면—역자) 길에서 처음 만나서 말을 나누더라도 오랜 친구와 같도다'라고 하였습니다. 왜 그런가? 이는 서로 이해하고 있는가 그렇지 않은가 때문입니다. 그래서 반어기(樊於期)가 진(秦)나라를 도망하여 연(燕)나라로 가서 형가(荊軻)에게 머리를 빌려 주어 연나라 태자 단(丹)을 위해 진왕(秦王)을 찔러 죽이는 데 도왔고,[12] 왕사(王奢)가 제(齊)나라를 도망하여 위(魏)나라로 가서 성벽에 올라 자살하여 제나라 군사가 철수하도록 만들어 위나라를 보존하였습니다.[13] 왕사와 반어기는 제·진나라와 처음 사귄 것이 아니라 연·위나라와 오랜 친구였기 때문인데, 그래서 그들이 제·진 두 나라를 떠나서 연·위 두 나라 군주를 위해 목숨을 바친 까닭은 행위가 그들의 뜻에 맞았고 연·위 두 나라 군주를 무한히 앙모했기 때문입니다. ……오늘날의 군주가 만약 교만한 마음을 버리고, 신하에게 보답할 뜻을 품고,

---

11) (역주) 「옥중상서자명(獄中上書自明)」을 가리키며, 『문선(文選)』에 수록되어 있다.

12) (역주) 반어기(樊於期)는 전국시기 말엽의 진(秦)나라 장수였는데, 진나라에 모반하여 연(燕)나라로 갔고, 진왕(秦王)이 현상금을 걸고 그를 잡으려 하자 그는 연나라 태자 단(丹)에게 보답하기 위해 머리를 잘라 형가(荊軻)에게 주었다. 형가는 그것을 들고 진나라로 가서 거짓으로 진왕의 신임을 얻어 진왕을 찔러 죽이는 기회를 얻었다.

13) (역주) 왕사(王奢)는 제(齊)나라 장수로서 죄를 지어 위(魏)나라로 도망하였고, 제나라가 이에 출병하여 위나라를 치려 하자 왕사가 성루에 올라 제나라 장수에게 자기 때문에 위나라를 공격한다면 자기는 결코 위나라에 누를 끼치며 살지 않겠다고 말하고, 칼을 뽑아 자살하였으며, 제나라는 곧 철수하였다.

성의를 다하고, 진심을 내보이고, 속내를 다 털어놓고, 후덕(厚德)을 시행하고, 평생토록 고락(苦樂)을 함께 하고, 선비를 아낌없이 대할 수 있다면, 걸왕(桀王)의 개라도 요(堯)임금에게 짖게 할 수 있고, 도척(盜跖)의 자객이라도 허유(許由)를 찔러 죽이게 할 수 있습니다.[14] 하물며 임금께서는 만승(萬乘)의 권세를 가지고 있고, 성왕(聖王)의 위세를 가지고 있음에랴? 그렇다면 형가(荊軻)가 연나라 단(丹)을 위하다 칠족(七族)이 죽임을 당했고,[15] 요리(要離)가 자기 아내를 불태워 죽였는데,[16] 어찌 대왕도(大王道)라 할 수 있겠습니까?[17]

상주서가 올려지자 효왕은 즉시 그를 출옥시켜 서둘러 상객(上客)으로 삼았고, 후에 양승, 공손궤는 모함죄로 죽였으며, 추양은 혼자서 양왕(梁王)에 대한 천자(天子)의 심한 노여움을 풀어 주었다.[18] 무릇 오나

---

14) (역주) 포악한 군주인 걸왕의 개도 요임금과 같은 성군에게 짖을 수 있고, 반란을 일으킨 도척의 부하가 고매한 허유를 찔러 죽일 수 있다는 뜻으로 은혜를 베풀면 받은 사람은 베푼 사람에게 충성을 다한다는 의미이다.

15) (역주) 형가(荊軻)가 연나라를 위해 진시황을 암살하려다 일을 이루지 못하고 죽임을 당하고, 그 가족은 멸족되었다.

16) 오왕(吳王) 합여(闔閭)가 자객인 요리(要離)를 보내어 권신(權臣)인 경기(慶忌)를 암살하려 하였는데, 경기의 신임을 얻기 위해 오왕은 일부러 요리에게 죄를 씌워 그의 팔을 하나 자르고 또 그의 아내를 불태워 죽였다. 요리는 경기에게 투항하여 신임을 얻게 되었으며, 마침내 경기를 암살하였다.

17) (원문) "語曰, '有白頭如新, 傾蓋如故.' 何則. 知與不知也. 故樊於期逃秦之燕, 藉荊軻首以奉丹事, 王奢去齊之魏, 臨城自剄, 以卻齊而存魏. 夫王奢樊於期非新於齊・秦而故於燕魏也, 所以去二國, 死兩君者, 行合於志, 慕義無窮也. ……今人主誠能去驕傲之心, 懷可報之意, 披心腹, 見情素, 墮肝膽, 施德厚, 終與之窮達, 無愛於士, 則桀之犬可使吠堯, 跖之客可使刺由, 何況因萬乘之權, 仮聖王之資乎. 然則軻湛七族, 要離燔妻子, 豈足爲大王道哉."

18) (역주) 추양(鄒陽)이 양(梁)나라 효왕(孝王)에 대한 경제(景帝)의 분노를 풀어 준 사실을 가리킨다. 당시 양나라 효왕의 문객인 양승(羊勝), 공손궤(公孫詭)가 사람을 시켜 원앙(袁盎)을 암살하였는데, 경제의 분노를 샀다. 추양이 입경(入京)하여 경제

라는 깊은 음모를 꾸미고 있어 책사(策士)들을 편애하였는데, 그래서 문변(文辯)의 선비들 역시 항상 종횡가(縱橫家)의 유풍이 있었고, 사령(詞令)과 문장이 다 열고 닫음이 길어 마치 전국(戰國) 시대 유사(游士)들의 구변과 비슷했다. 『한지(漢志)』의 종횡가에는 「추양(鄒陽)」 7편이라 되어 있지만 그의 사부(詞賦)는 기록하지 않고 있으니 추양은 한(漢)나라에서 원래 권략(權略)으로 이름을 날렸기 때문인 듯하다. 『서경잡기(西京雜記)』[19]에는 이렇게 말하고 있다. "양나라 효왕이 망우관(忘憂館)으로 놀러 가서 여러 유사(游士)들을 모아놓고 각자 부를 짓게 하였다. 매승(枚乘)은 「유부(柳賦)」, 노교여(路喬如)는 「학부(鶴賦)」, 공손궤(公孫詭)는 「문록부(文鹿賦)」, 추양(鄒陽)은 「주부(酒賦)」, 공손승(公孫承)은 「월부(月賦)」, 양승(羊勝)은 「병풍부(屛風賦)」를 지었고, 한안국(韓安國)은 「기부(機賦)」를 짓다가 완성하지 못하자 추양이 대신 지어 주었다. 추양과 한안국은 벌주로 세 되를 마셨다. 매승과 노교여에게는 비단을 하사하였는데, 각자 5필을 주었다." 『서경잡기』는 진대(晉代) 갈홍(葛洪)이 지은 것이지만, 유흠(劉歆)[20]에게 가탁하고 있으므로 이들 부(賦) 역시 아마 갈홍이 지었을 것이다.

의 총희(寵姬)인 왕미인(王美人)의 오빠 왕장군(王長君)과 교제하며 그를 통해 왕미인이 경제 앞에서 양왕(梁王)에 대한 오해를 풀어 줄 것을 요청하였다.

19) 『서경잡기(西京雜記)』: 동진(東晋)의 갈홍(葛洪)이 지었으며, 서한(西漢)의 유흠(劉歆)의 이름으로 가탁하고 있다. 원래는 2권이었으나 후대에 6권으로 나누었다. 서한의 유문일사(遺聞軼事) 및 신화전설을 기술하고 있다. 갈홍(葛洪, 284~364): 자는 치천(稚川)이고, 동진(東晋) 때 구용(句容)[지금은 강소성에 속함] 사람이다. 『서경잡기』 이외에도 『포박자(抱朴子)』, 『신선전(神仙傳)』 등을 지었다.

20) 유흠(劉歆, ?~23): 자는 자준(子駿)이고, 이름을 영숙(穎叔)이라고도 하며, 한(漢)나라 종실(宗室)인 유향(劉向)의 아들로서 서한(西漢) 말년의 유명한 경학가·목록학가이다. 그가 지은 『칠략(七略)』은 중국에서 최초의 목록학 저서이다. 『한서·예문지』는 기본적으로 이 책의 내용과 분류방법을 채용하고 있다. 왕망(王莽)이 정권을 찬탈하여 새로운 왕조를 세웠을 때 유흠을 국사(國師)에 임명하였다. 후에 유흠은 비밀리에 왕망 암살 계획을 세웠으나 사건이 누설되어 자살하였다.

매승(枚乘)은 자가 숙(叔)이며 회음(淮陰) 사람으로 오왕(吳王) 비(濞)의 낭중(郞中)21)이었다. 오왕(吳王)이 모반을 꾸미고 있어 매승이 상소하여 간하였고, 오왕이 받아들이지 않자 이에 떠나 양나라로 갔다. 한나라가 일곱 나라를 평정하자 매승은 이로 말미암아 이름이 알려졌고, 경제(景帝)는 그를 불러 홍농(弘農)의 도위(都尉)22)에 임명하였다. 매승은 오랫동안 대국(大國)의 상빈(上賓)으로 지냈고, 뭇 관리들이 마음에 들지 않아 병을 핑계로 사직하였으며, 다시 양나라로 갔다. 양나라의 객(客)들은 모두 글 짓는[屬詞] 데 뛰어났으니, 매승이 특히 수준이 높았다. 양나라 효왕이 죽자 매승은 회음(淮陰)으로 돌아왔다. 무제(武帝)는 태자로 있을 때부터 매승의 이름을 들었고, 즉위할 때는 매승이 연로하였으므로 바퀴를 부들로 감싼 편안한 수레[安車蒲輪]23)로 매승을 모셨으나 도중에 죽었다(B.C. 140년).

『한지(漢志)』에는 「매승부(枚乘賦)」 9편이라 되어 있지만, 지금은 다만 「양왕토원부(梁王菟園賦)」만 남아 있다. 「임파지원결부(臨灞池遠訣賦)」는 제목만 남아 있고 「유부(柳賦)」는 아마 위탁(僞托)일 것이다. 그렇지만 매승이 문림(文林)에서 이룬 업적의 위대함은 바로『초사(楚辭)』,「칠간(七諫)」의 법식에 대략 의지히고 또 「초혼(招魂)」,「대초(大招)」의 뜻을 취하여 스스로 「칠발(七發)」24)을 창조하였다는 데 있다. 오(吳)·초(楚)

---

21) (역주) 낭중(郞中) : 한대(漢代)의 벼슬로서 궁정의 거기(車騎)·문호(門戶)를 관리하고 시위(侍衛)를 맡았던 직책이다.

22) (역주) 홍농(弘農) : 지금의 하남성 영보현(靈寶縣) 북쪽이다. 도위(都尉) : 한(漢)나라 때 지방의 군사와 치안을 책임지던 관리이다.

23) (역주) 안거(安車) : 말 한 마리가 끌어 편안히 탈 수 있는 작은 수레로서 노인들이 사용할 수 있도록 한 것이다. 포윤(蒲輪) : 부들로 바퀴를 감싸서 진동을 방지하여 승차감을 좋게 한 것이다. 임금이 하사한 안거포윤(安車蒲輪)을 탄다는 것은 옛날에는 매우 영광스런 일로 여겼다.

24) 「칠발(七發)」 : 가정하여 초(楚)나라 태자가 병이 나서 오(吳)나라 객이 방문하여 음악, 음식, 거마(車馬), 유관(游觀), 전렵(田獵), 관도(觀濤), 논도(論道) 등 일곱 가지 일

를 빌려 손님과 주인[客主]으로 삼아, 먼저 수레의 손실, 궁실(宮室)의
근심, 식색(食色)의 폐해를 말하고, 마땅히 묘언(妙言)과 요도(要道, 중요
한 도리-역자)를 경청하여 정신과 몸의 막힘을 터서 통하게 해야 한
다고 말하고 있다. 그리하여 가무와 여색에 빠져 노니는 즐거움 등등,
무릇 여섯 가지 일을 말하는데, 마지막은 광릉(廣陵)에서의 파도 구경
[觀濤]25)으로 되어 있다.

"……물결이 처음 일어날 때는 큰물이 왕성하여 마치 백로(白鷺)가 아
래로 날아드는 듯하고, 물결이 적게 들어올 때는 넓고 희어서 마치 흰 수
레·백마의 휘장 덮개가 펼쳐져 있는 듯합니다. 그 파도가 일어 구름처
럼 어지러이 흩어지면 삼군(三軍)이 행장을 꾸리는 듯 소란스럽습니다.
그 옆에서 생긴 물결이 급히 일 때는 경차(輕車, 옛날의 전차로서 가볍고
빠른 차-역자)가 진군을 가로막는 듯 살랑살랑 일어납니다. 여섯 마리
교룡(蛟龍)을 몰아 태백[太白, 하백(河伯)을 가리킴-역자]을 좇는 듯합니
다. 순전한 흰 무지개로 내달리며 앞뒤로 끊이지 않고 이어집니다. 높이
치솟고, 서로 뒤따르고, 많고도 높습니다. 성벽처럼 무겁고 견고하며 행
군(行軍)처럼 분란스럽습니다. 거대한 소리 울려 퍼지고, 광대한 물결 용
솟음쳐서 막을 수가 없습니다. 그 양쪽을 바라보면, 물살이 사납게 솟구
쳐 끓어오르고, 어스름하게 이리저리 부딪치고, 위로는 때리고 아래로는
돌을 밀어냅니다. 용맹스런 병사처럼 노기를 뿜으며 두려움 없고, 둑을
오르고 나루를 때리며, 휘어짐이 다하면 물굽이를 따르고, 둑을 넘어 바
깥으로 나가려 하는데, 마주치면 죽을 것이고 막아서면 파괴될 것입니

[七事]로써 태자를 일깨운다는 내용인데, 그래서 「칠발(七發)」이라 했다. 그 후 이
러한 문체를 '칠체(七體)' 또는 '칠(七)'이라고 했다.

25) (역주) 광릉(廣陵) : 지금의 강소성 양주(揚州) 일대이며, 당시에는 굽이진 강이 하나
있어 파도를 구경할 수 있었는데, 당대(唐代) 이후로 점차 충적평원으로 바뀌었다.

다…….'26)

이런 말을 모두 마음에 들어 하지 않자, 곧 이렇게 말했다.

"장차 태자를 위해 방술(方術)의 선비를 모아 그 중에 재능과 방책이 있는 사람, 예를 들어 장주(莊周), 위모(魏牟), 양주(楊朱), 묵적(墨翟), 편연(便娟), 첨하(詹何)와 같은 무리가 있으면 그들에게 천하의 정미(精微)를 논하고 만물의 시비를 따지도록 하겠습니다. 공자는 두루 살펴보았고, 맹자는 산가지를 가지고 헤아려서 만 가지 중에 하나도 잘못이 없었습니다. 이 역시 천하의 요언(要言) 묘도(妙道)입니다. 태자께서는 어찌 듣고 싶지 않습니까?" 이에 태자가 책상을 집고 일어나며 말하되 "성인(聖人) 변사(辯士)의 말을 듣는 듯 밝아지는군요" 하였다. 땀을 흘리며 갑자기 병이 사라졌다.27)

이로부터 마침내 '칠'체('七'體)가 생겨났으니, 그 후의 문사(文士)들 중에 모방하는 사람들이 많아 한대(漢代)에 부의(傅毅)는 「칠격(七激)」이 있었고, 유광(劉廣)은 「칠흥(七興)」이 있었고, 최인(崔駰)은 「칠의(七依)」가 있었고 …… 무릇 10여 작가가 있었으며, 위진대(魏晉代)에 이르러 여전히 모작들이 많았다. 사령운(謝靈運)28)은 『칠집(七集)』 10권이

---

26) (원문) "……其始起也, 洪淋淋焉, 若白鷺之下翔; 其少進也, 浩浩澄澄, 如素車白馬帷蓋之張. 其波涌而雲亂, 擾擾焉如三軍之騰裝. 其旁作而奔起也, 飄飄焉如輕車之勒兵. 六駕蛟龍, 附從太白. 純馳浩蜺, 前後駱驛. 顒顒卬卬, 椐椐强强, 莘莘將將. 壁壘重堅, 沓雜似軍行. 訇隱匈礚 軋盤涌裔, 原不可當. 觀其兩傍, 則滂渤怫鬱, 暗漠感突, 上擊下律. 有似勇壯之卒, 突怒而無畏. 蹈壁衝津, 窮曲隨限, 逾岸出追. 遇者死, 當者壞……."

27) (원문) "將爲太子奏方術之士, 有資略者, 若莊周, 魏牟, 楊朱, 墨翟, 便娟, 詹何之倫, 使之論天下之精微, 理萬物之是非; 孔老覽觀, 孟子持籌而算之, 萬不失一. 此亦天下要言妙道也, 太子豈欲聞之乎? 於是太子據几而起曰: 渙乎若一聽聖人辯士之言. 澀然汗出, 霍然病已."

있었고, 변경(卞景)은 『칠림(七林)』 12권이 있었고, 양우(梁又)는 『칠림(七林)』 30권이 있었는데, 대개는 여러 작가들의 이 칠체를 모아서 만든 것으로 지금은 모두 없어졌다. 다만 매승의 「칠발(七發)」 및 조식(曹植)29)의 「칠계(七啓)」, 장협(張協)30)의 「칠명(七命)」만이 『문선(文選)』에 실려 있다.

『문선』에는 또 「고시십구수(古詩十九首)」가 있어 모두 오언(五言)이며 작자의 이름이 없다. 당대(唐代) 이선(李善)은 "고시(古詩)라고도 하며 대개 작자를 알 수 없다. 매승(枚乘)이라는 사람도 있으나 분명히 밝힐 수 없을 듯하다."라고 했다. 그렇지만 진(陳)나라 서릉(徐陵)이 엮은 『옥대신영(玉臺新咏)』31)에는 그 중 9수(首)에 승(乘)의 이름을 분명히 적고 있다. 이것이 사실이라면 매승은 바로 칠체(七體)를 창시하였을 뿐 아니라 역시 오언고시[五古]를 시작한 사람이니, 이제 그 중 세 수를 적어 본다.

---

28) 사령운(謝靈運, 385~433) : 남조(南朝) 송(宋)나라 양하(陽夏)[지금의 하남성 태강(太康)] 사람이다. 동진(東晉) 때 사현(謝玄)의 손자이며 세습으로 강락공(康樂公)에 봉해졌고, 송(宋)나라에 들어 영가(永嘉)의 태수(太守)에 임명되었다. 『사강락집(謝康樂集)』이 있다.

29) 조식(曹植, 192~232) : 자는 자건(子建)이고, 삼국(三國) 시기에 패국(沛國) 초(譙)[지금의 안휘성 호현(毫縣)] 사람이다. 조조(曹操)의 셋째 아들로서 진왕(陳王)에 봉해졌고, 시호는 사(思)이며, 후대에 진사왕(陳思王)이라 했다. 「칠계(七啓)」는 현미자(玄微子)와 경기자(鏡機子)의 문답 일곱 가지 일을 서술하고 있다.

30) 장협(張協) : 자는 경양(景陽)이고, 서진(西晋) 때 안평(安平)[지금은 하북성에 속함] 사람이며, 관직은 하간내사(河間內史)였다. 『장경양집(張景陽集)』이 있다. 「칠명(七命)」은 충막공자(冲漠公子)와 순화대부(殉華大夫)의 대화를 서술하고 있다.

31) 서릉(徐陵, 507~583) : 자는 효목(孝穆)이고, 남조(南朝) 때 진동(陳東) 해담(海郯)[지금의 산동성 담성(郯城)] 사람이다. 양(梁)나라 때 동궁학사(東宮學士)에 임명되었고, 진(陳)나라 때는 상서좌복사(尙書左僕射)·중서감(中書監)에 임명되었으며, 궁체시(宮體詩)의 대표적인 작가이다. 『옥대신영(玉臺新咏)』은 그가 엮은 시가(詩歌) 총집(總集)으로 10권이다.

서북쪽에 높은 누각 있어,

위로 떠가는 구름과 나란히 하고,

엇갈려 뚫어 비단무늬 창을 엮고,

네 기둥 누각에는 세 겹 계단 있구나.

위로 현악기 노래소리 들려오는데,

울림이 어찌나 슬픈지,

누가 이 곡을 연주할 수 있을까,

기량(杞梁)의 아내 만한 사람 없을 것이로다.

청상곡(淸商曲)이 바람을 타고 퍼져나가니,

중간곡조가 바야흐로 맴도는데,

한 번 튕기고 두세 번 탄식하니,

강개(慷慨)하면서도 슬픈 여운 있도다.

노래하는 이의 고통 가여워할 것 없이,

다만 지음(知音)이 드문 것이 마음 아프다네.

원컨대 한 쌍의 큰기러기 되어,

날개를 떨쳐 높이 날고 싶어라.32)

……

서로 헤어진 지 날로 오래 되고,

의대(衣帶)는 날로 느슨해집니다.

뜬구름 해를 가리고,

떠난 사람 돌아오지 않는군요

그대 그리움에 늙어 가는데,

세월은 어느새 저물었습니다.

---

32) (원문) "西北有高樓, 上與浮雲齊, 交疏結綺窓, 阿閣三重階. 上有弦歌聲, 音響一何悲, 誰能爲此曲, 無乃杞梁妻. 淸商隨風發, 中曲正徘徊, 一彈再三歎, 慷慨有餘哀. 不惜歌者苦, 但傷知音稀. 願爲雙鴻鵠, 奮翅起高飛."

내버려두고 더는 말하지 말고

그저 열심히 음식이나 드소서.33)

아득히 먼 견우성,

하얗게 반짝이는 직녀성.

고운 하얀 손을 내밀어,

찰칵찰칵 베를 짜는데,

온종일 한 폭도 짜지 못하고,

눈물만 비 오듯 흘리네.

은하수 맑고도 얕으니,

서로의 거리 그 얼마나 되는가,

찰랑찰랑 흐르는 강물 사이에 두고,

은근히 바라보며 말조차 건네지 못하네.34)

그 가사[詞]는 말이 진행됨에 따라 운(韻)을 이루고, 운이 진행됨에 따라 시적인 맛이 생기고, 조탁의 흔적이 없으며, 또한 의미[意志]가 유달리 깊고 풍기는 맛[風神]이 초(楚)의 「이소(離騷)」에 가깝고, 형식 [體式]은 실로 독창적이니, 참으로 이른바 "온후(溫厚)함 속에 신기(神奇)함이 쌓여 있고, 평화로움 속에 슬픈 감정이 깃들어 있고, 의미는 얕을수록 더욱 깊고, 가사[詞]는 일상적인 말에 가까울수록 더욱 깊은 맛이 있다" 바로 그것이다. 조금 뒤에 나온 이릉(李陵)과 소무(蘇武)의 증답시(贈答詩) 역시 오언(五言)으로 되어 있는데, 대개 문제(文帝)·경

---

33) (원문) "……相去日已遠, 衣帶日已緩. 浮雲蔽白日, 游子不顧返. 思君令人老, 歲月忽已晚. 棄捐勿復道, 努力加餐飯."

34) (원문) "迢迢牽牛星, 皎皎河漢女. 纖纖擢素手, 札札弄機杼, 終日不成章, 泣涕零如雨. 河漢淸且淺, 相去復幾許, 盈盈一水間, 脈脈不得語."

제(景帝) 이후에 점차 이러한 시체(詩體)가 많아졌다. 그러니 타고난 자질과 바탕은 결국 매승이 가장 탁월하였다고 여겨야 할 것이다.

회남왕(淮南王) 안(安)은 문제(文帝)가 책봉하였고, 책을 좋아하고 금(琴)을 연주하였으며, 빈객(賓客)·방술(方術)의 선비 수천 명을 불러모아 『내서(內書)』 21편과 더 많은 편수의 『외서(外書)』를 만들었다. 또 『중편(中篇)』 8권이 있어 신선(神仙)·황백(黃白)의 방법[35]을 설명하였는데, 역시 20여 만 언(言)이었다. 그 때 무제(武帝)가 마침 예문(藝文)을 좋아하여 안(安)을 제부(諸父, 백부의 통칭 – 역자)로 삼았고, 언변이 좋고 박식하고 문사(文辭)에 뛰어나서 그를 대단히 존중하였다. 무제는 안(安)에게 「이소전(離騷傳)」을 짓게 하였는데, 안은 아침에 명을 받고 점심나절에 그것을 올렸다. 전(傳)은 지금 없어졌고, 전해지고 있는 것은 『회남(淮南)』 21편뿐이며, 이는 또 『홍렬(鴻烈)』이라고도 한다. 이 책은 대개 여러 유사(游士)들과 강론(講論)하고 구문(舊文)을 채집하여 만든 것이다. 이 유사(游士) 중에서 두드러진 사람은 소비(蘇飛), 이상(李尚), 좌오(左吳), 전유(田由), 뇌피(雷被), 모피(毛被), 오피(伍被), 진창(晉昌) 등 8명이며, 이를 팔공(八公)이라 한다. 또 사부(詞賦)를 나누어 같은 것끼리 분류하여 놓았는데, 어떤 것은 「대산(大山)」이라 하고 어떤 것은 「소산(小山)」이라 하였으니, 그 뜻은 『시(詩)』에서 「대아(大雅)」와 「소아(小雅)」가 있는 것과 흡사하다. 소산(小山)의 무리에는 「초은사(招隱士)」라는 부(賦)가 있는데, 그 기원은 비록 「이소(離騷)」, 「초혼(招魂)」 등에서 나왔으나 그 흔적[迹象]에 얽매이지 않았으니 한대(漢代) 초사(楚辭)의 새로운 노래[新聲]이다.

계수나무는 무리지어 산속 깊은 곳에 자라서, 우뚝하고 굽어진 가지

---

35) 신선(神仙)의 방법은 단약을 단련하는 것을 가리키고, 황백(黃白)의 방법은 금은(金銀)을 단련하는 것을 가리킨다.

서로 얽혀 있도다. 산기운 자욱하고 바위 험준하고, 계곡은 가파르고 냇물은 물결이 세차도다. 원숭이 무리지어 울고 호랑이 표범이 울부짖으며, 나뭇가지에 올라 하릴없이 오래 머무는구나. 왕손(王孫)께서 노닐며 돌아가지 않는데, 봄풀은 무성하게 자랐다가, 한 해는 저물어 머물지 않으니, 쓰르라미 쓰르르 쓰르르 우는도다. 산 기운 어두워지고 산 계곡 굽었는데 이 마음 오래 머물수록 아픔만 더하도다. 실의에 차고 두렵고, 호랑이 표범이 굴속에 있고, 빽빽한 깊은 숲속은 사람이 지나기에 무섭다. 산 높고 험하고 돌은 울퉁불퉁하며, 나무는 바퀴처럼 서로 얽혀 있고 수풀은 무성히 드리워져 있도다. 청사(靑莎)는 어지러이 심어져 있고 번초(煩草)는 바람에 나부낀다. 흰 사슴 암 사슴 뛰었다 섰다 하는데, 그 모습 뿔이 우뚝 솟고 털빛이 윤기가 흘러 부드럽다. 원숭이 큰곰은 무리가 그리워 애닯프다. 계수나무 가지에 올라 하릴없이 오래 머물며, 호랑이 표범은 다투고 큰곰은 우짖고, 금수(禽獸)가 놀라서 무리를 벗어난다. 왕손(王孫)께서 돌아오셔도 산속은 오래 머물지 못하리로다.[36)]

하간헌왕(河間獻王) 덕(德)은 경제(景帝)의 아들이며 역시 책을 좋아하였고, 그가 구한 것은 모두 고문(古文)으로 된 선진(先秦)시대의 구서(舊書)였다. 또『모씨시(毛氏詩)』박사,『좌씨춘추(左氏春秋)』박사를 설립하였고, 산동(山東)의 여러 유생들[諸儒]이 대부분 따르며 모여들었다. 그의 기호가 대개 초(楚)나라 원왕(元王) 교(交)와 서로 비슷하였다. 다만 오(吳)·양(梁)·회남(淮南) 세 나라의 객(客)들은 비교적 문사(文詞)가

---

36) (원문) "桂樹叢生兮山之幽, 偃蹇連蜷兮枝相繚. 山氣巃嵸兮石嵯峨; 谿谷嶄巖兮水曾波. 猿狖群嘯兮虎豹嗥, 攀援桂枝兮聊淹留. 王孫遊兮不歸, 春草生兮萋萋, 歲暮兮不自聊, 蟪蟬鳴啾啾.. 坱兮軋, 山曲弗, 心淹留兮恫慌忽; 罔兮沕, 憭兮栗, 虎豹穴, 叢薄深林兮人上慄. 嶔岑碕礒兮硱磈硊, 樹輪相糾兮林木茷骫; 靑莎雜樹兮煩草靃靡; 白鹿麏麚兮或騰或倚, 狀貌崟崟兮峨峨, 凄凄兮漇漇. 獼猴兮熊羆, 慕類兮以悲. 攀援桂枝兮聊淹留, 虎豹鬪兮熊羆咆, 禽獸駭兮亡其曹. 王孫兮歸來, 山中兮不可以久留."

풍부하였는데, 양나라 객 중에서 뛰어난 사람들은 대부분 오나라에서 왔고 심지어 종횡가(縱橫家)의 여운(余韻)도 있었으며, 회남에 모여든 사람들은 대체로 과장된 언변과 방술(方術)을 가진 선비들이었다.

참고문헌

『사기(史記)』(권106, 118).
『한서(漢書)』(권36, 44, 47, 51, 53).
『악부시집(樂府詩集)』, [송대 곽무천(郭茂倩) 엮음].
『전한문(全漢文)』, [청대 엄가균(嚴可均) 집록].
『중국대문학사(中國大文學史)』(제3편 제3장).

제9편 무제(武帝) 때 문술(文術)의 융성

무제(武帝)는 뛰어난 재능과 원대한 계략이 있어 자못 유술(儒術)을 숭상하였다. 즉위 후 승상 위관(衛綰)[1]은 곧 군국(郡國)[2]에서 추천한 현량(賢良) 중에 신불해(申不害), 상앙(商鞅), 한비(韓非), 소진(蘇秦), 장의(張儀)의 견해[言]를 연구하는 사람들을 파면할 것을 주청하였다. 또 바퀴를 부들로 감싼 편안한 수레로 신공(申公), 매승(枚乘) 등을 불러들여 명당(明堂)을 세우는 일을 논의하였고,[3] '오경(五經)'박사를 설치하였다. 원광(元光) 연간에 무제는 친히 현량(賢良)에게 책문[策問, 임금이 정치적 문제를 간책(簡策)에 써서 의견을 묻는 것을 가리킴―역자]을 출제하였고, 그리하여 동중서(董仲舒), 공손홍(公孫弘)[4] 등이 배출되었

---

1) 위관(衛綰) : 서한(西漢) 때 대군(代郡) 대릉(大陵)[지금의 산서성 문수(文水)] 사람이다. 문제(文帝) 때 오(吳)·초(楚)의 반란을 평정하는 데 공이 있어 관직은 승상(丞相)에 이르렀고, 무제(武帝) 초에 연임되었다가 얼마 후 면직되었다.

2) (역주) 군국(郡國) : 한대(漢代) 초에 군(郡)과 왕국(王國)은 지방의 고급 행정구역의 명칭이다. 왕국(王國)의 봉토는 처음에는 매우 컸지만 후에는 점차 줄어들어 군(郡) 크기 정도가 되었고[후국(侯國)의 봉토는 현(縣) 크기 정도], 그래서 종종 군국(郡國)이라고도 했다.

3) (역주) 명당(明堂)은 서주(西周) 때 천자(天子)가 정교(政敎)를 펼치던 장소인데, 대체로 제후들을 접견하고 제사를 지내고 상을 내리고 선비를 뽑는 등 대전(大典)이 이곳에서 거행되었고, 진(秦)나라 때 이미 폐지되었다. 한(漢)나라 무제(武帝) 때 명당(明堂)의 중건을 건의한 사람이 있었지만 두태후(竇太后)의 반대로 실현되지 않았다.

4) 동중서(董仲舒, B.C. 179∼B.C. 104) : 서한(西漢) 때 광천(廣川)[지금의 하북성 조강(棗强)] 사람이다. 문제(文帝)·경제(景帝) 때 박사(博士)를 역임하였고, 무제(武帝)

다. 또 일찍부터 사부(詞賦)를 흠모하고 '초사(楚辭)'를 좋아하여 회남왕 (淮南王) 안(安)에게 「이소(離騷)」를 위한 전(傳)을 짓게 했다. 본인 스스로도 「추풍사(秋風辭)」(제6편 참고), 「도이부인부(悼李夫人賦)」[『한서(漢書)』의 「외척전(外戚傳)」 참고) 등을 창작하였으니, 문장가의 심원한 경지에 든다. 다시 악부(樂府)를 설립하여 조(趙)·대(代)·진(秦)·초(楚)의 민요를 수집하고, 이연년(李延年)[5]을 협율도위(協律都尉)로 삼고 사마상여(司馬相如) 등 십수 명의 사람들을 뽑아 시송(詩頌)을 짓게 하였으며, 이를 하늘과 땅에 대한 여러 제사에 사용하였으니, 이것이 「십구장(十九章)」이라는 노래[6]이다. 이연년은 늘 임금의 뜻을 받들어 교화를 위한 노래로 시를 지었는데, 그것을 신성곡(新聲曲)[7]라 하였고, 실제로는 초나라 노래[楚聲]의 유풍으로서 그것을 확대·변화시킨 것이다. 이에 속하는 「교사가(郊祀歌)」 19장은 오늘날 『한서(漢書)』의 「예악지(禮樂志)」에 남아 있으며, 제3장에서 제6장까지 모두 '추자악(鄒子樂)'이라는 제목이 붙어 있다.

　　여름은 번식과 성장의 계절로서

　　만물이 모두 혜택을 입는다네.

　때 강도왕(江都王)의 상(相)·교서왕(膠西王)의 상(相)을 역임하였으며, 백가(百家)를 물리치고 오직 유술(儒術)을 받들 것을 건의하였다. 공손홍(公孫弘, B.C. 200~B.C. 121) : 자는 계(季)이고, 서한(西漢) 때 설(薛)[지금의 산동성 등현(滕縣)] 사람이다. 일찍부터 『공양전(公羊傳)』을 연구하였으나 60세에 비로소 부름을 받아 박사(博士)가 되었고, 파직된 후에 또 다시 부름을 받아 기용되었으며, 어사대부(御史大夫)·승상(丞相)을 역임하였다.

5) 이연년(李延年, ?~약 B.C. 87) : 서한(西漢) 때 중산(中山)[군 소재지는 하북성 정현(定縣)] 사람이며, 무제(武帝) 때 총희인 이부인(李夫人)의 오빠이다.

6) 「교사가(郊祀歌)」 19장을 가리킨다. 이 새로운 노래는 옛날의 아악(雅樂)과 다르게 천지(天地) 신을 찬미하는 이외에 그 밖의 신령과 상서(祥瑞)를 가송하고 있다.

7) (역주) 초나라 노래[楚聲]와 다른 새로운 곡조라는 뜻이다.

모두가 순조롭게 성장하여 무성하고 아름다우며,

억압받는 이는 없도다.

꽃이 활짝 피어 열매를 맺고,

크기도 하려니와 많기도 하여

대전(大田)에서 수확을 거두어

뭇 신들에게 제물을 바치는도다.

광대하게 사당을 짓고,

정중하고 온화하게 잊지 않는다.

신이 이에 우리를 보우하사

대대로 무강(無疆)이라네.8)

[「주명(朱明)」사(四) 추자악(鄒子樂)]

해가 뜨고 짐은 어찌 끝이 있으랴,

(끝없는) 세월은 (유한한) 사람과 다르다네.

그래서 봄은 나의 봄이 아니고,

여름은 나의 여름이 아니고,

가을은 나의 가을이 아니고,

겨울은 나의 겨울이 아니라네.

세월은 사해(四海)의 물처럼 고요히 변함 없고,

이를 두루 살펴보니 어찌 할 것인가.

내 즐겨야 할 것을 알고,

오직 육룡(六龍)을 타고 즐긴다네.9)

---

8) (원문) "朱明盛長, 敷與萬物. 桐生茂豫, 靡有所詘. 敷華就實, 旣阜旣昌, 登成甫田, 百鬼迪嘗. 廣大建祀, 肅雍不忘. 神若宥之, 傳世無疆."

9) (역주) 임금이 타는 수레는 여섯 마리 말이 끄는데, 그래서 육룡을 즐긴다라고 하였다.

　　육룡을 잘 몰아

　　내 마음 유쾌하도다.

　　아아, 신마(神馬)는 어찌하여 내려오지 않는가![10]

　　[「일출입(日出入)」구(九)]

　이 때 하간헌왕(河間獻王)은 치도(治道)에는 예악(禮樂)이 아니면 안
된다고 생각하여 아악(雅樂)을 수집하여 바쳤다. 대악관(大樂官)[11] 역시
그것을 익혀 여러 편을 갖추고 있었으나 상용하지는 않았으며, 사용한
것은 다 신성(新聲, 신성곡을 가리킴－역자)이었다. 놀이나 연회 때에
는 다시 신성의 변주곡[變曲]이 있었다. 이 곡조 역시 이연년에서 시작
되었다. 이연년은 중산(中山) 사람으로 자신과 부모형제 모두가 오랜
음악인[倡, 음악과 가무에 종사하는 사람－역자]이었는데, 죄를 지어
부형(腐刑, 궁형을 가리킴－역자)을 당하고 구감(狗監, 임금의 사냥개를
관리하던 관서－역자)에서 일하였다. 본성이 음(音)을 알고 가무를 잘
하여 무제가 총애하였고, 매번 신성(新聲)의 변주곡을 지으면 듣는 사
람 중에 감동하지 않는 자가 없었다. 무제를 모시다 춤을 추며 이렇게
노래한 적이 있다. "북쪽 지방에 미인이 있어 절세의 아름다움으로 홀
로 우뚝하니, 한 번 돌아보면 도성을 기울게 하고, 다시 돌아보면 나라
를 기울게 한다. 차라리 도성의 기울어짐과 나라의 기울어짐을 모를지
언정 미인은 다시 얻기 어려우리라." 이에 자기 여동생을 바치니 총애
를 얻어 이부인(李夫人)이라 했고, 일찍 죽었다. 무제의 그리움이 그치
지 않자 방사(方士)인 제(齊)나라의 소옹(少翁)[12]이 그녀의 혼백을 부를

---

10) (원문) "日出入安窮, 時世不與人同. 故春非我春, 夏非我夏, 秋非我秋, 冬非我冬. 泊如
　　四海之沱, 遍觀是邪謂何. 吾知所樂, 獨樂六龍. 六龍之調, 使我心若. 訾, 黃其何不來
　　下!"

11) (역주) 대악관(大樂官) : 태악령(太樂令)을 가리키며, 아악(雅樂)을 주관하였다.

수 있다고 했다. 이에 밤에 촉을 밝히고 장막을 설치하여 임금더러 그
장막 속에 거하며 멀리 바라보라 하였다. 멋진 한 여인이 나타나 마치
이부인의 모습이었지만 다가가 볼 수는 없었다. 임금은 더욱더 그리워
하고 슬퍼하며 시를 지어 이렇게 말했다. "진짜인가 아닌가? 서서 바
라보매, 도무지 어찌하여 꾸물대며 그렇게 더디게 오는가."13) 악부(樂
府)의 여러 음악가들에게 명하여 연주하고 노래하게 하였다. 사건에
따라 노래가 진행되고, 리듬이 빠르고 뜻이 깊으니[節促意長], 아마 이
른바 신성(新聲)의 변주곡일 것이다.

　　문학(文學)하는 선비들 역시 무제 주변에 대단히 많았다. 먼저 엄조
(嚴助)가 있어 회계오(會稽吳) 사람으로 엄기(嚴忌)의 아들이며—엄기의
집안 아들이라고도 함—현량(賢良) 대책[對策, 임금의 책문(策問)에 답
함—역자]에서 높은 성적으로 합격하여 중대부(中大夫)로 발탁되었다.
엄조는 오(吳)나라 사람 주매신(朱買臣)을 추천하여 임금을 배알하게 하
였고, 주매신은 『춘추(春秋)』를 해설하고 초사(楚詞)를 언급하여 역시
중대부(中大夫)에 임명되었으며, 엄조와 함께 모두 임금을 주위에서 모
셨다. 또 오구수왕(吾丘壽王), 사마상여(司馬相如), 주부언(主父偃), 서락
(徐樂), 엄안(嚴安), 동방삭(東方朔), 매고(枚皐), 교창(膠倉), 종군(終軍), 엄
총기(嚴葱奇) 등이 있었다. 그리고 동방삭, 매고, 엄조, 오구수왕, 사마
상여는 특히 임금의 총애를 직접 받았다. 사마상여는 문(文)의 수준이
가장 높았고, 그렇지만 항상 꺼리고 피하는 일[疾避事]들을 언급하였
다. 동방삭과 매고는 입론에 뿌리가 없어 배우처럼 대우받았고, 오직
엄조와 오구수왕만이 임용되었다. 엄조는 가장 먼저 임용되어 항상 대
신들과 국가에 도움될 만한 일[便宜]에 대해 변론(辯論)하였고, 기이한

---

12) 소옹(少翁) : 서한(西漢) 때 제(齊)나라 사람이며, 무제(武帝) 때 방사(方士)였다. 방술
　　(方術)로써 총애를 얻어 문성장군(文成將軍)에 봉해졌다.

13) (원문) "是耶非耶? 立而望之, 便何姍姍其來遲."

일[奇異, 당시 발생한 길흉의 징조-역자]이 있으면 역시 얼른 글로 지었으니 부송(賦頌) 수십 편을 짓는 데 이르렀다. 오구수왕은 자가 자공(子贛)이며 조(趙)나라 사람으로 젊었을 때 격오[格五, 옛날 투자희(骰子戲)의 일종-역자]를 잘하여 대조(待詔, 임금의 명을 기다리며 관직을 받을 준비를 하고 있는 일종의 자격-역자)로 부름을 받았고, 시중중랑(侍中中郞)에 천거되었다. 부(賦) 15편이 있으며 『한지(漢志)』에 보인다.

동방삭은 자가 만천(曼倩)이며 평원(平原) 염차(厭次)[지금의 산동성 혜명현(惠明縣)-역자] 사람이다. 무제가 처음 즉위하여 세상에서 방정하고 어질고 문학적이고 무예가 있는 선비들을 모집하여 경력을 따지지 않고 직위를 내리자 사방의 선비들이 대부분 글을 올려 득실(得失)을 말하며, 자기를 선전하는[衒鬻] 자가 천이 넘었다. 동방삭은 처음 와서 이렇게 글을 올렸다. "신(臣) 삭(朔)은 어려서 부모를 잃고 형수 밑에서 자랐습니다. 나이 12세에 책을 배워 3년이 지나 문사(文史)를 이용할 수 있게 되었습니다. 15세에 검술을 배웠습니다. 16세에 시(詩)와 서(書)를 배워 22만 언(言)을 외었습니다. 19세에 손오[孫吳, 손무(孫武)-역자]의 병법(兵法)을 배워 전쟁 때의 대형(隊形)의 구성[戰陣之具], 징과 북의 지휘[鉦鼓之敎][14]에 대해 역시 22만 언을 외었습니다. 무릇 신 삭은 벌써 44만 언을 외우고 있습니다. 또 항상 자로(子路)의 말을 따르고 있습니다. 신 삭은 나이 22세로서 키가 9자 3치이고, 눈은 구슬을 매단 것과 같고, 이는 조개를 나란히 꿰어놓은 것과 같고, 용맹은 맹분(孟賁)과 같고, 민첩하기는 경기(慶忌)와 같고, 청렴하기는 포숙(鮑叔)과 같고, 믿음은 미생(尾生)과 같습니다. 이와 같다면 천자의 대신이

---

14) (역주) 군대가 전진할 때는 북을 치고 후퇴할 때는 징을 친다. 여기서 전진지구(戰陣之具)와 정고지교(鉦鼓之敎)는 군대에서 진영을 짜고 전진과 후퇴를 지휘하는 데 대한 서적 등을 말한다.

될 만합니다. 신 삭은 죽음을 무릅쓰고 재배하며 올리나이다." 그 문사가 불손하고 스스로 높여 찬양하고 있다. 임금은 그를 위대하다 여겨 공거(公車)15)에서 임금의 부름을 기다리도록[待詔] 하였다. 점차 기묘한 꾀와 해학적인 언사로써 임금 가까이 있게 되었고, 익살이 막힘 없이 변화가 무궁하여 어느 하나의 영역으로만 이름 붙일 수 없었다. 그렇지만 때때로 임금의 안색을 살피며 직언이나 적절한 간언을 올렸고, 임금 역시 그를 늘 기용하였다. 일찍이 태중대부(太中大夫)에 이르러 매고(枚皐), 곽사인(郭舍人)과 더불어 임금 주변에 있었지만, 익살을 부리는 것일 따름이었으므로 높은 벼슬을 얻지 못하였다. 이 때문에 형명가(刑名家)의 말로써 임시기용을 바랬으니 글자수가 만언(萬言)으로 글의 내용이 방탕(放蕩)하고 더욱 익살맞아 결국 기용되지 않았다. 이에 「답객난(答客難)」[『한서(漢書)』 본전(本傳)에 보임]을 지어 스스로 마음을 달랬다. 또 「칠간(七諫)」(『초사(楚辭)』에 보임)이 있어 군자가 뜻을 잃음[失志]은 예로부터 그러하였다고 하였다. 임종 때 아들에게 훈계하며 이렇게 말했다. "명철한 사람의 처세는 중용[中]보다 더 나은 것이 없으며, 얌전히 있을 때나 노닐 때나 도(道)를 따른다. 수양산의 백이·숙제는 어리석고 유하[柳下, 전금(展禽)을 가리키며 노(魯)나라 사람으로서 사람됨이 평화스러워 죽은 후 혜(惠)라는 시호를 받았음─역자]는 총명하였다. 배불리 먹고 편안히 걷고, 벼슬로써 농사를 대신한다. 은일에 의지하여 세상을 즐기고, 시세에 영합하지 않으면 화를 만나지 않는다. ……성인의 도는 용이 되기도 하고 뱀이 되기도 하고, 모습을 드러내기도 하고 정신을 숨기기도 하여, 만물과 더불어 변하고, 시세의 마땅함을 따르고, 고정된 틀이 없다."16) 역시 황로(黃老) 사

---

15) (역주) 공거(公車) : 임금에게 바치는 상주서나 임금의 부름의 명령 등을 접수하던 관서(官署)이다. 당시에 미앙궁(未央宮) 북문(北門)에 설치되어 있었는데, 이 곳은 공가(公家)의 거마들이 모이던 곳이었으므로 그래서 공거(公車)라고 했다.

상이 담겨 있다. 동방삭은 대개 여러 곳에 통달하였지만, 처음부터 자기 선전으로 등용되었으니 결국 골계로 세상에 이름이 알려졌고, 후대의 호사가들은 이 때문에 기이하고 괴상한 이야기를 얻게 되면 삭의 이름을 덧붙여 기록하였다. 방사(方士)들은 또 견강부회하여 동방삭을 신선(神仙)으로 여기고 『신이경(神異經)』과 『십주기(十洲記)』를 지어 그가 지은 것으로 가탁하였으니 실은 모두 옳지 않다.

매고(枚皐)는 자가 소유(少孺)이며 매승(枚乘)의 서자이다. 무제가 매승을 모셨으나 도중에 죽었고, 임금의 명으로 매승의 아들을 불렀으나 글을 지을 수 있는 사람이 없었다. 매고는 글을 올려 자기를 소개하여 임금을 배알하게 되었고, 임금은 그에게 「평락관부(平樂觀賦)」를 짓게 하여 훌륭하다고 칭찬하며 낭(郞, 임금을 주변에서 모시던 벼슬—역자)에 임명하고 흉노의 사절로 보냈다. 그러나 매고는 우스개를 좋아하여 부송(賦頌)을 지어도 대부분 희롱하는 것이었고, 그래서 크게 존경받지 못하고 배우처럼 취급되었으니 재주는 동방삭과 곽사인(郭舍人)에 비견되었다. 글을 대단히 빨리 지었으므로 지은 부가 매우 많았고, 스스로 사마상여(司馬相如)보다 못하다고 하였지만, 동방삭에 대해는 자못 비방하고 스스로도 비방하였다. 반고(班固)는 이렇게 말했다. "그의 문장은 굽이지며 사건의 진행에 따라 곡절이 많아 의미를 다 표현하고 있지만, 자못 해학적이어서 그다지 점잖지는 않다. 무릇 읽을 수 있는 것이 120편이고, 희롱이 심해 읽을 수 없는 것이 수십 편이다."[17]

유술(儒術)의 선비로서 문사(文詞)에 뛰어난 사람으로는 치천(菑川) 설(薛) 사람인 공손홍(公孫弘)이 있어 자가 차경(次卿)이고 원광(元光) 연

---

16) (원문) "明者處世, 莫尙于中, 優哉游哉, 與道相從. 首陽爲拙, 柳下爲工. 飽食安步, 以仕代農. 依隱玩世, 詭時不逢. ……聖人之道, 一龍一蛇, 形見神藏, 與物變化, 隨時之宜, 無有常家."

17) 이 글은 『한서·매승전(漢書·枚乘傳)』에 보인다.

간의 현량(賢良) 대책(對策)에서 장원하여 박사(博士)에 임명되었다. 결국 승상이 되어 평진후(平津侯)에 봉해졌고, 그리하여 세상의 학사(學士)들이 바람 쏠리듯 그를 흠모하였다. 광천(廣川)의 동중서(董仲舒)는 공손홍과 동문수학하였는데, 경술(經術)에 특히 두드러져 경제(景帝) 때 이미 박사(博士)가 되었고, 무제(武帝)가 즉위하자 현량(賢良) 대책(對策)으로 뽑혀 강도상[江都相, 강도왕(江都王) 유승(劉勝)의 상(相)-역자]에 제수되고 교서상[膠西相, 교서왕(膠西王) 유서(劉瑞)의 상(相)-역자]으로 전임되었다가 죽었다. 그는 「사불우부(士不遇賦)」(『고문원(古文苑)』에 보임)를 지었는데, 다음을 보자.

······지난 세상의 평화로운 때[淸輝]을 살펴보건대, 청렴한 선비는 홀로 외로워 돌아갈 데 없었다네. 은나라 탕(湯)임금은 변수(卞隨)와 무광(務光)[모두 하(夏)나라 말엽의 은사-역자]이 있었고, 주나라 무(武)왕은 백이(伯夷)와 숙제(叔齊)가 있었다. 변수와 무광은 깊은 산속으로 종적을 감추었고, 백이와 숙제는 산에 올라 고사리를 뜯었다네. 저 성현(聖賢)들조차도 안절부절하였으니, 하물며 세상 사람들은 한결같이 미혹되는도다. 오원(伍員, 춘추시기 오나라의 대부-역자)과 굴원(屈原)같은 사람들에 대해 진정 후회할 것 없다네. 저 여러 사람들과도 함께 할 수 없나니, 장차 멀리 떠나서 삶을 마치려 하네······.18)

결국은 자기 본업[素業]으로 되돌아가 유일한 선[一善]으로 귀의하는 것이 낫다고 말하고 있으며, 초나라 곡조[楚調]의 형식에 기대어 중용(中庸, 공자의 중용의 도-역자)으로 귀결하고 있는데, 비록 순수한

---

18) (원문) "······觀上世之淸輝兮, 廉士亦煢煢而靡歸. 殷湯有卞隨與務光兮, 周武有伯夷與叔齊; 卞隨武光遁迹于深山兮, 伯夷叔齊登山而采薇. 使彼聖賢其絲周邅兮, 矧擧世而同迷. 若伍員與屈原兮, 固亦無所復顧. 亦不能同彼數子兮, 將遠游而終古 ······."

유자(儒者)의 말이지만 근심스럽고 조급한 정서로 충만되어 있다.

소설가(小說家)의 이야기[言]도 이 때 역시 흥성했다. 낙양(洛陽) 사람인 우초(虞初)는 방사(方士)의 시랑(侍郎)으로서 황거사자(黃車使者)라 했고 『주설(周說)』943편을 지었다. 제(齊)나라 사람 요(饒)는 그의 성을 알 수 없으며 임금의 부름을 받기 위해 『심술(心術)』 25편을 지었다. 또 『봉선방설(封禪方說)』 18편이 있어 누가 지은 것인지 알 수 없으며, 그런데 지금은 모두 없어졌다.

시(詩)의 새로운 창작 역시 다시 무성하게 일어났다. 「소(騷)」와 「아(雅)」의 유성[遺聲, 여음(餘音)의 뜻─역자] 이외에 드디어 잡언(雜言)이 생겨났으며, 이것이 악부(樂府)이다. 『한서(漢書)』에는 동방삭이 팔언(八言) 및 칠언(七言)을 지었다고 했는데, 그것은 각각 상·하편이 있었고 지금은 전하지 않는다. 그러나 원봉(元封) 3년에 백양대(柏梁臺)[19]를 지어놓고, 녹봉이 2천 석(石)이 되고,[20] 칠언시를 지을 수 있는 군신(群臣)이라야 부름을 받고 올라와 앉을 수 있었는데, 그 가사[辭]가 지금 모두 남아 있으며, 전체가 칠언으로 되어 있고 연구(聯句)[21]의 맹아이기도 하다.

일월성신(日月星辰)과 사시(四時)에(황제), 네 필의 말이 끄는 수레를 몰아 양(梁)나라에서 왔고(양왕), 군국(郡國)의 병졸·기병과 궁정의 위병대는 인재이고(대사마), 천하를 총괄하는 일 진정 다스리기 어렵고(승상), 사방 오랑캐를 위무(慰撫)하기 쉽지 않고, 문서와 법령을 관장하는 관리

---

19) (역주) 백양대(柏梁臺) : 한나라 무제(武帝) 원정(元鼎) 2년(B.C. 112년)에 장안(長安) 성내에 백양대(柏梁臺)를 세우고 향백(香柏)으로 들보를 만들었다.

20) (역주) 한나라 때 관봉(官俸)은 15등급으로 나뉘어 있었는데, 2,000 석이 가장 높아 왕후(王侯), 공경(公卿), 군수(郡守) 이상이 2천 석이었다.

21) (역주) 한 사람이 1구 또는 2구를 지어 그것을 엮어 시를 완성하는 집체창작을 가리킨다.

는 내가 관리한다(어사대부). (중략) 오랑캐의 관리들이 시기별로 늘 조회하러 오고(전속국), 기둥 위의 가로목과 두공은 서로 지지해주고(대장), 비파나무 귤 밤 복숭아 오얏 매화(태사령), 사냥개가 토끼를 쫓고 그물망을 치고(상림령), 궁녀들과 입맞추니 꿀처럼 달콤하고, 더듬더듬 쩔쩔매며 거의 이어가지 못하며 궁색하다[22](동박삭).[23]

저소손(褚少孫)[24]은 『사기(史記)』을 보충하여 이렇게 말했다. "동방삭이 궁궐을 걸고 있는데, 낭(郎)이 그에게 이렇게 말했다. '사람들이 다 선생을 미쳤다고 여기고 있습니다.' 삭이 말하였다. '나와 같은 사람은 이른바 세상을 피해 조정에 들어온 사람입니다. 옛 사람들은 세상을 피에 깊은 산중에 들어갔었지요.' 이 때 좌석에 있던 사람들이 거나하게 취해 땅을 짚고 이렇게 노래 불렀다. '세속으로 은거하고, 금마문[金馬門, 한궁(漢宮)의 궁문(宮門)－역자]으로 은둔한다. 궁전에서도 온몸을 은둔할 있으니, 어찌 꼭 깊은 산중 띠집 아래일 필요 있겠는가'.[25]" 이 역시 새로운 형식[新體]이나 아마 후대 사람들이 부회(附

---

22) (역주) 연구(聯句)를 제대로 이어가지 못하는 제신(諸臣)들을 조롱하는 의미가 담겨 있다.

23) (원문) "日月星辰和四時(皇帝), 驂駕駟馬從梁來(梁王), 郡國士馬羽林材(大司馬), 總領天下誠難治(丞相), 和撫四夷不易哉(大將軍), 刀筆之吏臣執之(御史大夫). (中略)蠻吏朝賀常會期(典屬國), 柱枅欂櫨相枝持(大匠), 枇杷橘栗桃李梅(太官令), 走狗逐兔張罘罳(上林令), 齧妃女脣甘如飴(郭舍人), 迫窘詰屈幾窮哉(東方朔)."

24) 저소손(褚少孫) : 서한(西漢) 때 영천(潁川)[지금의 하남성 우현(禹縣)] 사람이다. 왕식(王式)으로부터 『노시(魯詩)』를 배워 박사(博士)가 되었으며, 『한서 · 왕식전(漢書 · 王式傳)』에 보인다. 그는 『사기(史記)』를 읽다가 결손부분을 발견하여 곧 자료를 수집하여 「외척세가(外戚世家)」, 「삼왕세가(三王世家)」, 「일자열전(日者列傳)」, 「구책열전(龜策列傳)」 및 「골계열전(滑稽列傳)」중의 동방삭(東方朔) · 곽사인(郭舍人) 등의 전기를 보충하였다. 여기의 인용문은 바로 저소손이 보충하여 지은 데에 나온다.

25) (원문) "陸沉于俗, 避世金馬門. 宮殿中, 可以避世全身; 何必深山之中, 蒿廬之下."

會)한 것일 것이다.

오언(五言)은 매승(枚乘)이 처음 열었고, 이 때 소무(蘇武)와 이릉(李陵)의 이별시[蘇李別詩]26) 역시 아름다운 작품으로 불렸다. 소무(蘇武)는 자가 자경(子卿)이고 경조(京兆) 두릉(杜陵) 사람으로 천한(天漢, 무제의 연호—역자) 원년(元年)에 중랑장(中郞將)으로서 흉노에 사신으로 갔는데, 흉노는 억류하고 보내지 않았다. 이릉(李陵)은 자가 소경(少卿)이고 농서(隴西) 성기(成紀) 사람이며, 천한(天漢) 2년에 흉노를 공격하다 싸움에서 패하여 항복하고 포로가 되었다. 선우(單于, 한나라 때 흉노의 군주를 일컫던 말—역자)가 자기 딸을 그에게 아내로 주고 우교왕(右校王, 흉노 귀족의 봉호—역자)으로 세우자 한나라는 그의 친족을 멸하였다. 원시(元始)27) 6년에 이르러 소무는 돌아올 수 있었으니, 그래서 이릉과 시로써 이렇게 주고받았다.

손을 부여잡고 다리[河梁, 송별하는 곳—역자]에 오르니,

나그네는 저물녘에 어디로 가려는가.

배회하며 길가를 거닐며,

슬픔에 삼겨 작별할 수 없더네.

행인은 오래 머물기 어려워,

각자 오래도록 그리워할 것이라 말하네.

어찌 알리요 사람은 달처럼

수시로 이울고 차지 않는다는 것을.

---

26) 소무(蘇武)와 이릉(李陵)의 증답시(贈答詩)를 가리키며, 소무의 「별이릉(別李陵)」은 『초학기(初學記)』 권18·『고문원(古文苑)』 권4에 보인다. 이릉의 「여소무시(與蘇武詩)」 3수는 『문선·잡시(文選·雜詩)』에 보인다. 유협(劉勰), 소식(蘇軾), 고염무(顧炎武), 양계초(梁啓超) 등은 한결같이 후대 사람들의 모작이라고 여겼다.

27) 원시(元始) : 마땅히 시원(始元)이라 해야 옳으며, 한나라 소제(昭帝)의 연호이다. 시원 6년은 B.C. 81년이다.

노력하여 명덕(明德)을 축적하여,

흰머리 될 때로 만날 기약을 하세.28)

[「이릉과 소무의 시(李陵與蘇武詩)」 세 수 중 첫 수]

오리 두 마리 북쪽으로 날아와서,

한 마리 홀로 남쪽으로 날아가네.

그대는 이 집[館]에 머물러야 하고,

나는 고향으로 돌아가야 한다네.

한 번 이별에 진(秦, 한나라를 가리킴—역자)과 호(胡, 흉노—역자)로

헤어지니,

서로 만날 날 어찌 헤아리겠는가.

슬픈 마음 가슴에 사무쳐,

어느덧 눈물이 옷깃을 적시네.

원컨대 그대 오래도록 노력하시고,

웃으며 이야기하던 때를 서로 잊지 마세나.29)

[「소무별이릉(蘇武別李陵)」, 『초학기(初學記)』 권 18에 보이는데, 후대

사람들의 모작이 아닐까 한다.]

소무는 돌아온 후 전속국(典屬國)에 임명되었고, 선제(宣帝)가 즉위하

자 관내후(關內侯)의 관작을 하사하였으며, 신작(神爵) 2년(B.C. 60년)에

향연 80여 세로 죽었다. 이릉은 흉노에서 20여 년을 살다 죽었고, 문

집 2권이 있다. 시(詩) 이외에 후세에는 또 그의 서문(書問)30)이 널리

---

28) (원문) "携手上河梁, 游子暮何之. 徘徊蹊路側, 恨恨不能辭. 行人難久留, 各言長相思.
安知非日月, 弦望自有時. 努力崇明德, 皓首以爲期."

29) (원문) "二鳧俱北飛, 一鳧獨南翔. 子當留斯館, 我當歸故鄉. 一別如秦胡, 會見何詎央.
愴恨切中懷, 不覺淚霑裳. 愿子長努力, 言笑莫相忘."

전해졌는데, 『문선(文選)』 및 『예문유취(藝文類聚)』에 실려 있다.

참고문헌

『사기(史記)』(권 126).
『한서(漢書)』(권 6, 22, 51, 54, 65, 93).
『악부시집(樂府詩集)』, [송대 곽무천(郭茂倩) 엮음].
『전한문(全漢文)』, [청대 엄가균(嚴可均) 집록].
『전한시(全漢詩)』, [정복보(丁福保) 집록].
『중국대문학사(中國大文學史)』(제3편 제4장).

---

30) 서문(書問): 「이릉답서무서(李陵答蘇武書)」를 가리키며, 『문선(文選)』 권 41 및 『예
문유취(藝文類聚)』 권 30에 보이는데, 그의 투항에 대해 변호하는 내용이다. 후대
사람들은 육조(六朝) 사람들의 위작이 아닐까 여겼다.

제10편 사마상여(司馬相如)와 사마천(司馬遷)

무제(武帝) 때의 문인 중에 부(賦)는 사마상여(司馬相如)[1] 만한 사람이 없었고, 문(文)은 사마천(司馬遷) 만한 사람이 없었지만, 한 사람은 적적하였고 한 사람은 형을 당하였다. 대개 문(文)에 뛰어난 사람은 항상 오만하여 웅대한 군주[雄主]의 뜻에 영합하지 않으려 하고, 그래서 처지가 항상 평범한 문인에 미치지 못하는 법이다.

사마상여는 자가 장경(長卿)이고 촉군(蜀郡) 성도(成都) 사람이다. 어려서 책읽기를 좋아하고 검술을 배웠으며, 그래서 그의 부친은 그에게 견자(犬子, 어린아이에 대한 애칭―역자)라는 이름을 지어주었다. 배움을 시작한 후 인상여(藺相如)[2]의 사람됨을 흠모하여 상여(相如)로 이름을 고쳤다. 가산(家産)이 많아 낭(郎)이 되어[3] 경제(景帝)를 섬겼다. 임금이 사부(辭賦)를 좋아하지 않았고, 그 때 양(梁)나라 효왕(孝王)이 조회하러 올 때 유세하는 선비인 추양(鄒陽), 매승(枚乘), 엄기(嚴忌) 등이

---

1) 사마상여(司馬相如, B.C. 179~B.C. 117) : 자는 장경(長卿)이고, 서한(西漢) 때 촉군(蜀郡) 성도(成都)[지금은 사천성에 속함] 사람이다. 그가 지은 사부(辭賦)는 매우 많으며 『사마문원집(司馬文園集)』에 있다. 그의 사적은 『한서(漢書)』 본전(本傳)에 보인다.

2) 인상여(藺相如) : 전국(戰國) 시기 조(趙)나라 사람이며 관직은 상경(上卿)에 이르렀다. 그의 사적은 『사기・인상여전(史記・藺相如傳)』에 보인다.

3) 원문은 이자위랑(以訾爲郎)이다. 이 말은 『한서・사마상여전(漢書・司馬相如傳)』에 보인다. 당대(唐代) 안사고(顏師古)는 주(注)에서 "자(訾)는 독음이 자(貲)와 같다. 자(貲)는 재산[財]을 뜻한다. 가산이 많아 낭(郎)에 임명되었다는 뜻이다."라고 하였다.

함께 수행하였는데, 상여는 그들을 만나보고 좋아하여 병을 핑계로 사직하고 양(梁)으로 가서 제후(諸侯)·유사(游士)들과 함께 지내면서 몇 해 뒤 「자허부(子虛賦)」를 지었다. 무제(武帝)가 즉위하여 그것을 읽어보고 훌륭하다고 여기며, "짐은 다만 이런 사람과 같이 지낼 수 없단 말인가?"라고 했다. 촉(蜀) 지방 사람인 양득의(楊得意)는 구감(狗監, 임금의 사냥개를 관리하는 벼슬-역자)으로서 임금을 모시고 있었는데, 그가 자기 고을 사람인 사마상여가 지은 것이라고 아뢰었고, 이에 임금은 상여를 불러들였다. 상여는 이렇게 말했다. '그렇습니다. 그러나 이는 제후에 관한 일이며 볼 만한 것이 못됩니다. 청컨대 천자의 사냥놀이 부를 짓겠습니다.' 임금은 상서(尙書)[4]에 명하여 붓과 종이[札, 옛날 글자를 쓰는 데 사용하던 목편(木片)-역자]를 내리도록 하였다. 상여는, 허구적인 말이란 뜻의 자허(子虛)를 등장시켜 초(楚)나라를 추켜세우고, 어찌 이런 일이 있는가 라는 뜻의 '오유선생(烏有先生)'을 등장시켜 제(齊)나라를 위해 반론을 제기하고, 이런 사람은 없다는 뜻의 무시공(亡是公)을 등장시켜 천자가 지켜야 할 정의(正義)를 밝히고자 하였다. 그리하여 이 세 사람을 허구적으로 빌려 대화를 나누게 함으로써 천자와 제후의 원유(苑囿, 제왕의 사냥터-역자)를 내세우고 있다. 마지막 장은 글이 절제되어 표현되어 있는데, 이는 풍간(諷諫)하려는 의도 때문이다. 그 문장은 『사기』 및 『한서』의 본전(本傳)에 모두 보존되어 있고, 『문선(文選)』에는 후반부를 「상림부(上林賦)」라 하였는데, 아마 임금의 부름을 받은 이후에 계속 지은 것이 아닐까 한다.

상여가 부를 임금에게 바치자 무제는 크게 기뻐하며 그를 낭(郎)으로 삼았다. 몇 해 뒤 「유파촉격(喩巴蜀檄)」을 지었고, 중랑장(中郎將)에 임명되어 촉(蜀)으로 부임하고 서남(西南)의 오랑캐와 교통하자, 촉(蜀)

---

4) (역주) 상서(尙書) : 관명(官名)으로서 서한(西漢) 시기에 임금 주위에서 일을 처리하고 문서와 장주(章奏)를 맡아 보았다.

의 부로(父老)들이 이런 일은 무익하다고 여러 차례 말하였으며, 대신들 역시 그렇다고 여기자 이에 「난촉부로(難蜀父老)」라는 글을 지었다. 그 후 누군가가 상소하여 상여가 사신으로 갔을 때 금품을 받았다고 말하자 결국 관직을 잃었고, 1년 여 뒤 다시 부름을 받아 낭(郎)이 되었다. 그러나 항상 한가롭게 지내면서 관작(官爵)을 흠모하지 않고 때때로 글에 풍간(諷諫)을 기탁하였으니, 유렵(游獵)과 신참(信讒)에 관한 일에는 모두 완곡한 비판[微辭]이 들어 있었다. 효문제(孝文帝)의 원령(園令)5)에 임명되었다. 무제가 「자허부」를 훌륭하다고 여기자 상여는 그가 신선을 좋아한다는 것을 깨닫고 이렇게 말했다. "상림(上林)에 관한 일은 아름답다고 할 수 없으며, 더욱 아름다운 것이 있습니다. 신은 「대인부(大人賦)」를 짓고 있는데, 아직 완성되지 않았습니다. 청컨대 준비가 되면 바치겠나이다." 열선(列仙, 뭇 신선 - 역자)을 추구하는 사람[儒]들은 산택(山澤)에 살면서 모습이 매우 수척하여 제왕(帝王)이 생각하는 신선의 의미가 아니며, 오직 저 대인(大人)만이 중주(中州)6)에 살면서 세상의 시달림을 슬퍼하고, 그리하여 가볍게 떠올라, 허무(虛無)를 타고, 세속을 초극하고, 또 천지(天地)를 잊고, 드디어 홀로 살게 된다[獨存]는 것이다. 그 중에 이런 대목이 있다.

······내 수레 만승(萬乘)을 모아, 오색 구름을 덮개로 삼고 화려한 깃발을 세운다. 구망[句芒, 고대 신화에 나오는 동방청제(東方靑帝)의 조수로서 조신인면(鳥身人面)임 - 역자]에게 종자(從者)를 이끌고 앞서게 하여, 나는 남쪽으로 가서 즐기려 한다네. ······흐르는 물처럼 어지럽고 교차하고 뒤섞이고 엇갈리며 함께 내달린다. 요란하게 부딪치며 앞서거니 뒤서거

---

5) (역주) 효문제(孝文帝)에게 제사지내는 능묘를 관리하던 벼슬이다.

6) (역주) 중주(中州) : 옛날 중국에서 천하를 구주(九洲)로 나누었는데, 중주(中洲)는 중앙 지역으로서 군국(郡國)의 중심이다.

니 하여, 큰물처럼 거대한 소리 울리며 홍건하게 흘러간다. 앞이 멈추면 떼지어 수풀처럼 운집하고, 앞이 움직이면 느슨해지며 천천히 나아간다. 뇌실(雷室, 우레의 신이 사는 곳—역자)의 천둥소리로 질러 들어가서, 귀곡(鬼谷)의 가파르고 험준한 데를 빠져 나온다. ……어둑어둑한 시간이 되어 곧 혼탁해지려 하는데, 병예[屛翳, 뇌신(雷神)—역자]를 불러서 풍백(風伯, 바람 신—역자)을 꾸짖고 우사(雨師, 비의 신—역자)를 벌한다. 서쪽으로 곤륜(崑崙)산의 어슴푸레함을 바라보고, 곧장 삼위[三危, 신산(神山)의 이름—역자]로 질러 내달린다. 창합(閶闔, 하늘의 문—역자)을 밀치고 천제(天帝)의 궁궐로 들어가서, 옥녀(玉女)를 싣고 그와 함께 돌아온다. 낭풍(閬風)산에 올라 멀리 그 곳에 모이니, 높이 나는 새처럼 날아올라 잠시 머문다. 음산(陰山, 신화에 나오는 산 이름—역자)을 배회하며 휘돌아 날아 올라, 나는 오늘 서왕모(西王母)를 눈으로 보는데, 하얗게 센 머리에 머리장식[勝] 쓰고 굴속에 살고 있으며, 다행히 세 발 달린 까마귀[三足烏]가 그의 시중을 든다. 꼭 이런 모습으로 장수하여 죽지 않는다면, 비록 만 년을 살아간다 해도 즐거워할 것 없다네…….7)

임금에게 바치자 무제는 크게 기뻐하였는데, 하늘을 찌를 듯한 기운이 흘러 넘치고 천지지간에 노니는 듯한 내용이었다. 대개 한(漢)나라가 흥성하자 초나라 노래[楚聲]를 좋아하여 무제 주변의 신임자들, 예를 들어 주매신(朱買臣) 등은 대부분 초사(楚辭)를 진상하였지만, 상여

---

7) (원문)"……屯余車其萬乘兮, 綷雲蓋而樹華旗. 使句芒其將行兮, 吾欲往乎南娭. ……紛湛湛其差錯兮, 雜遝膠輵以方馳. 騷擾衝蓯其相紛挐兮, 滂濞泱軋麗以林離. 攢羅列聚叢以蘢茸兮, 衍曼流爛痑以陸離. 徑入雷室之砰磷鬱律兮, 洞出鬼谷之崛礨崴魁. ……時若薆薆將混濁兮, 召屛翳, 誅風伯, 刑雨師. 西望崑崙之軋沕洸忽兮, 直徑馳乎三危. 排閶闔而入帝宮兮, 載玉女而與之俱歸. 登閬風而遙集兮, 亢鳥騰而壹止. 低徊陰山翔以紆曲兮, 吾乃今目睹西王母, 暠然白首載勝而穴處兮, 亦幸有三足鳥爲之使. 必長生若此而不死兮, 雖濟萬世不足以喜 ……."

만이 그 체제를 바꾸어 진귀한 내용을 더하고 아름다운 문사로 꾸미고 구(句)의 장단 역시 기성의 방법에 구애받지 않아 당시의 시대풍조와는 크게 달랐다. 그래서 양웅(楊雄)은 공자 문하[孔門]에서 부(賦)를 사용하였다면, 가의(賈誼)는 승당(升堂)이요 상여는 입실(入室)이라고 여겼다. 반고(班固)는, 서촉(西蜀) 지방은 상여가 경사(京師)로 벼슬하러 떠난 이후부터 문장이 천하에 으뜸이었다고 여겼다. 대개 그 후의 양웅, 왕포(王褒), 이우(李尤)[8]는 진정 모두 촉(蜀) 지방 사람이었다. 그러나 상여 역시 단부(短賦)를 지었으나 풍부하고 화려한 사조(詞藻)가 비교적 적었으니 「애이세부(哀二世賦)」, 「장문부(長門賦)」가 그것이다. 다만 「미인부(美人賦)」는 상당히 화려하여, 이른바 "100가지를 권하고 한 가지를 풍자하여 정(鄭)·위(衛)나라 음악이 펼쳐지는 듯 곡이 끝나면서 연주는 전아하다"는 양웅의 말 그대로가 아닌가?

……도중에 정(鄭)·위(衛)나라를 빠져나오며 상중(桑中, 위나라의 지명 —역자)을 경유하였는데, 아침에 진(溱)·유(洧)[모두 정나라의 강 이름— 역자]에서 출발하여 저녁에 상궁(上宮, 위나라의 지명—역자)에서 묵었다. 상궁의 널찍한 집[閑館]은 적막하고 텅 비어 대문은 대낮에도 닫혀 있으니, 그윽함이 신(神)이 살고 있는 듯하다. 신(臣)이 그 문을 밀치고 안채로 들어서니, 방향(芳香)이 진하게 풍겨오고, 꽃무늬 장막이 높이 펼쳐져 있다. 한 여인이 홀로 지내며 곱게 침상에 있는데, 기이한 꽃처럼 아름답고

---

8) 왕포(王褒) : 자는 자연(子淵)이고 서한(西漢) 때 촉군(蜀郡) 자중(資中)[지금의 사천성 자양(資陽)] 사람이며 선제(宣帝) 때 간대부(諫大夫)였다. 그의 사적은 『한서·왕포전(漢書·王褒傳)』에 보인다. 이우(李尤) : 자는 백인(伯仁)이고 동한(東漢) 때 광한(廣漢) 낙(雒)[지금의 사천성 광한(廣漢)] 사람이며 안제(安帝) 때 간의대부(諫議大夫)였다. 임금의 명을 받들어 유진(劉珍) 등과 『한기(漢記)』를 지었고, 또 여러 편의 부(賦)·명(銘) 및 「칠탄(七嘆)」·「애전(哀典)」 등을 지었다. 그의 사적은 『후한서·문원열전(後漢書·文苑列傳)』에 보인다.

피부는 윤기가 흐르며, 신(臣)을 보더니 머뭇거리다 미소를 지으며 이렇게 말했다. '귀한 손님께서는 어느 나라 도련님이신지, 멀리서 오시지 않으셨습니까?' 드디어 맛있는 술을 차리고 들어와 금(琴)을 울리는데, 신(臣)이 결국 현(弦)을 튕기며「유란(幽蘭)」·「백설(白雪)」의 곡을 연주하였다. 여인은 이어 이렇게 노래불렀다. '홀로 집안에서 지내며 휑하니 의지할 데 없고, 님을 그리워하니 마음이 쓰리고 슬프도다. 님께서는 어이 늦으신가? 날이 벌써 저물어서 미색(美色)이 쇠하니, 감히 이 몸 맡기어 오래도록 정을 나누소서.' 옥비녀를 신(臣)의 관(冠)에 꽂고 비단소매로 신(臣)의 옷을 떨었다. 해가 서녘으로 기울어, 그윽하고 어두우며, 바람 차갑게 불어오고, 흰눈이 어지럽게 나부끼고, 한적한 방안은 고요하여, 사람 소리 들리지 않는다……신(臣)이 곧 안으로 맥박을 안정시키고 가슴속으로 마음을 바로잡고 분명히 맹세하며 돌아오지 않겠다고 의지를 다잡고 높이 날아 멀리 떠나며 그녀와 오랜 이별을 고했다.9)

상여는 병이 들어 사직하고 무릉[茂陵, 지금의 섬서성 홍평현(興平縣) 동북쪽-역자]에 살았으며, 무제가 그의 병이 위중하다는 소식을 듣고 소충(所忠)에게 가서 책을 가져오게 하였는데, 당도하자 이미 죽었다 (B.C. 117년). 겨우 책 한 권을 받았으니 봉선(封禪)10)에 관한 일을 언

---

9) (원문) "……途出鄭衛, 道由桑中, 朝發溱洧, 暮宿上宮. 上宮閑館, 寂廖空虛, 門閤晝掩, 曖若神居. 臣排其戶而造其堂, 芳香芬烈, 黼帳高張; 有女獨處, 婉然在床, 奇葩逸麗, 淑質艷光, 睹臣遷延, 微笑而言曰: '上客何國之公子, 所從來無乃遠乎?' 遂設旨酒, 進鳴琴. 臣遂撫弦爲「幽蘭」「白雪」之曲. 女乃歌曰: '獨處室兮廓無依, 思佳人兮情傷悲. 有美人兮來何遲? 日旣暮兮華色衰, 敢托身兮長自私.' 玉釵挂臣冠, 羅袖拂臣衣. 時日西夕, 玄陰晦冥, 流風慘冽, 素雪飄零, 閑房寂謐, 不聞人聲. ……臣乃脈定于內, 心正于懷, 信誓旦旦, 秉志不回, 翻然高擧, 與彼長辭."

10) (역주) 봉선(封禪) : 옛날 제왕이 자신의 공덕을 선양하기 위해 태산(泰山)에서 거행하던 천지(天地)에 대한 제사의 대전(大典)을 가리킨다. 태산 위에 흙을 쌓아 단을 만들어 하늘에 제사지내는 것을 봉(封), 태산 아래 작은 산인 양부(梁父)에서 땅에

급한 것이었다. 대개 상여는 일찍이 호안(胡安)[11]에게서 경(經)을 전수
받았다. 그래서 젊어서부터 문사(文詞)로써 벼슬하게 되었고, 만년에는
결국 봉선(封禪)의 예(禮)에 대해 상주(上奏)하였다. 소학(小學, 문자학을
가리킴-역자) 방면에는 「범장편(凡將篇)」이 있지만 지금은 남아 있지
않다. 그러나 그의 특기는 끝까지 사부(辭賦)에 있었으며, 제작이 비록
대단히 더디게 진행되었지만 옛 방법을 따르지 않고 스스로 묘재(妙才)
를 발휘하여 광대하고 아름다워 한대(漢代)에서 가장 탁월하였다. 명대
(明代) 왕세정(王世貞)[12]은 「자허부」와 「상림부」를 평가하여, 제재가 지
극히 풍부하고 문사가 지극히 아름답고 붓놀림이 지극히 고아(古雅)하
고 정신이 지극히 유동한다고 여겼으며, 장사[長沙, 가의(賈誼)-역자]
에게는 그 같은 의미는 있으나 그 같은 제재는 없고, 반장반[班張潘,
반고(班固)-역자]에게는 그 같은 제재는 있으나 그 같은 붓놀림은 없
고, 자운[子雲, 양웅(揚雄)-역자]에게는 그 같은 붓놀림은 있으나 그
같은 정신이 유동하는 곳은 얻지 못했다 하였으니, 그 작품에 대한 역
대 비평가들의 경도가 대단했다고 할 수 있다.

사마천(司馬遷)은 자가 자장(子長)이고 하내(河內) 사람으로 용문(龍門)
에서 태어났으며, 나이 10세에 고문(古文)을 외웠고, 20세가 되어 남쪽
으로 오회(吳會) 지방을 유람하고, 북쪽으로 문하와 사하[汶泗, 모두 산

제사지내는 것을 선(禪)이라 한다. 사마상여는 임종 때 글을 지어 한(漢) 무제가 봉
선(封禪)의 대전(大典)을 거행할 것에 대한 열망을 표현하였다.

11) 호안(胡安) : 촉군(蜀郡) 임공(臨邛)[지금은 사천성에 속함] 사람이다. 그는 백록산
(白鹿山)에서 제자들을 모아 강의하였는데, 사마상여는 그에게서 유가경전을 배
웠다.

12) (역주) 왕세정(王世貞, 1526~1590) : 자는 원미(元美)이고, 태창(太倉)[지금은 강소
성에 속함] 사람이며 명대 문학가이다. 가정(嘉靖) 8년에 진사가 되었고, 관직은 남
경(南京)의 형부상서(刑部尙書)에 이르렀다. 그는 일찍부터 문학복고운동을 일으켰
고, 그의 작품은 모의(模擬)를 위주로 하였다. 저작으로는 『엄주산인사부고(弇州山
人四部稿)』, 『예원치언(藝苑巵言)』 등이 있다.

동성에 있는 강 이름-역자]를 건너고, 추(鄒)와 노(魯) 지방을 유람하
고, 양(梁)과 초(楚)를 거쳐 돌아왔으며, 벼슬은 낭중(郞中)이었다. 부친
담(談)은 태사령(太史令)이었고, 원봉(元封) 초에 죽었다. 천한(天漢) 연간
에 이릉(李陵)이 흉노에 항복하자 사마천은 이릉의 무죄를 밝히다가 결
국 관리의 손으로 넘어가 조사를 받으니 임금에게 무함한 것이라 지적
되었으며, 집안이 가난하여 스스로 속죄받을 수 없고 구해 줄 벗도 없
어 마침내 궁형(宮刑)을 당하였다. 형을 당한 후 중서령(中書令)이 되었
고, 이에 더욱 발분(發憤)하여 『좌씨(左氏)』와 『국어(國語)』를 고증하고,
『세본(世本)』13)과 『전국책(戰國策)』을 수집하고, 『초한춘추(楚漢春秋)』를
기술하고, 마침내 『사기(史記)』 130편을 완성하였다. 『사기』는 황제(黃
帝)에서 시작하여 중간에 도당(陶唐, 요임금-역자)14)을 기술하고, 무제
(武帝)가 흰 기린[白麟]15)을 얻는 데까지 이르러 끝나는데, 대개 스스
로 말한 바와 같이 그 책은 『춘추(春秋)』를 이은 것이기 때문이다. 그
의 벗인 익주(益州) 자사(刺史) 임안(任安)16)이 옛 현신(賢臣)의 바른 뜻

---

13) 『세본(世本)』: 『한서·예문지(漢書·藝文志)』에 15편으로 기록되어 있으며, 전국
    (戰國)시기에 사관(史官)이 편찬하였다. 황제(黃帝)에서 춘추(春秋)시기까지의 제
    후·경대부의 성씨, 세계(世系) 및 도읍·제작(制作) 등을 기술하고 있으며, 후대
    사람들이 증보한 내용도 있다. 원서는 이미 없어졌고, 지금은 청대 사람의 집록본
    이 여러 종류 있다.

14) (역주) 요(堯)임금은 처음에 도구(陶丘)[지금의 산동성 정도현(定陶縣) 서남쪽]에 정
    착하였고, 후에 당(唐)[지금의 하북성 당현(唐縣)]으로 옮겼는데, 그래서 도당씨(陶
    唐氏)라 한다.

15) (역주) 흰 기린[白麟] : 원수(元狩) 원년(B.C. 122년)에 무제(武帝)가 옹(翁)[지금의
    하남성 심양(沁陽) 동북쪽]에 이르러 하늘에 제사지내다 뿔이 하나 달린 짐승을 포
    획하여, 기린[麟]이라 불렀다. 옛날의 전설에 따르면 기린은 상서러운 짐승으로서
    나타나면 왕조가 흥성한다고 여겼다.

16) 임안(任安) : 자는 소경(少卿)이며 서한(西漢) 때 형양(滎陽)[지금은 하남성에 속함]
    사람이다. 무고(巫蠱)의 화(禍)로 인해 죄를 얻어[태자 유거(劉據)의 편에 서서 무제
    (武帝)의 총신 강충(江充)을 반대하였음-역자] 사형판결을 받았다. 그는 옥중에서

[義]을 맡기자 사마천은 회신하여 이렇게 말했다.

……제가 치욕을 참고 구차하게 살아가면서 더러운 곳에 감금되어 있어도 죽지 않은 까닭은 개인적인 바램이 아직 다 완성되지 않아서 만일 그대로 세상을 떠난다면 문장[文采]을 후세에 드러낼 수 없기 때문이었습니다. 옛날에 비록 부귀(富貴)하였지만 이름 없이 사라진 사람은 헤아릴 수 없이 많으며, 다만 탁월하고 비상한 사람만이 칭송을 받습니다. 대개 서백[西伯, 문왕(文王)－역자]은 구금되어서 『주역(周易)』을 서술하였고, 중니[仲尼, 공자(孔子)－역자]는 재난을 당한 다음에 『춘추(春秋)』를 지었고, 굴원(屈原)은 쫓겨나서 『이소(離騷)』를 지었고, 좌구명(左丘明)은 실명(失明)한 후 『국어(國語)』를 만들었고, 손자(孫子)는 무릎뼈를 잘라내는 형벌을 당한 후 『병법(兵法)』을 편찬하였습니다. ……『시(詩)』 삼백편은 대체로 성현(聖賢)이 발분(發憤)하여 지은 것입니다. 이들은 모두 뜻이 억눌려 그 주장을 펼 수 없어 그래서 지난 일을 기술하여 장래 사람들에게 생각하게끔 하려는 것입니다. 예를 들어 좌구명은 두 눈을 잃고 손자는 다리가 절단되어 마침내 기용될 수 없게 되자 물러나 입론을 펴고 책략을 저술하여 자기의 원한을 풀었는데, 당시에는 소용없는 글[空文]을 후세에 남기어 자신을 표현하려는 것이었습니다. 저는 능력을 헤아리지 않고 근래에 스스로 보잘것없는 문사[辭]에 기대어 천하의 산실(散失)된 구문(舊聞)을 수집하고, 그 사적을 고증하고, 그 성패흥쇠의 원인을 고찰하였는데, 도합 130편이 되었습니다. 또한 하늘과 사람의 관계를 궁구하고 고금(古今)의 변화에 통달하여 일가(一家)의 견해를 이루고자 하였습니다. 초고를 완성하지 못하고 마침 이 같은 화(禍, 궁형을 당한 사실을 가리킴－역자)를 당하였고, 그 일을 이루지 못할까 염려하여 그래서 극형을

____

사마천에게 서신을 보냈고, 사마천은 회신하여 자신의 불행한 처지와 『사기』의 저술과정을 서술하였다.

받아서도 화내는 기색을 보이지 않았습니다. 저는 진정 이 책을 다 저술하였는데, 명산에 숨겨두고 전할 만한 사람에게 넘겨주어 통읍(通邑, 교통이 사방으로 통하는 도시 — 역자) 대도(大都)에 유전시킨다면 저는 이전에 받았던 모욕의 빚을 보상받을 수 있을 것이니, 설령 몸이 갈기갈기 찢기더라도 어찌 회한이 있겠습니까? 그렇지만 이 말은 지자(智者)에게 할 수 있는 것이고 소인(俗人)에게는 말하기 어려운 것입니다!……17)

사마천이 죽은 후 책이 비로소 점차 세상에 나왔다. 선제(宣帝) 때 그의 외손자 양운(楊惲)18)이 그 책에 대해 조술(祖述)하여 드디어 널리 알려지게 되었다. 반표(班彪)19)는 상당히 불만이어서 이렇게 여겼다. "경(經)에서 채집하고 전(傳)에서 주워 모아 여러 사람의 사적(事迹)이 분산되어 있고, 소략한 부분이 대단히 많고, 어긋나는 경우도 있다. 또

---

17) (원문) "……所以隱忍苟活, 幽於糞土之中而不辭者, 恨私心有所不盡, 鄙陋沒世而文采不表於後世也. 古者富貴而名摩滅不可勝記, 唯倜儻非常之人稱焉. 蓋西伯拘而演『周易』; 仲尼厄而作『春秋』; 屈原放逐, 乃賦『離騷』; 左丘失明, 厥有『國語』; 孫子臏脚, 『兵法』修列. ……『詩』三百篇, 大抵聖賢發憤之所爲作也. 此人皆意有鬱結, 不得通其道, 故述往事, 思來者. 乃如左丘無目, 孫子斷足, 終不可用, 退論書策, 以舒其憤, 思垂空文以自見. 僕竊不遜, 近自托於無能之辭, 網羅天下放失舊聞, 考其行事, 綜其終始, 稽其成敗興衰之理, 凡百三十篇. 亦欲以究天人之際, 通古今之變, 成一家之言. 草創未就, 會會此禍, 惜其不成, 是以就極刑而無慍色. 僕誠已著此書, 藏之名山, 傳之其人, 通邑大都, 則僕償前辱之責, 雖萬被戮, 豈有悔哉? 然此可爲智者道, 難爲俗人言也!……"

18) 양운(楊惲, ?~B.C. 54) : 자는 자유(子幼)이고 서한(西漢) 때 화음(華陰)[지금의 섬서성 함양(咸陽)] 사람이다. 선제(宣帝) 때 평통후(平通侯)에 봉해졌고, 중랑장(中郎將)으로 승진하였다가 후에 면직되어 서인(庶人)이 되었으며, 또 원망을 하다 사형에 처해졌다. 그의 사적은 『한서·양창전(漢書·楊敞傳)』에 보인다.

19) 반표(班彪, 3~54) : 자는 숙피(叔皮)이고, 부풍(扶風) 안릉(安陵)[지금의 섬서성 함양(咸陽) 동북쪽] 사람이며 동한(東漢)의 사학가이다. 그는 사마천의 뒤를 이어 『사기후전(史記後傳)』 60여 편을 지었다. 그의 아들 반고(班固), 딸 반소(班昭)는 이에 기초하여 중국의 첫 번째 단대사(斷代史) 『한서(漢書)』를 완성하였다.

한 그 섭렵하고 있는 것이 광대하여 경(經)과 전(傳)을 관통하고 고금상하(古今上下) 수천 년 사이를 내달리고 있으니, 이는 부지런하기 때문이다. 또 그 시비가 자못 성인에 어긋나는데, 대도(大道)를 논할 때는 황로(黃老, 도가학설－역자)를 앞세우고 육경(六經, 유가학설－역자)[20]을 뒤로 하고, 유협(游俠)을 서술할 때는 처사(處士)를 물리치고 간사한 영웅을 앞세우고, 화식(貨殖, 경제적인 활동－역자)을 기술할 때는 권세와 이익을 추종하고 가난과 천함을 부끄러워하였으니 이는 이 책의 폐단이다." 한나라가 흥하자 육가(陸賈)는 『초한춘추(楚漢春秋)』를 지어 시비를 비록 대부분 유자(儒者)에 뿌리를 두고 있었지만, 그러나 태사(太史)는 그 직무가 원래 도가(道家)에서 나왔고 그의 부친 담(談) 역시 황로(黃老)를 숭상하였으므로 『사기』는 비록 유술(儒術)에 어긋나지만 진정 그 구업(舊業)을 멀리 계승할 수 있었던 것이다. 더군다나 발분하여 책을 저술한 것은 자발적인 의도에서 나온 것이니, 그는 임안(任安)에게 보낸 서신에서 이렇게 말했다. "우리 선조들은 개국에 공헌한 공로[剖符丹書之功]가 없고, 문사(文史)·성력(星曆)[21]은 복축(卜祝, 주술적인 일－역자)의 범주에 가까워 본래 주상(主上)의 놀이감으로 배우처럼 길러져 세상으로부터 멸시받았습니다. 가령 내가 법에 따라 사형을 받는다 해도 만약 구우일모(九牛一毛)라도 놓쳐 버리면 하잘것없는 땅강아지나 개미와 무엇이 다르겠습니까." 신하를 희롱하는 데 대해 원망하여 그 마음을 종이와 먹에 기탁하고, 모욕을 당한 신세에 대한 느낌이 있어 천추(千秋)에 기인(畸人, 색다르고 특이한 인물－역주)을 전하고 있으니, 비록 『춘추(春秋)』의 뜻에 배치되지만 진실로 사가(史家)의

---

20) (역주) 육경(六經) : 『시(詩)』, 『서(書)』, 『예(禮)』, 『악(樂)』, 『춘추(春秋)』, 『역(易)』을 가리키며, 여기서는 유가학설을 가리킨다.

21) (역주) 문사(文史)·성력(星曆) : 사적(史籍)과 천문역법을 다루는 태사령(太史令)의 직책을 가리킨다.

절창(絶唱)이요, 운율[韻]이 없는 「이소(離騷)」라 할 것이다. 오직 사가의 법식(史法)에 구속되지 않고 자구에 얽매이지 않고 감정대로 표현하고 마음에서 나오는 대로 글을 지었으니, 그래서 다음과 같이 모곤(茅坤)[22]이 말한 것처럼 될 수 있었다. "유협전(游俠傳)을 읽으면 생을 가벼이 여기고 싶어지고, 굴원·가의전(屈原·賈誼傳)을 읽으면 눈물을 흘리고 싶어지고, 장주·노중련전(莊周·魯中連傳)을 읽으면 세상을 버리고 싶어지고, 이광전(李廣傳)을 읽으면 맞서 싸우고 싶어지고, 석건전(石建傳)을 읽으면 몸을 굽히고 싶어지고, 신릉·평원군전(信陵·平原君傳)을 읽으면 선비를 양성하고 싶어진다."

그렇지만 『한서(漢書)』에 이미 『사기』는 결손이 있다고 언급하였고, 그래서 속작자(續作者)들이 왕성하게 나타났으니 저선생(褚先生), 풍상(馮商), 유흠(劉歆) 등이 그들이다. 『한서』 역시 유흠(劉歆)이 지은 부분이 있으며, 그래서 최적(崔適)[23]은 『사기』의 문장에는 책 전체와 어긋나고 『한서』와 부합되는 부분이 있어 이 역시 유흠(劉歆)이 속작한 것이고, 연대가 현격하게 차이가 나고 장구(章句)가 뒤틀리는 부분에 이르면 당연히 후세에 망령된 사람들이 더 보태고 필사자들이 빠뜨린 것이라고 여겼다.

사마천은 문(文)에 뛰어났지만 또한 부(賦)도 좋아하여 열전(列傳) 속에 그것을 채용하기를 자못 좋아하였다. 「가의전(賈誼傳)」에는 그의 「조굴원부(弔屈原賦)」 및 「복부(服賦)」를 기록하고 있지만, 『한서』에는

---

22) 모곤(茅坤, 1512~1601) : 자는 순보(順甫), 호는 녹문(鹿門)이며, 명대 귀안(歸安)[지금의 절강성 오흥(吳興)] 사람이다. 가정(嘉靖) 연간에 진사가 되었고, 관직은 대명병비부사(大名兵備副使)에 이르렀다. 인용문은 『모록문선생문집(茅鹿門先生文集)』 권1 「여채백석태수논문서(與蔡白石太守論文書)」에 보인다.

23) 최적(崔適, 1854~1924) : 자는 회근(懷謹) 또는 치보(觶甫)이고, 절강성 오흥(吳興) 사람이며, 북경대학(北京大學) 교수를 역임하였다. 저서로는 『춘추복시(春秋復始)』, 『사기탐원(史記探源)』 등이 있다.

「치안책(治安策)」의 전편이 실려 있으나 부(賦)는 하나도 없다. 「사마상
여전(司馬相如傳)」 상·하편에는 부가 특히 많이 수록되어 있는데, 「자
허(子虛)」[「상림(上林)」을 합하여), 「애이세(哀二世)」, 「대인(大人)」 등이
그것이다. 사마천은 스스로도 부를 지었으니 『한지(漢志)』에는 8편이라
고 하나, 오늘날에는 겨우 「사불우부(士不遇賦)」 1편만이 전해지며, 명
대 호응린(胡應麟)은 이를 위작(僞作)이라 여겼다.

선제(宣帝) 때에 이르러 여전히 무제(武帝)에 관한 이야기[故事]를 정
리하고 육예(六藝, 육경을 가리킴―역자)와 군서(群書)를 강론하며, 기
이함에 대한 기호를 마음껏 발휘하였으며, 초사(楚辭)를 지을 수 있는
사람을 모집하였고, 그리하여 유향(劉向), 장자교(張子僑), 화룡(華龍),
유포(柳褒) 등이 모두 부름을 받고 금마문(金馬門)에서 임금으로부터 벼
슬이 내려지기를 기다렸다. 또 촉(蜀) 지방 사람인 왕포(王褒)가 있어
그의 자는 자연(子淵)이며, 임금의 명을 받들어 「성주득현신송(聖主得賢
臣頌)」을 지었고, 장자교(張子僑) 등과 함께 임금으로부터 벼슬이 내려
지기를 기다렸다. 왕포는 부(賦)와 송(頌)을 지을 수 있었고, 또한 배문
(俳文)도 지었다. 후에 방사(方士)가 익주(益州)에 금마벽계(金馬碧鷄)[24]
의 보배가 있다고 말하자 선제(宣帝)가 왕포에게 명하여 가서 제사를
올리게 했는데, 도중에 병사하였다.

---

24) (역주) 금마벽계(金馬碧鷄) : 금마와 벽계는 모두 신명(神名)이다. 오늘날 운남성 곤
    명현(昆明縣) 동쪽에는 금마산(金馬山)이 있고 서쪽에는 벽계산(碧鷄山)이 있으며,
    두 산이 서로 마주보고 있는데, 한나라 때 금마와 벽계의 신에게 제사지내는 곳이
    라 전하며 그 위에 신사(神祠)가 있다.

참고문헌

『사기(史記)』(권 117, 130).
『한서(漢書)』(권 57, 62, 64).
『사기탐원(史記探源)』, [최적(崔適)]
『중국대문학사(中國大文學史)』(제3편 제4장 및 제5장).
『지나문학사강(支那文學史綱)』(제3편 제6장).
『지나문학의 연구(支那文學之硏究)』, [일본 영목호웅(鈴木虎雄)] 제1권.

고적서발집
古籍序跋集

이 책은 1912~1935년에 노신이 스스로 집록하거나 교감한 19종의 고적(古籍)을 위해 쓴 27종의 서문과 발문을 수록하고 있다. 각 편은 집필 시기에 따라 배열되어 있다.

『고소설구침(古小說鉤沉)』서(序)[1]

소설(小說)에 대해 반고(班固)[2]는 "패관(稗官)에서 나왔으며", "민간에서 하찮은 지식을 가진 사람들이 관심을 가지던 것으로 역시 엮어 잊어버리지 않았는데, 간혹 채용할 만한 단편적인 말이 있다 해도 이역시 꼴과 땔감을 베는 사람들이나 분별력이 없는 사람들의 의론(議論)이다"라고 여겼다. 그렇다면 패관의 직능은 옛날에 "시를 채집하던 관리가 임금이 풍속(風俗)을 살피고 정치의 득실(得失)을 살필 수 있도록 했던 것"과 같다. 그러나 반고는 제자(諸子)들을 항목별로 모아 10가(家)로 확정하여 배열하고, 다시 "볼 만한 것은 아홉이다"라고 하여 소설을 제외시켰다. 그가 수록한 소설 15가(家)마저 오늘날에는 또 없어져버렸다. 다만 『대대례(大戴禮)』[3]에 「청사자(靑史子)」의 지은이에 대한

---

1) 이 글은 수고(手稿)에 의거하여 편입하였으며, 원래는 표점(標點) 부호가 없었다. 처음에는 주작인(周作人)의 서명으로 1912년 2월 소흥(紹興)에서 간행된 『월사총간(越社叢刊)』 제1집에 발표되었다. 1938년에 출판된 『노신전집(魯迅全集)』 제8권 『고소설구침(古小說鉤沉)』에는 수록되지 않았다. 『고소설구침』 : 노신이 대략 1909년 6월부터 1911년 말 사이에 집록한 고소설의 일문집(佚文集)으로서 주(周)나라 때의 「청사자(靑史子)」에서 수(隋)나라 후백(侯白)의 「정이기(旌異記)」까지 전체 36종을 수록하고 있다. 1938년 6월에 처음으로 노신선생기념위원회가 편집한 『노신전집』 제8권에 수록되었다.

2) 반고(班固, 32~92) : 자는 맹견(孟堅)이고 부풍(扶風) 안릉(安陵)[지금의 섬서서(陝西省) 함양(咸陽)] 사람으로 동한(東漢)의 사학가이다. 관직은 난대령사(蘭臺令史)에 이르렀고, 『한서(漢書)』 120권을 저술하였다.

3) 『대대예(大戴禮)』 : 『대대예기(大戴禮記)』라고도 하며, 서한(西漢) 때 대덕(戴德)이 편찬했다 하며, 원서는 85편이었으나 지금은 39편이 남아 있다.

기록이 인용되어 있고, 『장자(莊子)』에서 송견(宋鈃)[4]의 말을 들고 있는데, 부분적이고 단편적인 문구(文句)로서 더욱이 그 의미를 미루어 볼 수 없다. 예로부터 오랜 시간이 지나면서 소설의 흐름이 널리 번성하였지만, 비평가들은 그대로 옛 주장(故言, 반고의 관점-역자)을 묵수(墨守)하였으니, 이는 싹을 가지고서 그 나무의 가지와 잎을 헤아리는 꼴이다! 나는 어려서부터 옛 이야기[古說]를 펼쳐보기 좋아하였는데, 간혹 잘못되고 빠진 부분을 발견하면 그것을 유서(類書)와 대조하여 고증하였고, 우연히 일문(逸文)을 만나면 얼른 초록하여 두었다. 비록 잡다하고 결손된 소설[叢殘]은 대부분 질서가 없지만 윤곽은 그대로 있었다. 대개 자질구레하고 지엽적인 이야기는 사관(史官)들이 말단적인 학[末學]이라 여겼고, 귀신과 요괴에 관한 것은 음양오행가[術數]들이 부수적인 흐름[波流]이라 여겼고, 진인(眞人)과 복지(福地)[5]에 관한 것은 신선가[神仙]들이 중등(中等)으로 여겼고, 저승세계에 관한 것은 불교가들이 하승(下乘)으로 여겼다. 민간의 작은 이야기[小書]들은 원대한 일에 미친다면 막힐까 염려되었으나(致遠恐泥)[6], 훌륭한 작품[洪筆]이 후대에 생겨난 것은 작은 이야기가 그 발단이었다. 하물며 민간에서 채록한 것은 백성들의 순수한 마음[白心]에서 나온 것이고, 의도적으로 지은 것은 문인[思士]들이 구상한 것임에랴. 그것의 문단[文林]에

---

4) 송견(宋鈃) : 『맹자(孟子)』에서는 송경(宋牼)이라 하였고, 『한비자(韓非子)』에서는 송영자(宋榮子)라 하였는데, 노신은 그가 바로 『송자(宋子)』의 지은이라고 생각했다.

5) (역주) 진인(眞人)은 도가에서 참된 도를 체득한 사람을 가리키고, 복지(福地)는 신선이 사는 곳을 가리킨다.

6) 원대한 일에 미친다면 막힐까 염려되었으나[致遠恐泥] : 『논어・자장(論語・子張)』에 "자하(子夏)가 가로되, '비록 소도(小道)이나 반드시 거기에는 볼 만한 것이 있으며, 원대한 일에 미친다면 막힐까 염려하여 그래서 군자는 그것을 하지 않는다(子夏曰: 雖小道, 必有可觀者焉, 致遠恐泥, 是以君子弗爲也)'라고 하였다."는 구절이 있다. 『한서・예문지・제자략(漢書・藝文志・諸子略)』에서는 이 말을 인용하여 소설을 논하였다.

서의 역할은 무궁화와 같은 데가 있어 문명을 아름답게 하고 어둡고 외로운 데를 꾸밀 수 있으니 대개 견문을 넓히는 도구로만 그치는 것은 아니다. 그렇지만 비평가들은 그대로 옛 주장(반고의 관점-역자)을 묵수(墨守)하였다. 이러한 옛 책들이 더욱더 영락할 것이 아쉽고, 또 이후로 한가한 시간이 적을 것 같아서 이에 다시 배열하여 집록하고 또 옛 사람들의 집본(集本)으로 교정하여 합치니 몇 종(種)이 되기에『고소설구침(古小說鉤沉)』이라 하였다. 옛 책에 혼을 되돌려 주는 것은 스스로 흐뭇한 일이거니와 대도(大道)를 말하는 사람들에게는 곧 이렇게 말하겠다. '패관의 직능은 앞으로 옛날에 "시를 채집하던 관리가 임금이 풍속을 살피고 정치의 득실을 살필 수 있도록 했던 것"과 같을 것이다.'

사승(謝承)의 『후한서(後漢書)』 서(序)[1]

『수서・경적지(隋書・經籍志)』에서는 "『후한서(後漢書)』 130권에는 제왕본기(帝王本紀)가 없으며, 오(吳)나라 무릉(武陵)의 태수(太守) 사승(謝承)이 지었다"라고 기록되어 있다. 『신당서・예문지(唐書・藝文志)』의 기록도 동일하며 거기에 한 권을 더 기록하고 있고, 『구당서・경적지(舊唐書・經籍志)』에는 30권(133권이라 해야 옳음-역자)이라 하였다. 사승(謝承)은 자가 위평(偉平)이고 산음(山陰) 사람이며, 배움과 견문이 넓었고 알게 된 것이나 본 것은 죽을 때까지 잊지 않았다. 오관낭중(五官郎中)에 임명되었고, 얼마 후 장사동부(長沙東部)의 도위(都尉), 무릉(武陵)의 태수(太守)로 전임되었는데, 이상은 『오지・비빈전(吳志・妃嬪傳)』 및 그 주해에 보인다. 『후한서』는 송대에 이미 전하지 않았으니, 그래서 왕응린(王應麟)[2]의 『곤학기문(困學紀聞)』에서는 『문선(文選)』의 주해로부터 그것을 옮겨 인용하고 있다. 오숙(吳淑)[3]은 순화[淳化, 송 태종(太宗)의 연호-역자] 연간에 『사류부(事類賦)』를 주해하여 진헌(進

---

1) 이 글은 수고에 의거하여 편입하였으며, 원래는 표점 부호가 없었다. 1913년 3월에 씌어졌다. 사승(謝承)의 『후한서(後漢書)』는 노신이 집록한 산일(散佚)된 고적(古籍)의 하나로서 1913년 3월에 집록이 끝났고, 도합 6권으로서 간행되지는 않았다.

2) 왕응린(王應麟, 1223~1296) : 자는 백후(伯厚)이고 경원[慶元, 지금의 절강성 영파(寧波)] 사람이며, 송말(宋末) 때의 학자이다. 『곤학기문(困學紀聞)』 : 왕응린이 지은 독서필기(讀書筆記)로서 20권이다.

3) 오숙(吳淑, 947~1002) : 자는 정의(正儀)이고, 송대 윤주(潤州) 단양(丹陽)[지금은 강소성에 속함] 사람이며, 관직은 직방원외랑(職方員外郞)에 이르렀다.

獻)할 때 역시 사승(謝承)의 책이 유일(遺逸)되었다고 언급하였다. 청대 초 양곡(陽曲) 사람인 부산(傅山)[4]은, 자기 집에 사승의 『후한서』의 명대 간행본을 예전에 소장하고 있었는데, 『조전비(曹全碑)』[5][동한(東漢) 때의 석각(石刻)−역자]와 대조하여 보아 완전히 들어맞았다고 하였으나, 그것을 본 다른 사람은 없었다. 다만 전당(錢塘) 사람인 요지인(姚之駰)[6]이 집록한 4권이 그의 『후한서보일(後漢書補逸)』에 들어 있는데, 비록 출처를 밝히지 않고 있어 주도면밀하다 할 수는 없지만 확실히 사승의 『후한서』일 것이다. 그 후에 인화(仁和) 사람인 손지조(孫志祖)[7], 이현(黟縣) 사람인 왕문태(汪文台)[8]도 각각 정보(訂補)한 책을 가지고 있어 사승의 『후한서』 일문(逸文)이 다소 완비되었지만, 범엽(范曄)[9]의 『후한서』가 상당히 뒤섞여 들어가 분별할 수 없게 되었다. 지금 일일이 교정(校正)하여 6권으로 정리하였으니, 앞 4권은 대략 범엽의 『후한서』

---

4) 부산(傅山, 1607~1684) : 자는 청주(青主)이고, 양곡(陽曲)[지금은 산서성에 속함] 사람이며, 명청(明淸) 교체기 때의 학자이다.

5) 『조전비(曹全碑)』 : 완전한 명칭은 『한합양령조전비(漢郃陽令曹全碑)』이며, 동한(東漢) 때의 비각(碑刻)으로서 당시 합양현(郃陽縣)의 현령(縣令)인 조전(曹全)의 사적을 기록하고 있다. 명대 만력(萬曆) 연간에 섬서(陝西)에서 출토되었다.

6) 요지인(姚之駰) : 자는 노사(魯思)이고 청대 전당(錢塘)[지금의 절강성 항주(杭州)] 사람이다. 관직은 감찰어사(監察御史)에 이르렀다.

7) 손지조(孫志祖, 1736~1800) : 자는 이곡(詒穀), 또는 이곡(頤谷)이고 청대 인화(仁和)[지금의 절강성 항주] 사람이다. 관직은 어사(御史)에 이르렀다.

8) 왕문태(汪文台, 1796~1844) : 자는 남사(南士)이고, 청대 이현(黟縣)[지금은 안휘성에 속함] 사람이다. 『칠가「후한서」(七家「後漢書」)』 21권을 집록하였는데, 사승(謝承)의 서(書) 8권, 설영(薛瑩)의 서 1권, 사마표(司馬彪)의 서 5권, 화교(華嶠)의 서 2권, 사침(謝沈)의 서 1권, 원산송(袁山松)의 서 2권, 장번(張璠)의 서 1권을 포함하여 실명씨(失名氏)의 서 1권을 덧붙이고 있다.

9) 범엽(范曄, 398~445) : 자는 울종(蔚宗)이고 순양(順陽)[지금의 하남성 석천(淅川)] 사람이며, 남조(南朝)의 송(宋)나라 사학가이다. 관직으로는 상서이부랑(尚書吏部郎)·선성태수(宣城太守)을 역임했다. 『후한서』를 저술하여 제기(帝紀)·열전(列傳) 90권을 완성하고 곧 피살되었다.

의 차례에 의거하였고, 뒤 2권은 그 성명(姓名)이 범엽의 책에서 우연히 나오거나 실리지 않은 것인데, 모두 초록하여 넣었다. (案)『수서·경적지』에는『후한서』8가(家)[10]를 기록하고 있는데, 사승의『후한서』는 가장 이른 것이어서 처음 시작한 공로가 있으니 기록할 만하다. 그러나 오늘날의 일문(逸文)은 겨우 범엽의 책,『삼국지(三國志)』의 주해 및 당송(唐宋)의 유서(類書)에 의거하여 보존할 뿐이다. 주석가들은 서로 다른 설(說)을 취하기에 힘을 써 기이한 내용[異聞]을 갖추어 놓았고, 게다가 유서(類書)에서 인용한 것들도 빼거나 더한 자구(字句)가 많고 간혹 잘못 옮겨 적어 뜻이 통하지 않는 지경에 이르고 있으니, 그래서 후대의 학자들은 거칠고 보잘것없다고 불평하였고 때로는 반박하거나 비난하기도 하였다. 나 역시 내가 보고들은 것 중에서 그 요점을 모아서 살펴보기 편리하도록 본문(本文) 뒤에 실어둔다.

---

10)『후한서』8가(家) : 사승(謝承)의『후한서(後漢書)』130권, 설영(薛瑩)의『후한기(後漢記)』65권, 사마표(司馬彪)의『속한서(續漢書)』83권, 화교(華嶠)의『후한서(後漢書)』17권, 사침(謝沈)의『후한서(後漢書)』85권, 진장영(晉張瑩)의『후한남기(後漢南記)』45권, 원산송(袁山松)의『후한서(後漢書)』95권, 범엽(范曄)의『후한서(後漢書)』97권이 그것이다. 현재는 범엽의 책 및 그 뒤에 붙어 있는 사마표의 책『팔지(八志)』를 제외하고는 모두 산일되었다.

[부록] 왕문태(汪文台)의 집록본
『사승후한서(謝承後漢書)』에 관하여[1]

사승(謝承)의 『후한서(後漢書)』 8권과 사침(謝沈)의 『후한서(後漢書)』 1권은 이현(黟縣) 사람인 왕문태(王文台)가 집록한 것인데, 모두 『칠가「후한서」(七家「後漢書」)』속에 있으며, 거기에 태평(太平) 사람인 최국방(崔國榜)[2]의 서(序)가 있어 그 대략적인 상황을 이렇게 설명하고 있다. "강희(康熙) 연간에 전당(錢塘) 사람인 요노사(姚魯斯)는 『동관한기(東觀漢記)』 이하(以下) 제가(諸家)의 책을 집록하여 일문(逸文)을 보정(補正)하였는데, 명대 유자(儒者)들의 낡은 풍습을 자못 답습하여 유래가 분명하지 않으며 누락된 것이 매우 많다. 시어(侍御)인 손이곡(孫頤谷)은 그 책을 근거로 사승(謝承)의 책을 보정(補正)한 적이 있으나 책을 완성하지 못하였다. 최근에 감천(甘泉) 사람인 비부(比部) 황우원(黃右原) 역시 집록본을 가지고 있었는데, 요노사(姚魯斯)의 것이 그다지 확실하지 않다고 보았으나 끝내 완비하지 못하였다. 이현(黟縣)의 왕남사(王南士) 선생은 학문과 품행이 돈독하고 키만큼 쌓이는 수많은 책을 저술하였는데, 옛것을 고증하던 여력으로 새롭게 찾아 보정하였다. 선생의 친구 탕백간(湯伯玕) 군은, 선생은 요노사의 집록본을 오랫동안 소장하면

---

1) 이 글은 수고에 의거하여 편입하였으며, 1912년 8월에 씌어졌다. 원래는 표제와 표점 부호가 없었다.

2) 최국방(崔國榜) : 청대 태평(太平)[지금은 안휘성에 속함] 사람이며, 건창지부(建昌知府)를 역임했다.

서 수시로 각 조목의 기록을 보아 붉은 색과 노란색[丹黃, 옛날에 책에
표시를 하기 위해 사용했던 붉은색과 노란색의 안료-역자]이 온통 칠
해져 있었고, 또 완성하지 못할 것을 우려하여 제자인 왕학돈(汪學惇)
에게 잇도록 하여 왕학돈이 계속 보태고 더하였다고 했다. 왕학돈이
죽은 후 그의 장서(藏書)는 모두 남에게 팔렸으며, 탕백간 군이 다시
이 책을 보았으나 이미 탈락된 부분이 많았다. 그는 서둘러 한 차례
필사하고, 선생의 아들 왕석번(王錫藩)에게 돌려 주었다. 왕석번은 그
유서(遺書)를 잘 모시고 객지인 강우(江右)에서 생활을 하였는데, 동갑
내기로 회계(會稽) 출생인 조휘숙(趙撝菽)은 왕석번으로부터 그 책을 빌
려 필사하였고, 나는 이에 이 필사본을 얻어보았다. 조휘숙은, 선생이
의거한 『북당서초(北堂書鈔)』는 바로 주씨(朱氏)의 잠채당(潛采堂) 본으
로 제목이 『대당유요(大唐類要)』라는 것이며 전당(錢塘) 사람인 왕씨(汪
氏)의 진기당(振綺堂) 소유였다고 말했다. 신유(辛酉)년의 난리 때 왕씨
(汪氏)의 장서(藏書)는 모두 흩어졌고, 절(浙) 지역에서 그래도 필사본이
있어 손씨(孫氏)의 야성산관(冶城山館)의 소유물이 되었다가 후에 대령
(大令)인 진란린(陳蘭隣) 집안 소유가 되었으며, 최근에는 또 다른 사람
에게 팔려 멀리 민(閩) 지역에 가게 되어 빌려 볼 수 없게 되었으니 다
른 날 그 책을 얻게 된다면 마땅히 수십 조목을 계속 보정할 수 있을
것이다.” 임자(壬子)년 여름 8월에 교육부가 소장하고 있던 『칠가후한
서(七家後漢書)』를 빌려 와 필사하였고, 초이틀에 시작하여 15일에 마
쳤다.

[부록] 왕문태(汪文台)의 집록본
『사승후한서(謝承後漢書)』 교감기[1]

원년(중화민국 원년, 즉 1912년―역자) 12월 11일에 호극가(胡克家)[2] 본(本) 『문선(文選)』으로 한 차례 교감하였다. 12일에 『개원점경(開元占經)』[3] 및 『육첩(六帖)』[4]으로 한 차례 교감하였다. 13일에 명대에 간행 된 소자본(小字本) 『예문유취(藝文類聚)』[5]로 한 차례 교감하였다. 14일 에 『초학기(初學記)』[6]로 한 차례 교감하였다. 15일에 『태평어람(太平御覽)』[7]으로 한 차례 교감하였다. 16~19일에 범엽(范曄)의 책으로 한 차

---

1) 이 글은 수고에 의거하여 편입하였으며, 1913년 1월에 씌어졌다. 원래는 표제와 표점부호가 없었다.

2) 호극가(胡克家, 1757~1816) : 자는 점몽(占蒙)이고 청대 무원(婺源)[지금은 강서성에 속함] 사람이다. 그는 강정(嘉靖) 14년(1809)에 송대의 우무(尤袤) 본 이선주(李善注) 『문선(文選)』 60권을 번각하였고, 아울러 『이고(異考)』 10권을 지었다.

3) 『개원점경(開元占經)』 : 『대당개원점경(大唐開元占經)』을 가리키며, 천문(天文)과 음양오행에 관한 책으로 당대 구실달(瞿悉達)이 지었고, 도합 120권이다.

4) 『육첩(六帖)』 : 유서(類書)로서 당대 백거이(白居易)가 지었으며, 『백씨육첩(白氏六帖)』이라고도 하는데, 30권이다. 송대 공전(孔傳)이 『후육첩(後六帖)』 30권을 속찬(續撰)하였다. 후대 사람들은 이 두 책을 하나로 합쳐 『백공육첩(白孔六帖)』이라 했으며, 도합 100권이다.

5) 『예문유취(藝文類聚)』 : 유서(類書)로서 당대 구양순(歐陽詢) 등이 편찬하였으며, 도합 100권으로 48부(部)로 나뉘어 있다.

6) 『초학기(初學記)』 : 유서(類書)로서 당대 서견(徐堅) 등이 편찬하였으며, 도합 30권으로 23부로 나뉘어 있다.

7) 『태평어람(太平御覽)』 : 유서(類書)로서 송대 이방(李昉) 등이 편찬하였으며, 도합 1,000권으로 55문(門)으로 나뉘어 있다. 이 책은 송대 태종(太宗) 태평흥국(太平興

례 교감하였다. 20일에서 23일까지 『삼국지(三國志)』로 한 차례 교감하였다. 24일에서 27일까지 『북당서초(北堂書鈔)』[8]로 한 차례 교감하였다. 28~31일에 손교(孫校) 본(本)으로 한 차례 교감하였다. 원년(2년이라 해야 옳음-역자) 1월 4일~7일에 『사류부(事類賦)』의 주(注)로 한 차례 교감하였다.

國) 8년(984) 12월에 완성되었다.

8) 『북당서초(北堂書鈔)』: 유서(類書)로서 당대 우세남(虞世南) 등이 편찬하였으며, 도합 160권으로 852류(類)로 나뉘어 있다.

사침(謝沈)의 『후한서(後漢書)』 서(序)[1]

『수서·경적지』에는 "『후한서』 85권은 원래 122권이고, 진(晉)나라 사부랑(祠部郎) 사침(謝沈)이 지었다"라고 기록되어 있다. 『당지(唐志)』[『구당서·경적지(舊唐書·經籍志)』와 『신당서·예문지(新唐書·藝文志)』—역자]에는 "102권이며, 또 『한서외전(漢書外傳)』 10권이 있다"고 기록하고 있다. 『진서(晉書)』[2]에는 이렇게 기록하고 있다. '사침(謝沈)은 자가 행사(行思)이고 회계(會稽) 산음(山陰) 사람이다. 군(郡)에서 그를 주부(主簿)·공조(功曹)로 임명하고 효렴(孝廉)[3]으로 추천하였고, 태위(太尉)인 극감(郗鑑)[4]이 불러 벼슬을 내렸으나 모두 나아가지 않았다. 회계(會稽)의 내사(內史)인 하충(何充)[5]이 그를 참군(參軍)으로 추천하였고, 어머니가 연로하여 사직하였다. 평서장군(平西將軍)인 유량(庾亮)[6]

---

1) 이 글은 수고에 의거하여 편입하였으며, 원래는 표점부호가 없었다. 1913년 3월에 씌어졌다.

2) 『진서(晉書)』: 기전체(紀傳體)로 된 진대사(晉代史)이며, 당대 방현령(房玄齡) 등이 지었고, 130권이다.

3) 효렴(孝廉): 효제염결과(孝悌廉潔科)의 준말이며, 한대에 관리를 선발하던 과목(科目)의 하나이다. 매년 군(郡)에서 효렴으로 천거되어 합격하면 관직을 제수받았다.

4) 극감(郗鑑, 269~339): 자는 도휘(道徽)이고, 고평(高平) 금향(金鄉)[지금은 산동성에 속함] 사람이며, 진(晉)나라 성제(成帝) 함강(咸康) 4년(338)에 태위(太尉)에 임명되었다.

5) 하충(何充, 292~346): 자는 차도(次道)이고 여강첨(廬江灊)[지금의 안휘성 곽산(霍山)] 사람이다. 진(晉)나라 성제(成帝) 때 회계(會稽)의 내사(內史)에 임명되었고, 관직은 상서령(尚書令)에 이르렀다.

6) 유량(庾亮, 289~340): 자는 원규(元規)이고, 영천(潁川) 언릉(鄢陵)[지금은 하남성

이 그를 공조(功曹)로 임명하였고, 정북장군(征北將軍)인 채모(蔡謨)7)가 글을 올려 그를 참군(參軍)으로 추천하였으나 모두 나아가지 않았다. 강제(康帝)가 즉위하여 태학박사(太學博士)로 불러 벼슬을 내렸으나 어머니가 죽어서 사직하였다. 복상(服喪)이 끝나자 상서탁지랑(尙書度支郎)에 임명되었다. 하충(何充)과 유빙(庾冰)8)은 모두 사침(謝沈)이 역사에 재능이 있다고 하여 저작랑(著作郎)으로 천거하였고, 사침은 『진서(晋書)』30여 권을 지었다. 얼마 후 죽으니 나이 52세였다. 사침은 먼저 『후한서(後漢書)』100권 및 『모시(毛詩)』·『한서외전(漢書外傳)』을 지었고, 그의 저술 및 시부(詩賦)·문론(文論)은 모두 당시에 간행되었는데, 그의 재학(才學)은 우예(虞預)9)보다 나았다.' (案)『수서·경적지』에 『한서외전』에 관한 언급이 없는 것은 본래 『후한서』 122권 안에 있었기 때문이 아닐까 생각하는 사람이 있었고, 그래서 『당지(唐志)』에서는 다시 그것을 분리하여 놓았다. 그러나 본전(本傳)(『진서』의 사침의 전기-역자)에 의거할 때 『한서외전』은 마땅히 다른 책으로 보아야 하며, 지금은 그 유문(遺文)이 없어 더 이상 고증할 수는 없다. 다만 『후한서』는 아직 10여 조목[條]이 남아 있어 그것을 엮어 1권으로 만들었다.

에 속함] 사람이다. 진(晋)나라 명제(明帝)의 목황후(穆皇后)의 오빠이며 성제(成帝) 때 평서장군(平西將軍)에 봉해졌다.

7) 채모(蔡謨, 281~356) : 자는 도명(道明)이고 진유(陳留) 고성(考城)[지금의 하남성 난고(蘭考)] 사람이며, 진(晋)나라 성제(成帝) 함강(咸康) 5년(339)에 정북장군(征北將軍)에 봉해졌다.

8) 유빙(庾冰, 296~344) : 자는 계견(季堅)이고 유량(庾亮)의 동생이며, 관직은 중서감(中書監)에 이르렀다.

9) 우예(虞預) : 진(晋)나라 여요(余姚)[지금은 절강성에 속함] 사람이다. 그는 『진서(晋書)』44권, 『회계전록(會稽典錄)』20편, 『제우전(諸虞傳)』12편을 지었으나 모두 없어졌다.

우예(虞預)의 『진서(晉書)』 서(序)[1]

　『수서·경적지』에는 "『진서(晉書)』 26권은 본래 44권으로 명제(明帝)까지 기술하고 있으며, 지금은 결손되어 있고 진(晉)나라 산기상시(散騎常侍)인 우예(虞預)가 지었다"라고 기록하고 있다. 『당지(唐志)』에는 58권이라 기록하고 있다. 『진서·우예전(晉書·虞預傳)』에는 "『진서(晉書)』 40여 권을 지었다"라고 기록하고 있다. 이는 『수서·경적지』의 기록과 합치되며, 『당지(唐志)』에는 10여 권이 더 많은데, 잘못이 있는 것 같다. 본전(本傳)[『진서(晉書)』의 우예전(虞預傳)을 가리킴－역자]에는 또 이렇게 기록하고 있다. "우예(虞預)는 자가 숙녕(叔寧)이고, 징사(徵士, 조정의 부름을 거절하고 나아가지 않은 은사－역자)인 우희(虞喜)[2]의 동생이다. 본명은 무(茂)이나 명제(明帝)의 목황후(穆皇后)의 이름과 같아 이를 피하기 위해 이름을 고쳤다. 처음에는 현(縣)의 공조(功曹)였으나 배척당하였다. 태수(太守)인 유침(庾琛)[3]이 그를 주부(主簿)로 임명하였다. 기첨(紀瞻)[4]이 유침(庾琛)을 대신하여 그를 다시 주부(主簿)

---

1) 이 글은 수고에 의거하여 편입하였으며, 원래는 표점부호가 없었다. 1913년 3월에 씌어졌다.

2) 우희(虞喜, 281~356) : 자는 중녕(仲寧)이고 진대(晉代)의 학자이다. 조정에서 세 차례 불러 박사(博士) 등의 관직에 임명하였으나 모두 나아가지 않았다. 저작으로는 「안천론(安天論)」, 「지림신서(志林新書)」 등이 있다.

3) 유침(庾琛) : 자는 자미(子美)이고, 영천(潁川) 언릉(鄢陵)[지금은 하남성에 속함] 사람이며, 명제(明帝) 목황후(穆皇后)의 아버지이다. 서진(西晉) 말년에 회계(會稽)의 태수(太守)를 역임하였고, 관직은 승상군자제주(丞相軍諮祭酒)에 이르렀다.

4) 기첨(紀瞻, 253~324) : 자는 사원(思遠)이고, 단양(丹陽) 말릉(秣陵)[지금의 강소성

로 삼았고, 공조사(功曹史)로 전임되었다. 효렴(孝廉)으로 추천되었으나 나아가지 않았다. 안동(安東)의 종사중랑(從事中郎)인 제갈회(諸葛恢),5) 참군(參軍)인 유량(庾亮) 등이 우예(虞預)를 추천하여 승상(丞相)의 참군(參軍) 겸 기실(記室)로 부름을 받았다. 모친상을 당하였고, 복상을 마치자 좌저작랑(佐著作郎)에 제수되었다. 대흥(大興) 연간에 낭야국(琅邪國)6)의 시랑(侍郎)으로 전임되었고, 비서승(秘書丞)·저작랑(著作郎)으로 승진하였다. 함화(咸和) 연간에 왕함(王含)7)의 반란을 평정하는 데 참여하여 서향후(西鄕侯)라는 작위를 받았다. 휴가를 얻어 귀향하니, 태수(太守)인 왕서(王舒)8)가 자의참군(諮議參軍)으로 그를 청하였다. 소준(蘇峻)9)의 반란이 평정되자 평강현후(平康縣侯)의 작위에 봉해졌고, 산기시랑(散騎侍郎)으로 승진하고, 저작랑(著作郎)의 직위는 변함이 없었다. 산기상시(散騎常侍)에 제수되고 여전히 저작랑(著作郎)을 맡고 있었다. 나이가 들어 귀향하여 집에서 죽었다."

남경(南京)] 사람이다. 서진(西晋) 말년에 회계(會稽)의 내사(內史)를 역임하였고, 관직은 표기장군(驃騎將軍)에 이르렀다.

5) 제갈회(諸葛恢265~326) : 자는 도명(道明)이고, 낭아(琅琊) 양도(陽都)[지금의 산동성 기남(沂南)] 사람이다. 안동장군(安東將軍) 사마예(司馬睿) 막하의 종사중랑(從事中郎)을 역임하였고, 나중에는 관직이 상서우복사(尙書右僕射)에 이르렀다.

6) 낭야국(琅邪國) : 낭야국(琅琊國)이라고도 한다. 서진(西晋) 때 낭야왕의 봉지(封地)는 산동성 임기(臨沂) 지역이었고, 동진(東晋) 때는 지금의 강소성 구용(句容) 지역이었다.

7) 왕함(王含) : 자는 처홍(處弘)이고, 임기(臨沂)[지금은 산동성에 속함] 사람이며, 동진(東晋)의 대장군(大將軍) 왕돈(王敦)의 형이다. 관직은 표기대장군(驃騎大將軍)에 이르렀고, 왕돈(王敦)을 따라 반란에 가담했으나 실패하여 물 속에 넣어 죽임을 당했다.

8) 왕서(王舒) : 자는 처명(處明)이고, 임기(臨沂) 사람이다. 동진(東晋) 말년·함화(咸和) 초년에 무군장군(撫軍將軍), 회계(會稽)의 내사(內史)를 역임하였다. 소준(蘇峻)의 반란을 평정하는 데 공이 있어 팽택현후(彭澤縣侯)에 봉해졌다.

9) 소준(蘇峻) : 자는 자고(子高)이고 액(掖)[지금의 산동성 액현(掖縣)] 사람이다. 동진(東晋)의 원제(元帝) 때 관직은 관군장군(冠軍將軍)에 이르렀다. 함화(咸和) 2년(327)에 반란을 일으켰으나 이듬해 싸움에서 패하여 피살되었다.

『운곡잡기(雲谷雜記)』 발문[1]

이상은 단부(單父) 사람인 청원(淸源) 장호(張淏)[2]의 『운곡잡기(雲谷雜記)』 1권이며, 『설부(說郛)』[3]에서 필사하였다. 『영락대전(永樂大典)』 본(本)[4]으로 고증하였더니 중복되는 것이 25조목이었으나 다른 데가 약간 있었고, 그 나머지는 모두 『영락대전』 본에는 없는 것이었다. 『설부』의 잔본(殘本) 5책은 명대 사람의 구초본(舊抄本)인데, 경사도서관(京師圖書館)에서 빌려 왔고, 기존의 통행본[5]과 몹시 다르니 아마 남촌[南村, 도종의(陶宗儀) – 역자][6]의 원본(原本)이 아닐까 한다. 『운곡잡기』는 『설

---

1) 이 글은 수고에 의거하여 편입하였고, 원래 표제와 표점부호가 없었다. 1913년 6월 1일에 씌어졌다. 『운곡잡기(雲谷雜記)』: 남송(南宋)의 장호(張淏)가 지은 것으로 송대 영종(寧宗) 가정(嘉定) 5년(1212)에 책이 완성되었으며, 역사적인 고증을 위주로 하는 필기(筆記)로서 원서는 이미 없어졌다. 노신은 1913년 5월 31일과 6월 1일에 명대 초본(抄本) 『설부(說郛)』의 잔본(殘本)에서 그 유문(遺文)을 집록하여 초고본(初稿本) 1권을 완성하였다.

2) 장호(張淏): 자는 청원(淸源)이고, 생애는 이 책에 나오는 「『운곡잡기』 서」를 참고하면 된다. 명대 초본 『설부(說郛)』의 잔본(殘本) 주석에 의하면 장호는 단부(單父) [지금의 산동성 단현(單縣)] 사람이다.

3) 『설부(說郛)』: 한위(漢魏)에서 송원(宋元)에 이르는 시기의 필기(筆記)를 모아놓은 선집(選集)으로서 원말(元末) 명초(明初)에 도종의(陶宗儀)가 엮었으며 100권이다. 원서는 이미 잔결(殘缺)되었다.

4) 『영락대전(永樂大典)』: 유서(類書)로서 명대 성조(成祖) 때 해진(解縉) 등이 집록하였는데, 영락(永樂) 원년(1403)에서 시작하여 영락 6년(1408)에 완성하였고, 도합 2만 2877권이다. 『영락대전』 본은 『영락대전』에 집록된 『운곡잡기』 4권본을 가리킨다.

5) 도정(陶珽)이 번각한 각본(刻本)을 가리킨다.

부』의 제30권에 있다. 이틀 밤을 이용하여 필사를 끝냈고, 다만 오자와 탈자가 대단히 많아 감히 손쉽게 고칠 수 없었는데, 여가가 있으면 세밀하게 교감하려 한다. 계축(癸丑)년 6월 1일 한밤에 적다.

---

6) 남촌(南村) : 도종의(陶宗儀)이며, 자가 구성(九成), 호가 남촌(南村)이고, 황암(黃巖)[지금은 절강성에 속함] 사람으로 원말 명초의 학자이다. 그는 『설부(說郛)』를 집록한 것 이외에 『남촌철경록(南村輟耕錄)』, 『남촌시집(南村詩集)』 등을 저술하였다.

『혜강집(嵇康集)』 발문[1]

이상의 『혜강집(嵇康集)』 10권은 명대 오관(吳寬)[2]의 총서당(叢書堂) 초본(鈔本)에서 필사한 것이다. 원초본은 오자와 탈자가 상당히 많은데, 이전 사람들의 두세 차례 교감을 거쳤기 때문에 이미 읽을 수 있게 되어 있다. 교감한 것 중에 하나는 묵필(墨筆)을 사용하였는데, 빠진 부분을 보충하고 글자를 고친 데가 가장 많다. 그러나 임의로 삭제하고 바꾸어놓아 더 나은 글자[佳字]를 일일이 지워 버렸다. 옛 발문[舊跋]에서는 오포암[吳匏庵, 포암(匏庵)은 오관(吳寬)의 호―역자]의 손에서 나온 것이라 하였는데, 아마 그렇지 않을 것이다. 두 종은 주필(朱筆)로 교감하여 놓았고, 그 중 하나는 참신하며 상당히 신중하여 함부로 하지 않았다. 그런데 바로잡아 놓은 것이 오히려 통속적인 통행본에 의거하고 있다. 지금 원래의 글자가 비교적 낫고, 또 두 가지가 다

---

1) 이 글은 1913년 10월 20일에 씌어졌고, 원래 1938년 판 『노신전집(魯迅全集)』 제9권 『혜강집(嵇康集)』에 실렸다. 『혜강집(嵇康集)』: 혜강(嵇康)의 시문집이다. 노신의 교정본은 오관(吳寬)의 총서당초본(叢書堂鈔本)을 저본으로 하고 있는데, 1913~1924년에 여러 차례 교정을 보아 완성하였다. 혜강(223~262)은 자가 숙야(叔夜)이고, 초군(譙郡) 질(銍)[지금의 안휘성 숙현(宿縣)] 사람이며, 삼국(三國) 시기 위(魏)나라 말의 작가로서 중산대부(中散大夫)를 역임했다.

2) 오관(吳寬, 1435~1504) : 자는 원박(原博), 호는 포암(匏庵)이고, 장주(長洲)[지금의 강소성 소주(蘇州)] 사람이며, 명대 장서가이다. 총서당(叢書堂)은 그의 서실(書室) 이름이다. 그가 소장하고 있던 『혜강집(嵇康集)』은 10권으로 고광기(顧廣圻)·장연창(張燕昌)의 제사(題辭)와 발문 각 1조목[則]과, 황비열(黃丕烈)[요옹(蕘翁)·부옹(復翁)이라 서명되어 있음]의 제사와 발문 3조목[則]이 있다. 노신은 1913년 10월 1일 경사도서관(京師圖書館)에서 빌려와 초록하였다.

뜻이 통하는 글자에 대해서는 그대로 원초본에 의거하여 옛 모습을 보존하여 놓았다. 멋대로 지워 버려 판별할 수 없는 글자에 대해서는 교감한 사람에 따랐는데, 정말 애석한 일이다. 이 판본을 자세히 살펴보면 황성증(黃省曾)3)의 번각본과 같은 저본(底本)에서 나온 것 같다. 다만 황성증의 번각본은 마음대로 함부로 고쳐 놓았으니, 이 판본이 결국 다소나마 그것보다 나을 것이다. 그러나 주필(朱筆)과 묵필(墨筆)로 교감을 거친 뒤에는 다시 황성증의 번각본에 점차 가까워졌다. 다행히 교감이 그다지 정밀하지 않아 남아 있는 더 나은 글자[佳字]가 그래도 적지 않다. 중산[中散, 혜강(嵇康)—역자]4)의 유문(遺文)은 세간에서 이미 이 판본보다 더 훌륭한 것이 없는 상태이다. 계축(癸丑)년 10월 20일 주수인(周樹人, 노신의 본명—역자)이 등불 아래서 적다.

---

3) 황성증(黃省曾, 1490~1540) : 자는 면지(勉之)이고, 오현(吳縣)[지금은 강소성에 속함] 사람이며, 명대 장서가이다. 저서로는 『오악산인집(五岳山人集)』이 있다. 그가 번각한 『혜중산집(嵇中散集)』은 10권이며, 앞에는 황씨의 자서(自序)가 있고 끝에는 "가정(嘉靖) 을유(乙酉)"라고 씌어 있는데, 바로 명대의 가정(嘉靖) 4년(1525)이다.

4) (역자) 혜강(嵇康)은 중산대부(中散大夫)를 역임하였는데, 중산(中散)은 혜강을 가리킨다.

『운곡잡기(雲谷雜記)』 서(序)[1]

　　『운곡잡기』는 송대 장호(張淏)가 지었다. 『송사·예문지(宋史·藝文志)』, 『문헌통고(文獻通考)』,[2] 『직재서록해제(直齋書錄解題)』[3]에는 모두 실려 있지 않다. 명대 『문연각서목(文淵閣書目)』[4]에 그것이 있으며, 1책(冊)이라 하였지만 역시 전하지 않는다. 청대 건융(乾隆) 연간에 『영락대전(永樂大典)』으로부터 4권으로 집록하여 현재 세간에 통행되고 있다. 이 1권본(本)은 전체 49조목[條]이며, 명대 초본(鈔本) 『설부(說郛)』 제30권으로부터 필사한 것인데, 도정(陶珽)[5]의 번각본과는 크게 다르다. 도정의 번각본은 3종으로 나뉘어 있어 「운곡잡기(雲谷雜記)」, 「간악기(艮岳記)」, 「동재기사(東齋紀事)」가 그것이며, 일곱 조목이 빠져 있고 문구(文句) 또한 주관적으로 고쳐놓은 데가 많아 의거하기에 부족하다.

---

1) 이 글은 수고에 의거하여 편입하였고 원래 표점부호가 없었다. 1914년 3월 11일에 씌어졌다. 노신은 『운곡잡기』 초고본 집록을 완성한 다음에 계속 교감·정리하여 1914년 3월 16일~22일에 정본(定本)을 완성하였다. 간행되지는 않았다.

2) 『문헌통고(文獻通考)』: 상고시대부터 송대 영종(寧宗) 때까지의 전장제도(典章制度)에 관한 역사서를 실어 놓은 것으로 송말 원초 때 마단림(馬端臨)이 지었으며 348권이다.

3) 『직재서록해제(直齋書錄解題)』: 서목(書目) 제요(提要)로서 송대 진진손(陳振孫)이 지었으며, 원서는 이미 없어졌다. 오늘날 통행본은 『영락대전(永樂大典)』에서 초록한 것으로 22권이다.

4) 『문연각서목(文淵閣書目)』: 명대 궁정(宮廷)의 장서목록으로 명대 정통(正統) 연간에 양사기(楊士奇)가 편찬하였으며 4권이다.

5) 도정(陶珽): 자는 자량(紫閬), 호는 불퇴(不退)이고, 요안(姚安)[지금은 운남성에 속함] 사람이며, 명말 때 진사(進士)였다.

『영락대전(永樂大典)』의 『운기잡기』 집록본 120여 조목은 이 1권본과
중복되는 것이 절반이 넘으며, 그렇지만 제목이 있고 상세함과 간략함
이 상당히 달라 각각 나름의 의미가 있으니, 옮겨 실을 때 생긴 잘못
과 차이가 아닌 것 같다. 대개 당시에 번간본이 하나에 그치지 않았고
교정한 것도 있었으므로 『설부』와 『영락대전』은 같은 저본(底本)에 의
거한 것이 아니다. 장호(張淏)는 자가 청원(淸源)이고 그의 선조는 개봉
(開封) 사람이며, 그의 조부가 무주(婺州)의 무의현(武義縣)[지금의 절강
성 금화(金華)에 해당—역자]으로 옮겨와 살면서부터 금화(金華) 사람이
되었다. 그는 소흥(紹興) 27년에 진사(進士)가 되어 장사랑(將仕郎)에 보
(補)해져 이부(吏部)의 문서관리를 담당하였으며, 고문(顧問)으로 추천되
었다. 소정(紹定) 원년에 봉의랑(奉議郎)으로서 퇴직하였다. 또 일찍이
회계(會稽)에서 타향살이하면서 『회계속지(會稽續志)』[6] 8권을 지었는데,
월(越)지방의 역사적 사실들은 종종 이에 의거하여 고증해 볼 수 있다.
지금 이 1권본은 비록 잔결(殘缺)되어 있지만 윤곽이 옛 모습대로 보존
되어 있어 세간에 유전(流傳)시키는 일은 마땅히 월(越)지방 사람의 책
임이 아니겠는가? 원초본은 잘못되고 탈락된 글자가 대단히 많아 100
여 글자를 교정하고 보충한 다음에야 비로소 읽을 수 있게 되었다. 간
혹 이동(異同)이 있으면 곧바로 권말에 그 요점을 조목별로 기록하였
다. 그 중에 『영락대전』 집록본과 중복되는 것도 삭제하지 않았으니
원서(原書)의 차례를 대략 볼 수 있을 것이다. 갑인(甲寅)년 3월 11일
회계(會稽) 사람 모모[7]가 적다.

---

6) 『회계속지(會稽續志)』: 장호(張淏)가 지었으며, 『보경회계속지(寶慶會稽續志)』라고
   도 하는데, 송대 시숙(施宿)의 『가태회계지(嘉泰會稽志)』를 이어서 지은 것이다. 도
   합 8권[제8권은 손인(孫因)이 지은 「월문(越問)」임]이다.
7) (역주) 원문에는 세 개의 빈칸으로 되어 있으며, 원래 주작인(周作人)으로 되어 있
   었다. 노신은 동생인 주작인(周作人)의 이름을 빌려 서명하였다.

『지림(志林)』 서(序)[1]

　『진서(晉書)』의 『유림・우희전(儒林・虞喜傳)』에는 "우희(虞喜)는 『지림(志林)』 30편을 지었다"라고 기록되어 있다. 『수서・경적지(隋書・經籍志)』에서는 30권이라 하였고, 『당지(唐志)』에서는 20권이라 하였으며, 모두 제목을 『지림신서(志林新書)』라 하였다. 오늘날 『사기색은(史記索隱)』, 『정의(正義)』, 『삼국지(三國志)』의 주(注)에 인용된 것이 20여 사항[事]이 있고,[2] 위소(韋昭)의 『사기음의(史記音義)』[3]・『오서(吳書)』,[4] 우

---

1) 이 글은 수고에 의거하여 편입하였고, 원래는 표점부호가 없었다. 『노신일기(魯迅日記)』 1914년 8월 18일에 "『지림(志林)』 4쪽을 필사하였다"라고 씌어 있다. 『지림(志林)』 : 진대(晉代) 우희(虞喜)가 지었다. 노신의 집록본 1권은 『사기색은(史記索隱)』, 『사기정의(史記正義)』, 『삼국지・오서(三國志・吳書)』의 주(注), 『태평어람(太平御覽)』 등 10종의 고적(古籍)에 의서하여 교간・집록하여 완성한 것으로 도합 40 조목[則]이다. 간행되지는 않았다.

2) 『사기색은(史記索隱)』 : 당대 사마정(司馬貞)이 지었다. 『정의(正義)』 : 『사기정의(史記正義)』를 가리키며, 당대 장수절(張守節)이 지었다. 노신의 『지림(志林)』 집록본에는 『사기색은』에서 집록한 것이 13조목[則], 『사기정의』에서 집록한 것이 3조목[則], 『삼국지・오서(三國志・吳書)』의 주(注)에서 집록한 것이 9조목[則] 있다.

3) 위소(韋昭)의 『사기음의(史記音義)』 : 위소(韋昭)는 서광(徐廣)이라 해야 옳다. 『사기색은(史記索隱)』・『사기정의(史記正義)』는 우희(虞喜)의 『지림(志林)』을 자주 인용하고 서광(徐廣)의 『사기음의(史記音義)』에 대해 판별하여 바로잡고 있다. 위소는 자가 홍사(弘嗣)이고, 삼국(三國) 시기 오(吳)나라 운양(雲陽)[지금의 강소성 단양(丹陽)] 사람이며 관직은 태자중서자(太子中庶子)에 이르렀다. 저작으로는 『한서음의(漢書音義)』가 있다.

4) 『오서(吳書)』 : 삼국(三國)의 오(吳)나라 역사서로 위소(韋昭)가 지었으며, 『신당서・예문지(新唐書・藝文志)』에 55권으로 기록되어 있으나 이미 없어졌다.

보(虞溥)의 『강표전(江表傳)』5)에는 변정(辨正)하여 놓은 것이 많다. 『문선(文選)』의 이선주(李善注)에 보이는 「서초(書鈔)」와 「어람(御覽)」 부분은 모두 결락되어 있어 함께 실을 수 없었다. 『설부(說郛)』에도 역시 13가지 사항[事]이 인용되어 있는데, 그 중에 두 가지 사항은 이미 「어람(御覽)」에 보이며, 그 나머지는 소설(小說)에 매우 가까우니 대개 도정(陶珽)이 함부로 지어 놓은 것이라 모두 채록하지 않았다.

---

5) 우보(虞溥) : 자는 윤원(允源)이고, 진대(晋代)에 창읍(昌邑)[지금의 산동성 거야(巨野)] 사람이며, 관직은 파양(鄱陽)의 내사(內史)에 이르렀다. 그가 지은 『강표전(江表傳)』은 『신당서 · 예문지』에 5권으로 기록되어 있으나 이미 없어졌다.

『광림(廣林)』 서(序)[1]

『수서·경적지』에는 "양(梁)나라에 우희(虞喜)가 지은 『광림(廣林)』 24권과 『후림(後林)』 10권이 있었으나 없어졌다"라고 기록되어 있다. 『당지(唐志)』에는 『후림(後林)』에 관한 언급은 다시 나오지만, 『광림(廣林)』에 관한 언급은 없다. 두우(杜佑)[2]의 『통전(通典)』[3]에 1절(節)이 인용되어 있어 『광림(廣林)』은 실제로 아직 남아 있었다. 또 『통전(通典)』은 우희(虞喜)의 설(說)을 많이 인용하고 있으며, 대체로 예복(禮服)에 대해 잡다하게 논하거나 정현(鄭玄), 초주(譙周), 하순(賀循)[4]을 반박하

---

1) 이 글은 수고에 의거하여 편입하였고, 언제 씌어졌는지 알 수 없다. 원래 표점부호가 없었다. 노신은 『지림(志林)』, 『광림(廣林)』, 『범자계연(范子計然)』, 『임자(任子)』, 『위자(魏子)』 등 다섯 책을 교감·초록하여 그 원고를 합쳐 1권으로 만들었고, 글 쓰는 체례(體例), 필체, 종이 등이 서로 비슷하여 같은 시기에 초록한 것이 분명하다. 『광림(廣林)』: 노신이 집록한 1권으로 『통전(通典)』, 『후한서(後漢書)』, 『노사여론(路史餘論)』에 의거하여 교감·초록하여 만든 것이며, 도합 11조목[則]이다. 간행되지는 않았다.

2) 두우(杜佑, 735~812): 자는 군경(君卿)이고, 경조(京兆) 만년(萬年)[지금의 섬서성 장안(長安)] 사람이며, 당대(當代) 사학가이다. 관직은 검교사도동평장사(檢校司徒同平章事)에 이르렀다.

3) 『통전(通典)』: 상고 시대부터 당대(唐代) 대종(代宗) 때까지 전장제도(典章制度)를 기술하고 있는 역사서이며, 200권이다.

4) 정현(鄭玄, 127~200): 자는 강성(康成)이고, 북해(北海) 고밀(高密)[지금은 산동성에 속함] 사람이며, 동한(東漢)의 경학가이다. 『모시(毛詩)』와 『삼례(三禮)』 등을 주해하였다. 초주(譙周, 201~270): 자는 윤남(允南)이고 삼국시대 촉(蜀)나라 파서(巴西) 서충(西充)[지금의 사천성 낭중(閬中)] 사람이며, 관직은 광록대부(光祿大夫)에 이르렀다. 하순(賀循): 본서의 「『회계기』 서」 참고.

고 있어 이른바『광림(廣林)』과 비슷하다. 또「석체(釋滯)」,「석의(釋疑)」,「통의(通疑)」라는 것이 있는데, 이들은 아마『광림(廣林)』의 편목(篇目)일 것이며,「통의(通疑)」는 유지(劉智)5)의『상복석의(喪服釋疑)』를 비판한 것이고, 그 나머지는 고증할 수 없다. 지금 모두 초록하여『광림(廣林)』 뒤에 실어 둔다.

─────────────

5) 유지(劉智) : 자는 자방(子房)이고, 진대(晉代) 평원(平原) 고당(高唐)[지금은 산동성에 속함] 사람이다. 시중(侍中)・상서(尙書)를 역임하였다. 저서로는『상복석의(喪服釋疑)』20권이 있었으나 이미 없어졌다. 지금은 집록본 1권이『한위유서초(漢魏遺書鈔)』에 들어 있다.

『범자계연(范子計然)』 서(序)[1]

『당서·예문지(唐書·藝文志)』에는 "『범자계연(范子計然)』 15권은 범려(范蠡)가 묻고 계연(計然)이 답하고 있다. 농가(農家)에 속한다"라고 기록하고 있다. 마총(馬總)의 『의림(意林)』[2]에서는 '『범자(范子)』 12권'이라 하였고, 주(注)에서 "모두 음양역수(陰陽曆數)이다"라고 하였다. 『한서·예문지(漢書·藝文志)』에는 『범려(范蠡)』 2편이 있는데, 병권가(兵權家)에 포함되어 있어 같은 책이 아니다. 『수지·경적지(隋書·經籍志)』는 또 계연(計然)을 기록하지 않았다. 그렇지만 가사협(賈思勰)의 『제민요술(齊民要術)』[3]에 이미 그의 설(說)을 인용하고 있어 후위(後魏) 이전에 그 책이 나와 있었으며, 비록 범려(范蠡)가 지은 것이 아니더라도 만약 진한(秦漢) 시대의 고서(古書)라면 『수서·경적지』에서 아마 우연히 그것을 빠뜨렸을 것이다. 계연(計然)에 대해 서광(徐廣)의 『사기음의

---

1) 이 글은 수고에 의거하여 편입하였고, 언제 씌어졌는지 알 수 없다. 원래 표점 부호가 없었다. 『범자계연(范子計然)』 : 노신이 집록한 2권으로 『사기』, 『후한서』, 『예문유취』, 『대관본초(大觀本草)』 등 20종의 고적으로 교감·초록하여 완성한 것으로 도합 121조목[則]이다. 간행되지는 않았다.

2) 마총(馬總, ?~823) : 자는 회원(會元)[원회(元會)라고도 함]이고, 당대 부풍(扶風)[지금의 섬서성 기산(岐山)] 사람이다. 관직은 호부상서(戶部尙書)에 이르렀다. 『의림(意林)』 : 주진(周秦) 이래의 제가(諸家)들의 저작을 기록한 것으로 오늘날의 5권본은 도합 71가(家)를 수록하고 있다.

3) 가사협(賈思勰) : 후위(後魏) 때 제군(齊郡) 익도(益都)[지금은 산동성에 속함] 사람이며, 관직은 고양태수(高陽太守)에 이르렀다. 『제민요술(齊民要術)』 : 옛날의 농서(農書)로서 10권이다.

(史記音義)』4)에서는 "범려(范蠡)의 스승이며 이름이 연(研)이다"라고 하였다. 안사고(顔師古)는 『한서(漢書)』의 주(注)에서 이렇게 말했다. '계연(計研)이라고도 하며, 그의 책으로는 『만물록(萬物錄)』이 있어 각지[五方]에서 생산되는 것들을 기록하고, 그 가치를 모두 기술하고 있다. 그의 사적은 『황람(皇覽)』 및 『주경부(中經簿)』에 보인다. 또 『오월춘추(吳越春秋)』 및 『월절서(越絶書)』에서는 모두 계예(計倪)라고 하였다. 이는 바로 예(倪), 연(研) 및 연(然)의 발음이 서로 비슷하기 때문인데, 실제로 같은 사람이다.'5) (案) 본서(本書, 노신이 집록한 『범자계연』을 가리킴—역자)에서는 "계연(計然)은 월왕(越王)의 사람됨이 새 부리[鳥喙]여서 함께 이익을 도모할 수 없다고 여겨 월(越)나라에 벼슬하지 않았다"고 하였다. 그러나 『월절서(越絶書)』에서는 "계예(計倪)는 벼슬이 낮고 나이가 젊었으며, 후미진 데서 살았다"라고 기록하고 있고, 『오월춘추』에서는 또 8대부(大夫)의 항렬에 넣고 있으니 출처(出處, 벼슬살이와 은거생활—역자)가 확연히 다르다. 계연(計然)과 계예(計倪)는 당연히 다른 사람이니 발음이 비슷하다고 하여 합쳐 놓을 수는 없다. 또 정초(鄭樵)의 『통지·씨족략(通志·氏族略)』6)에서는 「범려전(范蠡傳)」을 인용하

---

4) 서광(徐廣, 79~152) : 자는 야민(野民)이고, 남조(南朝)의 송(宋)나라 동완(東莞) 고막(姑幕)[지금의 산동성 제성(諸城)] 사람이며, 관직은 중산대부(中散大夫)에 이르렀다. 『사기음의(史記音義)』 : 『수서·경적지』에서는 12권으로 기록되어 있고, 신·구『당지』에서는 13권으로 기록되어 있으나 이미 없어졌다.

5) 안사고(顔師古, 581~645) : 이름은 주(籀)이고, 당대(唐代) 만년(萬年)[지금의 섬서성 서안(西安)] 사람이다. 중서시랑(中書侍郎)·홍문관학사(弘文館學士)를 역임하였고, 『한서(漢書)』를 주해한 것으로 유명하다. 『황람(皇覽)』 : 유서(類書)로서 『수서·경적지』에 120권이라 기록되어 있으나 없어졌다. 『주경부(中經簿)』 : 목록서이며 진대(晉代) 순욱(荀勖)이 지었고, 『수서·경적지』에 120권이라 기록되어 있으나 지금은 청대 왕인준(王仁俊)이 집록한 1권이 남아 있다. 『오월춘추(吳越春秋)』 : 역사서이며, 한대 조엽(趙曄)이 지었고, 지금은 10권이 남아 있다. 『월절서(越絶書)』 : 역사서이며, 한대 원강(袁康)이 지었고 15권이다.

6) 정초(鄭樵, 1103~1162) : 자는 어중(漁仲)이고, 보전(莆田)[지금은 복건성에 속함]

여 "범려(范蠡)는 계연(計然)을 스승으로 섬겼다. 성이 재(宰)씨이고 자가 문자(文子)이다."라고 하였다. 장종원(章宗源)[7]은 신(辛)은 재(宰)씨의 잘못이라고 여겼다. 『한서·예문지』의 농가(農家)에 「재씨(宰氏)」 17편이 있는데 혹시 바로 이것을 가리키는 것이 아닐까 하며, 그러나 자세히 알 수는 없다. 일문(逸文)을 살펴보면 '천도(天道)' 및 '구궁(九宮)'·'구전(九田)'에 대해 논하면서 때때로 범려(范蠡)의 물음을 기록하고 있는데, 이것은 마총(馬總)이 실은 『범자(范子)』와 합치된다. 또 온갖 사물들의 생산 및 가치를 언급한 부분은 안사고(顏師古)의 이른바 『만물록(萬物錄)』과 합치된다. 대개 『당지(唐志)』에서는 이 두 부분을 합쳐 저록(著錄)하였기 때문에 15편이 되었고, 반면에 마총(馬總), 안주[顏籀, 주(籀)는 안사고(顏師古)의 이름―역자]는 각각 한 부분씩 들어 기술한 내용이 큰 차이를 보이지만 실은 같은 책이다. 지금 각각 음양(陰陽)을 논한 것과 만물(萬物)을 기술한 것을 분리하여 상하권으로 만들었는데, 계예(計倪)의 「내경(內經)」[8] 역시 음양(陰陽)을 앞에 두고 화물(貨物)을 뒤에 두었으니 아마 계연(計然)의 책의 차례[書例]는 본래 이와 같았을 것이다. 그러나 두 사람[계연(計然)과 계예(計倪)를 가리킴―역자]을 서로 구별하지 않은 것은 한대(漢代) 이래로 이미 그랬을 것이며, 그래서 『월절서(越絶書)』에서 곧 계연(計然)을 계예(計倪)로 보았던 것이다.

사람이며, 송대 사학가이다. 『통지(通志)』: 역사서로서 200권이며, 상고시대부터 수대(隋代)에 이르기까의 본기(本紀)·세가(世家)·연보(年譜)·열전(列傳) 및 상고시대부터 당송대(唐宋代)까지의 문헌자료를 기록한 20략(略)을 포함하고 있다. 「씨족략(氏族略)」: 20략 중의 하나로서 씨족(氏族)의 변화과정을 기술하고 있다.

7) 장종원(章宗源, 약 1751~1800): 자는 봉지(逢之)이고, 청대 산음(山陰)[지금의 절강성 소흥(紹興)] 사람이며, 건융(乾隆) 연간의 거인(擧人)이다. 저서로는 『수서경적지고증(隋書經籍志考證)』 등이 있다.

8) 계예(計倪)의 「내경(內經)」: 월왕(越王) 구천(勾踐)이 오(吳)나라를 정벌하려는 계획을 세우기 위해 계예(計倪)를 불러들여 문답한 내용을 기록한 것으로 『월절서(越絶書)』 권4에 보인다.

『임자(任子)』 서(序)[1]

마총(馬總)의 『의림(意林)』에서는 '『임자(任子)』 12권'이라 하였고, 주(注)에서 "이름은 혁(奕)이다"라고 하였다. 『태평어람(太平御覽)』은 『회계전록(會稽典錄)』을 인용하여 "임혁(任奕)은 자가 안화(安和)이고, 구장(句章) 사람이다"라고 하였다. 또 『오지(吳志)』의 주(注)에서는 『회계전록(會稽典錄)』을 다음과 같이 인용하였다. "주육(朱育)[2]은 왕랑(王朗)에게 근자에 '문장을 짓는 선비 중에 입언(立言)이 산뜻하고 왕성한 경우는 어사중승(御史中丞)인 구장(句章) 사람 임혁(任奕)과 파양(鄱陽) 태수(太守)인 장안(章安) 사람 우상(虞翔)이며, 각자 문장의 뛰어남[文橄]으로 널리 알려져 봄꽃처럼 찬란하다'고 했다." 나준(羅濬)의 『사명지(四明志)』[3]에서도 역시 임혁(任奕)의 전(傳)이 있어 "오늘날 『임자(任子)』 10권이 있다"고 했다. 임혁의 책은 송대에 이미 없어졌는데, 『사명지』에

---

1) 이 글은 수고에 의거하여 편입하였고, 언제 씌어졌는지 알 수 없다. 원래 표점부호가 없었다. 『임자(任子)』: 동한(東漢)의 구장(句章)[지금의 절강성 자계(慈溪)] 사람인 임혁(任奕)이 지었다. 노신의 집록본 표지에는 제목이 『임혁자(任奕子)』로 되어 있고, 본문에서는 『임자(任子)』로 되어 있으며, 1권이다. 『의림(意林)』, 『태평어람』, 『북당서초(北堂書鈔)』, 『초학기(初學記)』에 의거하여 교감·초록하여 완성한 것으로 도합 26조목[則]이다. 간행되지는 않았다.

2) 주육(朱育): 본서의 「주육의 『회계토지기』 서」를 참고.

3) 나준(羅濬): 송대 사람이며, 종정랑(從政郎)·신공주녹사참군(新贛州錄事參軍)을 역임하였다. 『사명지(四明志)』: 지방지(地方志)이며, 나준, 방만리(方萬里) 등이 편찬하여 보경(寶慶) 3년(1227)에 완성하였으며, 도합 21권이다. 임혁(任奕)의 전기는 이 책 제8권에 보인다.

서 "지금 있다"고 한 것은 대개 『의림』에 의거하여 그렇게 말한 것이며, 『수서·경적지』와 『당서·예문지』에서도 기록하지 않았으니 그래서 성명을 잘 알 수 없게 되었다. 호원서[胡元瑞, 호응린(胡應麟)—역자][4]는 그것이 바로 임하(任嘏)의 『도론(道論)』이 아닌가 하고 여겼고, 서상매(徐象梅)[5]는 다시 임해(臨海) 사람 임욱(任旭)으로 여겼다. 오늘날 여러 책에서 인용되고 있는 것을 살펴보면, 임하(任嘏)의 『도덕론(道德論)』이 있고, 『임자(任子)』가 있어 서로 다른 책, 서로 다른 사람임이 매우 분명하다. 다만 『초학기(初學記)』에서 임하(任嘏)의 『도론(道論)』을 인용하여 "무릇 어진 사람이란 조정에 대해서는 예의(禮義)를 쌓고 세속에 대해서는 어진 기풍[仁風]을 전파하여 세상 사람들이 기쁜 마음으로 그 덕을 노래하고 춤을 추도록 만드는 사람이다"고 하였는데, 『태평어람』 권 403[6]에서 『임자(任子)』를 인용한 것과 서로 비슷하니, 우연의 일치인지 아니면 잘못 적은 것인지 이미 고증할 수 없다. 지금 제목이 『임자(任子)』로 된 것만을 1권으로 만들어 그 책을 보존한다.

---

4) 호원서(胡元瑞, 1551~1602) : 이름은 응린(應麟)이고, 자는 원서(元瑞)이며, 난계(蘭谿)[지금은 절강성에 속함] 사람으로 명대 학자이다. 저작으로는 『소실산방유고(少室山房類稿)』, 『소실산방필총(少室山房筆叢)』 등이 있다.

5) 서상매(徐象梅) : 자는 중화(仲和)이고, 명대 항주(杭州) 사람이며, 저작으로는 『양절명현록(兩浙名賢錄)』, 『낭환사타(琅環史唾)』 등이 있다.

6) 『태평어람(太平御覽)』 권 403 : 노신이 집록한 『임자(任子)』의 본문에 따를 때 『태평어람』 권 402라고 해야 옳다.

『위자(魏子)』 서(序)[1]

『수서・경적지』에는 "『위자(魏子)』 3권은 후한(後漢) 때 회계(會稽) 사람 위랑(魏朗)이 지었다"라고 기록되어 있다. 『당지(唐志)』의 기록도 동일하다. 마총(馬總)의 『의림(意林)』에서는 10권이라 하였는데, 당연히 후대 사람들이 나누어 놓았기 때문이며, 아니면 '십(十)'이라는 글자가 잘못 되었을 것이다. 위랑(魏朗)은 자가 소영(少英)이고, 상우(上虞) 사람으로 환제(桓帝) 때 상서(尙書)였으며, 당쟁[黨議]에 휘말려 파면되어 귀향하였다가 다시 급하게 소환되어 가는 도중에 우저(牛渚)에 이르러 자살하였다. 『후한서・당고전(後漢書・党錮傳)』에 보인다.

---

1) 이 글은 수고에 의거하여 편입하였고, 언제 씌어졌는지 알 수 없다. 원래 표점 부호가 없었다. 『위자(魏子)』 : 노신의 집록본 표지에는 제목이 『위랑자(魏朗子)』로 되어 있고, 본문에는 제목이 『위자(魏子)』로 되어 있으며, 1권이다. 『의림』, 『태평어람』, 『예문유취』, 『사류부(事類賦)』의 주(注), 『문선』의 이선주(李善注), 『노사・여론(路史・餘論)』에 의거하여 교감・초록하여 완성한 것으로 도합 18조목[則]이다. 간행되지는 않았다.

『회계군고서잡집(會稽郡故書襍集)』 서(序)[1]

　　『회계군고서잡집(會稽郡故書襍集)』은 사서(史書)의 전기(傳記)와 지리지(地理志)의 일문(逸文)을 모아 엮어 집본(集本)으로 만들어 구서(舊書)의 대략적인 모습을 보존한 것이다. 회계(會稽)는 예로부터 땅이 기름지고 평탄하기로 이름나 있었고, 진귀한 것들이 모이던 곳이며 산과 바다의 물산이 풍부하여 뛰어난 인물이 잘 배출되었으나 경성(京城)과 중원(中原)에서 멀어 그 훌륭함이 두드러지지 않았다. 오(吳)나라 사람 사승(謝承)이 처음으로 선현(先賢)들의 전기를 썼고, 주육(朱育)이 또『토지기(土地記)』를 지었다. 붓을 놀리던 선비들은 이를 계승하여 책을 저술하였다. 그리하여 인물과 산천에 대해 모두 기록으로 남기고 있다.『수서・경적지』에 보이는 것으로는 잡전(雜傳)편이 4부(部) 38권이 있고, 지리(地理)편이 2부(部) 2권이 있다. 오대(五代) 때 혼란으로 말미암아

---

1) 이 글은 1914년 12월『소흥교육잡지(紹興敎育雜誌)』제2기에 처음 발표되었고, 후에 1915년 2월 소흥(紹興)에서 목각으로 간행한『회계군고서잡집(會稽郡故書雜集)』에 인쇄되어 실렸으며, 모두 주작인(周作人)의 이름으로 서명되어 있다. 1938년 이 집본(集本)과 함께『노신전집』제8권에 편입되었다. 이 다음의 8편은 작자가 집본 안에서 8종의 일서(逸書)를 집록하면서 개별적으로 쓴 서문이다.『회계군고서잡집 (會稽郡故書襍集)』: 노신이 초기에 집록한 옛날의 일서집(逸書集)이며, 사승(謝承) 의『회계선현전(會稽先賢傳)』, 우예(虞預)의『회계전록(會稽典錄)』, 종리수(鐘離岫) 의『회계후현전기(會稽後賢傳記)』, 하씨(賀氏)의『회계선현상찬(會稽先賢象贊)』, 주 육(朱育)의『회계토지기(會稽土地記)』, 하순(賀循)의『회계기(會稽記)』, 공영부(孔靈 符)의『회계기(會稽記)』, 하후증선(夏侯曾先)의『회계지지(會稽地志)』 8종을 수록하 고 있다. 앞 4종은 옛날 회계의 인물사적을 기록하고 있고, 뒤 4종은 옛날 회계의 산천지리, 명승전설(名勝傳說)을 기록하고 있다.

전적들이 인멸(湮滅)되었다. 예로부터 전해 오던 이야기[舊聞故事]는 겨우 몇몇만 남아 있다. 후대의 작자(作者)들은 마침내 그 두서를 정리할 수 없게 되었다. 나는[2] 어렸을 때 무위(武威) 사람 장주(張澍)의 집록본[3]을 본 적이 있는데, 양주(涼州) 지역의 문헌에 대해 매우 많이 찬집(撰集)하여 놓은 것이었다. 향리(鄉里)를 아끼고 사랑한다는 것은 이를 두고 말하는 것이다. 그런데 회계(會稽)의 고적(故籍)은 오늘날에 이르러 영락하였고, 후대 학자들이 그것을 잘 정리하였다는 말을 들어보지 못하였다. 이에 처음으로 내가 본 서적[書傳]과 찾아 구한 유편(遺篇)들을 포개어 한 권의 책으로 모았다. 나는 중간에 해외를 다녀왔고,[4] 또 명철(明哲)들의 의론(議論)을 들었고, 향토(鄉土)를 자랑하는 일은 품격 높은 선비[大雅]들이 숭상하는 바가 아니라고 여겼다. 사승(謝承)과 우예(虞預) 또한 이런 일 때문에 세상으로부터 비웃음을 샀다. 얼마 후 나는 이 작업을 그만두었다. 10년이 지난 이후에 회계(會稽)로 돌아왔다.[5] 우(禹)임금과 구천(勾踐)의 유적이 예전 그대로 남아 있었다. 남녀들이 분주히 오가며 눈을 흘기고 지나가니 장차 회계(會稽)에 대한 미련이 없을 것이므로 어찌 회계를 자랑한다 할 것이며, 게다가 고향의 풍토는 더 나아지지 않고 있다. 이 때문에 옛 사람들의 명덕(名德)을 서술하여 그들의 현능(賢能)함을 밝히고, 산천을 기록하여 그것의 역사

---

2) (역주) 원문에는 두 개의 빈 칸으로 되어 있으며, 원래는 '작인(作人)'이라 되어 있었다. 작인(作人)은 주작인(周作人)을 가리킨다.

3) 장주(張澍, 1782~1847) : 자는 시림(時霖)이고, 청대 감숙(甘肅) 무위(武威) 사람이다. 가경(嘉慶) 연간에 진사가 되었고, 지현(知縣)을 역임하였다. 그가 집록한 『이유당총서(二酉堂叢書)』에는 당대 이전의 양주(涼州) 지역[지금의 감숙(甘肅)·영하(寧夏) 일대] 사람들의 저작 및 이 지역의 지리에 관한 전적(典籍)이 집록되어 있는데, 도합 21종 30권이다.

4) 작자가 1902년 일본으로 유학을 떠난 것을 가리킨다.

5) 작자는 1909년 일본에서 귀국하였고 1910년에 소흥으로 돌아왔는데, 고향을 떠난 지 10년이 된다.

적 사실을 전하여 후대 사람들에게 옛날을 생각하려는[思古] 감정이 조용히 일게 하려는 것이니, 옛 작자들의 마음씀[用心]은 지극하였도 다! 그들의 저술은 비록 많이 산실(散失)되었지만 살펴볼 만한 일문(逸文)이 아직 한둘은 남아 있다. 그것을 보존하여 집록해 두는 일은 아마 민멸(泯滅)되는 것보다 조금은 나을 것이다. 그리하여 다시 차례를 매기고 책으로 완성하니 도합 8종이다. 그 밖의 여러 책과 다양한 설(說)은 때때로 본문을 고증하는 데 도움이 되므로 역시 각각 채록하여 살펴보고 읽을 수 있도록 제공한다. 책 속에 나오는 현준(賢俊)들의 이름, 언행(言行)에 관한 사적(事迹), 풍토의 아름다움 등은 대부분 지방지(地方志)에 빠져 있는 것이니, 이 책이 아니면 더욱이 볼 수 없는 것들이다. 향토사람들이 사용하도록 남겨 주어 모범[景行]으로 제공하고 과거를 잊지 않게 되기를 바란다. 다만 나는 과문(寡聞)하여 널리 인증(引證)할 수는 없었다. 만약 미비한 부분이 있다면 독자들이 상세히 밝힐 수 있을 것이다. 갑인년(1914년-역자) 음력 9월 16일[6] 회계(會稽) 사람 모모[7]가 적다.

---

6) 원문에는 '태세재알봉섭제격구월기망(太歲在閼逢攝提格九月旣望)'이라고 되어 있다. 태세(太歲)는 목성(木星)이며 옛날 중국에서는 목성의 운행방향에 근거하여 해수를 표시했다. 태세가 갑(甲)에 있을 때를 '알봉(閼逢)'이라 하고 인(寅)에 있을 때를 '섭제격(攝提格)'이라 하였는데, "태세가 알봉과 섭제격에 있다(太歲在閼逢攝提格)"는 것은 '갑인(甲寅)'을 가리킨다. 기망(旣望)은 음력 16일을 가리킨다.

7) (역주) 원문에는 세 개의 빈 칸으로 되어 있으며, 원래 주작인(周作人)으로 되어 있었다. 노신은 동생인 주작인(周作人)의 이름을 빌려 서명하였다.

사승(謝承)의 『회계선현전(會稽先賢傳)』[1] 서(序)

『수서·경적지』에는 "『회계선현전(會稽先賢傳)』 7권은 사승(謝承)이 지었다"라고 기록하고 있다. 『신당서·예문지』에서도 동일하게 기록하고 있다. 『구당서·경적지』에는 5권이라 하였다. 후강(侯康)의 『보삼국예문지(補三國藝文志)』[2]에서는 이렇게 기록하고 있다. "『태평어람』에서 누차 그것을 인용하고 있다. 여러 인물들의 사적을 기록하고 있는데, 대부분이 사전(史傳)에 빠져 있는 일문(佚文)이다. 엄준(嚴遵)에 관한 두 조목[條]은 『후한서(後漢書)』의 본전(本傳)에 결락된 부분을 보충할 수 있다. 진업(陳業)에 관한 두 조목은 『오지·우번전(吳志·虞翻傳)』의 주(注)를 고증할 수 있다. 신마(神馬)의 털은 한 가닥이라도 모두 귀중한 것이다." 지금 찬집(撰集)하여 1권으로 만들었다. 사승(謝承)은 자가 위평(偉平)이고 산음(山陰) 사람이다. 오(吳)나라 군주 손권(孫權)[3] 시대에 오관낭중(五官郎中)에 임명되었고, 얼마 후 장사동부(長沙東部)의 도위(都尉), 무릉(武陵)의 태수(太守)로 전임되었다. 『후한서(後漢書)』 100여 권을 지었다. 『오지·사부인전(吳志·謝夫人傳)』에 보인다.

---

1) 사승(謝承)의 『회계선현전(會稽先賢傳)』 : 노신이 집록한 1권으로 엄준(嚴遵), 동곤(董昆), 진업(陳業), 감택(闞澤) 등 8명의 사적에 관한 일문(逸文) 9조목[則]을 수록하고 있다.

2) 후강(侯康, 1798~1837) : 자는 군모(君謨)이고, 청대 번우(番禺)[지금은 광동성에 속함] 사람이며, 도광(道光) 연간에 거인(舉人)이었다. 저작으로는 『후한서보주속(後漢書補注續)』, 『삼국지보주(三國志補注)』 등이 있다. 그가 지은 『보삼국예문지(補三國藝文志)』는 삼국 시대의 전적을 집록·고증하고 있는데, 도합 4권이다.

3) 손권(孫權, 182~252) : 자는 중모(仲謀)이고, 부춘(富春)[지금의 절강성 부양(富陽)] 사람이며, 삼국(三國) 시기에 오(吳)나라 군주이다. 재위 기간은 229~252년이다.

우예(虞預)의 『회계전록(會稽典錄)』[1] 서(序)

『수서·경적지』에는 "『회계전록(會稽典錄)』 24권은 우예(虞預)가 지었다"라고 기록되어 있다. 『구당서·경적지』, 『신당서 예문지』에서도 동일하게 기록하고 있다. 우예(虞預)의 자는 숙녕(叔寧)이고 여요(余姚) 사람이다. 본명은 무(茂)이나 명제(明帝)의 목황후(穆皇后)의 이름과 같아 이를 피하기 위해 이름을 고쳤다. 처음에는 현(縣)의 공조(功曹)였으나 배척당하였다. 태수(太守)인 유침(庾琛)이 그를 주부(主簿)로 임명하였다. 기첨(紀瞻)이 유침(庾琛)을 대신하여 그를 다시 주부(主簿)로 삼았고, 공조사(功曹史)로 전임되었다. 효렴(孝廉)으로 추천되었으나 나아가지 않았다. 안동(安東)의 종사중랑(從事中郎)인 제갈회(諸葛恢), 참군(參軍)인 유량(庾亮) 등이 우예(虞預)를 추천하여 승상(丞相)의 참군(參軍) 겸 기실(記室)로 부름을 받았다. 모친상을 당하였고, 복상을 마치자 좌저작랑(佐著作郎)에 임명되었다. 대흥(大興) 연간에 낭사국(琅邪國)의 상시(常侍)로 전임되었고, 비서승(秘書丞)·저작랑(著作郎)으로 승진하였다. 함화(咸和) 연간에 왕함(王含)의 반란을 평정하는 데 참여하여 서향후(西鄕侯)라는 작위를 수여받았다. 휴가를 얻어 귀향하니, 태수(太守)인 왕서(王舒)가 자의참군(諮議參軍)으로 그를 청하였다. 소준(蘇峻)의 반란이 평정되자 평강현후(平康縣侯)의 작위에 봉해졌고, 산기시랑(散騎

---

1) 우예(虞預)의 『회계전록(會稽典錄)』: 노신의 집록본은 상하 2권으로 나뉘어 있는데, 범려(范蠡), 엄광(嚴光), 사승(謝承), 주육(朱育) 등 72명의 사적 및 회계(會稽)의 지리에 관한 일문 112조목[則]을 수록하고 있다.

侍郞)으로 승진하고 저작랑(著作郞)의 직위는 변함이 없었다. 산기상시(散騎常侍)에 임명되고 여전히 저작랑(著作郞)을 맡고 있었다. 연로하여 귀향하였으며, 집에서 죽었다. 그는 『진서(晉書)』 40여 권과 『회계전록(會稽典錄)』 20여 편을 지었다. 『진서(晉書)』의 본전(本傳)에 보인다. 『회계전록』은 『송사·예문지(宋史·藝文志)』에는 이미 실리지 않았지만 송대 사람들의 저술에 때때로 인용되고 있으며, 그것도 다른 사람이 옮겨실은 것[轉錄]으로부터 재인용한 것이 아니다. 아마 민간에서는 아직 그 책이 남아 있었고 나중에 마침내 소멸하여 사라진 것이 아닌가 한다. 지금 수집한 일문(逸文)에는 그래도 72명의 사적이 기록되어 있다. 대략 시대 순서에 의거하여 2권으로 나누었다. 본서(本書)의 것이 아니라고 의심되는 것은 별도로 '존의(存疑)' 1편으로 만들어 말미에 덧붙여 놓았다.[2]

---

2) 노신의 집록본 뒤에 덧붙어 있는 「『회계전록』존의(『會稽典錄』存疑)」를 가리키며, 그 속에는 진기(陳器), 심풍(沈豊), 하둔(賀鈍), 심진(沈震)의 사적에 관한 일문 4조목[則]을 수록하고 있는데, 노신은 『회계전록』에 나오는 것이 아니라고 의심하여 본문[正文] 속에 넣지 않았다.

종리수(鐘離岫)의 『회계후현전기(會稽後賢傳記)』[1] 서(序)

　『수서·경적지』에는 "『회계후현전기(會稽後賢傳記)』 2권은 종리수(鐘離岫)가 지었다"라고 기록되어 있다. 『구당서·경적지』와 『신당서·예문지』에서는 모두 '『회계후현전(會稽後賢傳)』 3권'이라 하여 '기(記)'라는 글자가 없다. 종리수(鐘離岫)는 어떤 사람인지 알 수 없다. 장종원(章宗源)의 『「수지」사부고증(「隋志」史部考證)』[2]에서는 『통지·씨족략(通志·氏族略)』에 의거하여 초(楚) 지역 사람으로 여기고 있다. (案)『원화성찬(元和姓纂)』[3]에서는 "한대(漢代)에 종리매(鐘離昧)라는 사람이 있었는데, 초(楚) 지역 사람이다. 종리수(鐘離岫)는 『회계후현전(會稽後賢傳)』을 지었다."라고 하였다. 초(楚) 지역 사람을 종리매(鐘離昧)라 하고, 지금 그를 종리수(鐘離岫)에 귀속시키는 것은 매우 옳지 않다. 한대(漢代) 이래로 종리(鐘離)는 회계(會稽)에서 명망 있는 가문이었고, 특히 뛰어난 사람이 많았으니, 아마 종리수(鐘離岫) 역시 회계군(會稽郡) 사람이

---

1) 종리수(鐘離岫)의 『회계후현전기(會稽後賢傳記)』: 노신의 집록본은 1권이며, 공유(孔愉), 공군(孔群), 공탄(孔坦) 등 5명의 사적에 관한 일문 5조목[則]을 수록하고 있다.

2) 『「수지」사부고증(「隋志」史部考證)』: 장종원(章宗源)이 지은 『「수서·경적지」고증(「隋書·經籍志」考證)』을 가리키며, 사부(史部)로만 이루어져 있고, 13권이다.

3) 『원화성찬(元和姓纂)』: 당대 임보(林寶)가 지은 것으로 10권이다. 헌종(憲宗) 원화(元和) 연간(806~820)에 책이 완성되었으므로 이렇게 부른다. 이 책은 당대의 각 성씨의 유래 및 방계 가문의 계통을 기술하고 있다. 원서는 이미 없어졌고, 오늘날의 본(本)은 『영락대전(永樂大典)』에서 집록한 것이다.

고 그래서 향리의 현인(賢人)들을 위해 전(傳)을 지었지 않았을까 한다. 지금 일문(逸文)을 집록하여 1권으로 필사하였고, 모두 다섯 사람인데 그대로 『수서·경적지』에 의거하여 제목을 『회계후현전기(會稽後賢傳記)』라 하였다.

하씨(賀氏)의 『회계선현상찬(會稽先賢象贊)』[1] 서(序)

　『수서·경적지』에서는 '『회계선현상찬(會稽先賢象贊)』 5권'이라 되어 있고, 『구당서·경적지』에서는 "4권으로 하씨(賀氏)가 지었다"라고 하였다. 『신당서·예문지』에서는 '『회계선현상전찬(會稽先賢象傳贊)』 4권'이라 하였다. 이 책에는 틀림없이 전(傳)도 있고 찬(贊)도 있어 『구당서·경적지』의 사부(史部)의 기록과 집부(集部)의 기록에 각각 그 책의 제목을 실었던 것이다. 또 『회계태수상찬(會稽太守象贊)』 2권이 있는데, 역시 하씨(賀氏)가 지었다. 지금은 모두 전해지지 않고 있다. 다만 『북당서초(北堂書鈔)』에서 『회계선현상찬(會稽先賢象贊)』의 두 조목[條]을 인용하였고, 그 후로는 더 이상 인용한 경우를 볼 수 없으니 그 책이 영락하여 없어진 지가 오래 되었음을 알 수 있다. 남아 있는 「전(傳)」의 문장을 다시 필사하여 1권으로 만들었다. 「찬(贊)」도 없어졌고, 하씨(賀氏)의 이름 역시 고증할 수 없다.

---

1) 하씨(賀氏)의 『회계선현상찬(會稽先賢象贊)』 : 노신의 집록본 1권으로 동곤(董昆), 기모준(綦母俊)의 사적에 관한 일문 각각 1조목[則]을 수록하고 있다. 하씨의 생평은 고증할 수 없다.

주육(朱育)의 『회계토지기(會稽土地記)』[1] 서(序)

『수서·경적지』의 사부지리(史部地理)편에서는 "『회계토지기(會稽土地記)』 1권은 주육(朱育)이 지었다"라고 기록되어 있다. 『구당서·경적지』와 『신당서·예문지』에서는 모두 '4권'이라 하였고, 또 '토지(土地)' 두 글자를 삭제하고 잡전기류(雜傳記類)에 넣고 있다. 『세설신어(世說新語)』의 주(注)[2]에서는 『토지지(土地志)』의 두 조목[條]을 인용하고 있는데, 지은이는 적지 않았으나 대개 주육(朱育)의 기록일 것이다. 언급하고 있는 내용이 모두 지리(地理)에 관한 것이다. 내 생각으로는, 『당지(唐志)』(『구당서·경적지』와 『신당서·예문지』 — 역자)에서 그것을 전기(傳記)로 분류한 것은 잘못이다. 이 책은 당송대(唐宋代) 이래로 다른 책에서 인용하는 경우를 전혀 볼 수 없으니 결손되어 사라진 지 이미 오래 되었음을 알 수 있다. 남아 있는 일문(逸文) 역시 드물어 다시 편(篇)으로 만들 수 없다. 이것은 회계(會稽)의 지리지(地理志) 중에서 가장 오래 된 책이라 할 수 있으므로 잠시나마 다시 필사하여 그 명칭을 보

---

1) 주육(朱育)의 『회계토지기(會稽土地記)』 : 노신의 집록본 1권으로 산음(山陰), 장산(長山)에 관한 일문 각각 1조목[則]을 수록하고 있다.

2) 『세설신어(世說新語)』의 주(注) : 『세설신어(世說新語)』는 필기소설(筆記小說)로서 남조(南朝)의 송(宋)나라 유의경(劉義慶)이 지었으며, 36문(門)으로 나뉘어 있고 원본은 8권이나 오늘날의 본(本)은 3권이다. 한말(漢末)에서 동진(東晉)까지의 명인들의 일사(逸事)·언담(言談)을 싣고 있다. 남조의 양(梁)나라 유준(劉峻)이 주(注)를 달았는데, 400여 종의 책을 인용하여 사료를 보충하고 본문을 실증하고 있다. 『토지지(土地志)』가 인용된 2조목은 「언어(言語)」 편의 주(注)에 보인다.

존하여 둔다. 주육(朱育)은 자가 사경(嗣卿)이고 산음(山陰) 사람이며, 오(吳)나라 동관령(東觀令)을 역임했다. 청하(清河)의 태수(太守)에 임명되었고 나아가 시중(侍中) 직위에 올랐는데, 『회계전록(會稽典錄)』에 보인다.

하순(賀循)의 『회계기(會稽記)』[1] 서(序)

『수서 · 경적지』에서는 "『회계기(會稽記)』 1권은 하순(賀循)이 지었다"라고 기록되어 있다. 『구당서 · 경적지』와 『신당서 · 예문지』에서는 모두 싣지 않았다. 하순(賀循)의 자는 언선(彦先)이고 산음(山陰) 사람이며, 수재(秀才)에 응시했다. 양선(陽羨) · 무강(武康)의 현령(縣令)에 임명되었다. 육기(陸機)[2]의 추천으로 태자사인(太子舍人)으로 부름을 받았다. 원제(元帝)[3]가 진왕(晋王)이 되어 그를 중서령(中書令)으로 삼고자 하였으나 받아들이지 않았다. 태상(太常)으로 전임되었고, 태자태부(太子太傅)를 겸직하였으며 다시 좌광록대부(左光祿大夫)를 제수받았고, 부서(府署)의 설치가 가능하고 집안 의례(儀禮)가 삼사[三司, 사도(司徒), 사마(司馬), 사공(司空)을 가리키는데, 옛날에 매우 높은 조정의 관직이었음 —역자]의 수준과 동일할 정도로 대우가 높았다. 죽은 뒤 사공(司空)으로 추증되었고 목(穆)이라는 시호를 받았다. 『진서(晋書)』 본전(本傳)에 보인다.

---

1) 하순(賀循)의 『회계기(會稽記)』 : 노신의 집록본 1권으로 회계의 지리전설에 관한 일문 4조목[則]을 수록하고 있다.

2) 육기(陸機, 261~303) : 자는 사형(士衡)이고, 오군(吳郡) 화정(華亭)[지금의 상해(上海) 송강(松江)] 사람이며, 서진(西晉) 때의 문학가이다. 평원(平原)의 내사(內史)를 역임하였다. 저작으로는 『육사형집(陸士衡集)』이 있다.

3) 원제(元帝) : 사마예(司馬睿, 276~322)이며, 건무(建武) 원년(317)에 진왕(晋王)이라 하였고, 이듬해에 제위에 올랐다.

공영부(孔靈符)의 『회계기(會稽記)』[1] 서(序)

공영부(孔靈符)의 『회계기(會稽記)』는 『수서·경적지』 및 신구(新舊) 『당지(唐志)』에 모두 기록되어 있지 않다. 『송서·공계공전(宋書·孔季恭傳)』[2]에는 이렇게 씌어 있다. "공계공(孔季恭)은 산음(山陰) 사람이다. 아들 영부(靈符)[3]는 원가(元嘉) 말년에 남초왕(南譙王) 의선(義宣)[4]의 사공부(司空府)의 장사(長史), 남군(南郡)의 태수(太守), 상서이부랑(尚書吏部郎)이었다. 대명(大明) 초년에 시중(侍中)에서 보국장군(輔國將軍), 영주(郢州)의 자사(刺史)가 되었다. 경성(京城)으로 들어와 단양(丹陽)의 윤(尹)이 되었고, 경성을 벗어나 회계(會稽)의 태수(太守)가 되었다. 또 심양왕(尋陽王) 유자방(劉子房)[5]의 우군장사(右軍長史)가 되었다. 경화(景

---

1) 공영부(孔靈符)의 『회계기(會稽記)』: 노신의 집록본 1권으로 회계의 지리전설에 관한 일문 56조목[則]을 수록하고 있으며, 그 중에 지은이가 적혀 있지 않고 의심스러운 것 17조목[則]이 포함되어 있다.

2) 『송서·공계공전(宋書·孔季恭傳)』: 『송서(宋書)』는 기전체(紀傳體)로 된 남조(南朝)의 송(宋)나라 역사로서 남조의 양(梁)나라 심약(沈約)이 지었고 100권이다. 「공계공전(孔季恭傳)」은 이 책의 권54에 보이며, 뒤에 공영부전(孔靈符傳)이 덧붙어 있다.

3) 원문에서는 '아들 영부(子靈符)'라 하였으나 『송서·공계공전』에는 '동생 영부(弟靈符)'라 되어 있다.

4) 남초왕(南譙王) 의선(劉義宣): 유의선(劉義宣, 413~452)이며, 남조(南朝) 송(宋)나라 무제(武帝) 유유(劉裕)의 아들이다. 문제(文帝) 원가(元嘉) 9년(432)에 남초왕(南譙王)에 봉해졌다.

5) 심양왕(尋陽王) 유자방(劉子房): 남조(南朝)의 송(宋)나라 효무제(孝武帝) 유준(劉駿)의 여섯째 아들 유자방(劉子房, 456~466)을 가리키며, 대명(大明) 4년(460)에 심양

和) 연간에 근신(近臣, 임금 가까이에서 총애를 받는 신하―역자)에 맞서다가 피살되었다. 태종(太宗)이 즉위하여 금자광록대부(金紫光祿大夫)에 추증(追贈)되었다." 여러 책에서 『회계기』를 인용할 때 어떤 것은 작자가 공영부(孔靈符), 어떤 것은 공엽(孔曄)이라 하였다. 엽(曄)은 틀림없이 공영부(孔靈符)의 이름이다. 사적산(射的山)의 속담[諺][6] 한 조목[條]의 경우 『태평어람』에서는 인용할 때 작자를 영부(靈符)라 하였고, 『환우기(寰宇記)』[7]에서는 인용할 때 작자를 엽(曄)이라 하였는데, 문사(文辭)가 크게 다른 점이 없으므로 같은 사람임을 알 수 있다. 『예문유취(藝文類聚)』에서는 인용할 때 공고(孔皐)라 하였는데, 이는 엽(曅)을 옮겨 쓸 때 잘못한 것이다. 이제 더 이상 구별하지 않는다. 다만 공씨(孔氏)의 『회계기(會稽記)』를 집록하여 1편으로 만들었다. 지은이가 밝혀져 있지 않은 것들은 따로 뒤에 덧붙여 놓았다.

왕(尋陽王)에 봉해졌고 태시(泰始) 2년(466)에 송자현후(松滋縣侯)로 폄적되었다가 피살되었다.

6) 공영부(孔靈符)의 『회계기(會稽記)』에 사적산(射的山)에 관한 기록이 1조목 있다. 사적산(射的山)은 지금의 절강성 소산(蕭山)에 위치하며 활의 과녁으로 쓰이던 돌이 있어 이런 이름을 얻었다. 이 지역 사람들은 이 돌의 색깔의 밝고 어둠에 따라 쌀값에 대해 점을 쳤다고 한다.

7) 『환우기(寰宇記)』 : 『태평환우기(太平寰宇記)』를 가리키며, 지리(地理)에 관한 총지(總志)로서 북송(北宋) 때 악사(樂史)가 지었고, 200권이다. 사적산(射的山)의 속담에 관한 기록은 이 책의 권96에 보인다.

하후증선(夏侯曾先)의 『회계지지(會稽地志)』[1] 서(序)

하후증선(夏侯曾先)의 『회계지지(會稽地志)』는 『수서·경적지』 및 신구(新舊) 『당지(唐志)』에 모두 실려 있지 않다. 증선(曾先)의 사적(事迹) 역시 고증할 길이 없다. 당대(唐代)의 저술에서 이미 그 책을 인용하고 있고, 또 글이 양(梁)나라 무제(武帝)[2]를 언급하고 있어 틀림없이 진(陳)나라와 수(隋)나라 사이의 사람일 것이다.

---

1) 하후증선(夏侯曾先)의 『회계지지(會稽地志)』: 노신의 집록본 1권으로 회계의 산천, 지리, 인물, 전설에 관한 일문 33조목[則]을 수록하고 있다.

2) 양(梁)나라 무제(武帝): 남조(南朝) 양(梁)나라 무제(武帝) 소연(蕭衍, 464~549)이며, 재위 502~549년이다.

『백유경(百喩經)』 교감후기[1]

　　을묘(乙卯, 1915년-역자)년 7월 20일에, 일본(日本)에서 번각한 고려 (高麗) 보영(寶永) 기축년(己丑年) 본(本)으로 한 차례 교감하였는데, 이자 (異字)가 대단히 많이 나오고 오류가 많아 전부 의거하기에는 부족하다.

---

1) 이 글은 수고에 의거하여 편입하였고, 1915년 7월 20일에 씌어졌다. 원래 노신이 소장하고 있던 『백유경(百喩經)』 교감본 뒤에 있었으며, 표제와 표점부호가 없었 다. 『백유경(百喩經)』: 완전한 이름은 『백구비유경(百句譬喩經)』이며, 불교 우언집 으로 옛날 인도의 스님 가사나(伽斯那)가 지었다. 남조(南朝)의 제(齊)나라 때 인도 에서 중국으로 온 스님 구나비지(求那毘地)가 번역하였으며, 노신이 1914년 자비로 금릉각경처(金陵刻經處)에서 간행한 2권이다.

『환우정석도(寰宇貞石圖)』 정리(整理) 후기[1]

이상의 탁본편(拓本片) 총계 231종은 의도(宜都) 사람 양수경(楊守敬)[2]이 간행한 것이다. 을묘(乙卯)년[3] 봄에 경사(京師)에서 구하였는데, 크고 작은 것이 40여 장이고, 또 목록이 3장이며, 대단히 거칠다. 나중에 다른 판본을 보았더니 역시 상당히 차이가 있고 그 목록 역시 종종 고쳐져 있어 원래의 모습을 짐작할 수 없었다. 명대에 서적상(書籍商)들은 책을 간행할 때 늘 구매자들의 눈을 현혹하기 위해 그 목록을 변화시키기를 좋아하였는데, 이 책 역시 이런 경우와 비슷하다. 겨울에 일이 없자 곧 가지고 있는 것들에 대해 대략 순서를 정하여 5책(冊)으

---

1) 이 글은 수고에 의거하여 편입하였고, 원래 노신이 정리한 『환우정석도(寰宇貞石圖)』의 목록 뒤에 있었으며, 표제와 표점부호가 없었다. 틀림없이 1916년 1월에 씌어졌다. 『환우정석도(寰宇貞石圖)』 : 청말 양수경(楊守敬)이 집록한 석각 탁편집(拓片集)으로서 원서는 6권이다. 도합 230여 종을 수록하고 있는데, 중국의 선진(先秦)에서 당송(唐宋)까지의 비각(碑刻)과 묘지(墓誌)를 위주로 하고 조선·일본의 비각(碑刻) 수종을 함께 수록하고 있다. 이 책은 청대 광서(光緒) 8년(1882)·선통(宣統) 2년(1910)의 두 종의 석인본(石印本)이 있고, 후자는 더하거나 고친 데가 있다. 노신의 정리본(整理本) 5책은 간행되지는 않았다.

2) 양수경(楊守敬, 1839~1915) : 자는 성오(惺吾)이고, 호북(湖北) 의도(宜都) 사람이며, 청말의 학자이다. 주일(駐日) 대사관에서 근무하였다. 저서로는 『수경주소(水經注疏)』, 『일본방서지(日本訪書志)』, 『역대여지도(歷代輿地圖)』 등이 있다.

3) 을묘(乙卯)년 : 1915년을 가리킨다. 『노신일기(魯迅日記)』 1915년 8월 3일에 "오후에 돈고의첩점(敦古誼帖店)에서 석인본 『환우정석도(寰宇貞石圖)』의 낱장 한 꾸러미 57매를 보내왔다"라고 하였다. 또 1916년 1월 2일에 "밤에 『환우정석도(寰宇貞石圖)』를 한 차례 정리하였다"라고 하였다.

로 묶었다. 비석의 앞면, 뒷면, 측면을 자세히 살펴보면 종종 완전하지 않고, 또 때때로 중간에 번각본(翻刻本)이 끼여들어 있어 크게 믿을 수가 없다. 세상에 이런 책도 있구나 하면서 잠시 다시 그것을 보존하여 둔다.

『혜강집(嵇康集)』 일문(逸文)에 관한 고증[1]

혜강의 「유선시(游仙詩)」는 이렇다. "바퀴 비녀장에서 펄펄 나는 봉황새, 그물을 만났네."(翩翩鳳轄, 逢此網羅.)[『태평광기(太平廣記)』 권 400, 『속제해기(續齊諧記)』[2]에서 인용]

혜강은 「백수부(白首賦)」가 있다.[『문선(文選)』 권23의 「사혜련추회시(謝惠連秋懷詩)」에 대한 이선(李善)의 주(注)][3]

혜강의 「회향부서(懷香賦序)」에서 이렇게 말했다. "나는 정월에 역산(歷山)의 남쪽을 올라 우러러 높은 산등성이를 바라보고 굽어보아 그윽한 기슭을 살폈다. 곧 초목이 무성한 곳 사이로 회향(懷香)이 자라고 있는 것이 보였다. 나는 이 풀이 대궐 같은 큰 집에 심어져 있거나 제왕(帝王)의 정원에 뒤덮여 있는 것을 보고, 돌보지 않고 버려진 것을

---

1) 이 글은 틀림없이 1924년 6월 이전에 씌어졌을 것이다. 노신이 교감한 『혜강집(嵇康集)』 뒤에 첨부되어 있으며, 1938년 판 『노신전집』 제9권에 수록되어 있다.

2) 『태평광기(太平廣記)』: 유서(類書)로서 송대 이방(李昉) 등이 엮었으며 500권이다. 주로 육조(六朝)에서 송대(宋代) 초까지의 소설(小說), 필기(筆記)를 수록하고 있는데, 인용한 책이 470여 종이며 92류(類)로 분류하고 있다. 『속제해기(續齊諧記)』: 지괴소설집(志怪小說集)으로서 남조(南朝) 양(梁)나라 오균(吳均)이 지었고, 1권이다. 남조의 송(宋)나라 동양(東陽) 무의(無疑)의 『제해기(齊諧記)』를 속작한 것이며, 그래서 제목을 『속제해기』라 하였다.

3) 사혜련(謝惠連, 397~433): 남조(南朝) 송(宋)나라의 문학가이며, 진군(陳郡) 양하(陽夏)[지금의 하남성 태강(太康)] 사람이다. 팽성왕(彭城王) 유의강(劉義康)의 법조참군(法曹參軍)을 역임하였고, 『사법조집(謝法曹集)』이 있다. 이선(李善, 약 630~689): 당대 양주(揚州) 강도(江都)[지금은 강소성에 속함] 사람이다. 고종(高宗) 때 숭문관학사(崇文館學士)의 관직에 있었다. 『소명문선(昭明文選)』을 주해하였다.

안타깝게 여겨 마침내 그것을 옮겨 대청 앞에 심어 놓은 적이 있다. 그 아름다움은 특별한 품격과 부드러운 자태가 있고, 향기로운 열매는 벌레를 막아 책을 보관할 수 있다. 또 그것이 원래 높은 절벽에 자라고 있다가 사람의 집 안에 몸을 내맡기고 있는 것이 부설(傅說)이 은거를 그만두고 은(殷)나라에서 훌륭한 업적을 남겼던 것과 네 명의 늙은 이가 산중을 떠나 한(漢)나라에 귀의했던 것과 같았으며, 이런 의미 때문에 그에 대해 부(賦)를 지었다.''[『예문유취(藝文類聚)』권 81. (案)『태평어람(太平御覽)』권 983에서는 혜함(嵇含)의 「괴향부(槐香賦)」를 인용하고 있는데, 문장이 이것과 동일하다. 『예문유취』에서는 이를 혜강이 지은 것으로 여겼으나 옳지 않다. 엄가균(嚴可均)이 집록한 『전삼국문(全三國文)』에서는 『예문유취』에 의거하여 그것을 실어 놓았고, 장부(張溥) 본(本) 역시 그 목록을 보존하고 있는데, 모두 잘못이다.]4)

　혜강의 「주부(酒賦)」는 이렇다. "다시 술을 거르니 지극히 맑아, 연못이 응결된 듯하고 얼음처럼 깨끗하고, 맛과 즙액이 모두 훌륭하고, 향기롭고 □□[芬芳□□]5)."[『북당서초(北堂書鈔)』권 148. (案) 같은 권에

---

4) 송대(宋代) 본(本) 『예문유취』에 수록되어 있는 「회향부서(懷香賦序)」에는 혜함(嵇含)이 지었다고 서명되어 있으나, 다른 판본에서는 혜강(嵇康)이 지었다고 잘못 서명되어 있다. 혜함(嵇含, 263~306) : 자는 군도(君道)이고, 혜강의 질손(姪孫)이다. 진대(晉代) 초에 양성(襄城)의 태수를 역임했다. 엄가균(嚴可均, 1762~1843) : 자는 경문(景文), 호는 철교(鐵橋)이고, 오정(烏程)[지금의 절강성 오흥(吳興)] 사람이며, 청대 학자이다. 그가 엮은 『전상고삼대진한삼국육조문(全上古三代秦漢三國六朝文)』은 문총집(文叢集)으로서 764권이다. (按) 이 책은 『예문유취』에 의거하여 혜강의 문장으로 「회향부서(懷香賦序)」를 수록하였고, 또 『태평어람』에 의거하여 혜함의 문장으로 「괴향부(槐香賦)」 및 그 서(序)를 수록하고 있는데, 이 두 서(序)는 실은 같은 글이다. 장부(張溥, 1602~1641) : 자는 천여(天如)이고, 태창(太倉)[지금은 강소성에 속함] 사람이며, 명대 문학가이다. 그가 엮은 『한위육조백삼명가집(漢魏六朝百三名家集)』 속에는 『혜중산집(嵇中散集)』이 수록되어 있으며 「회향부서」 전체가 실려 있어 제목만 남아 있는 것이 아니다.

5) 향기롭고 □□[芬芳□□] : 청대 공광도(孔廣陶)가 교감한 『북당서초(北堂書鈔)』에

서 또 혜함(嵇含)의 「주부(酒賦)」를 다음과 같이 인용하였다. "술이 익을 때 거품은 부평초처럼 엉겨 있고, 술꽃[醪華]은 물고기 비늘처럼 펼쳐져 있다." 위의 네 구(句) 역시 혜암(嵇含)의 문장이 아닐까 한다.]

혜강의 「잠부(蠶賦)」에서 이렇게 말했다. "뽕나무 잎을 먹은 다음 실[絲]을 토해 내고, 처음에는 어수선하지만 나중에는 질서가 있다"(『태평어람』권 814)

혜강의 「금찬(琴贊)」은 이렇다. "훌륭한 나의 아금(雅琴)은, 그 재료가 영산(靈山)에서 자랐고, 순수한 덕을 몸에 지니고 있어, 그 소리는 맑고 자연스럽다. 춘설(春雪)로 씻은 듯이 깨끗하고, 동굴 속 샘물처럼 맑고, 인자(仁者)보다 온화하고, 옥처럼 윤기가 있어 신선한 모습이다. 옛날 황제(黃帝)·신농(神農) 때 이 신물[神物, 금(琴)을 가리킴—역자]이 생겨나서, 공경스런 순임금이 오현금(五弦琴)으로 마음을 기탁했다[托心]['탁심(托心)'은 『북당서초』에는 '기이(記以)'로 되어 있으나 『초학기(初學記)』권 16에 의거하여 이렇게 고쳤음.] 사악함을 막고 바름을 받아들이니 신선처럼 고상하다. 조화와 기운을 조절하고 길러 주어[宣和養氣][『초학기』권 16에 두 차례 인용되어 있는데, '기(氣)'가 '소(素)'로 되어 있는 데도 있음] 장수(長壽)를 도와 준다."(『북당서초』권 109)

혜강의 「태사잠(太師箴)」에서 이렇게 말했다. "만약 술자리에서 사람들이 언쟁하는 것을 보고 그 형세가 점점 더 맹렬해지려는 듯하면 마땅히 그 자리를 떠야 하는데, 이는 다툼의 조짐이기 때문이다."[『태평어람』권 496. 엄가균(嚴可均)은 "이것은 이 글의 서문이 아닐까 하며, 감히 확정할 수는 없다"라고 하였다. (今案) 이것은 「가계(家誡)」이며, 본집(本集)의 제10권에 보이는데, 『태평어람』은 제목을 잘못 적었다.]

혜강의 「등명(燈銘)」은 이렇다. "서둘러 밤길을 걸어, 내 친구 집에

서는 이 구절을 인용할 때 두 글자를 빠뜨렸고, 명대 진우모(陳禹謨) 본 『북당서초(北堂書鈔)』에서는 芬菲瀇瀁이라 하였다.

이르니, 등불이 켜져 빛을 토해 내고, 화려한 술[華緩]은 길게 드리워져 있었다.”[『전삼국문(全三國文)』에 보이며, 출처를 밝히지 않았다. (今案) 이것은 「잡시(雜詩)」이며, 본집(本集) 제1권에 보이고 『문선』에도 보인다.]

「혜강집목록(嵇康集目錄)」[『세설신어』의 주(注)에 보이며, 『태평어람』에서 인용할 때 「혜강집서(嵇康集序)」라고 하였음]에서 이렇게 말했다. “손등(孫登)이라는 사람은 자가 공화(公和)이고 어디 사람인지 알 수 없다. 가족들은 없으며, 사람들이 급현(汲縣)의 북산(北山) 토굴에서 그를 발견했다. 여름이면 풀을 엮어 옷으로 삼았고, 겨울이면 머리털을 늘어뜨려 자기 몸을 가렸다. 『역(易)』읽기를 좋아하였고, 일현금(一弦琴)을 탔다. 그를 만나 본 사람들은 그를 가까이하고 좋아하였는데, 그가 사람들 집에 이를 때마다 사람들은 얼른 그에게 의복과 음식을 주었고, 그는 사양 없이 받았다.”[『위지·왕찬전(魏志·王粲傳)』의 주(注), 『세설신어·서일편(世說新語·棲逸篇)』의 주(注), 『태평어람』 권 27과 권 999에 보임.]

「혜강문집록(嵇康文集錄)」의 주(注)에서 이렇게 말했다. “하내(河內) 사람인 산금(山嶔)은 영천(潁川)의 태수였고, 산공(山公)[산도(山濤)]과 같은 집안의 아버지 뻘 된다.”[『문선·혜숙야여산거원절교서(文選·嵇叔夜與山巨源絶交書)』[6]에 대한 이선주(李善注)]

「혜강문집록(嵇康文集錄)」의 주(注)에서 이렇게 말했다. “아도(阿都)는 여중제(呂仲悌)이며, 동평(東平) 사람이다.”(위와 같음)

---

6) 「혜숙야여산거원절교서(嵇叔夜與山巨源絶交書)」: 노신이 교감한 『혜강집』 권 2에 보인다. 산거원(山巨源)은 바로 산도(山濤, 205~283)이고, 자는 거원(巨源), 하내(河內) 회(懷)[지금의 하남성 무척(武陟)] 사람이며, 혜강의 친구이다. 위(魏)나라 말에 선조랑(選遭郎)을 역임하였고, 자신의 직무를 대신하도록 혜강을 추천한 적이 있는데, 혜강은 그가 사마(司馬)씨 일당들에게 아부한다고 경멸하여 편지를 보내 그와 절교하였다.

『혜강집(嵇康集)』에 대한 기록고증[1]

　　『수서·경적지』 : 위(魏)나라 중산대부(中散大夫)의 『혜강집(嵇康集)』 13권.[양(梁)나라 때에는 15권과 목록 1권이 있었음.]

　　『당서·경적지』 : 『혜강집』 15권.

　　『신당서·예문지』 : 『혜강집』 15권.

　　『송사·예문지』 : 『혜강집』 10권.

　　『숭문총목(崇文總目)』[2] : 『혜강집』 10권.

　　정초(鄭樵)의 『통지·예문략(通志·藝文略)』 : 위(魏)나라 중산대부(中散大夫)의 『혜강집』 15권.

　　조공무(晁公武)의 『군재독서지(郡齋讀書志)』[3] : 『혜강집』 10권. 지은이는 위(魏)나라 혜강(嵇康) 숙야(叔夜)이고, 초국(譙國) 사람이다. 혜강은 말투가 아름답고 풍채가 훌륭했으며, 꾸밈을 추구하지 않았다. 스승으로부터 학문을 전수받지 않고 널리 읽고 널리 통달하였으며, 자라서 노자와 장자를 좋아하여 지은 문장은 심원하였다. 위(魏)나라 종실

---

1) 이 글은 틀림없이 1924년 6월 이전에 씌어졌을 것이다. 노신이 교감한 『혜강집』 뒤에 첨부되어 있으며, 1938년 판 『노신전집』 제9권에 수록되어 있다.

2) 『숭문총목(崇文總目)』 : 송대 인종(仁宗) 때 궁정(宮廷)에서 소장하고 있던 책의 목록이며, 왕요신(王堯臣) 등이 왕명을 받들어 엮었고, 원서는 66권이었으나 이미 없어졌다. 청대 『사고전서(四庫全書)』를 편찬할 때 『영락대전(永樂大典)』으로부터 12권을 얻어 집록하였다.

3) 조공무(晁公武) : 자는 자지(子止)이고, 거야(巨野)[지금은 산동성에 속함] 사람이며, 남송(南宋) 때의 목록학가이다. 그가 지은 『군재독서지(郡齋讀書志)』 4권 및 『후지(後志)』 2권은 중국에서 제요(提要)가 첨부되어 있는 최초의 개인적인 장서목록이다.

(宗室)과 통혼하여 중산대부(中散大夫)에 임명되었다. 경원(景元) 초년에 종회(鐘會)가 진(晉)나라 문제(文帝)에게 그를 모함하여 살해되었다.

우무(尤袤)의 『수초당서목(遂初堂書目)』4) : 『혜강집』.

진진손(陳振孫)5)의 『직재서록해제(直齋書錄解題)』 : 『혜중산집(嵇中散集)』 10권. 위(魏)나라 중산대부(中散大夫)인 초국(譙國) 사람 혜강 숙야(叔夜)가 지었다. 혜강의 본래 성은 해(奚)이고, 회계(會稽)로부터 초군(譙郡)의 질현(銍縣)에 있는 계산(稽山)으로 이사하여 그의 집은 그 산 옆에 있어 혜(嵇)라는 성씨를 얻게 되었다. 계(稽)라는 글자의 위쪽을 취한 것은 자신의 고향을 기억하기 위한 것이다. 그가 지은 문론(文論, 논변적인 글－역자)은 6만~7만 언(言)이었지만 지금 세상에 남아 있는 것은 겨우 이와 같을 뿐이다. 『당지(唐志)』(『구당서·경적지』, 『신당서·예문지』－역자)에도 15권으로 되어 있다.

마단임(馬端臨)6)의 『문헌통고·경적고(文獻通考·經籍考)』 : 『혜강집』 10권. [(案) 그 아래에 조씨(晁氏)의 『군재독서지(郡齋讀書志)』와 진씨(陳氏)의 『직재서록해제(直齋書錄解題)』를 전부 인용하고 있는데, 이들은 이미 앞에서 보았을 것이다.]

양사기(楊士奇)7)의 『문연각서목(文淵閣書目)』 : 『혜강문집(嵇康文集)』. [1부(部) 1책(冊)으로 결손되어 있음.]

---

4) 우무(尤袤, 1127~1194) : 자는 연지(延之)이고, 무석(無錫)[지금은 강소성에 속함] 사람이며, 송대 시인이요 목록학가이다. 관직은 예부상서(禮部尙書)에 이르렀다. 『수초당서목(遂初堂書目)』은 그가 개인적으로 소장하고 있던 서목으로 1권이다. 거기에 실려 있는 서목에는 지은이 및 권수가 모두 기록되어 있지 않다.

5) 진진손(陳振孫) : 자는 백옥(伯玉), 호는 직재(直齋)이고, 안길(安吉)[지금은 절강성에 속함] 사람이며, 남송 때의 목록학가이다.

6) 마단임(馬端臨, 약 1254~1323) : 자는 귀여(貴與)이고 낙평(樂平)[지금은 강서성에 속함] 사람이며 송말(宋末) 원초(元初) 때 사학가이다.

7) 양사기(楊士奇, 1365~1444) : 이름은 우(寓)이고, 태화(泰和)[지금은 강서성에 속함] 사람이며, 명초(明初)의 문학가이다. 관직은 대학사(大學士)에 이르렀다.

섭성(葉盛)의 『녹죽당서목(菉竹堂書目)』8) : 『혜강문집(嵇康文集)』 1책.

초횡(焦竑)의 『국사·경적지(國史·經籍志)』9) : 『혜강집』 15권.

전겸익(錢謙益)의 『강운루서목(絳雲樓書目)』10) : 『혜중산집(嵇中散集)』 2책. [진경운(陳景雲)은 주(注)에서 "10권이다. 황성증(黃省曾)이 번각한 것으로 훌륭하다."라고 하였다.]

전증(錢曾)의 『술고당장서목(述古堂藏書目)』11) : 『혜중산집』 10권.

『사고전서총목(四庫全書總目)』 : 『혜중산집』 10권[양강(兩江) 총독(總督)이 수집하여 진상한 책]. 구본(舊本)에서는 진(晋)나라 혜강이 지었다 라고 적혀 있다. (案) 혜강은 사마소(司馬昭)가 살해했는데, 그 때 위(魏)나라 왕조[涂之祚]가 아직 끝나지 않았으며, 그렇다면 혜강은 마땅히 위(魏)나라 사람으로 보아야 하고 진(晋)나라 사람으로 보아서는 안 된다. 『진서(晋書)』에는 전(傳)을 마련해 놓았지만 실은 방교(房喬) 등의 잘못이다. 그러므로 본집(本集)에서 혜강을 진(晋)나라 사람이라 적은

---

8) 섭성(葉盛, 1420~1474) : 자는 여중(與中)이고, 곤산(昆山)[지금은 강소성에 속함] 사람이며, 명대 장서가(藏書家)이다. 관직은 이부시랑(吏部侍郎)에 이르렀다. 『녹죽당서목(菉竹堂書目)』은 그의 집에 소장되어 있던 책의 서목(書目)으로 6권이다.

9) 초횡(焦竑, 1582~1664) : 자는 약후(弱侯), 호는 담원(澹園)이고, 강녕(江寧)[지금의 강소성 남경(南京)] 사람이며, 명대 학자이다. 관직은 한림원수찬(翰林院修撰)이었다. 만력(萬曆) 연간에 임금의 명을 받들어 국사(國史)를 편찬하여 『경적지(經籍志)』 6권만 완성하였다.

10) 전겸익(錢謙益, 1582~1664) : 자는 수지(受之), 호는 목재(牧齋)이고, 상숙(常熟)[지금은 강소성에 속함] 사람이며, 명대 문학가이다. 후에 청(清)나라에 투항하였다. 『강운루서목(絳雲樓書目)』은 그의 집에 소장하고 있던 책의 서목으로 4권이다. 진경운(陳景雲, 1670~1747) : 자는 소장(少章)이고, 청대 오강(吳江)[지금은 강소성에 속함] 사람이다. 저작으로는 『강운루서목주(絳雲樓書目注)』가 있다. (按) 본문의 괄호 안의 내용은 노신이 덧붙인 것이다.

11) 전증(錢曾, 1629~1701) : 자는 준왕(遵王), 호는 야시옹(也是翁)이고, 상숙(常熟) 사람이며, 청대 장서가이다. 『술고당장서목(述古堂藏書目)』은 그의 집에 소장되어 있던 책의 서목으로 4권이다.

것은 옳지 않다.『수서·경적지』에는 혜강의 문집 15권이 기록되어 있
다. 신구『당서(唐書)』모두 동일하다. 정초(鄭樵)의『통지략(通志略)』에
기록되어 있는 권수(卷數)는 아직 일치한다. 진진손(陳振孫)의『직재서
록해제(直齋書錄解題)』에 이르면 이미 10권이라 하였다. 게다가 "혜강
이 지은 문론(文論, 논변적인 글－역자)은 6만~7만 언(言)이었지만 지
금 세상에 남아 있는 것은 겨우 이와 같을 뿐이다"라고 하였다. 그렇
다면 송대(宋代)에 이미 완전한 책[全本]은 없었다. 정초(鄭樵)가 기록한
것 역시 옛 역사서의 글을 답습한 것으로 꼭 15권으로 된 책을 진짜
보았다고 할 수 없지 않을까. 왕무(王楙)의『야객총서(野客叢書)』(권8에
보임)에서는 이렇게 말했다. "「혜강전(嵇康傳)」에서는, 혜강은 명리(名
理)를 말하는 데 뛰어났고, 문장을 지을 수 있었으며,『고사전찬(高士傳
贊)』을 저술하고『태사잠(太師箴)』과『성무애락론(聲無哀樂論)』을 지었다
고 했다. 나(余)[명대의 각본(刻本)『야객총서』에는 '복(僕)'으로 되어 있
음]는 비릉(毘陵)의 하방회(賀方回) 집에 소장되어 있던 필사본『혜강집』
10권을 얻었는데, 거기에는 시 68수가 있었고, 지금『문선(文選)』에 실
려 있는 것['강시(康詩, 혜강의 시－역자)'라는 두 글자가 있음]은 겨우
3수 정도뿐이다.『문선』에는 혜강의 「여산거원절교서(與山巨源絶交書)」
1편만을 싣고 있는데, 「여여장제절교(與呂長悌絶交)」라는 편지 1편이
더 있음을 모르고 있다.『문선』에는 「양생론(養生論)」 1편만을 실었는
데, 「여향자기론양생난답(與向子期論養生難答)」이라는 1편이 더 있어
4,000 언(言)이며 변론(辯論)이 대단히 상세하다는 것을 모르고 있다.
이 집본(集本)에는 또 「택무길흉섭생론란(宅無吉凶攝生論難)」 상중하 3
편이 있다. 「난장료자연호학론[難張遼('遼' 다음에 한 글자가 더 있지만
이미 마멸되어음)自然好學論]」 1편이 있고, 「관채론(管蔡論)」, 「석사론
(釋私論)」, 「명담론(明膽論)」 등의 글[文]이 있다. (그 말의 뜻은 심원하
고 대부분 이치[理]에 뿌리를 두고 있는데, 읽어보면 당시의 기풍을

생각해볼 수 있다—'글[文]'이라는 글자 다음에 이러한 뜻의 열아홉 글자가 있다.)『숭문총목(崇文總目)』에서는『혜강집』10권이라 말하였는데, 바로 이 책을 가리킨다.『신당서·예문지』에서는『혜강집』15권이라 말하였는데, 5권은 무엇을 말하는 것인지 알 수 없다." 왕무(王楙)가 언급한 내용을 볼 때 정초(鄭樵)가 함부로 기록하였음이 확실하다. 이 책에는 모두 시(詩) 47편, 부(賦) 1편, 잡저(雜著) 2편, 논(論) 9편, 잠(箴) 1편, 가계(家誡) 1편이 들어 있다. 그런데 잡저(雜著) 중에서「혜순록(嵇荀錄)」1편은 제목만 있고 본문이 없는데, 실제로 전체 시문(詩文)은 62편이다. 또 송대 본(本)의 옛것이 아니면 대개는 명대 을유(乙酉)년에 오현(吳縣)의 황성증(黃省曾)이 다시 집록한 것이다. 양신(楊愼)의『단연총록(丹鉛總錄)』에서는 완적(阮籍)이 혜강보다 뒤에 죽었다고 분석해 놓았으나 세간에서는 완적의 비석을 혜강이 지었다고 전하고 있는데, 이 책에서는 그 비문을 싣지 않고 있으니, 그렇다면 더욱 정밀하고 세심한 고찰이 필요하다.

『사고간명목록(四庫簡明目錄)』:『혜중산집』10권은 위(魏)나라 혜강이 지었고,『진서(晉書)』에는 혜강을 위해 전(傳)을 마련해 놓았는데, 구본(舊本)에서는 이 때문에 지은이는 진(晉)나라 사람이라 하였으나 이는 잘못이다. 그의 문집은 산일(散佚)되어 송대에 이르러 겨우 10권만 남게 되었다. 이 책은 명대 황성증(黃省曾)이 엮은 것이며, 비록 권수는 송대 본(本)과 동일하지만 왕무(王楙)의『야객총서』에서 혜강의 시는 68수라고 하였으나, 이 책에서는 시 42수만을 싣고 있고, 잡문(雜文)을 합쳐야 62수가 되는데, 그렇다면 산일(散佚)된 것이 더 많은 것이다.

주학근(朱學勤)의『결일려서목(結一廬書目)』:『혜중산집』10권.[전체 1본(本)이다. 위(魏)나라 혜강이 지었다. 명대 가정(嘉靖) 4년에 황성증(黃省曾)이 송대 본을 모방하여 간행한 본이다.]12)

홍이훤(洪頤煊)의『독서총록(讀書叢錄)』13) :『혜중산집』10권. 권(卷)

마다 목록이 앞에 있다. 앞에는 가정(嘉靖) 을유(乙酉)년 황성증(黃省曾)의 서(序)가 있다. 『삼국지·병원전(三國志·邴原傳)』의 배송지(裴松之)의 주(注)에서 "장비(張貔)의 아버지 장막(張邈)은 자가 숙료(叔遼)이고 그의 「자연호학론(自然好學論)」이 『혜강집』에 들어 있다"라고 하였다. 오늘날의 본(本) 역시 이 편(篇)이 있다. 또 시 66수가 있는데, 왕무(王楙)의 『야객총서』본과 동일하다. 이것은 송대 본에서 번각한 것으로 쪽마다 22행이 있고, 행마다 20글자가 있다.

전태길(錢泰吉)의 『폭서잡기(曝書雜記)』[14] : 평호(平湖)에 사는 친척인 몽려옹(夢廬翁) 전천수(錢天樹)는 고서(古書)를 대단히 좋아하여 장씨(張氏)의 애일정려장서(愛日精廬藏書)의 페이지 위쪽 여백에 자신이 본 것을 기록하였는데, 수재(隨齋) 선생이 『서록해제(書錄解題)』에 대해 평어와 주를 달았던 것과 같았다. 나는 그것을 필사한 적이 있다. 옹(翁)이 세상을 하직한 지가 이미 여러 해가 되었는데, 그가 평생 본 것은 당연히 이것으로만 그치지 않았으니 기록하다 보면 대략적인 내용을 알 수 있다. 『혜중산집』은 내가 예전부터 가지고 있던 명대 초의 초본(鈔本)이며, 바로 『서록해제(書錄解題)』에 실려 있던 본(本)으로 시문(詩文) 여러 편이 자주 나오는데, 이는 아마 명대 황성증(黃省曾)이 수집한 본(本)이 아닐까 한다.

막우지(莫友芝)의 『여정지견전본서목(郘亭知見傳本書目)』[15] : 『혜중산

---

12) 주학근(朱學勤, 1823~1875) : 자는 백수(伯修)이고, 인화(仁和)[지금의 절강성 항주(杭州)] 사람이며, 청대 장서가이다. 『결일려서목(結一廬書目)』은 그의 집에 소장되어 있던 책의 서목으로 4권이다. 본문의 괄호 안의 내용은 주학근의 원주(原注)이다.

13) 홍이훤(洪頤煊, 1765~1833) : 자는 정현(旌賢), 호는 균헌(筠軒)이고, 청대 절강(浙江) 임해(臨海) 사람이다. 그가 지은 『독서총록(讀書叢錄)』은 24권이다.

14) 전태길(錢泰吉, 1791~1863) : 자는 보의(輔宜), 호는 경석(警石)이며, 절강성 가흥(嘉興) 사람이며, 청대 장서가이다. 그가 지은 『폭서잡기(曝書雜記)』는 3권이다.

15) 막우지(莫友芝, 1811~1871) : 자는 자시(子偲), 호는 여정(郘亭)이고, 귀주성 독산(獨

집』10권은 위(魏)나라 혜강이 지었다. 명대 가정(嘉靖) 을유(乙酉)년 황
성증이 송대 본을 모방한 것으로 쪽마다 22행이 있고, 행마다 20글자
가 있으며, 책 페이지 가운데[板心]에는 남성정사(南星精舍)라는 네 글
자가 있다. 정영(程榮)이 교감한 각본(刻本). 왕사현(汪士賢) 본(本).『백
삼명가집(百三名家集)』본(本) 중의 1권.『건곤정기집(乾坤正氣集)』본
(本). 정지실(靜持室)에는 고원(顧沅)이 오포암(吳匏庵)이 소장하고 있던
초본(鈔本)으로 왕사현(汪士賢) 본 위에 교감해 놓은 것이 있다.

강표(江標)의『풍순정씨지정재서목(豐順丁氏持靜齋書目)』[16] :『혜중산
집』10권. 명대 왕사현(汪士賢)이 간행한 각본(刻本)이다. 강희(康熙) 연
간에 전배(前輩)들이 오포암(吳匏庵)의 수초본(手抄本)으로 상세하게 교
감하여 놓았고, 후에 왕백자(汪伯子), 장연창(張燕昌), 포록음(鮑淥飮), 황
요포(黃蕘圃), 고상주(顧湘舟) 등 제가(諸家)의 소장을 거쳤다.

무전손(繆荃孫)의『청학부도서관선본서목(淸學部圖書館善本書目)』[17] :
『혜강집』10권. 위(魏)나라 혜강이 지었다. 명대 오포암(吳匏庵)의 총서
당(叢書堂) 초본(鈔本)이다. 책 페이지 가운데에 총서당(叢書堂)이라는
세 글자가 있고, "진정련서화기(陳貞蓮書畵記)"라는 글자가 양각된, 격

山) 사람이며, 청말의 학자이다. 그가 지은『여정지견전본서목(邸亭知見傳本書目)』
은 16권이다. (按) 이 조목의 인용문에 나오는 정지실(靜持室)은 마땅히 지정실(持靜
室)이라 해야 옳지 않을까 하는데, 지정실은 청말 정일창(丁日昌)의 장서실(藏書室)
이름이다.

16) 강표(江標, 1860~1899) : 자는 건하(建霞)이고, 청말 원화(元和)[지금의 강소성 오
현(吳縣)] 사람이다. 관직은 한림원편수(翰林院編修)였고,『풍순정씨지정재서목(豐
順丁氏持靜齋書目)』1권을 중각(重刻)하였다. 정씨(丁氏)는 정일창(丁日昌)을 가리
킨다.

17) 무전손(繆荃孫, 1844~1919) : 자는 소산(筱珊), 호는 예풍(藝風)이고, 강소성 강음
(江陰) 사람이며, 청말의 학자이다.『청학부도서관선본서목(淸學部圖書館善本書
目)』은 5권이다. 학부(學部)는 청말에 설립되어 중앙에서 전국의 교육을 주관하
던 기구이다.

자가 그려진 네모난 인장이 찍혀 있다.

　육심원(陸心源)의 『벽송루장서지(皕宋樓藏書志)』[18] : 『혜강집』 10권. [구초본(舊鈔本)[19]] 진(晉)나라 혜강이 지었다. [(案) 이 다음의 원본에는 고광기(顧廣圻)의 후기와 황비열(黃丕烈)의 3편의 발문을 전부 수록하고 있는데, 이 둘은 이미 앞에서 보았을 것이다.[20]] 나는 이전부터 고종 사촌인 왕우루(王雨樓)의 집에 소장하고 있던 『혜중산집』은 바로 총서당(叢書堂)에서 송대 초본(抄本)을 교감한 것이며 장서가들이 대단히 귀중하게 여기고 있다는 것을 알고 있었다. 사예거(士禮居)에서 왕우루(王雨樓)의 집으로 넘어온 것이다. 지금 을미(乙未)년 겨울에 나는 왕우루(王雨樓)에게서 그 책을 빌려 보았는데, 그는 그 책과 초록한 부본(副本)을 함께 보여 주었다. 서로 대조하여 보니 다소 오자와 탈자가 있어 모두 바로잡아 놓았다. 주필(朱筆)로 원래 글자 위에 고쳐 놓은 것은 필사한 사람이 잘못한 것이다. 위쪽에 표시하여 둔 것은 내 생각대로 임의로 바로잡은 것이다. 돌려 줄 때 여기에 덧붙여 기록하여 두었다. 도광(道光) 15년 11월 초 9일에 묘도인(妙道人)이 쓰다.[21]　(案) 위

---

18) 육심원(陸心源, 1834~1894) : 자는 강부(剛父), 호는 존재(存齋)이고, 귀안(歸安)[지금의 절강성 오흥(吳興)] 사람이며, 청말의 장서가이다. 그가 지은 『벽송루장서지(皕宋樓藏書志)』는 120권이고, 『속지(續志)』가 4권이다.

19) 구초본(舊鈔本) : 이 세 글자는 『벽송루장서지(皕宋樓藏書志)』의 원주(原注)이다.

20) 고광기(顧廣圻)의 후기 : 총서당초본(叢書堂鈔本) 『혜강집(嵇康集)』 뒤에 있는 고광기(顧廣圻)의 후기를 가리킨다. 고광기(1770~1839) : 자는 천리(千里), 호는 간빈(澗蘋) 이고, 원화(元和)[지금의 강소성 오현(吳縣)] 사람이며, 청대 교감학가이다. 저작으로는 『사적재집(思適齋集)』이 있다. 황비열(黃丕烈)의 3편의 발문 : 총서당초본 『혜강집』 뒤에 있는 황비열의 3편의 발문을 가리킨다. 황비열(黃丕烈, 1763~1825) : 자는 소무(紹武), 호는 요포(蕘圃) 또는 복옹(復翁)이고, 오현(吳縣)[지금의 강소성 소주(蘇州)] 사람이며, 청대 장서가이다. 저작으로는 『사예거장서제발(士禮居藏書題跋)』이 있다. 고광기의 후기와 황비열의 3편의 발문은 모두 노신의 교감본 『혜강집』에 이미 수록되어 있다. 이 단락의 (案)의 내용은 노신이 덧붙인 것이다.

21) 묘도인(妙道人) : 오지충(吳志忠)을 가리키며, 자는 유당(有堂), 별호가 묘도인(妙道

나라 중산대부『혜강집』은『수서·경적지』권13권에 나오며, 주(注)에
서 "양(梁)나라 때에는 15권과 목록 1권이 있었다"라고 하였다. 신구
『당지(唐志)』에서는 모두 15권이라 하였으나 사실이 아닐 것이라 여겨
진다.『송사·예문지』및 조공무(晁公武)·진진손(陳振孫) 두 사람은 모
두 10권이라 하였으니, 그렇다면 산일(散佚)된 것이 더 많은 것이다.
오늘날 세상에 통행되고 있는 것은 명대 각본(刻本) 둘 뿐인데, 하나는
황성증(黃省曾)이 교감하여 간행한 각본이고, 하나는 장부(張溥)의『백
삼가집(百三家集)』에 나오는 각본이다. 장부(張溥) 본(本)은「회향부(懷香
賦)」1편 및 원헌(原憲) 등의 찬(贊) 등 6편을 더 보태어 놓았는데, 그러
나 혜강이 주고받으며 논쟁할 때의 상대방 원작(原作)을 덧붙이지 않았
다. 그 나머지는 대략 서로 동일하다. 그러나 탈자와 오자가 매우 많
아 거의 읽을 수 없다. 예전에 한 차례 서로 대조하여 보았고,『문선
(文選)』과『예문유취(藝文類聚)』등 여러 책으로 약간 그것을 교감하였
으나 결국 완전히 훌륭하게 되지는 않았다. 이 본(本)은 명대 오포암(吳
匏庵)의 총서당(叢書堂)에서 송대 본을 필사한 초본(抄本)으로부터 집록
한 것이다. 필사하며 옮길 때의 잘못은 오지충(吳志忠) 군이 송대 초본
(鈔本) 원본에 의거하여 교감하여 바로잡아 놓았다. 오늘날 주필(朱筆)
로 고쳐 놓은 것은 바로 이것이다. 나는 명대 간행본으로 그것을 교감
하였는데, 명대 본은 탈락된 글자가 대단히 많다는 것을 알았다.「답난
양생론(答難養生論)」에서 不殊于榆柳也 다음에 然松柏之生, 各以良殖遂性,
若養松于灰壤이라는 세 구절이 빠져 있다.「성무애락론(聲無哀樂論)」에
서 人情以躁靜 다음에 專散爲應, 譬猶游觀于都肆, 則目濫而情放. 留察于曲
度, 則思靜이라는 스물 다섯 글자가 빠져 있다.「명담론(明膽論)」에서 夫
惟至 다음에 明能無所惑至膽이라는 일곱 글자가 빠져 있다.「답석난택

____

人)이고, 청대 오현(吳縣) 사람이다. 이상은『벽송루장서지(皕宋樓藏書志)』에 수록
된『혜강집』초본(鈔本)의 오지충(吳志忠)의 발문이다.

무길흉섭생론(答釋難宅無吉凶攝生論)」에서 爲卜無所益也 다음에 若得無恙, 爲相敗于卜, 何云成相邪라는 두 구절이 빠져 있다. 未若所不知 다음에 者衆, 此較通世之常滯. 然智所不知라는 열네 글자가 빠져 있다. 또한 不可以妄求也에서는 以라는 글자가 빠져 있고 求를 論이라는 글자로 잘못 써서 마침내 문장의 뜻이 통하지 않게 되어 있다. 그 밖에 오자와 탈자를 교정·보충해야 할 단어와 짧은 구절은 일일이 예거할 수도 없을 정도로 많다. 책은 구초본(舊抄本)을 귀하게 여기는 것은 진실로 이유가 있는 것이다.

기승연(祁承爜)의 『담생당서목(澹生堂書目)』22) : 『혜중산집』 3책.(10권, 혜강) 『혜중산집략(嵇中散集略)』 1책.(1권)

손성연(孫星衍)의 『평진관감장기(平津館鑑藏記)』23) : 『혜중산집』 10권. 권(卷)마다 앞에 목록이 있다. 앞에는 가정(嘉靖) 을유(乙酉)년에 황성증(黃省曾)이 쓴 서(序)가 있으며 거기서 "이 귀중한 책을 교감하여 10권으로 묶었다"라고 했는데, 이 책은 황씨(黃氏)가 확정한 것이 아닌가 여겨진다. 그렇지만 왕무(王楙)의 『야객총서(野客叢書)』를 살펴보면, 비릉(毘陵)의 하방회(賀方回)의 집에 소장되어 있던 필사본 10권과 시 66수를 얻었다고 이미 밝히고 있다. 왕무(王楙)가 보았던 본(本)과 동일하다. 이 본은 바로 송대 본에서 번각한 것이다. 황씨(黃氏)의 서문에서는 특히 그것을 과장하여 말하고 있다. 쪽마다 20행이 있고, 행마다 20글자가 있으며, 책 페이지 가운데 아래쪽에는 남성정사(南星精舍)라는 네 글자가 있다. 수장할 때 세업당인(世業堂印)이라는 글자가 음각

---

22) 기승연(祁承爜) : 자는 이광(爾光)이고, 산음(山陰)[지금의 절강성 소흥(紹興)] 사람이며, 명대 장서가이다. 『담생당서목(澹生堂書目)』은 그의 집에 소장되어 있던 책의 서목으로 14권이다.

23) 손성연(孫星衍, 1753~1818) : 자는 연여(淵如)이고, 양호(陽湖)[지금의 강소성 무진(武進)] 사람이며, 청대 학자이다. 그가 지은 『평진관감장기(平津館鑑藏記)』는 3권이다.

된 정방형 인장과 수한재(繡翰齋)라는 글자가 양각된 장방형 인장을 찍어 놓았다.

조기미(趙琦美)의 『맥망관서목(脈望館書目)』:『혜중산집』 2본(本). [조씨(趙氏)의 책은 나중에 강운루(絳雲樓)에 귀속되었음.][24]

고유(高儒)의 『백천서지(百川書志)』[25]:『혜중산집』 10권. 위(魏)나라 중산대부(中散大夫)인 초국(譙國) 사람 혜강 숙야(叔夜)가 지었다. 시(詩) 47편, 부(賦) 13편, 문(文) 15편, 부록 4편이 있다.

---

24) 조기미(趙琦美, 1563~1624):자는 원도(元度), 호는 청상도인(淸常道人)이고, 상숙(常熟)[지금은 강소성에 속함] 사람이며, 명대 장서가이다. 『맥망관서목(脈望館書目)』은 그의 집에 소장되어 있던 책의 서목으로 4책이다. 괄호 안의 내용은 노신이 덧붙인 것이다.

25) 고유(高儒):자는 자순(子醇)이고, 탁주(涿州)[지금의 하북성 탁현(涿縣)] 사람이며, 명대 장서가이다. 『백천서지(百川書志)』는 그의 집에 소장되어 있던 책의 서목으로 20권이다. (按) 다음에 나오는 부 13편[賦十三]은 원래 부 3편[賦三]으로 되어 있으며, 「금부(琴賦)」(전문), 「주부(酒賦)」(잔존 4구), 「백수부(白首賦)」(제목만 남아 있음)를 가리킨다.

『혜강집(嵇康集)』 서(序)[1]

위(魏)나라 중산대부(中散大夫)의 『혜강집(嵇康集)』은 양(梁)나라 때 15권과 「목록」1권이 있었다. 수대(隋代)에 이르러 2권이 없어졌다. 당대(唐代)에 다시 나타났으나 그 「목록」은 사라졌다. 송대 이래로 다만 10권만 남았다. 정초(鄭樵)의 『통지(通志)』에 실려 있는 권수(卷數)는 당대(唐代)의 권수와 다르지 않은데, 이는 대개 옛 기록을 옮겨 실었기 때문이며 그가 직접 눈으로 본 것은 아니다. 왕무(王楙)[2]가 이미 이에 대해 분석해 놓았다. 목판본의 경우 송원대(宋元代)의 것은 듣지 못했고, 명대의 것으로는 가정(嘉靖) 을유(乙酉)년의 황성증(黃省曾) 본(本)과 왕사현(王士賢)의 『이십일명가집(二十一名家集)』[3] 본(本)이 있으며, 모두 10권이다. 장부(張溥)의 『한위육조백삼명가집(漢魏六朝百三名家集)』에 나오는 것은 1권으로 합쳐져 있고, 장섭(張燮)이 번각한 것은 다시 6권으로 고쳐 놓았는데,[4] 대체로 모두 황성증(黃省曾) 본을 근거로 하여

---

1) 이 글은 1924년 6월 11일에 씌어졌고, 원래 1938년 판 『노신전집』 제9권 『혜강집(嵇康集)』에 실려 있다.

2) 왕무(王楙, 1151~1213) : 자는 면부(勉夫)이고, 송대 장주(長洲)[지금의 강소성 소주(蘇州)] 사람이다. 저작으로는 『야객총서(野客叢書)』 30권이 있다.

3) 왕사현(王士賢) : 명대 흡현(歙縣)[지금은 안휘성에 속함] 사람이다. 『이십일명가집(二十一名家集)』은 『한위제명가집(漢魏諸名家集)』을 가리키며, 123권으로 명대 만력(萬曆) 연간에 간행되었고, 그 속에 『혜중산집(嵇中散集)』 10권이 들어 있다.

4) 『한위육조백삼명가집(漢魏六朝百三名家集)』은 전체 118권이며 그 속에 『혜중산집』 1권이 들어 있다. 장섭(張燮) : 자는 소화(紹和)이고, 명대 용계(龍溪)[지금의 복건성 장주(漳州)] 사람이다. 만력(萬曆) 연간에 거인(擧人)이 되었다. 『칠십이명가집(七十

그 잘못을 약간 바로잡아 놓았고 일문(逸文)도 함께 더하여 놓았다. 장섭(張燮) 본은 순서를 더욱 어지럽게 고쳐 놓아 옛 모습을 한층 더 잃고 있다. 다만 정영(程榮)이 번각한 10권본[5]은 이문(異文)이 비교적 많아 의거하고 있는 것이 또 다른 본(本)일 것 같은데, 그러나 대략 여타의 본과 거리가 그다지 멀지는 않다. 청조(淸朝)의 제가장서부(諸家藏書簿)에 기록되어 있는 것으로는 또 명대 오관(吳寬)의 총서당(叢書堂) 초본(鈔本)이 있는데, 그 기원은 송대의 목판본이고, 또 포암[匏庵, 오관(吳寬)의 호—역자]이 직접 교감한 것이라고 언급하고 있어 비록 다른 데서 옮겨 초록한 것이지만 교감자[校文者]들은 대단히 귀중한 것[珍秘]으로 여겼다. 나는 다행히 그 책이 지금 경사도서관(京師圖書館)에 있기에 얼른 가져와 필사하였고, 더욱이 황성증(黃省曾) 본을 가져다 대조하여 보았는데, 이 두 책은 근원이 실은 같고 서로 오자와 탈자가 있다는 것을 알았다. 다만 이쪽 책에서 빠지고 없는 것은 저쪽 책에서 가져와 보정(補正)할 수 있어 두 책의 장점을 겸비하여 좀더 나아질 수 있었다. 구교(舊校, 이전에 해 놓은 교감—역자) 역시 정말 포암(匏庵)이 직접 한 것인지 그렇지 않은지 알 수 없다. 요컨대 한 사람으로 그치지는 않았을 것이다. 먼저 묵필(墨筆)로 교감하였는데, 더하거나 삭제한 것이 가장 많고 게다가 항상 원문을 지워 버려 식별할 수 없을 정도이고, 또한 각본(刻本)에만 의거하여 각본(刻本)의 잘못까지도 가져다 구초본(舊鈔本)을 고쳐 놓았다. 다음으로는 주필(朱筆)로 두 차례 교감하였는데, 역시 각본(刻本)에 의거하여 앞서 묵필로 교감할 때 다행히 고쳐지지 않은 글자도 모두 다시 지우고 고쳐 놓아 완전히 각본(刻本)과 같아지게 만들었다. 대개 묵필과 주필로 세 차례 교감을 거치면서

二名家集)』을 번각하였고, 그 속에 『혜중산집』 6권을 수록하고 있다.

5) 정영(程榮) : 자는 백인(伯仁)이고, 명대 흡현(歙縣) 사람이다. 『혜중산집』 10권을 번각하였다.

구초본(舊鈔本)의 장점은 사라지고 말았다. 지금 나의 이 교정은 구교(舊校)를 배제하고 원문을 보존하려고 애를 썼다. 묵필로 진하게 지워버려 부득이하게 고쳐진 판본을 따를 경우에 '글자는 구교(舊校)에 따랐다'라고 밝혀 의심스러움을 밝혀 놓았다. 뜻이 두 가지 다 통하지만 구교(舊校)가 각본(刻本)에 맞추어 고쳐 놓은 것은 '각각의 판본이 어떤 글자로 되어 있다'고 밝혀 둘의 차이를 보존하여 두었다. 황성증(黃省曾), 왕사현(汪士賢), 정영(程榮), 장부(張溥), 장섭(張燮) 등 다섯 사람의 각본(刻本)을 사용하여 교감을 마친 다음 다시 『삼국지(三國志)』의 주(注), 『진서(晉書)』, 『세설신어(世說新語)』의 주(注), 『야객총서(野客叢書)』, 호극가(胡克家)가 번각한 송대 우무(尤袤) 본(本)인 『문선(文選)』의 이선주(李善注) 및 그들이 지은 『고이(考異)』, 송대 본 『문선(文選)』의 육신주(六臣注), 전해져 오는 당대 초본(鈔本)인 『문선집주(文選集注)』의 잔본(殘本), 『악부시집(樂府詩集)』, 『고시기(古詩紀)』[6] 그리고 진우모(陳禹謨)의 각본(刻本)인 『북당서초(北堂書鈔)』, 호찬종(胡纘宗) 본 『예문유취(藝文類聚)』, 석산(錫山) 사람 안국(安國)의 각본(刻本)인 『초학기(初學記)』, 포숭성(鮑崇城)의 각본(刻本)인 『태평어람(太平御覽)』 등[7]에서 인용된 것

---

6) 『악부시집(樂府詩集)』 : 시가(詩歌) 총집(總集)으로 송대 곽무천(郭茂倩)이 엮었으며, 100권이다. 한위(漢魏)에서 오대(五代)까지의 악부가사 및 선진(先秦)에서 위말(魏末)까지의 가요(歌謠)를 집록하고 있다. 『고시기(古詩紀)』 : 원명은 『시기(詩記)』이며, 시가 총집으로 명대 풍유눌(馮惟訥)이 엮었고 156권이다. 한대에서 수대까지의 시(詩) 및 옛 일시(逸詩) 등을 집록하고 있다.

7) 진우모(陳禹謨, 1548~1618) : 자는 석현(錫玄)이고, 명대 상숙(常熟)[지금은 강소성에 속함] 사람이다. 그가 번각한 『북당서초(北堂書鈔)』는 160권으로 원본에 대해 고쳐 놓은 데가 있다. 호찬종(胡纘宗) : 자는 가천(可泉)이고, 명대 진안(秦安)[지금은 감숙성에 속함] 사람이다. 그가 번각한 『예문유취(藝文類聚)』는 100권으로 가정(嘉靖) 6년(1527)에 간행되었다. 안국(安國) : 자는 민태(民泰)이고 명대 석산(錫山)[지금의 강소성 무석(無錫)] 사람이다. 그가 번각한 『초학기(初學記)』는 30권으로 가정(嘉靖) 10년(1531)에 간행되었다. 포숭성(鮑崇城) : 청대 흡현(歙縣)[지금은 안휘성에 속함] 사람이다. 그가 번각한 『태평어람(太平御覽)』은 1,000권으로 가경(嘉慶)

을 가져다 대조하여 그 이동(異同)을 밝혀 놓았다. 요영(姚瑩)이 엮은 『건곤정기집(乾坤正氣集)』[8]에도 역시 중산(中散, 혜강―역자)의 문장 9권이 들어 있지만 바로잡아 놓은 것이 없으니 더 이상 언급하지 않는다. 그리고 엄가균(嚴可均)의 『전삼국문(全三國文)』, 손성연(孫星衍)의 『속고문원(續古文苑)』[9]에 수록되어 있는 것에는 간혹 교감하여 바로잡은 글자가 있어 함께 기록·보존하여 살펴볼 수 있도록 해 놓았다. 구초본(舊鈔本)이 이렇게 만들어져 있다고 하더라도 각본(刻本)이 이미 고쳐 놓은 경우는 偆를 惷로, 寐를 悟로 한 것이고, 각본 쪽이 구초본과 비교하여 나은 경우는 遊를 游로, 泰를 太로, 慾을 欲으로, 樽을 尊으로, 殉을 徇으로, 餝을 飾으로, 閑을 閒으로, 蹔을 暫으로, 脩를 修로, 壹을 一로, 途를 塗로, 返을 反으로, 捨를 舍로, 弦을 絃으로 한 것이고, 구초본 쪽이 각본과 비교하여 나은 경우는 饑를 飢로, 陵을 淩으로, 熟을 孰으로, 琓을 翫으로, 災를 灾로 한 것이고, 비록 다른 글자이지만 다 뜻이 통하는 경우는 迺와 乃, 兖와 吞, 于와 於, 無와 毋이니, 그 숫자는 대단히 많아서 번거로움을 줄이기 위해 더 이상 밝히지는 않는다. 또 구초본을 살펴보면 원래는 10권에서 모자란다. 그 중의 제1권에는 빠진 페이지가 있고, 제2권은 앞부분이 없어 누군가가 「금부(琴賦)」를 가져다 채워 넣었다. 제3권은 뒷부분이 없어 누군가가 「양생론(養生論)」을 가져다 채워 넣었다. 제9권은 「난택무길흉섭생론(難宅無吉凶攝生論)」 하(下)가 되어야 하나 전부 없어졌기 때문에 누군가가 제6

17년(1812)에 간행되었다.

8) 요영(姚瑩, 1785~1853) : 자는 석보(石甫)이고, 청대 안휘(安徽) 동성(桐城) 사람이다. 고원(顧沅) 등과 함께 『건곤정기집(乾坤正氣集)』 20권을 엮어 전국(戰國) 시기 굴원(屈原) 이후의 101인의 작품을 선록(選錄)하고 있다.

9) 『속고문원(續古文苑)』 : 문총집(文總集)으로 20권이다. 주대(周代)에서 원대(元代)까지의 유문(遺文)을 집록하고 있는데, 이전의 『고문원(古文苑)』이라는 책이 있기에 이렇게 불렀다.

권 중의 「자연호학론(自然好學論)」 등 2편을 분리하여 제7권으로 삼았고, 제7권·8권 두 권을 제8권·9권으로 삼아서 완전한 책으로 만들었다. 황성증(黃省曾), 왕사현(汪士賢), 정영(程榮) 세 사람의 각본(刻本)은 모두 이와 같은데, 지금 역시 고치지 않았다. 대개 왕무(王楙)가 보았던 필사본 10권본과 비교하여 권수는 다름이 없지만 실제로는 한 권 및 두 권 반이 없어진 것이다. 초본에는 원래 또 앞에 목록이 있지만, 그러나 이는 교감한 후에 더한 것으로 황성증(黃省曾)의 각본과 비슷하다. 지금 본문에 의거하여 새로 목록 한 권을 만들어 그것을 대신하고, 게다가 「일문에 관한 고증(逸文考)」, 「기록 고증(著錄考)」 각 1권을 말미에 덧붙여 놓았다. 학식이 보잘것없고 빠뜨린 것이 대체로 많을 것이 염려되지만, 『혜강집』의 구문(舊文)을 보존하여 다소 유포(流布)될 수 있기를 바란다.

중화민국 13년 6월 11일 회계(會稽)에서 서(序)를 쓰다

『사당전문잡집(俟堂專文雜集)』 제기(題記)[1]

예전에 나는 『월중전록(越中專錄)』[2]을 저술하고 싶어 상당히 애를 써서 고향의 전벽(專甓)과 탁본을 수집하였다. 그러나 재력(財力)과 능력이 열악하여 이루기가 쉽지 않았으니 10여 년 동안의 노력으로 겨우 고전(古專) 20여 점과 약간의 탁본(拓本)을 구했을 뿐이다. 이사를 한 후에 갑자기 도둑을 만나[3] 홀홀 단신으로 도피하였는데, 다만 대동(大同) 10년의 것 하나[4]만 가지고 나왔고, 그 나머지는 모두 도둑의 소굴에 놓아 두었다. 세월이 흐르고 흥미 역시 사라져 『월중전록(越中專錄)』

---

1) 이 글은 1924년 9월 21일에 씌어졌고, 원래는 표제와 표점 부호가 없었다. 『사당전문잡집(俟堂專文雜集)』: 노신이 소장하고 있던 고전(古磚)과 탁본의 집록본으로 한위육조(漢魏六朝) 때의 것 170점, 수대(隋代)의 것 2점, 당대(唐代)의 것 1점이 수록되어 있다. 노신이 살아 있을 때 엮어 놓았으며 다만 간행되지는 않았다. 사당(俟堂)은 노신이 초기에 사용하던 별호(別號)이다.

2) 『월중전록(越中專錄)』: 노신이 엮으려고 계획했던 소흥(紹興) 지역의 고전탁본집(古磚拓本集)이다. (按) 『사당전문잡집(俟堂專文雜集)』에 수록되어 있는 것은 월중(越中, 월 지역─역자)에만 한정되어 있지 않다.

3) 주작인(周作人)이 노신의 서적과 물품을 점유한 일을 가리킨다. 『노신일기』 1923년 8월 2일에 팔도만(八道灣)에서 "전탑호동(磚塔胡同) 61호로 이사하였다"고 씌어 있다. 1924년 6월 1일에는 "오후에 책과 집기를 가져오기 위하여 팔도만의 집으로 갔는데, 서쪽 곁채로 들어서자 계맹(啓孟)과 그의 아내가 갑자기 나와 욕설을 퍼붓고 때렸으며, ……그러나 끝내 책과 집기를 들고 나왔다"고 씌어 있다. 계맹(啓孟)은 바로 주작인이다.

4) 남조(南朝)의 양(梁)나라 무제(武帝) 대동(大同) 11년(545)의 고전(古磚) 또는 그 탁본을 가리킨다. 『노신일기』 1918년 7월 14일에 "대동(大同) 때의 전(專) 두 점을 탁본하였다"라고 씌어 있다.

을 저술하는 일은 요원하니 무엇을 기대하겠는가? 잠시나마 전화(戰火)를 당한 후 남은 것들을 모아서 영원한 기념으로 삼으련다! 갑자(甲子)년 8월 23일, 연지오자(宴之敖者)5)가 손으로 적다.

---

5) 연지오자(宴之敖者) : 노신의 필명이다. 허광평(許廣平)의 「기쁘고 위안되는 기념(欣慰的紀念)」에 따를 때 "선생님은 '연(宴)은 ''(家)와 日과 女를 합친 것이고, 오(敖)는 出과 放을 합친 것이다『설문해자(說文解字)』에는 㪅로 되어 있음). 나는 집안의 일본 여자로부터 쫓겨났다.'라고 하셨다." (按) 주작인의 아내는 일본인이었다.

『소설구문초(小說舊聞鈔)』 서언(序言)[1]

예전에 소설을 정리하려고 그에 관한 사료[史實]에 대해 조사한 바가 있다. 그 때 장서조(蔣瑞藻) 씨의 『소설고증(小說考證)』[2]이 이미 출판되었으므로 그것을 가져다 조사하고 찾았는데, 상당히 도움이 되었다. 다만 애석하게도 그 책은 전기[傳奇, 명대 이후에 나온 희곡의 일종인 전기(傳奇)를 가리킴 — 역자]도 함께 수록하여 아직 분리해 놓지 않았고, 원본과 대조하니 자구(字句) 또한 때때로 다른 것이 있었다. 그리하여 옛 기록을 섭렵할 때마다 우연히 참고·고증할 만한 구문(舊聞)을 얻게 되면 얼른 다른 데 옮겨 써 놓았다. 세월이 오래 되어 쌓인 것이 점차 많아졌다. 그러나 2년 전에 이 일을 또 그만두었기 때문에 어지럽게 쌓인 종이는 좀빌레와 먼지 속에 내버려 두었다. 즉시 태워 버리지 못하는 까닭은 대개 그 일이 비록 하찮은 일이지만 결국은 심혈을

---

1) 이 글은 1926년 8월 북신서국(北新書局)에서 출판한 『소설구문초(小說舊聞鈔)』에 처음 인쇄되어 실렸다. 『소설구문초(小說舊聞鈔)』: 노신이 집록한 소설사료집으로서 초판에는 39편이 실려 있다. 앞 35편은 38종의 구소설의 사료에 관한 것이고, 뒤 4편은 소설의 원류(源流), 평각(評刻), 금출(禁黜) 등에 관한 사료이다. 그 속에는 노신의 안어(按語)가 덧붙어 있다. 이 책은 1935년 7월에 작자의 증보를 거쳐 상해(上海) 연화서국(聯華書局)에서 재판되었다. 후에 1938년 판 『노신전집』 제10권에 수록되었다.

2) 장서조(蔣瑞藻): 별호는 화조생(花朝生)이고, 절강성 제기(諸曁) 사람이다. 그가 지은 『소설고증(小說考證)』은 중국 원대(元代) 이후의 소설·희곡 작자의 사적, 작품의 원류 및 전인들의 평가 등의 자료를 모아 놓았으며, 1915년 상무인서관(商務印書館)에서 출판되었다. 그 후에 또 습유(拾遺)와 속편(續編)이 나왔다.

기울였던 것이라 버리기도 그렇고, 가지고 있기도 그렇기 때문인데,
이는 닭갈비(그다지 가치는 없으나 버리기는 아까운 것을 가리킴-역
자)와 같은 데가 있다. 금년 봄에 느낀 바가 있어[3] 다시 옛 원고를 꺼
내어 책상머리에 어지럽게 늘어 놓았다. 한두 젊은 친구가 이는 비록
명가(名家)들의 구미에는 맞지 않지만 그래도 초학(初學)들에게 도움이
없지 않을 것이라 생각하여 나를 도와 자료를 편집하여 그럴 듯하게
책 모양으로 만들고 마침내 또 인쇄하여 출판하니 바로 이 책이다. 읽
은 책이 많지 않고 매우 초라하여 종이와 먹을 공연히 낭비하고 평단
(評壇)에 고통을 가져다 주는 것이 아닌가 하여 스스로 부끄럽다. 그렇
지만 모두가 원서에서 가져온 것으로 여기저기서 표절하지는 않았다.
그런데 책 전체가 모두 소설을 논한 것, 예를 들어『소부매한화(小浮梅
閑話)』,『소설총고(小說叢考)』,『석두기색은(石頭記索隱)』,『홍루몽변(紅樓
夢辨)』등[4]의 경우는 본래 전문 저술이기 때문에 뒤져 보거나 구하기
가 번거롭지 않으니 편폭을 줄일 목적으로 더는 채록하지 않았다. 채
록하여 실은 것들은 본래 중복되는 것은 가능한 대로 도태시켜 훑어
보는 데 편리하도록 할 작정이었다. 그러나 예외적인 것도 있어 언급

---

3) 현대평론파(現代評論派)의 진원(陳源)이 1926년 1월 30일『신보부간(晨報副刊)』에
　「지마에게(致志摩)」라는 편지를 발표하여 노신의『중국소설사략(中國小說史略)』은
　일본인 염곡온(鹽谷溫)의『지나문학개론강화(支那文學概論講話)』를 표절한 것이라
　고 모함하였다. 노신은 그 해 2월 1일에 쓴「편지가 아니다(不是信)」(『화개집속편
　(華蓋集續編)』에 나옴) 및 그 밖의 다른 글에서 반박한 적이 있다. '느낀 바[根觸]'
　는 이 일을 가리킨다.

4)『소부매한화(小浮梅閑話)』: 소설·희곡에 관한 필기(筆記)이며, 청대 유월(俞樾)이
　지었다. 그가 지은『춘재당수필(春在堂隨筆)』뒤에 붙어 있다.『소설총고(小說叢
　考)』: 소설·희곡·탄사(彈詞)를 고증한 저작으로 전정방(錢靜方)이 지었다. 1916
　년 상무인서관(商務印書館)에서 출판하였다.『석두기색은(石頭記索隱)』:『홍루몽
　(紅樓夢)』을 연구한 전문 저서로서 채원배(蔡元培)가 지었다. 1917년 상무인서관에
　서 출판하였다.『홍루몽변(紅樓夢辨)』:『홍루몽』을 연구한 전문 저서로서 유평백
　(俞平伯)이 지었다. 1923년 상해(上海) 아동서국(亞東書局)에서 출판하였다.

해야 할 것 같다. 『수호전(水滸傳)』, 『요재지이(聊齋志異)』, 『열미초당필기(閱微草堂筆記)』[5) 아래에 나오는 중복된 것들은 세간 이야기[俗說]가 유전(流傳)되는 과정을 보여 준다. 『서유기(西游記)』 아래에 나오는 중복된 것들은 이 책이 언제부터 지리지(地理志)에 기록되지 않게 되었는지 밝혀 준다. 『원류편(源流篇)』 중간에 나오는 중복된 것들은 찰기(札記) 중에는 억측과 여기저기서 표절한 것이 많다는 것을 설명해 준다. 대단히 황당무계한 것들 역시 삭제하는 대상에 포함되어 있었지만, 다만 『소하한기(消夏閑記)』, 『양주몽(揚州夢)』의 각 한 조목[則]은 남겨 놓았다.[6) 이는 터무니없는 이야기가 고서(古書) 속에 늘 들어 있고 게다가 이 정도에까지 이르고 있다는 것을 보여 주기 위한 것이다. 내가 뒤져 보고 조사해 본 책에 대해서는 달리 목록을 만들어 말미에 덧붙였다. 그렇지만 책 전체를 통독하지는 않았으니, 예를 들어 왕기(王圻)의 『속문헌통고(續文獻通考)』[7)는 실제로 그 속의 「경적고(經籍考)」만을 읽었을 뿐이다.

1926년 8월 1일 교감을 마치며 적다. 노신

---

5) 『요재지이(聊齋志異)』 : 문언단편소설집으로 청대 포송령(蒲松齡)이 지었다. 『열미초당필기(閱微草堂筆記)』 : 필기소설집(筆記小說集)으로 청대 기윤(紀昀)이 지었다.

6) 『소하한기(消夏閑記)』 : 『소하한기적초(消夏閑記摘抄)』를 가리키며, 필기집으로 청대 고공섭(顧公燮)이 지었고 3권이다. 『양주몽(揚州夢)』 : 필기집으로 청대 초동주생(焦東周生)이 지었고, 4권이다.

7) 왕기(王圻) : 자는 원한(元翰)이고, 명대 상해(上海) 사람이며, 가정(嘉靖) 연간에 진사(進士)가 되었다. 『속문헌통고(續文獻通考)』 : 254권이고 30문(門)으로 나뉘어 있다. 마단임(馬端臨)의 『문헌통고(文獻通考)』를 이어 지은 것으로 남송(南宋) 가정(嘉定) 연간에서부터 명대 만력(萬曆) 초년까지의 전장제도(典章制度)의 연혁을 기록하고 있다. 「경적고(經籍考)」는 그 중의 1문(門)이며 전체 58권이다.

『혜강집(嵇康集)』 고증[1]

한대(漢代)에서 수대(隋代)에 이르는 사이에 사람들의 개인문집[別集]은 『수서·경적지』에 453부 4,377권이 기록되어 있다. 양(梁)나라에 있었던 것을 합치면 884부 8,121권이 된다. 그렇지만 지금은 송대 사람들이 다시 집록한 책이라도 이미 보기 드물다. 가령 엮는[編次] 데 법칙이 있고 서로 주고받은 것[贈答]이 모두 보존되어 있어 대략 원래의 모습을 볼 수 있는 것이 있다면, 그것은 다만 위(魏)나라의 혜강(嵇康)·완적(阮籍), 진(晋)나라의 이육[二陸, 육기(陸機)·육운(陸雲) 형제를 가리킴—역자]·도잠(陶潛), 송(宋)나라의 포조(鮑照), 제(齊)나라의 사조(謝朓), 양(梁)나라의 강엄(江淹)[2]의 문집뿐이다. 명대 오포암(吳匏庵)의

---

1) 이 글은 수고에 의거하여 편입하였다.

2) 완적(阮籍, 210~263) : 자는 사종(嗣宗)이고, 진유위씨(陳留尉氏)[지금은 하남성에 속함] 사람이며, 삼국(三國) 시기 위말(魏末) 때 시인이다. 『수서·경적지』에 『완적집(阮籍集)』 10권이 기록되어 있다. 육운(陸雲, 263~303) : 자는 사룡(士龍)이고, 서진(西晋) 때의 문학가이다. 『수서·경적지』에 『육기집(陸機集)』 14권, 『육운집(陸雲集)』 12권이 기록되어 있다. 도잠(陶潛, 약 372~427) : 이름을 연명(淵明)이라고도 하고, 자는 원량(元亮)이고, 심양(潯陽) 시상(柴桑)[지금은 강서성 구강(九江)] 사람이며, 동진(東晋)의 시인이다. 『수서·경적지』에 『도잠집(陶潛集)』 9권이 기록되어 있다. 포조(鮑照, 약 414~466) : 자는 명원(明遠)이고, 동해(東海)[지금의 강소성 연운항(連雲港)] 사람이며, 남조(南朝)의 송(宋)나라 문학가이다. 『수서·경적지』에 『포조집(鮑照集)』 10권이 기록되어 있다. 사조(謝朓, 464~499) : 자는 현휘(玄暉)이고, 진군(陳郡) 양하(陽夏)[지금의 하남성 태강(太康)] 사람이며, 남조(南朝)의 제(齊)나라 시인이다. 『수서·경적지』에 『사조집(謝朓集)』 12권과 『사조일집(謝朓逸集)』 1권이 기록되어 있다. 강엄(江淹, 444~505) : 자는 문통(文通)이고, 고성(考城)[지금의 하남성 난고(蘭

총서당(叢書堂) 본 『혜강집』을 구해 필사했는데, 이 책은 여타의 판본들보다 상당히 훌륭하여 인멸되어 사라질까 매우 염려되었고, 그래서 약간 교정을 보았으며 게다가 여태까지의 권수와 명칭의 차이점 및 일문(逸文)인가 그렇지 않은가에 대해 고증하였다.

1. 권수 및 명칭의 고증

『수서·경적지』:『위중산대부혜강집(魏中散大夫嵇康集)』 13권. [원주(原注)에서 "양(梁)나라 때는 15권과 목록 1권이 있었다"라고 하였다.]

『당서·경적지』:『혜강집』 15권.

『신당서·예문지』:『혜강집』 15권.
   (案) 혜강의 문집은 처음에 대개 15권과 목록 1권이었다. 수대(隋代)에는 2권 및 목록이 결손되었다. 당대에 이르러 다시 완전해졌으나 그 목록은 없어졌다. 그 명칭은 모두『혜강집』이라 하였다.

정초(鄭樵)의『통지·예문략(通志·藝文略)』:『위중산대부혜강집(魏中散大夫嵇康集)』 15권.

『숭문총목(崇文總目)』:『혜강집』 10권.

조공무(晁公武)의『군재독서지(郡齋讀書志)』:『혜강집』 10권. 지은이는

___

考)] 사람이며, 남조(南朝)의 양(梁)나라 문학가이다.『수서·경적지』에『강엄집(江淹集)』 9권과『강엄후집(江淹後集)』 10권이 기록되어 있다.

위(魏)나라 혜강 숙야(叔夜)이고, 초국(譙國) 사람이다. 혜강은 말투가 아름답고 훌륭한 풍채를 가지고 있었으며 꾸밈을 추구하지 않았다. 스승으로부터 학문을 전수받지 않고 널리 읽고 널리 통달하였으며, 노자와 장자를 좋아하여 지은 문장은 심원하였다. 위(魏)나라 종실(宗室)과 통혼하여 중산대부(中散大夫)에 임명되었다. 경원(景元) 초년에 종회(鐘會)가 진(晋)나라 문제(文帝)에게 그를 모함하여 살해되었다.

우무(尤袤)의 『수초당서목(遂初堂書目)』: 『혜강집』.

진진손(陳振孫)의 『직재서록해제(直齋書錄解題)』: 『혜중산집(嵇中散集)』 10권. 위(魏)나라 중산대부(中散大夫)인 초국(譙國) 사람 혜강 숙야(叔夜)가 지었다. 혜강의 본래 성은 해(奚)이고, 회계(會稽)로부터 초군(譙郡)의 질현(銍縣)에 있는 계산(稽山)으로 이사하여 그의 집은 그 산 옆에 있어 혜(嵇)라는 성씨를 얻게 되었다. 계(稽)라는 글자의 위쪽을 취한 것은 자신의 고향을 기억하기 위한 것이다. 그가 지은 문론(文論, 논변적인 글―역자)은 6·7만 언(言)이었지만 지금 세상에 남아 있는 것은 겨우 이와 같을 뿐이다. 『당지(唐志)』(『구당서·경적지』, 『신당서·예문지』―역자)에도 15권이라 되어 있다.

『송사·예문지(送辭·藝文志)』: 『혜강집』 10권.

마단임(馬端臨)의 『문헌통고·경적고(文獻通考·經籍考)』: 『혜강집』 10권.……

  (案) 송대에 이르러 10권만 남았는데, 그 명칭은 여전히 『혜강집』이라

하였다. 『통지(通志)』에서 15권이라 한 것은 『당지(唐志)』의 옛 글에서 초록하였기 때문이다. 『서록해제(書錄解題)』에서 『혜중산집(稽中散集)』이라 한 것은, 진진손(陳振孫)의 책이 오래 전에 없어졌고 청대 사람이 『영락대전(永樂大典)』에서 뽑아서 이에 후대에 부르던 명칭을 사용하였기 때문인데, 원서(原書)는 대개 이렇지 않았다.

송대에 『혜강집』의 대강은 왕무(王楙)의 『야객총서(野客叢書)』(권8)에 보이며 거기에 이렇게 기록되어 있다. "「혜강전(稽康傳)」에서는, 혜강은 명리(名理, 심오한 도리—역자)를 말하는 데 뛰어났고, 문장을 지을 수 있었으며, 『고사전찬(高士傳贊)』을 저술하고 『태사잠(太師箴)』과 『성무애락론(聲無哀樂論)』을 지었다 라고 했다. 나는 비릉(毘陵)의 하방회(賀方回) 집에 소장되어 있던 필사본 『혜강집』 10권을 얻었는데, 거기에는 시 68수가 있었고, 지금 『문선(文選)』에 실려 있는 것은 겨우 3수 정도뿐이다. 『문선』에는 혜강의 「여산거원절교서(與山巨源絶交書)」 1편만을 싣고 있는데, 「여여장제절교(與呂長悌絶交)」라는 편지 1편이 더 있음을 모르고 있다. 『문선』에는 「양생론(養生論)」 1편만을 싣고 있으나 「여향자기론양생난답(與向子期論養生難答)」이라는 1편이 더 있어 4,000여 언(言)이며 변론(辯論)이 대단히 상세하다는 것을 모르고 있다. 이 집본(集本)에는 또 「택무길흉섭생론란(宅無吉凶攝生論難)」 상중하 3편이 있다. 「난장료□자연호학론[難張遼□自然好學論]」 1편이 있고, 「관채론(管蔡論)」, 「석사론(釋私論)」, 「명담론(明膽論)」 등의 글[文]이 있다. 그 말의 뜻은 심원하고 대부분 이치[理]에 뿌리를 두고 있으며 읽어 보면 당시의 기풍을 생각해 볼 수 있다. 『숭문총목(崇文總目)』에서는 『혜강집』 10권이라고 했는데, 바로 이 책을 가리킨다. 『신당서·예문지』에서는 『혜강집』 15권이라 하였는데, 5권은 무엇을 말하는 것인지 알 수 없다."

양사기(楊士奇)의 『문연각서목(文淵閣書目)』: 『혜강문집(嵇康文集)』. [원
주(原注)에서 "1부(部) 1책(冊)으로서 결손되어 있다"라고 하였다.]

섭성(葉盛)의 『녹죽당서목(菉竹堂書目)』: 『혜강문집(嵇康文集)』1책.

초횡(焦竑)의 『국사·경적지(國史·經籍志)』: 『혜강집』15권.

고유(高儒)의 『백천서지(百川書志)』: 『혜중산집』10권. 위(魏)나라 중산
대부인 초국(譙國) 사람 혜강 숙야(叔夜)가 지었다. 시(詩)가 47편,
부(賦)가 십[十, (按) 이 글자는 더 들어간 것임]3편, 문(文)이 15
편, 부록이 4편이 있다.

기승연(祁承㸁)의 『담생당서목(澹生堂書目)』: 『혜중산집』3책.[원주(原
注)에서 "10권, 혜강"이라 하였음.] 『혜중산집략(嵇中散集略)』1
책.[원주(原注)에서 "1권"이라 하였음.]
　(案) 명대에는 두 판본이 있었다. 하나는 "『혜강문집(嵇康文集)』"이라는
　　것인데, 권수를 알 수 없다. 하나는 "『혜중산집(嵇中散集)』"이라는
　　것인데, 여전히 10권이다. 15권 본은 송대에 이미 완전하지 않게
　　되었고, 초횡(焦竑)이 기록한 것은 대체로 『당지(唐志)』의 옛 글을
　　그대로 답습하여 믿을 것이 못된다.

전겸익(錢謙益)의 『강운루서목(絳雲樓書目)』: 『혜중산집(嵇中散集)』2책.
　[진경운(陳景雲)은 주(注)에서 "10권이다. 황성증(黃省曾)이 번각한
　것으로 훌륭하다"라고 하였다.]

전증(錢曾)의 『술고당장서목(述古堂藏書目)』: 『혜중산집』10권.

『사고전서총목(四庫全書總目)』 : 『혜중산집(嵇中散集)』 10권.……
　　(案) 청대에 이르러 모두 "『혜중산집(嵇中散集)』"이라 부르고 있으며 여
　　전히 10권이다. "『혜강문집(嵇康文集)』"이라 부르는 경우는 듣지 못
　　하였다.

손성연(孫星衍)의 『평진관감장기(平津館鑑藏記)』 : 『혜중산집』 10권. 권
　　(卷)마다 앞에 목록이 있다. 앞에는 가정(嘉靖) 을유(乙酉)년에 황
　　성증(黃省曾)이 쓴 서(序)가 있으며 거기서 "귀중한 책을 교감하여
　　10권으로 묶었다"라고 하였는데, 이 책은 황씨(黃氏)가 확정한 것
　　이 아닌가 여겨진다. 그렇지만 …… 왕무(王楙)가 보았던 본(本)과
　　동일하다. 이 본(本)은 바로 송대 본에서 번각한 것이다. 황씨(黃
　　氏)의 서문에서는 특히 그것을 과장하여 말하고 있다. ……

홍이훤(洪頤煊)의 『독서총록(讀書叢錄)』 : 『혜중산집』 10권. 매 권(卷)마
　　다 목록이 앞에 있다. 앞에는 가정(嘉靖) 을유(乙酉)년 황성증(黃省
　　曾)의 서(序)가 있다. 『삼국지·병원전(三國志·邴原傳)』의 배송지
　　(裴松之)의 주(注)에서 "장비(張貔)의 아버지 장막(張邈)은 자가 숙
　　료(叔遼)이고 그의 「자연호학론(自然好學論)」이 『혜강집』에 들어
　　있다"라고 하였다. 오늘날의 본(本) 역시 이 편(篇)이 있다. 또 시
　　66수가 있는데, 왕무(王楙)의 『야객총서』 본과 동일하다. 이것은
　　송대 본(本)에서 번각한 것이다. ……

주학근(朱學勤)의 『결일려서목(結一廬書目)』 : 『혜중산집』 10권. [원주(原
　　注)에서는 "전체 1본(本)이다. 위(魏)나라 혜강이 지었다. 명대 가
　　정(嘉靖) 4년에 황성증(黃省曾)이 송대 본을 모방하여 간행한 본이
　　다."라고 하였다.]

(案) 명대에 번각된 『혜중산집』으로는 황성증(黃省曾) 본, 왕사현(汪士賢) 본, 정영(程榮) 본이 있고, 또 장섭(張燮)의 『칠십이가집(七十二家集)』 본, 장부(張溥)의 『일백삼가집(一百三家集)』 본이 있다. 황성증 본이 가장 먼저 나왔으며, 청대 장서가들은 모두 이는 송대 본에서 나온 것으로 가장 훌륭하다고 여겼다.

육심원(陸心源)의 『벽송루장서지(皕宋樓藏書志)』: 『혜강집』 10권. [원주(原注)에서 "구초본(舊鈔本)"이라 하였다.] 진(晋)나라 혜강이 지었다. …… 오늘날 세상에 통행되고 있는 것은 명대의 각본(刻本) 둘 뿐인데, 하나는 황성증(黃省曾)이 교감하여 간행한 각본이고, 하나는 장부(張溥)의 『백삼가집(百三家集)』에 들어있는 각본이다. …… 그러나 탈자와 오자가 매우 많아 거의 읽을 수 없다. …… 나는 명대 간행본으로 그것을 교감하였는데, 명대 본은 탈락된 글자가 대단히 많다는 것을 알았다.……책은 구초본(舊抄本)을 귀하게 여기는 것은 진실로 이유가 있는 것이다.

강표(江標)의 『풍순정씨지정재서목(豊順丁氏持靜齋書目)』 : 『혜중산집』 10권. 명대 왕사현(汪士賢)이 간행한 각본이다. 강희(康熙) 연간에 전배(前輩)들이 오포암(吳匏庵)의 수초본(手抄本)으로 상세하게 교감하여 놓았다.

무전손(繆荃孫)의 『청학부도서관선본서목(淸學部圖書館善本書目)』 : 『혜강집』 10권. 위(魏)나라 혜강이 지었다. 명대 오포암(吳匏庵)의 총서당(叢書堂) 초본(鈔本)이다. 책 페이지 가운데에 '총서당(叢書堂)' 이라는 세 글자가 있다.……
　　(案) 황성증 본 이외에 훌륭한 판본으로는 현재 총서당(叢書堂) 필사본만

이 남아 있다. 훌륭한 글자가 대단히 많을 뿐 아니라 각본(刻本)의 탈자와 오자를 보충할 수 있으며, "『혜강집』"이라고 하여 당송대(唐宋代)에 부르던 옛 명칭과 합치되니 대개 원래의 체제[體式]를 가장 잃지 않았을 것이다. 이 본은 지금 경사도서관(京師圖書館)에 소장되어 있는데, 필사가 대단히 서툴러 강표(江標)가 "오포암(吳匏庵)이 필사하였다"라고 말했으나 확실하지 않다.

2. 목록 및 결손의 고증

초본(抄本)과 각본(刻本)의 글자 차이에 대해서는 달리 교감기(校勘記)[3]를 썼다. 지금은 다만 초본의 편목(篇目)을 가져다 황성증 본과 비교하여 그 다른 점을 밝혔다. 또 그렇게 함으로써 많은 사람들의 각본을 요약하였는데, 그들의 본(本)이 대체로 황성증의 각본에서 나왔기 때문이다. 원본에 결손된 흔적이 있으면 각본을 가지고 그것을 매웠으니, 지금 미루어볼 수 있는 것들을 함께 밝혀둔다.

제1권

오언고의(五言古意) 1수. 사언시 18수 형 수재(秀才)가 군에 입대할 때 주다(四言十八首贈兄秀才入軍)[4].

　(案) 각본에서 「오언고의(五言古意)」는 수재에게 준 시라고 여긴 것은 옳다.[5] 『예문유취』 권 90에서 앞부분 여섯 구를 인용하고 역시 "혜숙

---

3) 노신의 교감본 『혜강집』에 덧붙여 있는 교감기(校勘記)를 가리킨다.

4) (역주) 수재(秀才)는 혜강의 형 혜희[嵇喜, 자가 공목(公穆)]를 가리키며, 형이 군에 입대할 때 혜강은 그에게 시를 지어 주었다.

5) 총서당(叢書堂) 본의 「오언고의일수(五言古意一首)」와 「사언시팔수증형수재입군(四言十八首贈兄秀才入軍)」을 황성증의 각본에서는 하나의 제목으로 「형수재공목입군증시십구수(兄秀才公穆入軍贈詩十九首)」라고 하였다.

야(稽叔夜)가 수재(秀才)에게 준 시"라고 하였다.

수재의 답시 4수(秀才答四首). 유분시(幽憤詩) 1수. 술지시(述志詩) 2수. 유선시(游仙詩) 1수. 육언시(六言詩) 10수. 중작육언시(重作六言詩) 10수. 대추호가시(代秋胡歌詩) 7수.

   (案) 각본에서는 「중작사언시(重作四言詩)」 7수라고 하였고, 주(注)에서 "「추호행(秋胡行)」이라고도 한다[一作「秋胡行」]"라고 하였다. 이렇게 고쳐 놓은 것은 대단한 잘못이다. 대개 육언시는 3수가 없어졌고, 「대추호행(代秋胡行)」의 경우는 편명(篇名)만 남아 있으니 "……라고도 한다[一作]"라고 할 수 없다.

사친시(思親詩) 1수. 시 3수 곽하주가 주다(郭遐周贈). 시 5수 곽하숙이 주다(郭遐叔贈). 오언시 3수 두 곽씨에게 답하다(答二郭). 오언시 1수 완덕여에게 주다(與阮德如). □□□(제목이 없는 오언시 1수─역자)6).

   (案) 1편은 제목이 없다. 각본에서는 「주회시(酒會詩)」 7수 중의 하나로 되어 있다.

사언시(四言詩).

   (案) 11수이다. 각본에는 앞 6수를 「주회시(酒會詩)」라 하였고, 뒤 5수는 없다.

오언시(五言詩).

   (案) 3수이다. 각본에는 없다.

---

6) "□□□"는 오언시 1수를 나타내며, 노신의 교감본 『혜강집』에는 「주회시(酒會詩)」라는 제목이 붙어 있다. 황성증의 각본에는 이것과 그 아래의 사언시 중의 앞 6수를 합쳐 한 조(組)로 삼고 제목을 「주회시칠수(酒會詩七首)」라고 했다.

(又案) 초본(抄本)에는 「사언시」 5수와 「오언시」 3수가 더 많다. 「중작육언시(重作六言詩)」는 두 판본 모두 3수가 결손되어 있고, 「대추호가시(代秋胡歌詩)」 7수 또한 없다. 「수재답시(秀才答詩)」의 南厲伊渚, 北登邸丘, 靑林華茂 다음에는 결손된 글이 있는데, 이어지는 靑鳥群嬉, 感寤長懷, 能不永思 등은 또 다른 1편이지만 각본에서 얼른 가져다 연결시켜 놓아 마침내 식별할 수 없게 되었다.

제2권

금부(琴賦). 여산거원절교서(與山巨源絶交書). 여여장제절교서(與呂長悌絶交書)[7].

(案) 이 권은 원래 전반부가 결손된 것 같다. 왜냐하면 『문선(文選)』에 실려 있는 「금부(琴賦)」에서 가져와 그것을 보충하고 있기 때문이다. 각본은 또 『문선』에 의거하여 「여산거원절교서(與山巨源絶交書)」를 고쳐놓았다. 초본은 고치지 않았으며, 그래서 자구(字句)가 오늘날의 판본 『문선』과 많이 다르고, 나진옥(羅振玉)이 영인한 잔본(殘本) 『문선집주(文選集注)』와 많이 합치된다.

제3권

복의(卜疑). 혜순록(嵇荀錄)(망실). 양생론(養生論).

(案) 이 권은 원래 후반부가 결손된 것 같으며, 「혜순록(嵇荀錄)」은 편명(篇名)만 남아 있다. 후대 사람이 이 때문에 『문선』에서 「양생론(養生論)」을 가져와 이를 보충하였다.

---

7) 여장제(呂長悌)는 이름이 손(巽)이고, 동평(東平)[지금은 산동성에 속함]사람이다. 그의 동생 안(安)은 자가 중제(仲悌)이고, 어릴 때 이름이 아도(阿都)이다. 혜강의 가까운 친구이다. 여손(呂巽)은 여안(呂安)의 아내와 간통하고 또 여안이 불효하다고 모함하여 그를 감옥에 가게 하였는데, 혜강은 이에 편지를 써서 여손과 절교하였다.

제4권

황문랑향자기난양생론(黃門郎向子期難養生論)8).

> (案) 혜강의 답문(答文)이 속에 포함되어 있고, 각본(刻本)에서는 두 편으로 나누어 달리 제목을 「답난양생론(答難養生論)」이라 하였다. 그렇지만 송대(宋代) 본은 대개 분리하지 않았고, 그래서 왕무(王楙)는 "또 「여향자기논양생난답(與向子期論養生難答)」이라는 1편이 있으며, 4,000여 언(言)이다"라고 했다. 당대(唐代) 본 역시 분리하지 않았고, 그래서 『문선』의 「강문통잡체시(江文通雜體詩)」에 대한 이선주(李善注)에서 양생유오난(養生有五難) 등 11구(句)를 인용하여 이는 혜강의 말이지만, 그러나 「향수난혜강양생론(向秀難嵇康養生論)」이라고 하였다.
>
> (又案) 『수서·경적지』 도가(道家)에서는 "양(梁)나라에 「양생론(養生論)」 3권이 있었으며, 혜강이 지었다"라고 기록되어 있다. 이렇게 「양생론」은 두 편만이 아니었지만 지금은 두 편만 남아 있을 뿐이다.

제5권

성무애락론(聲無哀樂論).

제6권

석사론(釋私論). 관채론(管蔡論). 명담론(明膽論).

제7권

자연호학론(自然好學論), 장숙료(張叔遼) 지음. 난자연호학론(難自然好

---

8) 향수(向秀)·혜강 두 사람이 양생(養生)문제에 대해 변론한 글이다. 향수(向秀, 약 227~272) : 자는 자기(子期)이고 하내(河內) 회(懷)[지금의 하남성 무척(武陟)] 사람이다. 혜강의 친구이고 죽림칠현(竹林七賢)의 한 사람이며, 벼슬은 황문시랑(黃門侍郎)이었다.

學論).

> (案) 각본에는 '장숙료(張叔遼)의 「자연호학론(自然好學論)」'이라고 되어
> 있다.
>
> (又案) 제6·7권은 본래 한 권이었으나 후대 사람이 분리하여 놓은 것
> 같으며, 그래서 쪽수가 매우 적다.

제8권

택무길흉섭생론(宅無吉凶攝生論). [원주(原注)에서 "난상(難上)"이라 하
였음.] 난섭생중(難攝生中).

> (案) 각본에는 제1편에 대한 주(注)가 없고, 제2편은 「난택무길흉섭생론
> (難宅無吉凶攝生論)」으로 되어 있다.

제9권

석난택무길흉섭생론(釋難宅無吉凶攝生論).   [원주(原注)에서 "난중(難
中)"이라 하였음.] 답석난왈(答釋難曰).

> (案) 각본에는 제1편에 대한 주(注)가 없고, 제2편은 「답석난택무길흉섭
> 생론(答釋難宅無吉凶攝生論)」으로 되어 있다.
>
> (又案) 왕무(王楙)는 "이 문집에는 또 「택무길흉섭생론난(釋難宅無吉凶攝
> 生論難)」상중하가 있다"라고 했는데, 오늘날 본에는 그 중에서 하나
> 가 결손되어 있다. 그렇지만 어떤 이는 「난상(難上)」, 「난섭생중(難攝
> 生中)」, 「난하(難下)」,[9] 및 「답석난(答釋難)」이 상·중·하라고 지적했
> 는데, 알 수 없는 일이다. 『수서·경적지』 도가(道家)에서는 "「섭생
> 론(攝生論)」 2권은 진(晋)나라 하내(河內)의 태수(太守) 완간(阮侃)이

---

9) 노신은 『혜강집』서(『嵇康集』序)에서 "제9권은 마땅히 「난택무길유섭생론하(難宅
無吉凶攝生論下)」가 되어야 하는데, 그러나 전부 없어졌다"라고 하였다. 그래서 난
하(難下)는 난중(難中)의 잘못이 아닐까 한다.

지었다"라고 했는데, 바로 이것이 혜강과 논란을 벌였던 글이 아닐까 한다.

제10권

태사잠(太士箴). 가계(家誡).

　(案) 이 권은 두 편뿐이며 2,000 언(言)에도 미치지 않는데, 산일(山佚)되지 않았을까 한다.

　(又案) 오늘날의 본『혜강집』은 비록 10권으로서 송대의 것과 합치된다. 그러나 제2권은 앞부분이 제3권은 뒷부분이 결손되어 있고, 제10권 역시 불완전하고, 제6권과 제7권은 한 권이니 실제로 결손이 세 권이고 완전한 것이 여섯 권이다.

3. 일문(逸文)인가 그렇지 않은가에 대한 고증

혜강의 「유선시(游仙詩)」는 이렇다. "바퀴 비녀장에서 펄펄 나는 봉황새, 그물을 만났네."(翩翩羽鳳轄, 逢此網羅.)[『태평광기』권400,『속제해기(續齊諧記)』가 인용한 부분의 재인용]

혜강은 「백수부(白首賦)」가 있다.[『문선(文選)』의 사혜련(謝惠連)의 「추회시(秋懷詩)」에 대한 이선주(李善注)]

혜강의 「회향부서(懷香賦序)」에서 이렇게 말했다. "나는 정월에 역산(歷山)의 남쪽을 올라서 우러러 높은 산등성이를 바라보고 굽어보아 그윽한 기슭을 살폈다. 이에 초목이 무성한 곳 사이로 회향(懷香)이 자라고 있는 것이 보였다. 나는 이 풀이 대궐 같은 큰집에 심어져 있거나 제왕(帝王)의 정원에 뒤덮여 있는 것을 보고, 돌보지 않고 버려진 것을 안타깝게 여겨 마침내 그것을 옮겨 대청 앞에 심어 놓은 적이 있다. 그 아름다움은 특별한 품격과 부드러운 자태가 있고, 향기로운 열매는 벌레를 막아 책을 보관할 수 있다. 또 그것이 원래 높은 절벽에 자라고 있다가 사람의 집안에 몸을 내맡기고 있는 것이 부열(傅說)이 은거를 그만두고 은(殷)나라에서 훌륭한 업적을 남겼던 것과 네 명의 늙은 이가 산중을 떠나 한(漢)나라에 귀의했던 것과 같았으며, 이런 의미 때문에 그에 대해 부(賦)를 지었다.” [『예문유취(藝文類聚)』 권81]

    (案) 『태평어람(太平御覽)』 권983에서는 혜함(嵇含)의 「괴향부(槐香賦)」를 인용하고 있는데, 문장이 이와 동일하다. 『예문유취』에서는 이를 혜강이 지은 것으로 여겼으나 옳지 않다. 장부(張溥) 본에는 그 목록만 남아 있고, 엄가균(嚴可均)이 집록한 『전삼국문(全三國文)』에서는 『예문유취』에 의거하여 그것을 실어놓았는데, 모두 잘못이다.

혜강의 「주부(酒賦)」는 이렇다. “다시 술을 걸러니 지극히 맑아, 연못이 응결된 듯 얼음처럼 깨끗하고, 맛과 즙액이 모두 훌륭하고, 향기롭고 □□.”[『북당서초(北堂書抄)』 권148]

    (案) 같은 권에서 또 혜함(嵇含)의 「주부(酒賦)」를 인용하여 이렇게 말했다. “술이 익을 때 거품은 부평초처럼 엉겨 있고, 술꽃[醱華]은 물고기 비늘처럼 펼쳐져 있다.” 그렇다면 위의 네 구(句)는 대체로 역시 혜암(嵇含)의 글일 것이다.

혜강의 「잠부(蠶賦)」에서 이렇게 말했다. “뽕나무 잎을 먹은 다음 실[絲]을 토해내고, 처음에는 어수선하지만 나중에는 질서가 있다.”[『태평어람』 권814].

혜강의 「금찬(琴贊)」은 이렇다. “훌륭한 나의 아금(雅琴)은, 그 재료가 영산(靈山)에서 자랐고, 순수한 덕을 몸에 지니고 있어, 그 소리는 맑고 자연스럽다. 춘설(春雪)로 씻은 듯이 깨끗하고, 동굴 속 샘물처럼 맑고, 인자(仁者)보다 온화하고, 옥처럼 윤기가 있어 선명한 모습이다. 옛날 황제(黃帝)·신농(神農) 때에 이 신물[神物, 금(琴)을 가리킴―역자]이 생겨나서, 공경스런 순임금이 오현금(五弦琴)으로 마음을 기탁했다[記以]. 사악함을 막고 바름을 받아들이니 신선처럼 고상하다. 조화와 기운을 조절하고 길러 주어[宣和養氣] 장수(長壽)를 도와준다."(『북당서초』 권109)

　　(案) 역시 『초학기(初學記)』 권16에 보인다. '기이(記以)'는 '탁심(託心, 마음을 기탁하다―역자)'로 되어 있고, '양기(養氣)'는 '양소(養素)'라고 되어 있다.

혜강의 「태사잠(太師箴)」에서 이렇게 말했다. "만약 술자리에서 사람들이 언쟁하는 것을 보고 그 형세가 점점 더 맹렬해지려는 듯하면 마땅히 그 자리를 떠야 하는데, 이는 다툼의 조짐이기 때문이다."(『태평어람』 권496)

　　(案) 「가계(家誡)」에 나오는 이 말은 본집(本集)의 권10에 보이는데, 『태평어람』은 편명(篇名)을 잘못 적었다. 엄가균(嚴可均)이 집록한 『전삼국문(全三國文)』의 주(注)에서 "이것은 이 글의 서문이 아닐까 하며, 감히 확정할 수는 없다"라고 하였는데, 대단한 잘못이다.

혜강의 「등명(燈銘)」은 이렇다. "서둘러 밤길을 걸어, 나의 친구 집에 이르니, 등불이 켜져 빛을 토해내고, 화려한 술[華縷]은 길게 드리워져 있었다."

　　(案) 엄가균(嚴可均)의 『전삼국문(全三國文)』에 보이며, 출처를 밝히지 않고 있다. 이는 실제로 「잡시(雜詩)」이며, 본집(本集) 권1에 보이고 『문선』에도 보인다.

「혜강집목록(嵇康集目錄)」에서 이렇게 말했다. "손등(孫登)이라는 사람은 자가 공화(公和)이고 어디 사람인지 알 수 없다. 가족들은 없으며, 사람들은 급현(汲縣)의 북산(北山) 토굴에서 그를 발견했다. 여름이면 풀을 엮어 옷으로 삼았고, 겨울이면 머리털을 늘어뜨려 자기 몸을 가렸다. 『역(易)』 읽기를 좋아하였고, 일현금(一弦琴)을 탔다. 그를 만나본 사람들은 그를 가까이하고 좋아하였는데, 그가 사람들 집에 이를 때마다 사람들은 얼른 그에게 의복과 음식을 주었고, 그는 사양 없이 받았다."[『삼국위지·왕찬전(三國魏志·王粲傳)』의 주(注)]

   (案) 『세설신어·서일편(世說新語·栖逸篇)』의 주(注), 『태평어람』 권27과 권999에서도 역시 이를 인용하고 있으며 「혜강집서(嵇康集序)」라고 하였다.

「혜강문집록(嵇康文集錄)」의 주(注)에서 이렇게 말했다. "하내(河內) 사람인 산금(山嶔)은 영천(潁川)의 태수였으며, 산공(山公)과 같은 집안의 아버지 뻘 된다."[『문선·혜숙야여산거원절교서(文選·嵇叔夜與山巨源絶交書)』에 대한 이선주(李善注)]

「혜강문집록(嵇康文集錄)」의 주(注)에서 이렇게 말했다. '아도(阿都)는 여중제(呂仲悌)이며, 동평(東平) 사람이다.'(위와 같음)

   (案) 혜강의 문장은 이치[理]를 말하는 데 뛰어났고 문사를 꾸미는 데[藻艷] 신경을 쓰지 않았다. 당송대의 유서(類書)들은 이 때문에 인증자료로 많이 인용하지 않았다. 오늘날에는 목록을 포함하여 11조목[條]만 볼 수 있으며, 그 중에서 잘못된 것을 버리면 겨우 7조목만 남는다. 『수경·여수편(水經·汝水篇)』의 주(注)에서 '혜강찬양성소동(嵇康贊襄城小童)'10)을 인용하고 있고, 『세설신어·품조편(世說新語·品藻篇)』의 주(注)에서는 「정단찬(井丹贊)」11)·「사마상여찬(司馬

相如贊)」을 인용하고 있고,『초학기』권 17에서는 「원헌찬(原憲贊)」[12]을 인용하고 있고,『태평어람』권 56에서는 「허유찬(許由贊)」[13]을 인용하고 있는데, 이들은 모두 혜강이 지은『성현고사전찬(聖賢高士傳贊)』[14]에 나오며 본래는 그것 자체로 다른 책이었다. 이들을 문집 속에 넣은 것은 부당하고, 장섭(張燮) 본에 그것이 들어 있는 것이 옳지 않아 지금은 수록하지 않는다.

1926년 11월 14일

---

10) 『수경(水經)』: 중국의 고대 수도(水道)를 기술한 지리서(地理書)이며 한대(漢代) 상흠(桑欽)이 지었다고 전한다. 북위(北魏) 때 역도원(酈道元)이 주(注)를 붙이고 대량의 자료를 증보하여『수경주(水經注)』40권을 완성하였다. 양성소동(襄城小童): 전설에 따르면 황제(黃帝) 때 신동(神童)으로서 황제에게 천하를 다스리는 방법을 진술하였다고 한다.

11) 정단(井丹): 자는 태춘(太春)이고, 부풍(扶風) 미(郿)[지금의 섬서성 미현(眉縣)] 사람이며, 동한(東漢) 때의 은자이다.

12) 원헌(原憲): 자는 자사(子思)이고, 춘추(春秋) 시기에 노(魯)나라 사람이며, 공구(孔丘)의 문하생이다.

13) 허유(許由): 전설에 따르면 요·순임금 때의 은자이다.

14) 『성현고사전찬(聖賢高士傳贊)』: 원서는 이미 없어졌고, 청대 마국한(馬國翰)·엄가균(嚴可均)의 집록본이 있다.

『당송전기집(唐宋傳奇集)』 패변소철(稗邊小綴)[1]

제일 부분[2]

「고경기(古鏡記)」는 『태평광기』 권 230에 보이며, 「왕도(王度)」라는 제목으로 고쳐 놓았고, 주(注)에서 "『이문집(異聞集)』에 나온다"라고 하였다. 『태평어람(太平御覽)』(권 912)에서는 그 중의 정웅(程雄) 집안의 하녀에 관한 이야기[3]를 인용하고 수대(隋代) 왕도(王度)의 「고경기」라 하였는데, 아마 기술하고 있는 내용이 모두 수나라 때의 일이므로 잘못을 범했을 것이다. 『문원영화(文苑英華)』(권 737)에 있는 고황(顧況)[4]

---

1) 이 글은 1927년 8월 22~24일에 씌어졌고, 1928년 2월 상해(上海) 북신서국(北新書局)에서 출판한 『당송전기집(唐宋傳奇集)』 하책(下冊)에 처음 인쇄되어 실렸다. 당송전기집(唐宋傳奇集)』 : 노신이 편선(編選)한 것으로 전체 8권이며, 당·송 양대(兩代)의 전기소설(傳奇小說) 45편을 수록하고 있고, 책의 말미에 「패변소철(稗邊小綴)」 1권이 있다. 1927년 12월·1928년 2월에 북신서국에서 상·하 두 책으로 나누어 출판되었다. 1934년 5월에 1책으로 합쳐 상해 연화서국(聯華書局)에서 재판되었다. 후에 1938년 판 『노신전집』 제10권에 수록되었다.

2) (역주) 원문에는 한 단락이 끝날 때마다 그 말미에 '이상 제일 부분', '이상 제이 부분'이라 되어 있으나 여기서는 소제목처럼 앞에 미리 제시하였다.

3) 「고경기」에 나오는 이야기로 정웅(程雄) 집안의 하녀 앵무(鸚鵡)는 원래 천년 묵은 여우인데, 보경(寶鏡)에 비춰지자 원래 모습이 나타나 죽는다는 등의 내용이다.

4) 『문원영화(文苑英華)』 : 시문(詩文) 총집(總集)이고, 송대 태종(太宗) 때 이방(李昉) 등이 명을 받들어 엮은 것으로 양말(梁末)에서 당대(唐代)까지의 시문을 모아 놓았으며 도합 1,000권이다. 고황(顧況, 727~815) : 자는 포옹(逋翁)이고 소주(蘇州) 해염(海鹽)[지금은 절강성에 속함] 사람이며, 중당(中唐) 때의 시인이다. 저작으로는 『화양집(華陽集)』이 있다.

이 쓴 「대씨광이기(戴氏廣異記)」의 서(序)에서 이렇게 말했다. "국조[國
朝, 여기서는 당대(唐代)를 가리킴-역자] 연국공(燕國公)의 「양사공기
(梁四公記)」, 당임(唐臨)의 「명보기(冥報記)」, 왕도(王度)의 「고경기(古鏡
記)」, 공신언(孔愼言)의 「신괴지(神怪志)」, 조자근(趙自勤)의 「정명록(定命
錄)」, 이유성(李庾成)·장효거(張孝擧) 무리에 이르기까지 서로서로 이야
기를 전하였다." 그렇다면 왕도는 이미 당대(唐代)로 넘어왔으니 마땅
히 당대 사람이라 해야 한다. 다만 『당서(唐書)』 및 『신당서(新唐書)』에
는 모두 왕도(王度)의 이름이 없다. 그의 사적에 관해 「고경기」의 본문
에 의거하여 고증할 수 있는 것은 다음과 같다.

대업(大業) 7년 5월 어사(御史) 직위에서 파직되어 하동(河東)으로 돌아
왔고, 6월에 장안(長安)으로 돌아갔다. 8년 4월에 어사대(御史臺)에 재직하
였고, 겨울에 저작랑(著作郎)을 겸임하여 임금의 명을 받들어 국사(國史)
를 편찬하였다. 9년 가을에 경성(京城)을 떠나 예성(芮城)의 현령을 겸임
하였고, 겨울에 어사 겸 예성 현령으로서 하북도(河北道)에 파견되어 곡
식창고를 열어 섬군(陝郡)의 동부를 구휼하였다. 10년에 그의 동생 왕적
(王勣)이 육합승(六合丞) 직위를 버리고 돌아왔고, 다시 유람을 떠났다. 13
년 6월에 왕적은 장안으로 돌아왔다.

수대에서 당대로 넘어온 사람 중에 왕적(王績)[5]이 있어 그는 강주(絳
州) 용문(龍文) 사람이며, 『신당서』(권 196)에서 이렇게 말했다. "대업(大
業) 연간에 왕적(王績)이 효제렴결(孝悌廉潔)에 추천되었고, ……조정에

---

5) 왕적(王績, 585~644) : 자는 무공(無功), 호는 동고자(東皐子)이고, 강주(絳州) 용문
(龍門) 사람이며, 초당(初唐) 때의 시인이다. 수말(隋末)에 벼슬은 비서성정자(秘書
省正字)였으며, 당초(唐初)에는 문하성(門下省)에서 벼슬이 내려지기를 기다렸고,
후에 관직을 버리고 귀향하였다. 저작으로는 『동고자집(東皐子集)』이 있다.

있는 것을 좋아하지 않아 자청하여 육합승(六合丞)이 되었다. 그는 술을 좋아하고 일을 하지 않았는데, 그 때는 세상이 어지러웠기 때문에 탄핵을 받고 마침내 해직되어 떠났다. 탄식하며 '세상이 온통 그물로 덮여 있으니 나는 도대체 어디로 갈 것인가'라고 하였고, 이에 고향으로 돌아왔다. ……처음에 그의 형 왕응(王凝)은 수나라 저작랑(著作郞)이 되어 『수서(隋書)』를 편찬하였으나 완성하지 못하고 죽었다. 왕적은 그 여업(餘業)을 이었으나 역시 완성할 수 없었다." 그렇다면 『신당서』의 왕적(王績) 및 왕응(王凝)은 바로 「고경기」 본문에 나오는 왕적(王勣) 및 왕도(王度)이니, 왕도(王度)를 일명 왕응(王凝)이라 했거나 『당서(唐書)』의 글자가 잘못일 수 있는데, 자세한 것은 알 수 없다. 『당서』(권 192)에도 왕적(王績)의 전(傳)이 있어 "정관(貞觀) 18년에 죽었다"라고 하였다. 이 때 왕도(王度)는 이미 앞서 죽었다. 그러나 어느 해인지는 알 수 없다. 송대(宋代) 조공무(晁公武)의 『군재독서지(郡齋讀書志)』(권 14) 유서(類書) 부문에 「고경기(古鏡記)」1권이 기록되어 있는데, "이 책은 누가 지은 것인지 알 수 없으며 고경(古鏡)에 관한 이야기를 편집한 것이다"라고 하였다. 아마 이는 전기(傳奇) 「고경기」일 것이다. 『태평어람』에서 인용한 부분의 이야기에는 글자가 조금 다른 것이 있다. 예를 들어 爲下邽陳思恭義女 다음에 思恭妻鄭氏 다섯 글자가 있고, 遂將鸚鵡의 將이 劫으로 되어 있으며, 이들은 『태평광기』와 비교하여 더 낫다.

「보강총백원전(補江總白猿傳)」은 명대 장주(長州)의 고씨(顧氏)가 송대(宋代) 본(本)을 복간(復刊)한 『문방소설(文房小說)』에 근거하여 집록하였고, 『태평광기』 권 444에서 인용한 부분을 가지고 교감하여 몇 글자를 바로잡았다. 『태평광기』에서는 제목을 「구양흘(歐陽紇)」[6]이라 하였

---

6) 구양흘(歐陽紇) : 자는 봉성(奉聖)이고, 담주(潭州) 임상(臨湘)[지금의 호남성 장사(長沙)] 사람이다. 남조(南朝)의 진(陳)나라 때 벼슬이 광주(廣州) 자사(刺史)였고, 모반으로 피살되었다.

고, 주(注)에서 "『속강씨전(續江氏傳)』에 나온다"라고 하였으니, 이 역시 송초(宋初)의 단행본에 의거한 것이다. 이 전기(傳奇)는 당송 시기에 대체로 상당히 유행하였으며, 그래서 역사서[史志]에 그 기록이 자주 보인다.

『신당서・예문지(新唐書・藝文志)』의 자부소설가류(子部小說家類) :「보강총백원전」 1권.

『군재독서지(郡齋讀書志)』의 사부전기류(史部傳記類) :「보강총백원전」 1권. 이 책은 누가 지은 것인지 알 수 없다. 양(梁)나라 대동(大同) 말년에 구양흘(歐陽紇)의 아내가 원숭이에게 붙잡혀가서 아들 구양순(歐陽詢)을 낳았다는 내용이다. 『숭문총목(崇文總目)』에서는 당대(唐代)에 구양순(歐陽詢)을 싫어하는 사람이 지은 것이다 라고 여겼다.

『직재서록해제(直齋書錄解題)』의 자부소설가류(子部小說家類) :「보강총백원전」 1권. 작자의 성명이 없다. 구양흘은 구양순의 아버지이다. 구양순은 외모가 원숭이를 닮았는데, 장손무기(長孫無忌)와 늘 서로 놀려댔다. 이 전기(傳奇)는 마침내 그 놀림을 더욱 확대하여 그 일이 사실인 것처럼 서술하였다. 강총(江總)을 보충하여 쓴다고 가탁하여 말하고 있어 틀림없이 무명씨가 지은 것이다.

『송사・예문지(宋史・藝文志)』의 자부소설류(子部小說類) :「집보강총백원전(集補江總白猿傳)」 1권.

장손무기(長孫無忌)가 구양순(歐陽詢)[7]을 놀려댄 이야기는 유속(劉餗)

---

7) 장손무기(長孫無忌, ?~659) : 자는 보기(輔機)이고, 낙양(洛陽)[지금은 하남성에 속함] 사람이며, 당(唐) 태종(太宗)의 장손황후(長孫皇后)의 오빠이다. 벼슬은 상서우복사(尙書右僕射)에 이르렀다. 구양순(歐陽詢, 557~641) : 자는 신본(信本)이고, 구양흘(歐陽紇)의 아들로서 당대(唐代) 서법가(書法家)이다. 벼슬은 태자솔경령(太子

의 『수당가화(隋唐嘉話)』8)[중(中)]에 나온다. 그 시에서 이렇게 읊었다. "어깨가 불쑥 솟아 산 모양을 이루고, 머리는 어깨에 파묻혀 나와 있지 않다. 누군가의 집 인각(麟閣)에는 이 같은 원숭이 한 마리가 그려져 있다(聳髆成山字, 埋肩不出頭. 誰家麟閣上, 畵此一獼猴!)." 구양순은 어깨가 불쑥 솟고 목이 오그라들어 그 모습이 원숭이를 닮았던 것이다. 그리고 큰 원숭이가 남의 부인을 훔쳐서 아들을 낳았다는 이야기는 본래 예로부터 내려오던 전설이다. 한대(漢代) 초연수(焦延壽)의 『역림(易林)』[곤지박(坤之剝)]9)에서는 이미 "남산의 큰 원숭이가 나의 아름다운 첩을 훔쳐갔다"라고 하였다. 진(晉)나라 장화(張華)는 『박물지(博物志)』10)를 지었는데, 그에 대해 더 상세하게 설명하고 있다[권3 「이수(異獸)」 참고]. 당대에 누군가가 아마 구양순의 이름이 높은 것을 시기하여 마침내 끌어다 합쳐 이 전기(傳奇)를 만들었을 것이다. 보강총(補江總)이라고 한 것은, 강총(江總)이 구양흘의 친구이고, 또 일찍이

率更令)이 된 적이 있다. 구양흘이 죽임을 당한 후에 구양흘의 옛 친구 강총(江總)이 그를 거두어 길렀다.

8) 유속(劉餗) : 자는 정경(鼎卿)이고, 당대 팽성(彭城)[지금의 강소성 서주(徐州)] 사람이며, 현종(玄宗) 때 벼슬은 집현전(集賢殿) 학사(學士)였다. 저작으로는 『국조전기(國朝傳記)』 등의 책이 있다. 『수당가화(隋唐嘉話)』는 후대 사람이 집록한 것으로 도합 3권이며, 수당(隋唐) 때 인물들의 이야기를 많이 기록하고 있다.

9) 초연수(焦延壽) : 자는 공(贛)[일설에는 이름이 공(贛)이라 함]이고, 양(梁)[소재지는 지금의 하남성 상구(商丘)] 사람이며, 한대(漢代) 역학가(易學家)이다. 소제(昭帝) 때 벼슬은 소황령(小黃令)이었다. 『역림(易林)』 : 일설에는 최전(崔篆)이 지었다고 하며, 『역경(易經)』을 이용하여 괘점(卦占)을 치고, 매 괘(卦)의 계사(繫辭)를 사언(四言)으로 된 운문으로 쓰고 있다. 곤지박(坤之剝)은 『역림(易林)』 권1에 나오는 괘명(卦名)이다.

10) 장화(張華, 232~300) : 자는 무선(茂先)이고 범양(范陽) 방성(方城)[지금의 하북성 고안(固安)] 사람으로 서진(西晉)의 문학가이며, 벼슬은 사공(司空)에 이르렀다. 『박물지(博物志)』 : 필기집(筆記集)이며 장화(張華)가 지었다고 적혀 있다. 신괴기물(神怪奇物)·이문잡사(異聞雜事)를 기술하고 있다. 원서는 이미 없어졌고, 오늘날 본은 10권으로 후대 사람이 집록한 것이다.

구양순을 거두어 길렀는데, 이 이야기의 본말을 전부 알지만 그에게
전(傳)을 지어주지 않았으므로 그것을 보충한다는 것을 말한다.

「이혼기(離魂記)」는 『태평광기』 권 358에 보이며, 원제목은 「왕주(王
宙)」이나 주(注)에서 "『이혼기(離魂記)』에 나온다"라고 하여, 바로 이에
근거하여 제목을 고쳤다. 二男幷孝廉擢第, 至丞尉(둘째 아들 또한 호렴
과로 급제하여 승위(丞尉)의 벼슬에 이르렀다)라는 구절 다음에 원래는
事出陳玄祐「離魂記」云(이야기는 진현우의 「이혼기」에 나온다)이라는 아
홉 글자가 있지만 자주 나오는 구절이기에 여기서는 삭제하였다. 진현
우(陳玄祐)는 대력(大歷) 연간 사람이며, 그 나머지에 대해서는 자세히
알 수 없다.

「침중기(枕中記)」는 지금 전해지는 것으로 두 가지 본(本)이 있다. 하
나는 『태평광기』 권 82에 있으며, 제목은 「여옹(呂翁)」으로 되어 있고
주(注)에서 "『이문집(異聞集)』에 나온다"라고 하였다. 하나는 『문원영
화(文苑英華)』 권 833에 보이는데, 편명(篇名)과 작자의 이름이 모두 갖
추어져 있다. 그런데 『당인설회(唐人說薈)』에서는 결국 이필(李泌)[11]이
지은 것이라 고쳐 놓았는데, 그 이유는 알 길이 없다. 심기제(沈旣濟)
는 소주오(蘇州吳) 사람[『원화성찬(元和姓纂)』에는 오흥(吳興) 무강(武
康)[12] 사람이라 하였음]이며 경학에 해박하여 양염(楊炎)[13]의 추천으

---

11) 『당인설회(唐人說薈)』: 소설필기(小說筆記) 총서(叢書)이며 예전에 명대 도원거사
(桃源居士)의 집록본이 있어 모두 144종이었다. 청대 진세희(陳世熙)[연당거사(蓮塘
居士)]는 다시 『설부(說郛)』 등의 책에서 20종을 찾아내서 보충·집록하여 164종으
로 합쳤는데, 그 속에는 삭제된 부분과 오류가 많다. 이필(李泌, 722~789): 자는
장원(長源)이고, 당대 경조(京兆)[지금의 섬서성 서안(西安)] 사람이다. 벼슬은 재상
(宰相)에 이르렀고, 업후(鄴侯)에 봉해졌다.

12) 심기제(沈旣濟, 약 750~약 800): 소주오(蘇州吳)[지금의 강소성 소주(蘇州)] 사람
이며, 당대 문학가이다. (按) 오흥(吳興)은 당나라 때 군(郡) 이름이며 소재지는 지금
의 절강성 호주(湖州)이다. 무강(武康)은 옛 현(縣) 이름이며, 지금은 절강성 덕청(德
淸)에 속한다.

로 부름을 받아 좌습유사관수찬(左拾遺史館修撰)에 임명되었다. 정원(貞元) 연간에 양염이 죄를 지어 심기제 역시 처주(處州)의 사호참군(司戶參軍)으로 좌천되었다. 후에 조정으로 들어와 예부원외랑(禮部員外郎)의 자리에 있다가 죽었다. 『건중실록(建中實錄)』[14) 10권을 저술하였으며 사람들은 그의 재능을 칭찬하였다. 『신당서』(권 132)에 전(傳)이 있다. 심기제는 사가(史家)여서 문장이 매우 간결하고 질박하고 또 훈계하고 타이르는 내용이 많았고, 그래서 당시에는 비록 전기문(傳奇文)을 짓는 사람을 경시하였지만 여전히 지극히 존경받았다. 예를 들어 이조(李肇)는 바로 심기제의 전기(傳奇)를 장자(莊子)의 우언(寓言)에 견주고, 한유(韓愈)의 「모영전(毛穎傳)」과 나란히 거론하였다[『국사보(國史補)』 하(下) 참고][15). 『문원영화(文苑英華)』는 전기문을 수록하지 않았는데, 유독 「침중기」와 진홍(陳鴻)의 「장한전(長恨傳)」만을 수록한 것은 아마 내용이 훈계를 위주로 하여 세상의 교훈으로 삼을 만하였기 때문일 것이다.

  꿈에서 홀연 한평생을 경험한다는 이야기 역시 예로부터 전한다. 진대(晋代) 간보(干寶)의 『수신기(搜神記)』[16)에 바로 유사한 이야기가 있

---

13) 양염(楊炎, 727~781) : 자는 공남(公南)이고 봉상(鳳翔) 천홍(天興)[지금의 섬서성 봉상(鳳翔)] 사람이며, 당(唐) 덕종(德宗) 때 벼슬이 상서좌복사(尙書左僕射)에 이르렀다. 후에 죄를 지어 애주(崖州)로 폄적되었다.

14) 『건중실록(建中實錄)』 : 당(唐) 덕종(德宗) 건중(建中) 연간의 대사(大事)를 기록한 역사서이며 10권이다. 심기제(沈旣濟)가 사관(史官)에서 파면될 때인 건중 2년(781) 12월까지 다루고 있다.

15) 이조(李肇) : 당(唐) 헌종(憲宗) 원화(元和) 연간에 벼슬이 한림학사(翰林學士)·중서사인(中書舍人)이었다. 한유(韓愈, 768~824) : 자는 퇴지(退之)이고 하남(河南) 하양(河陽)[지금의 하남성 맹현(孟縣)] 사람으로서 당대 문학가이며, 벼슬은 이부시랑(吏部侍郎)에 이르렀다. 「모영전(毛穎傳)」은 한유가 쓴 우언(寓言)이며, 모영(毛穎)은 글 속에 나오는 붓을 가리킨다. 『국사보(國史補)』 : 3권이며 당(唐) 현종(玄宗)의 개원(開元) 연간에서 목종(穆宗)의 장경(長慶) 연간까지의 일을 기록하고 있다.

16) 간보(干寶) : 자는 영승(令升)이고 동진(東晋) 때 신채(新蔡)[지금은 하남성에 속함]

다. "초호묘(焦湖廟)에 옥베개가 하나 있어 그 베개에는 갈라진 작은 틈이 있었다. 그 때 단부현(單父縣) 사람인 양림(楊林)은 상인이었고, 묘당에 이르러 복을 빌었다. 묘당의 무당이 이렇게 말했다. '그대는 좋은 혼인을 하고 싶은가?' 양림이 대답했다. '대단히 기쁩니다.' 무당은 곧 양림을 베개 가로 데려갔고 이어 양림은 갈라진 틈으로 들어갔다. 드디어 붉은 누각과 옥으로 지은 집을 만났고 조태위(趙太尉)라는 사람이 거기에 살고 있었다. 곧 자기 딸을 양림에게 시집보내어 여섯 아들을 낳았는데, 모두 비서랑(秘書郞)이 되었다. 수십 년을 살았으나 돌아가고 싶은 마음이 생기지 않았다. 홀연히 꿈에서 깨어나니 여전히 베개 옆에 있었고, 양림은 한참동안 슬퍼하였다."[송대 악사(樂史)의 『태평환우기(太平寰宇記)』 권 126의 인용 부분 참고. 현재 통행되고 있는 『수신기』는 후대 사람들이 초록하여 모아 놓은 것인데, 이 항목은 누락하여 수록하지 않았음) 이것이 바로 대개 「침중기」가 기초하고 있는 이야기일 것이다. 명대 탕현조(湯顯祖)는 또 「침중기」를 저본으로 하여 「한단기(邯鄲記)」 전기(傳奇)를 지었고, 이 이야기는 드디어 세상에 널리 알려지게 되었다. 원문에 여옹(呂翁)은 이름이 없지만 「한단기」에서는 여통빈(呂洞賓)이라는 이름으로 충실히 해 놓았으니 아주 잘못이다. 여통빈(呂洞賓)은 개성(開成) 연간에 과거에서 떨어져 입산(入山)하였는데, 이는 개원(開元) 연간 이후에 해당하니 그 이전에 벌써 신선술(神仙術)을 얻고 게다가 옹(翁)이라고 할 수는 없었을 것이다. 그러나 송대에는 이미 한 가지 이야기로 뒤섞여 버렸으니 오증(吳曾)의 『능개재만록(能改齋漫錄)』[17], 조여시(趙與旹)의 『빈퇴록(賓退錄)』[18]에서 모두

사람으로 벼슬은 저작랑(著作郞)이었다. 『수신기(搜神記)』 : 지괴소설집(志怪小說集)이다. 원서는 이미 없어졌고, 오늘날 본(本)은 후대 사람이 집록한 것으로 도합 20권이다.

17) 오증(吳曾) : 자는 호성(虎城)이고, 숭인(崇仁)[지금은 강서성에 속함] 사람이며, 남

이를 분석해 놓았다. 명대 호응린(胡應麟) 역시 고증하여 바로잡아 놓았는데 그의 『소실산방필총(少室山房筆叢)』의 「옥호하람(玉壺遐覽)」에 나온다.

『태평광기』에 수록되어 있는 당대 사람의 전기문(傳奇文)은 대부분 『이문집(異聞集)』에 뿌리를 두고 있다. 이 책 10권은 당말(唐末)에 둔전원외랑(屯田員外郞)인 진한(陳翰)이 지은 것으로서 『신당서·예문지』에 보이지만 지금은 이미 전해지지 않고 있다. 『군재독서지』(권 13)에 따르면 "전기(傳記)에 실려 있는 당조(唐朝)의 기괴한 이야기를 모아서 한 권의 책으로 만들었다"라고 하였고, 『태평광기』에 수록된 것을 살펴보면 이전 사람들의 구문(舊文)을 편집하여 만든 것임을 알 수 있다. 그러나 다른 서적에 인용되어 있는 것과 대조하여 보면 같은 문장이지만 자구(字句)가 상당히 다르다. 다른 판본에 의거한 경우도 있고, 진한(陳翰)이 고친 경우도 있을 텐데, 자세히 알 수는 없다. 본집(本集)의 「침중기」는 바로 『문원영화』에 의거하였으며, 『이문집』에서 채록한 『태평광기』에 실려있는 것과는 많이 다르다. 특히 두드러지는 것은, 예를 들어 첫머리 일곱 구절의 경우 『태평광기』에는 開元十九年, 道者呂翁經邯鄲道上, 邸舍中設榻, 施擔囊而坐(개원 19년에 도사 여옹이 한단의 거리를 지나다 여관에 묵어 봇짐을 내려놓고 앉았다)로 되어 있다. 主人方蒸黍(주인이 바야흐로 기장을 찌고 있다)는 主人蒸黃粱爲饌(주인이 메조를 쪄서 밥을 하고 있다)로 되어 있다. 후대에 사람들이 보통 이 이야기를 '황량몽(黃粱夢)'이라 한 것은 『태평광기』에 뿌리를 두고 있기 때문이

송(南宋) 고종(高宗) 때 벼슬이 공부랑중(工部郞中)이었고, 엄주(嚴州)의 주지(州知)로 나갔다. 『능개재만록(能改齋漫錄)』: 필기집(筆記集)으로 원서는 20권이나 이미 없어졌다. 오늘날의 본(本)은 명대 사람이 집록한 것으로 도합 18권이다.

18) 조여시(趙與峕, 1175~1231) : 자는 행지(行之)이고 송조(宋朝)의 종실(宗室)이다. 『빈퇴록(賓退錄)』: 필기집(筆記集)으로서 도합 10권이다.

다. 이외에도 많지만 여기서 일일이 예를 들지는 않는다.

「임씨전(任氏傳)」은 『태평광기』 권452에 보이며, 제목이 「임씨(任氏)」로 되어 있고 출전을 밝히지 않았으니 대개 단독으로 간행되었을 것이다. 天寶九年(천보 9년) 앞에 원래는 唐(당)이라는 글자가 있었다. 『태평광기』가 전대(前代)의 책에서 뽑을 때 대개 연호 앞에 국호(國號)를 적었는데, 대체로 채록하여 편집할 때 덧붙인 것으로 원래 있었던 것은 아니므로 여기서는 삭제하였다. 다른 편(篇)도 모두 이를 따랐다.

제이 부분

이길보(李吉甫)의 「편차정흠설변대동고명론(編次鄭欽說辨大同古銘論)」[19]에 대해 청대 조월(趙鉞)과 노격(勞格)이 지은 『당어사대정사제명고(唐御史臺精舍題名考)』[20](권3)에서 『문원영화』에 보인다고 말했다. 나는 이전에 필사해 두지 않았고 때마침 『문원영화』도 빌릴 수 없어 『태평광기』권391에 근거하여 그 문장을 채록하였고, 원제목이 「정흠설(鄭欽說)」이지만 다시 조월·노격의 설에 따라 고쳐 놓았다. 문장은 원래 전기(傳奇)가 아니지만 『태평광기』에서 "『이문기(異聞記)』에 나온다"라고

---

19) 이길보(李吉甫, 758~814) : 당대 조(趙)[지금의 하북성 조현(趙縣)] 사람이다.

20) 조월(趙鉞, 1778~1849) : 자는 우문(雩門)이고, 청대 인화(仁和)[지금의 절강성 항주(杭州)] 사람이다. 가경(嘉慶) 연간에 진사가 되었고, 벼슬은 태주(泰州) 지주(知州)에 이르렀다. 『당랑관석주제명고(唐郎官石柱題名考)』·『당어사대정사제명고(唐御史臺精舍題名考)』를 지었으나 나이가 들어 완성하지 못하고 노격(勞格)에게 부탁하여 계속 완성하도록 하였다. 노격(勞格, 1820~1864) : 자는 보문(保文), 호는 계언(季言)이며, 청대 인화(仁和) 사람이다. 『당어사대정사제명고(唐御史臺精舍題名考)』 : 3권이며, 당(唐) 현종(玄宗)의 개원(開元) 연간에 세워진 『대당어사대정사비명(大唐御史臺精舍碑銘)』에 새겨진 어사(御史)의 이름자에 근거하여 산견(散見)되는 사지(史志)·유서(類書)의 자료를 수집하고 순서대로 그들의 간단한 이력을 고증하여 배열하고 있다.

주해하고 있으니, 대개 그 이야기가 신비하고 기이해서 당송대 사람들이 이미 그것을 소설로 보았으므로 그래서 본집에 편입하였다. 이길보는 자가 홍헌(弘憲)이고, 조군(趙郡) 사람이며 정원(貞元) 초에 태상박사(太常博士)가 되었고, 벼슬을 거듭하여 한림학사(翰林學士)·중서사인(中書舍人)에 이르렀다. 원화(元和) 2년에 중서시랑(中書侍郎) 겸 중서문하평장사(中書門下平章事)의 직함으로 회남(淮南) 절도사(節度使)로 나갔고, 오래지 않아 다시 조정으로 들어와 재상이 되었다. 9년 10월 갑작스런 병으로 세상을 떴고, 나이 57세였다. 사공(司空)으로 추증되고 충의(忠懿)라는 시호를 받았다. 두 『당서(唐書)』(『구당서』 권 148, 『신당서』 권 146) 모두에 전(傳)이 있다. 정흠설(鄭欽說)은 『신당서』(권 200)의 『유학·조동희전(儒學·趙冬曦傳)』 속에 곁들여 나온다. 여기서 그는 개원(開元) 초년에 신진현(新津縣) 승(丞)으로서 오경(五經) 시험[당시의 명경과(明經科)에 응시하였음을 나타냄—역자]에 응시하여 합격하여 공현위(鞏縣尉)에 제수되었고, 이후 집현원교리(集賢院校理), 우보궐(右補闕), 내공봉(內供奉) 등을 거쳤다 라고 하였다. 이림보(李林甫)[21]로부터 대단히 미움을 받았다. 위견(韋堅)[22]이 죽자 정흠설은 이 때 전중시어사(殿中侍御史) 자리에 있었으나 일찍이 위견의 판관(判官, 당송 시대에 절도사나 관찰사의 공무 처리를 돕던 관리—역자)이었으니 야랑현(夜郎縣)의 현위(縣尉)로 좌천되었고, 거기서 죽었다.

　「유씨전(柳氏傳)」은 『태평광기』 권 485에 나오며, 제목 아래에 "허요

---

21) 이림보(李林甫, ?~752) : 당조(唐朝)의 종실(宗室)이다. 현종(玄宗) 때 재상(宰相)을 역임하였고, 사람들은 그를 두고 입에는 꿀이 있고, 배에는 칼이 있다(口有蜜, 腹有劍)라고 했다.

22) 위견(韋堅, ?~746) : 자는 자전(子全)이고, 경조(京兆) 만년(萬年)[지금의 섬서성 장안(長安)] 사람이다. 당(唐) 현종(玄宗) 때 벼슬은 섬군태수(陝郡太守)·수륙전운사(水陸轉運使)였다. 천보(天寶) 5년(746)에 그가 태자(太子)를 옹립하려고 꾸미고 있다고 이림보(李林甫)가 모함하여 그는 영남(嶺南)으로 쫓겨났다, 피살되었다.

좌(許堯佐)가 지었다'라고 주해하고 있다. 『신당서』(권200)의 『유학·허강좌전(儒學·許康佐傳)』에서 이렇게 말했다. "정원(貞元) 연간에 진사과(進士科)와 굉사과(宏辭科)에 응시하여 연거푸 합격하였다. ……그의 여러 동생들도 모두 진사에 합격하였는데, 허요좌가 가장 먼저 진사가 되었으며, 또 굉사과에 응시하여 태자교서랑(太子校書郞)이 되었다. 8년에 강좌(康佐)가 그 직위를 이었다. 요좌(堯佐)는 간의대부(諫議大夫)의 자리에 있었다." 유씨(柳氏) 이야기는 맹계(孟棨)의 『본사시(本事詩)』[「정감(情感)」기일(其一)]23)에 보이며, 맹계는 스스로 "개성(開成) 연간에 오주(梧州)에 있을 때 대량(大梁)의 노장[夙將]인 조유(趙唯)로부터 그 이야기를 들었는데, 조유는 그것을 목격하였다."라고 하였다. 기록된 내용은 요좌의 전기와 서로 같으니 아마 그것은 사실일 것이다. 그리고 맹계는, 한굉(韓翃)24)이 다시 유씨를 얻은 이후의 이야기를 비교적 상세하게 서술하고 있어 여기에 기록하여 둔다.

나중에 관직에서 물러나 한거(閑居)하면서 10년을 보냈다. 재상 이면(李勉)은 이문(夷門)25)을 친히 지키고 있을 때 다시 그를 막료로 임명했다. 이 때 한굉(韓翃)은 이미 늘그막이었고 동료들은 모두 신진(新進)의 젊은 이들이어서 한굉을 이해할 수 없었다. 그들은 "나쁜 시를 짓는 사람[惡

---

23) 맹계(孟棨) : 맹계(孟啓)라고도 하며, 자는 초중(初中)이고 당말(唐末) 사람으로 벼슬은 사훈랑중(司勛郞中)에 이르렀다. 『본사시(本事詩)』 : 1권으로 「정감(情感)」 등 7류(類)로 나뉘어 있고, 당대 사람들의 시가(詩歌)와 관련된 본사(本事, 출전과 일사에 관한 것―역자)를 기술하고 있다.

24) 한굉(韓翃) : 자는 군평(君平)이고 남양(南陽)[지금은 하남성에 속함] 사람으로 중당(中唐) 때의 시인이다. 벼슬은 중서사인(中書舍人)에 이르렀다. 『한군평집(韓君平集)』이 있다. 그의 사적은 『신당서·노륜전(新唐書·盧綸傳)』에 덧붙어 있다. 「유씨전(柳氏傳)」에 나오는 한익(韓翊)은 바로 한굉(韓翃)을 가리킨다.

25) (역주) 이문(夷門)은 전국시기 위(魏)나라의 도성인 대량(大梁)의 동문(東門) 이름이었는데, 후대에 대량[大梁, 오늘날의 개봉(開封)]의 대칭으로 사용되었다.

詩]”이라고 쳐다보았다. 한굉은 뜻대로 되지 않고 우울하여 자주 아프다는 핑계로 집에 있었다. 다만 말직(末職)의 위순관(韋巡官)이 있어 명사(名士)를 알아보고 그만이 한굉과 사이가 좋았다. 어느 날 한밤에 위순관이 급하게 문을 두드렸다. 한굉이 나가 보니, 그는 축하하며 “어르신[員外][26]께서 가부랑중(駕部郎中)과 지제고(知制誥)에 임명되었습니다”라고 했다. 한굉은 크게 놀라면서 “이런 일은 있을 수 없어, 틀림없이 착오일 거야.”라고 했다. 위순관은 들어와 앉으며 이렇게 말했다. “경성의 관보에 제고(制誥, 임금을 대신해서 조서를 쓰는 벼슬-역자) 자리에 사람이 부족하다고 보도되었습니다. 중서성(中書省)에서 두 차례 임금에게 이름을 올렸는데, 임금은 친히 낙점하지 않으셨습니다. 중서성에서 다시 요청하면서 누구에게 줄지 임금의 뜻을 물었습니다. 덕종(德宗)은 ‘한굉(韓翃)에게 주라’ 하고 비준하였습니다. 그 때 강회(江淮)의 자사(刺史)로 있는 성명이 같은 한굉(韓翃)이 또 한 사람이 있었습니다. 다시 두 사람을 동시에 올렸습니다. 임금은 친히 다시 이렇게 비준했습니다. ‘봄이 찾아온 경성에 꽃이 날지 않은 데가 없고, 한식날 동풍은 버드나무 가지를 어루만진다. 저녁이 찾아와 궁궐[漢宮]에 촛불이 차례로 밝아지니, 가벼운 연기는 오후(五侯, 임금의 인척-역자)의 집안으로 흩어져 들어가네.’ 또 비준하며 ‘이 시를 지은 한굉에게 주라’고 하였습니다.” 위순관은 또 축하하며 “이 시는 어르신[員外]의 시가 아닙니까?” 했다. 한굉은 “그렇지. 착오가 아님을 알겠구나” 했다. 날이 밝자 이면(李勉)과 막료들이 모두 와서 축하하였다. 이 때가 건중(建中) 초년이었다.

후에 이 이야기를 취해 희곡의 극본으로 만든 사람이 있는데, 명대에는 오장유(吳長孺)의 『연낭기(練囊記)』가 있고, 청대에는 장국수(張國

---

26) (역주) 원외랑(員外郎)이라고도 하며 당대(唐代)의 편제외(編制外) 관원을 뜻하지만 여기서는 한굉에 대한 존칭으로 쓰이고 있다.

壽)의 『장대유(章臺柳)』가 있다.

「유의전(柳毅傳)」은 『태평광기』 권 419에서 보이며, 주(注)에서 "『이 문집』에 나온다"라고 하였다. 원제목에 전(傳)이라는 글자가 없지만 지금 더해 놓았다. 본문에 근거하여 농서(隴西)의 이조위(李朝威)가 지은 것임을 알겠지만, 작자의 생평을 고증할 수는 없다. 유의(柳毅) 이야기는 후대 사람들이 상당히 많이 채용하였는데, 금대(金代) 사람이 이미 그 이야기를 취해서 잡극(雜劇)을 지었고[이 내용은 동해원(董解元)의 『현색서상(弦索西廂)』에 보임], 원대(元代)에는 상중현(尙仲賢)이 『유의전서(柳毅傳書)』를 지었고, 또 번안(飜案)하여 『장생자해(張生煮海)』를 지었고, 이호고(李好古) 역시 『장생자해(張生煮海)』를 지었고, 명대에는 황설중(黃說仲)이 『용소기(龍簫記)』27)를 지었다. 시편(詩篇)에 사용한 경우도 때때로 있었다. 호응린(胡應麟)은 이를 대단히 싫어하여 이렇게 말한 적이 있다. "당대 사람의 소설, 예를 들어 유의전서(柳毅傳書)의 동정(洞庭)에 관한 이야기는 지극히 비루하고 황당하여 근거가 없으니 문사(文士)들은 조속히 내버려야 마땅하나 시인들이 종종 그 이야기를 즐겨 사용하고 있다. 시에 이야기를 사용하는 데 본래 허실(虛實)에 구애받을 필요는 없지만, 이 이야기는 특히 황당하고 사리에 맞지 않는다. 말을 창조하는 사람[造言者]들이 이 지경에까지 이르렀으니 제멋대로 말하는 것은 징벌을 받아야 할 것이다. 하중묵(何仲默)은 늘 사람들에게 당송대 이야기를 사용하지 말라고 훈계하였으나 '오래 된 우물에 물이 깊으니 유의의 사당이로다(舊井潮深柳毅祠)'라는 시구가 있으니 역시 크게 경솔하다. 지금 특히 지적하여 시를 배우는 데 거울로 삼는다."(『필총(筆叢)』 권 36) 호응린의 이 말을 설명하는 것은, 무릇 한진대(漢晉代) 사람들은 만약 사리에 맞는 경우라면 비록 황당한 것이라

---

27) "소(簫)"는 마땅히 "초(綃)"라 해야 옳다.

도 사용했다는 것을 말하기 위함이다. 옛 사람들은 자기의 방법으로 남들을 속였고, 사람들은 틀렸다는 점을 분명히 알면서도 즐겨 받아들였으니 이 또한 충실한 평가[篤論]라 할 수는 없다.

「이장무전(李章武傳)」은『태평광기』권 340에 나온다. 원제목에는 전(傳)자가 없으며 편말(篇末)에서 "이경량(李景亮)이 이장무(李章武)를 위해 전(傳)을 지었다"라고 주해하고 있어 지금 이에 근거하여 전(傳)자를 더하였다. 이경량은 정원(貞元) 10년에 상명정술가이리인과(詳明政術可以理人科)에 합격하였는데『당회요(唐會要)』28)에 보이며, 그 나머지는 알 수 없다.

「곽소옥전(霍小玉傳)」은『태평광기』권 487에서 나오며, 제목 아래에 "장방(蔣防)이 지었다"라고 주해하고 있다. 장방(蔣防)은 자가 자징(子徵)[『전당문(全唐文)』29)에는 '미(微)'로 되어 있음]이고, 의흥[義興, 지금의 강소성 의흥(宜興)―역자] 사람이며, 장징(蔣澄)의 후손이다. 나이 18세 때 그의 부친이 권고하며 「추하부(秋河賦)」를 짓도록 하였는데, 붓을 들자 곧 완성하였다. 우간(于簡)이 마침내 딸을 그에게 시집보냈다. 이신(李紳)30)이 즉석에서 명하여 「구상응(轟上鷹)」이라는 시를 짓게 하였다. 후에 한림학사(翰林學士)의 중시사인(中書舍人)을 역임하였다[명

---

28) 『당회요(唐會要)』: 역사서로서 100권이며, 송대 왕부(王溥)가 지었다. 당대의 제도(制度)의 연혁을 기술하고 있으며, 정사에 실리지 않은 자료들을 많이 보존하고 있다. 이경량(李景亮)에 관한 사료는 이 책 권76에 보인다.

29) 『전당문(全唐文)』: 당대 산문의 총집(總集)으로 1,000권이며, 청대 가경(嘉慶) 때 동고(董誥) 등이 엮었다. 당(唐)·오대(五代)의 작자 3,000여 명의 문장을 수록하고 작자의 소전(小傳)을 덧붙이고 있다.

30) 이신(李紳, 772~846): 자는 공수(公垂)이고, 무석(無錫)[지금은 강소성에 속함] 사람이며, 당대 시인이다. 목종(穆宗)의 장경(長慶) 3년(823)에 어사중승(御史中丞)에서 호부시랑(戶部侍郞)으로 좌천되었고, 이듬해 또 단주(端州)의 사마(司馬)로 좌천되었다. 무종(武宗) 때 벼슬이 재상(宰相)에 이르렀다. 저작으로는『추석유집(追昔游集)』이 있다.

대 능적지(凌迪知)의 『고금만성통보(古今萬姓統譜)』[31] 권 86 참고]. 장경
(長慶) 연간에 이신이 죄를 지었으므로 장방 역시 상서사봉원외랑(尙書
司封員外郞)·지제고(知制誥)에서 정주(汀州)의 자사(刺史)로 좌천되었고
[『구당서·경종기(舊唐書·敬宗紀)』참고], 얼마 후 연주(連州)의 자사(刺
史)로 전임하였다. 이익(李益)은 자가 군우(君虞)이고, 가계[系]가 농서
(隴西) 출신이며 벼슬을 거듭하여 우산기상시(右散騎常侍)에 이르렀다.
태화(太和) 연간에 예부상서(禮部尙書)의 직함으로 사직하였다. 당시에
또 이익(李益)이 한 사람 더 있어 관직은 태자서자(太子庶子)였는데, 세
상에서는 이 때문에 군우(君虞)를 "문장을 잘하는 이익(文章李益)"이라
고 하여 그와 구별하였다. 『신당서』(권 203)의 「이화전(李華傳)」에 보인
다. 이익은 당시에 시명(詩名)이 크게 있었으나 지금의 유집(遺集)에는
드문드문 남아 있으며, 청대 장주증(張澍曾)이 한데 모아 한 권(卷)으로
만들어 『이유당총서(二酉堂叢書)』속에 넣고 앞에는 사적을 집록하여
놓았는데, 이익의 사적을 망라하여 매우 완비되어 있다. 「곽소옥전」은
비록 소설이지만 기록하고 있는 내용이 대체로 꽤 근거가 있어 두보
(杜甫)의 「소년행(少年行)」에 "누른 적삼 입은 젊은이 틀림없이 여러 번
왔지만, 집 앞에 동쪽으로 흘러가는 물결을 보지 못하였구나(黃衫年少
宜來數, 不見堂前東逝波)"라는 구절이 있어 바로 이 이야기[「곽소옥전」
에 나오는 '황저삼(黃紵衫)'을 입은 호사(豪士)에 관한 이야기-역자]를
가리킨다. 이 당시 두보는 촉(蜀) 지역에 있었으니 아마 소문으로 「곽소
옥전」 이야기를 들었을 것이다. 이익의 친구 위하경(韋夏卿)은 자가 운

---

31) 능적지(凌迪知) : 자는 치철(稺哲), 호는 역천(繹泉)이고, 명대 오정(烏程)[지금의 절
    강성 오흥(吳興)] 사람이며, 세종(世宗) 때 벼슬이 병부원외랑(兵部員外郞)에 이르렀
    다. 『고금만성통보(古今萬姓統譜)』: 성씨 보록(譜錄)으로 146권이며, 성씨에 의거
    하여 운(韻)을 부여하여 순서대로 배열하고, 각 성의 유명한 인물들의 적관(籍貫)·
    사적을 기록하고 있다.

객(雲客)이고, 경조(京兆)의 만년(萬年) 사람이며, 역시 『당서(唐書)』(『구당서』 권 165, 『신당서』 권 162)에 모두 전(傳)이 있다. 이조(李肇)[『국사보(國史補)』에서]는 "산기상시(散騎常侍)인 이익(李益)은 어려서부터 의심병이 있었다"라고 하였는데, 그래서 「곽소옥전」에서 소옥(小玉)이 죽은 후 이익은 곧 의심병이 크게 생겼다고 하였으니, 아마 억지로 끌어다 붙여 기이한 이야기로 만든 것일 것이다. 명대 탕해약(湯海若)[32]은 이 이야기를 취해서 『자소기(紫簫記)』를 지었다.

제삼 부분

이공좌(李公佐)가 지은 소설은 현재 4편이 『태평광기』에 있으며, 후대에 끼친 그 영향력은 대단히 컸지만 작자의 생평은 자세히 알기 어렵다. 그의 문장에 나오는 자술(自述) 내용으로부터 고증할 수 있는 것은 다음과 같다.

정원(貞元) 13년에 배를 타고 소수(瀟水)·상수(湘水)·창오(蒼梧)를 유람하였다[「고악독경(古岳瀆經)」]. 18년 가을에 오(吳) 지역에서 낙양(洛陽)으로 가는 도중에 잠시 회하(淮河) 가에 정박하였다[「남가태수전(南柯太守傳)」].

원화(元和) 6년 5월 강회종사(江淮從事)의 신분으로 파견되어 경성(京城)에 갔으며 돌아올 때 한수(漢水)의 남쪽에 머물렀다[「풍온전(馮媼傳)」]. 8년 봄에 강서종사(江西從事)에서 면직되어 작은 배를 타고 동쪽으로 내려가서 건업(建業)에서 오랫동안 머물렀다[「사소아전(謝小娥傳)」]. 겨울에 상주(常州)에 있었다[「고악독경」]. 9년 봄에 동오(東吳)의 유적지를 방문

---

32) 탕해약(湯海若) : 탕현조(湯顯祖)를 가리킨다.

하였고, 동정호(洞庭湖)에서 배를 띄워 포산(包山)을 올랐다[「고악독경」]. 13년 여름에 비로소 장안(長安)으로 돌아왔는데, 사수(泗水) 가를 지났다 [「사소아전」].

『전당시(全唐詩)』 말권(末卷)에 이공좌의 하인의 시(詩)가 실려 있다.33) 그 본사(本事, 출전과 일사에 관한 것-역자)에서 간략히 이렇게 적혀 있다. "이공좌는 진사에 합격한 이후 종릉종사(鐘陵從事)가 되었다. 하인은 이공좌를 위해 일을 맡아 열심히 하여 30년에 이르렀다. 어느 날 시 1편을 남겨 놓고 크게 도약하여 하늘로 날아가 버렸다." 그 시에 전몽사가친(顚夢事可親)이라는 말이 있는데, 주(注)에서 "공좌(公佐)는 자가 전몽(顚夢)이다"라고 하였으니 바로 이공좌를 가리키는 것이 아닐까 한다. 그렇지만 『전당시』는 어느 책에서 채록하였는지 알 수 없지만, 틀림없이 당대 사람의 잡설(雜說)에서 뽑았을 것으로 여겨지나 찾아 검증하지는 못했다. 『당서(唐書)』(권 70)의 「종실세계표(宗室世系表)」에는 천우비신(千牛備身)이라는 관직에 있던 공좌(公佐)가 나오는데, 그는 하동(河東) 절도사(節度使) 이설(李說)의 아들이고, 영염삭방(靈鹽朔方) 절도사 이탁(李度)의 동생이니, 그렇다면 이는 다른 사람이다. 『당서·선종기(唐書·宣宗紀)』에는 이공좌(李公佐) 한 명이 기록되어 있으며, 그는 회창(會昌) 초년에 양주(楊州) 대도독부(大都督府)의 녹사(錄事)의 벼슬을 하였고, 대중(大中) 2년에 어떤 일에 연루되어 두 차례 임관(任官)의 기회를 박탈당했으니 오히려 전몽(顚夢)에 가깝다. 그렇지

---

33) 『전당시(全唐詩)』 : 당대 시가 총집(總集)으로 900권이며, 청대 강희(康熙) 때 팽정구(彭定求) 등이 명을 받들어 엮었으며, 당(唐)·오대(五代)의 작자 2,200여 명의 시가를 수록하고 있다. 이공좌의 하인의 시는 이 책의 권 862에 보이며, 제목은 「유시(留詩)」이다. (按) 이 시는 원래 오대(五代) 촉(蜀)나라의 두광정(杜光庭)의 『신선감우전(神仙感遇傳)』 권 3에 나온다.

만 이 이공좌는 대개 대종(代宗) 시기에 태어나서 선종(宣宗) 초에 이르러 아직도 살아 있었다면 나이가 거의 80세이다. 다만 살펴본 것은 단편적인 문장에서 개별적으로 고증한 것이니 역시 서둘러 확정할 수는 없다.

「고악독경(古岳瀆經)」은 『태평광기』 권 467에 나오며, 제목은 「이탕(李湯)」으로 되어 있고, 주(注)에서 "『융막한담(戎幕閑談)』에 나온다"라고 하였다. 『융막한담』은 위현(韋絢)[34]이 지었지만 이 작품은 이공좌의 필치가 매우 분명하다. 원대 도종의(陶宗儀)의 『철경록(輟耕錄)』(권 29)에서 이렇게 말했다. "소동파(蘇東坡)의 「호주여산(濠州涂山)」이라는 시 '川鎖支祁水尙渾[강물의 수신(水神)인 무지기(巫支祁)를 쇠사슬로 묶어 놓았으나 물이 아직도 혼탁하다]'에 대해 주(注)에서 '정연(程演)이 가로되, 『이문집(異聞集)』에 실려 있는 「고악독경(古岳瀆經)」에는 우(禹)임금이 치수하다 동백산(桐柏山)에 이르러 회와(淮渦)의 수신(水神)을 잡아서 무지기(巫支祁)라 이름하였다'라고 하였다." 작품의 출처와 편명이 모두 갖추어져 있으니, 지금 이에 근거하여 제목을 고치고 또 『태평광기』에 있는 주(注)의 잘못을 바로잡는다. 「고악독경」은 대개 이공좌가 모작한 것이지만 당시 사람들은 이미 갈피를 잡을 수 없었다. 이조(李肇)의 『국사보(國史補)』(상)에는 곧 이렇게 적혀 있다. "초주(楚州)에 한 어부가 있어 우연히 회하(淮河)에서 쇠사슬을 낚았는데, 당겼으나 끝이 없었다. 이를 관가에 알렸다. 자사(刺史) 이탕(李湯)이 인력을 크게 동원하여 그것을 끌어당겼다. 쇠사슬이 다 당겨지자 푸른 원숭이가 물 밖

---

34) 『융막한담(戎幕閑談)』: 필기집(筆記集)으로 1권이며, 당대 위현(韋絢)이 지었다. 이덕유(李德裕)가 서천(西川) 절도사로 있을 때 진술한 고금(古今)의 이문(異聞)을 기록하고 있다. 위현(韋絢): 자는 문명(文明)이고, 당대 경조(京兆)[지금의 섬서성 서안(西安)] 사람이며, 의종(懿宗) 함통(咸通) 연간에 벼슬은 의무군(義武軍) 절도사에 이르렀다.

으로 뛰어올랐고, 다시 물 속에 잠기더니 사라졌다. 후에 어떤 사람이 『산해경(山海經)』에서 조사하여 보았더니 물 속에 있는 짐승은 해로우며 우임금이 군산(軍山) 아래에 쇠사슬로 묶어 놓고 그 이름을 무지기(無支祁)라 하였다 라고 되어 있었다." 지금 전해지는 『산해경』을 조사하여 보면 이 내용이 없고, 또 일문(逸文)일 것 같지는 않다. 이조(李肇)는 아마 이공좌의 이 작품에 속았고, 또 서명(書名)을 잘못 적었을 것이다. 게다가 이공좌가 『산해경』의 일문(逸文)에 근거하여 「고악독경」을 창작한 것도 아니다. 명대에 이르러 마침내 누군가가 직접 그것을 『고일서(古逸書)』35)에 수록하였다. 호응린(胡應麟)[『필총(筆叢)』 권 32] 역시 이 일에 대해 언급하였는데, 이렇게 생각했다. "그것은 대개 육조(六朝)시대 사람들이 『산해경』의 문체를 답습하여 위작한 것이다. 또는 당대 사람들이 우스개로 세상을 놀리려는 문장으로 「악독(岳瀆)」이라 명명했음을 알 수 있다. 작품의 내용이 상당히 괴상하기 때문에 그래서 후세에 이에 대해 말하기 좋아하는 사람이 있었다. 태사(太史)인 송경렴(宋景濂) 역시 약간 윤색하여 문집 속에 넣었는데, 요컨대 그것을 문자의 유희로 보았을 따름이다. 나필(羅泌)은 『노사(路史)』에서 무지기(無支祁)를 논증하고 있고, 세상에서는 다시 우임금이 무지기를 쇠사슬로 묶었다는 이야기를 사주(泗州)의 대성(大聖)이 한 것으로 와전하고 있으니, 모두 가소롭다." 『필총』에서 인용하고 있는 문장도 『태평광기』와 크게 다르다. 우이수(禹理水)를 우치회수(禹治淮水)라고 하였고, 주뢰(走雷)를 신뢰(迅雷)라 하였고, 석호(石號)를 수호(水號)라 하였고, 오백(五伯)을 토백(土伯)이라 하였고, 수명(搜命)을 수명(授命)이라 하였고, 천(千)을 등산(等山)이라 하였고, 백수(白首)를 백면(白面)이라 하였고,

---

35) 『고일서(古逸書)』 : 명대 반기경(潘基慶)은 『고일서(古逸書)』 30권을 엮었는데, 진(秦)나라에서 송대(宋代)까지의 문장을 선록(選錄)하고 있으며, 그 속에는 「고악독경(古岳瀆經)」이 수록되어 있지 않다.

분경(奔輕) 두 글자는 없고, 문(聞)이라는 글자가 없고, 장률(章律)을 동률(童律)이라 하고 그 다음에 동률(童律) 두 글자를 중복하였고, 조목유(鳥木由)를 오목유(烏木由)라 하고 그 다음에 역시 세 글자를 중복하였고, 경진(庚辰) 다음에 역시 경진(庚辰)이라는 글자를 중복하였고, 환(桓) 다음에 호(胡)라는 글자가 있고, 취(聚)를 총(叢)이라 하였고, 이수천재(以數千載)를 이천수(以千數)라 하였고, 대색(大索)을 대계(大械)라 하였고, 마지막 네 글자는 없다. 낭송하며 읽기에 상당히 순조롭다. 그렇지만 원서(元瑞, 호응린을 가리킴―역자)가 의거하고 있는 책이 믿을 만한 판본인지 아니면 임의로 고쳐 놓았는지 분명하지 않으므로 그것에 근거하여 고치지는 않았다.

주희(朱熹)는 『초사변증(楚辭辯證)』(하)에서 이렇게 말했다. "「천문(天問)」에는 곤(鯀, 우임금의 아버지―역자)이 천제(天帝)의 식양(息壤)을 훔쳐서 홍수를 틀어막았다 라는 기록이 있는데, 이는 다만 전국(戰國) 시기 민간에서 전해지던 전설로서 오늘날 세속에서 전해지는 승가(僧伽)가 무지기를 굴복시키다[僧伽降無之祁]·허손(許遜)이 요물 이무기를 베다[許遜斬蛟蜃精]와 같은 부류이다. 전혀 근거가 없으며 호사가들이 가탁하여 꾸며내어 사실인 것처럼 만든 것이다." 송대에 벌써 우임금이 승가(僧伽)로 와전되고 있는 것이다. 왕상지(王象之)는 『여지기승(輿地紀勝)』36)[권 44 「회남동로·우이군(淮南東路·盱眙軍)」]에서 "수모[水母, 수신(水神)의 일종―역자]는 귀산사(龜山寺)에 구멍을 파고 들어 있는데, 민간에서는 사주(泗州)의 승가(僧伽)가 수모(水母)를 여기에서 굴복시켰다고 전하고 있다"라고 하였다. 그렇다면 다시 무지기(巫支祁)는 수모(水母)로 와전되고 있는 것이다. 저인획(褚人獲)은 『견호속집(堅瓠續

---

36) 왕상지(王象之) : 남송(南宋) 때 금화(金華)[지금은 절강성에 속함] 사람이다. 『여지기승(輿地紀勝)』 : 지리에 관한 총지(總志)로서 200권이다. 당시 각 행정구역의 연혁 및 풍속·인물·명승지 등을 기록하고 있다.

集)』37)(권2)에서 이렇게 말했다. "『수경(水經)』에는 우임금이 치수를 하다 회하(淮河)에 이르자 회하의 수신(水神)이 나타났다. 큰 원숭이 형상으로 손톱으로 땅을 긁자 물로 변하였다. 우임금은 경진(庚辰)에게 명하여 그를 잡도록 하였다. 드디어 귀산(龜山) 아래에 쇠사슬로 묶어 두니 회하의 물이 이에 평온해졌다. 명대에 이르러 고황제[高皇帝, 명 태조 주원장(朱元璋)을 가리킴—역자]는 귀산(龜山)을 지나다 역사(力士)들에게 명하여 꺼내어 보도록 하였다. 그리하여 쇠사슬을 잡아끄니 두 대의 배에 가득 찼고, 천 명이 당겨서 꺼낼 수 있었다. 다만 늙은 원숭이 한 마리가 나타났는데, 털이 길고 온몸을 뒤덮고 있었으며 큰 소리로 한 마디 울부짖고 돌연히 물 바닥으로 들어갔다. 고황제는 얼른 양과 돼지로 제사를 올리게 했고, 역시 다른 변고는 없었다." 이는 또 「고악독경」을 『수경』으로 와전하고 있고, 게다가 이탕(李湯)에 관한 이야기를 명(明) 태조(太祖)에게 억지로 전가하고 있는 것이다.

「남가태수전(南柯太守傳)」은 『태평광기』 권 475에 나오며, 제목은 「순우분(淳于棼)」이고, "『이문록(異聞錄)』에 나온다"라고 주해하고 있다. 「남가태수전」은 정원(貞元) 18년에 지은 것으로 이조(李肇)가 이에 대한 찬(贊)을 써서 편말에 끼워 넣었다. 그리고 원화(元和) 연간에 이조는 『국사보(國史補)』를 짓고 이렇게 말했다. "근래에 날조하고 비방하는 것으로 유명한 것은 「계안(鷄眼)」·「묘등(苗登)」 두 문장이 있다. 개미굴 이야기를 전하여 이름을 날리고 있는 것은 이공좌의 「남가태수(南柯太守)」이다. 기생을 즐기면서 시문을 잘 짓는 사람은 성도(成都)의 설도(薛濤)가 있고, 남의 집 어린 종으로서 문장을 잘 짓는 사람은 곽씨(郭氏)의 노비(이름은 적지 않음)이다. 이들은 모두 문단[文]에서 요사한 일이다."[권

---

37) 저인획(褚人獲) : 자는 석농(石農)이고, 청대 장주(長洲)[지금의 강소성 소주(蘇州)] 사람이다. 저작으로는 『견호집(堅瓠集)』, 『수당연의(隋唐演義)』 등이 있다. 『견호속집(堅瓠續集)』 : 필기집(筆記集)으로 4권이다.

하(卷下)] 같은 이조(李肇)이지만 약 10년이 지나서 결국 이 정도로까지 비방하고 있으니 역시 괴이한 일이다. 순우분(淳于棼)에 관한 이야기 역시 상당히 유전(流傳)되고 있었고, 송대에 이르러 양주(揚州)에 이미 남가태수(南柯太守)의 무덤이 생겼는데, 『여지기승(輿地紀勝)』[권37 「회남동로(淮南東路)」]에서 『광릉행록(廣陵行錄)』을 인용한 부분에 보인다. 명대 탕현조(湯顯祖)는 이에 근거하여 『남가기(南柯記)』를 지었고, 마침내 더욱 널리 유전되어 오늘날에 이르고 있다.

「여강풍온전(廬江馮媼傳)」은 『태평광기』 권 343에 나오며, "『이문전(異聞傳)』에 나온다"라고 주해하고 있다. 이야기가 지극히 간략하여 이공좌(李公佐)의 다른 문장과 비슷하지 않다. 그러나 이에 의거하여 작자의 종적을 고증해 볼 수 있으므로 잠시 다시 보존하여 둔다. 『태평광기』의 옛 제목에는 전(傳)자가 없지만 지금 더해 놓았다.

「사소아전(謝小娥傳)」은 『태평광기』 권 491에 나오며, 이공좌(李公佐)가 지었다고 씌어 있다. 어디서 뽑았는지 밝히지 않고 있어 아마 단독으로 간행되었을 것이지만 역사서[史志]에 전혀 기록되어 있지 않다. 당대 이복언(李復言)이 지은 『속현괴록(續玄怪錄)』38)에는 이 이야기가 상세히 기록되어 있는데, 당시에 이미 사람들로부터 격찬을 받고 있었을 것이다. 송대에 이르러 결국 다소 와전되어 달라졌으니, 『여지기승(輿地紀勝)』[권34 「강남서로(江南西路)」]에 임강군[臨江軍, 치소(治所)는 지금의 강서성 청강(淸江) — 역자]의 인물이 기록되어 있고 그 중에 사소아(謝小娥)에 대해 이렇게 말하였다. "그녀의 부친이 광주(廣州)로부터 금은괴를 운반하면서 가족을 데리고 경성으로 들어오는데, 배가 패

---

38) 이복언(李復言) : 당대 농서(隴西)[지금의 감숙성 동부(東部)] 사람이며 현종(玄宗) 때 벼슬은 팽성령(彭城令)이었다. 그가 지은 『속현괴록(續玄怪錄)』은 송대에 와서 『속유괴록(續幽怪錄)』이라고 고쳐졌고, 필기소설집(筆記小說集)으로서 원본은 이미 없어졌다. 지금은 후대 사람들의 집록본 4권이 있다.

탄[灞灘, 지금의 강서성 청강(淸江) 소수(簫水)의 강가—역자]을 지나다 강도를 만나 전 가족이 피살되었다. 소아(小娥)는 물에 빠져 죽지 않았고, 저자거리에서 구걸하게 되었다. 후에 소금상인 이씨(李氏)의 집에서 일하게 되었고, 그 집에서 사용하던 주기(酒器)를 보니 모두 자기 부친의 것이었으므로 비로소 지난번 강도가 바로 이씨라는 것을 깨닫게 되었다. 그것을 마음에 간직하고서 칼을 준비해 감추어 두었고, 어느 날 저녁 이생(李生)이 술자리를 마련하여 온 집안이 모두 한껏 취했다. 소아는 그 가족을 모두 살해하고 관가에 알렸다. 이 사건이 조정에 알려지자 특명으로 그녀에게 관직을 내렸다. 소아는 원하지 않으며 이렇게 말했다. '이미 아버지의 원수를 갚았으니 달리 할 일은 없으며 작은 암자에서 수도를 하고 싶습니다.' 조정은 이에 비구니 절을 짓고 그녀에게 기거하도록 하였는데, 오늘날 금지방(金池坊) 비구니 절이 그것이다." 사적(事迹)은 본 전기(傳奇)와 같은 듯하지만 다르고, 또 그녀를 이막(李邈)과 부방(傅雱)39) 두 사람 사이에 열거하고 있어 아마 소아를 북송(北宋) 말엽 사람으로 여기고 있었던 것이다. 명대 능몽초(凌濛初)는 통속소설[『박안경기(拍案驚奇)』 권 19]40)을 지었는데, 바로 『태평광기』에 의거하였다.

정원(貞元) 11년 태원(太原)의 백행간(白行簡)41)은 이공좌의 명을 받

---

39) 이막(李邈) : 자는 언사(彦思)이며, 북송(北宋) 말 청강(淸江)[지금은 강서성에 속함] 사람이다. 진정부(眞定府)의 지주(知州)로서 금(金)나라 군대가 침범하였을 때 40일을 지키다 성이 함락되어 피살되었다. 부방(傅雱) : 북송 말 포강(浦江)[지금은 절강성에 속함] 사람으로 남송의 고종(高宗) 초년에 금나라에 사절로 갔다.

40) 능몽초(凌濛初, 1580~1644) : 자는 현방(玄房), 호는 초성(初成), 별호는 즉공관주인(卽空觀主人)이고, 오정(烏程)[지금의 절강성 오흥(吳興)] 사람으로 명대 작가이며, 숭정(崇禎) 때 벼슬은 서주(徐州) 통판(通判)이었다. 화본소설집(話本小說集) 『박안경기(拍案驚奇)』초(初)·이각(二刻) 각각 40권을 지었다.

41) 백행간(白行簡, 776~826) : 하규(下邽)[지금의 섬서성 위남(渭南)] 사람이며, 당대 문학가이다. 『백행간집(白行簡集)』이 있었으나 이미 없어졌다.

들어 「이왜전(李娃傳)」을 지었다. 이공좌는 스스로 전기(傳奇)를 창작하
였을 뿐 아니라 동료들에게도 그것을 짓도록 재촉했다. 「이왜전」은 오
늘날 『태평광기』 권 484에 있으며, "『이문집(異聞集)』에 나온다"라고
주해하고 있다. 원대 석군보(石君寶)42)가 지은 『이아선화주곡강지(李亞
仙花酒曲江池)』, 명대 설근연(薛近兗)43)이 지은 『수유기(繡襦記)』는 모두
이 이야기에 뿌리를 두고 있다. 호응린(『필총』 권41)은 이에 대해 이
렇게 논했다. "이왜(李娃)는 마지막에 이생(李生)을 거두어 주어 이생을
저버린 죄를 속죄할 수 있었다 라고 하여 작자는 누차 그녀의 어짊을
칭찬하였으니 정말 우스운 일이다." 호응린은 『춘추(春秋)』에 의거하여
전기(傳奇)의 옳고그름을 판단하였으니 이는 잘못이다. 백행간의 자는
지퇴(知退)[『신당서』의 「재상세계표(宰相世系表)」에서는 자가 퇴지(退之)
라 하였음]이며, 백거이(白居易)의 동생이다. 정원(貞元) 말년에 진사에
급제하였다. 원화(元和) 15년에 좌습유(左拾遺)에 제수되었고, 점차 사
문원외랑(司門員外郎)과 주객랑중(主客郎中)에 승진되었다. 보력(寶歷) 2
년 겨울에 병으로 죽었다. 양(兩)『당서』 모두 그의 사적을 「거이전(居
易傳)」(『구당서』 권 166, 『신당서』 권 119)에 곁들여 놓았다. 문집 20권
이 있었으나 지금은 남아 있지 않다. 전기(傳奇)로는 또한 「삼몽기(三夢
記)」 1편이 더 있어 원본(原本)『설부(說郛)』 권 4에 보인다. 그 중에서
유유구(劉幽求)에 관한 이야기(그의 아내의 꿈속으로 달려든다는 이야
기-역자)가 특히 널리 퍼졌고, 호응린(『필총』 권 36)은 또 이렇게 말
했다. "『태평광기』에 나오는 꿈에 관한 여러 가지 이야기는 모두 이와
비슷하다. 이 이야기는 대개 사실을 기록한 것으로 그 나머지는 모두
이에 근거하여 가탁한 것이다." (案) 청대 포송령(蒲松齡)의 『요재지이

---

42) 석군보(石君寶) : 평양(平陽)[소재지는 지금의 산서성 임분(臨汾)] 사람이며, 원대
    희곡 작가이다.

43) 설근연(薛近兗) : 명대 희곡전기(戱曲傳奇) 작가이며, 만력(萬曆) 연간 사람이다.

(聊齋志異)』44)에 나오는 「봉양사인(鳳陽士人)」 역시 대체로 이 이야기에 뿌리를 두고 있다.

『설부(說郛)』에는 「삼몽기(三夢記)」 뒤에 또 「기몽(紀夢)」 1편이 수록되어 있는데, 역시 백행간이 지은 것이라 하였다. 그런데 연월이 회창(會昌) 2년 6월이라 기록되어 있어 이 때 백행간은 죽어 이미 17년이 지났다. 위작이거나 아니면 이름을 잘못 적었을 것이다. 「기몽」을 여기에 덧붙여 기록하여 살펴볼 수 있도록 한다.

행간(行簡)은 이런 이야기를 했다. 장안(長安)의 서시(西市)에 비단을 파는 상점들이 있어 장사로 이익을 추구하면서도 공정하게 판매하는 사람이 있었는데, 성은 장(張)이고 이름은 알 수 없었다. 집안은 재물이 많았고 광덕리(光德里)에 살고 있었다. 그의 딸은 나라에서 가장 아름다웠다[國色]. 낮잠을 자다가 꿈에서 어느 곳에 이르렀는데, 붉은 대문의 큰 집이 보였고 경비가 삼엄하였다. 문으로 들어서니 대청[中堂]이 바라보였고, 연회를 베풀고 음악을 연주하고 있는 것 같았으며, 좌우의 회랑에는 모두 장막이 드리워져 있었다. 자주색 옷을 입은 관리가 장씨(張氏)를 서쪽 회랑의 장막 가로 데려가니 장씨와 같은 또래의 아가씨 10여 명이 맵시 있고 아리따운 용모에 화려한 장식을 하고 있었다. 거기에 이르니 관리는 장씨에게 화장하고 꾸미도록 재촉하였고, 여러 아가씨들이 번갈아 윤을 내고 분을 바르도록 도와 주었다. 잠시 후 바깥에서 "시랑(侍郎)이 오셨다"라는 소리가 들려왔고, 틈으로 훔쳐보니 자색 술[紫綬]을 단 고관대작 한 사람이 보였다. 장씨는 자기 오빠가 이 사람의 부하 관리로 있었기 때문에 그를 알아보았고, 이에 "이부(吏部)의 심(沈) 나으리이시구나"

---

44) 포송령(蒲松齡, 1640~1715) : 자는 유선(留仙) 또는 검신(劍臣), 별호는 유천거사(柳泉居士)이며, 산동(山東) 치천(淄川)[지금은 산동성 치박(淄博)] 사람으로 청대 소설가이다. 『요재지이(聊齋志異)』를 지었다.

하고 중얼거렸다. 금세 또 "상서(尙書)가 오셨다"라는 소리가 들렸다. 또 아는 사람이었는데, 병주(幷州)의 주수(主帥)인 왕(王) 나으리였다. 잠시 후 다시 연이어 "누가 왔다", "누가 왔다"라는 소리가 들렸다. 모두 낭관[郎官, 중랑(中郎)·원외랑(員外郎)—역자] 이상의 벼슬이었고, 6~7명이 대청 앞에 앉았다. 자주색 옷을 입은 관리가 "나가도 된다"라고 말했다. 여러 아가씨들이 차례로 나아가니 금석(金石, 타악기—역자)과 사죽(絲竹, 현악기—역자)의 악기 소리가 맑게 울려 퍼지며 관청을 진동시켰다. 술이 얼큰하게 취하자 병주(幷州)의 주수(主帥)가 장씨를 발견하고 쳐다보며 특히 마음에 들어했다. 주수(主帥)가 장씨에게 "자네는 어떤 예능을 익혔느냐?"라고 물었다. "저는 음악을 배운 적이 없습니다."라고 대답했다. 그녀에게 금(琴)을 안겨 주었으나 연주할 수 없다고 사양했다. 주수는 "한 번 다루어보기나 하거라"라고 했다. 이에 금(琴)을 어루만지니 곡이 되었다. 그녀에게 쟁(箏)을 주니 역시 그러하였고, 비파를 주니 역시 그러하였다. 모두 여태껏 익힌 적이 없던 것이었다. 왕(王) 나으리는 "자네는 나를 잊어버릴지도 모르겠구나"라고 했다. 이에 그녀에게 시를 따라 외도록 하였다. "쪽머리 빗으며 궁중의 화장을 배우고, 홀로 적막한 집에서 밤의 차가움을 견딘다. 손으로 옥비녀를 잡고 섬돌 옆 대나무를 두드리며, 맑은 노래 한 곡조 부르니 달은 서리처럼 차갑다." 장씨는 "잠시 돌아가서 부모에게 작별 인사를 드리고 다른 날에 다시 오겠습니다"라고 했다. 갑자기 놀라 울부짖으며 깨어났고 손으로 옷섶을 만지며 어머니에게 "상서(尙書)의 시를 잊어버리겠습니다"라고 하며 붓을 찾아 그것을 기록하였다. 그 까닭을 물으니 흐느끼며 꿈에서 본 것을 이야기하였고, 또 "아마 곧 죽을 것 같습니다"라고 했다. 어머니는 노하며 "너는 악몽을 꾼 거야. 어찌 그런 말을 하느냐? 이토록 불길한 말을 내뱉다니"라고 했다. 곧이어 장씨는 여러 날 병으로 누워 있었다. 친척 중에 술과 안주를 가져오는 사람도 있었고 맛있는 음식을 가져오는 사람도 있었다. 딸은 "잠시 목욕하고 화장을 해야 하겠습니다"라고 했다. 어머니는 그녀의 말을 들어 주었고 한참 뒤 아름답고 화려하게 화장한 모습으로 나타났다. 식사가 끝나자 곧 부모와 손님들에게 일일이 인사하며 "시간이 다 되어 더 머물 수가 없습니다. 저는 오늘 가야 합니다."라고 했다. 스스로 이불을 덮고 잠을 잤다. 부모가 둘러앉아 지켜보는 가운데 금세 죽었다. 이 때가 회창(會昌) 2년 6월 15일이었다.

20년 전에 다소 활달한 독서인 집안에서는 가끔 아이들에게 백거이(白居易)의 『장한가(長恨歌)』를 외어 읽도록 가르쳤다. 진홍(陳鴻)이 지은 「장한전(長恨傳)」은 『장한가』와 연관이 있어 명성이 있었으며, 『당시삼백수(唐詩三百首)』에 그것이 있었던 것으로 기억한다. 그런데 진홍의 사적은 상당히 분명하지 않아 다만 『신당서·예문지』 소설류(小說類)에 진홍의 「개원승평원(開元升平源)」 1권이 실려 있고 거기서 "자는 대량(大亮)이고 정원(貞元) 연간에 주객랑중(主客郎中)이었다"라고 주해하고 있다. 또 『당문수(唐文粹)』[45](권 95)에 진홍의 「대통기서(大統紀序)」가 실려 있어 거기에 이렇게 씌어 있다. "젊어서 역사가로부터 배웠고, 편년사(編年史)를 편찬하는 데 뜻을 두었다. 정원(貞元) 정유[丁酉, (案) 마땅히 을유(乙酉)라 해야 함]년에 태상[太常, 예부(禮部)가 주관하던 진사과—역자]에 급제하였고, 비로소 한가롭게 지내면서 뜻을 이루어 『대통기(大統紀)』 30권을 편찬하였다. ……7년이 지나 책이 비로소 완성되었으므로 원화(元和) 6년 신묘(辛卯) 해에 절필하였다." 『문원영화』(권 392)에 원진(元稹)이 지은 「수구서진홍원외랑제(授丘紓陳鴻員外郎制)」가 실려 있어 거기서 이렇게 말했다. "조의랑(朝議郎) 겸 태상박사(太常博士)이며 주국(柱國)에 봉해진 진홍(陳鴻)은 사리를 따지고 논하는 데 확

____

45) 『당문수(唐文粹)』 : 당대 시문선집(詩文選集)으로 100권이며, 북송 때 요현(姚鉉)이 엮었다.

고하여 일을 맡길 수 있으니 우부원외랑(虞部員外郞)을 맡을 수 있다." 대략 그의 임관경력을 알 수 있다. 「장한전」은 세 가지 본(本)이 있다. 하나는 『문원영화』 권 794에 보인다. 명대 사람이 또 그 뒤에 1편을 덧붙여 놓고 『여정집(麗情集)』 및 『경본대곡(京本大曲)』에서 뽑았다고 하였는데, 문구(文句)가 대단히 달라서 장군방(張君房) 등이 더하고 고쳤을 것으로 여겨지며, 보기에는 편하지만 의거하기에는 부족하다. 하나는 『태평광기』 권 486에 실려 있으며, 명대 사람들이 그들의 총서(叢書) 속에 뽑아 채운 것은 모두 이 본(本)으로 가장 널리 유전되었다. 그러나 『문원영화』 본과는 상당히 다른 데가 있으며, 특히 심한 경우는 다음과 같다. "그 해 여름 사월[其年夏四月]"에서 편말(篇末)까지 172글자가 『태평광기』에서는 다만 "헌종(憲宗) 원화(元和) 원년에 이르러 주질현(盩厔縣) 현위(縣尉)인 백거이(白居易)가 노래를 지어 그 이야기를 하였다. 그리고 이전에 수재(秀才)였던 진홍(陳鴻)이 전(傳)을 지어 노래 앞에 덧붙여 놓고 제목을 「장한가전(長恨歌傳)」이라 하였다"로 되어 있을 따름이다. 자칭하여 "이전에 수재였던 진홍"이라 한 말은 『문원영화』 본에는 없으며, 후대 사람들 역시 임의로 지어내기가 어려웠을 테니 당시에 원래 상세한 것과 간략한 것 두 본이 있지 않았을까 하며, 자세히 알 수는 없다. 지금 『문원영화』는 만나기 쉽지 않으니 이에 의거하여 수록한다. 그런데 시는 없으니 『백씨장경집(白氏長慶集)』에 실려 있는 것을 가져다 보충하여 놓는다. 『오색선(五色線)』(하)에는 진홍의 「장한전」을 인용하여 이렇게 씌여 있다. "양귀비(楊貴妃)가 임금의 하사로 화청지(華淸池)에서 목욕을 하는데, 세 척 깊이의 맑은 물 속에서, 명옥(明玉)같은 몸을 씻고, 물밖으로 나오자, 힘이 없어 비단옷을 이기지 못한다(貴妃賜浴華淸池, 淸瀾三尺, 中洗明玉, 旣出水, 力微不勝羅綺)." 오늘날 전해지는 세 가지 본(本)에는 모두 제2~3 어구가 없다. 다만 『청쇄고의(靑瑣高議)』46)(권 7)의 「조비연별전(趙飛燕別傳)」에는 이런 말이 있다. "향기로운 욕탕에 물이 넘치고, 소의[昭儀, 조귀비(趙貴妃)—역자]가 그 속에 앉아 있는데, 세 척 깊이의 맑은 샘물에 명옥(明玉)이 잠겨 있는 듯하다(蘭湯灧灧, 昭儀坐其中, 若三尺寒泉浸明玉)." 이것은 송대 진순(秦醇)이 지은 것이다. 아마 인용한 사람이 우연히 잘못을 범했을 것이며 「장한전」의 일문(逸文)은 아닐 것이다.

이 「장한전」에 근거하여 희곡 전기(傳奇)로 지어진 것으로는 청대 홍방사(洪昉思)의 『장생전(長生殿)』이 있으며, 지금도 널리 통행되고 있다. 와기거사(蝸寄居士)도 『장생전보궐(長生殿補闕)』이라는 잡극(雜劇)을 지었지만, 아직 보지 못했다.

「동성노부전(東城老父傳)」은 『태평광기』권 485에 나온다. 『송사·예문지(宋史·藝文志)』의 사부전기류(史部傳記類)에 진홍(陳鴻)의 「동성노부전」 1권이 실려 있고, 단독으로 간행되었다. 전(傳)의 말미에 가창(賈昌)이 개원(開元) 때의 난리를 평정한 내용을 기술하고 있는데, "당시에 선비를 뽑을 때, 효제(孝悌)·이인(理人) 과(科)뿐이었고, 진사(進士)·굉사(宏詞)·발췌(撥萃) 과(科)로 인재를 뽑았다는 이야기는 들어 보지 못했다"[47]라고 하였다. 역시 '개원 때 태평성세의 유래[開元升平源]'의 의미를 잘 서술해 주고 있다. 또 당시 사람들의 말을 이렇게 기록하고 있다. "아이를 낳으면 글자를 익히게 할 필요 없으니, 닭싸움 말달리기가 책을 읽는 것보다 낫다. 가(賈)씨 집안의 아이는 나이 13세에 부귀영화가 당시에 누구보다 나았다." 동일하게 진홍(陳鴻)이 지은 전기(傳奇)에서 나온 것이지만 「장한전(長恨傳)」에 나오는 "딸을 낳아도 슬

---

46) 『청쇄고의(靑瑣高議)』: 전기·필기집(傳奇·筆記集)으로 전·후집 각 10권이고 별집이 7권이며, 북송 때 유부(劉斧)가 편저하였다.

47) (역주) 당시에 인재를 뽑을 때 효제렴결(孝悌廉潔), 상명정술(詳明政術), 가이리인(可以理人) 등의 과(科)를 중시하였고, 문사(文詞) 시험을 위주로 하는 진사(進士), 굉사(宏詞), 발췌(撥萃) 등의 과로서는 진정한 인재를 뽑지 않았다는 뜻이다.

퍼하거나 마음 쓰리지 말고, 아들을 낳아도 기뻐하지 말라"는 말이 세상에 널리 전송(傳誦)된 것에 훨씬 미치지 못하니, 이는 바로 이 전(傳)을 위해 노래를 지은 백거이(白居易)와 같은 사람이 없었기 때문이다.

『자치통감고이(資治通鑑考異)』[48] 권 12에는 「승평원(升平源)」 1편이 인용되어 있고, 여기서 사람들은 오긍(吳兢)이 지은 것으로 여기고 있다 라고 하였는데, 요원숭(姚元崇)이 사냥놀이를 빌어 은총을 입고 10조(條)의 의견을 바쳐 비로소 임금의 부름을 받아 재상이 된다는 이야기를 기록하고 있다. 사마광(司馬光)은 이에 대해 반박하며 이렇게 말했다. "만약 「승평원」에서 말한 내용 그대로라면 원숭(元崇)은 출세의 방법이 옳지 않다. 또 당시 천하대사(天下大事)가 다만 10조(條) 뿐이라 하더라도 반드시 사리에 맞게 계도하고 보좌해야지 어찌 하루아침에 은총을 입을 수 있을까. 이 작품은 호사가들이 써서 오긍의 이름을 가탁한 것 같으니 전부 믿기는 어렵다." (案) 오긍은 변주(汴州) 준의(浚儀) 사람이며 젊어서 뜻을 세워 분발하여 경사(經史)에 정통하였다. 위원충(魏元忠)이 그의 재능이 논찬(論撰, 평가하고 저술하는 일-역자)을 담당할 수 있다고 추천하여 그는 임금의 명으로 사관(史館)에 배치되어 국사(國史)를 편찬하였다. 그는 개인적으로 『당서(唐書)』와 『당춘추(唐春秋)』를 저술하였는데, 서사(敍事)가 간결하고 알차서 사람들은 그를 동호(董狐, 고대 중국의 훌륭한 역사가-역자)로 간주하였다. 『당서(唐書)』(『구당서』 권 102, 『신당서』 권 132)에 그의 전(傳)이 있다. 「개원승평원(開元升平源)」에 대해 『신당서·예문지』에서는 본래 진홍(陳鴻)이 지은 것이라 하였고, 『송사·예문지』 사부고사류(史部故事類)에서 비로소 오긍(吳兢)의 『정관정요(貞觀政要)』[49] 10권과 「개원승평원(開元升平

---

48) 『자치통감고이(資治通鑑考異)』: 30권으로 북송 때 사마광(司馬光)이 지었다. 『자치통감(資治通鑑)』에 실려 있는 사실(史實)과 관련된 다른 자료를 고증하여 열거하고 그 취사선택의 원인을 설명하고 있다.

源)」 1권을 싣고 있다. 이 책은 원래 지은 작자의 이름을 기록하지 않았는데, 진홍·오긍은 모두 후대 사람들이 적어 넣은 것이 아닐까 한다. 이 두 사람은 역사편찬[史] 면에서 모두 이름이 있어 이들의 이름을 빌려 무게를 더하고자 하였을 것이다. 지금 잠시 「동성노부전」 뒤에 실어 두며 『자치통감고이』에서 옮겨 왔기 때문에 여전히 오긍(吳兢)의 이름을 적어 둔다.

제사 부분

원진(元稹)은 자가 미지(微之)이고, 하남(河南) 하내(河內) 사람이며, 교서랑(校書郎)으로 시작하여 버슬을 거듭하여 중서사인(中書舍人), 승지학사(承旨學士)에 이르렀다. 공부시랑(工部侍郎)에서 재상이 되었고, 얼마 후 동주(同州)의 자사(刺史)로 나갔으며, 다시 월주(越州)의 자사(刺史) 겸 절동(浙東)의 관찰사(觀察使)를 역임하였다. 태화(太和) 초년에 입궐하여 상서좌승(尙書左丞), 검교호부상서(檢校戶部尙書)가 되었고, 악주(鄂州) 자사·무창군(武昌軍) 절도사를 겸임하였다. 5년 7월에 무창진(武昌鎭)에서 죽었으며 나이 53세였다. 양『당서』(『구당서』 권16, 『신당서』 권174)에 모두 전(傳)이 있다. 문장(文章) 면에서 큰 명성을 누렸으며, 젊었을 때부터 백거이(白居易)와 시로써 서로 화창(和唱)하였다. 당시 시를 논하는 사람들로부터 '원백(元白)'이라는 말을 들었고, 그들의 시체(詩體)를 '원화체(元和體)'[원화(元和)는 당 헌종(憲宗)의 연호—역자]라 했다. 원진은 『원씨장경집(元氏長慶集)』 100권, 『소집(小集)』 10권이 있었지만 지금은 단지 『장경집(長慶集)』 60권만이 남아 있다. 「앵앵전

---

49) 『정관정요(貞觀政要)』: 역사서로서 10권이다. 당(唐) 태종(太宗)과 대신들의 문답, 대신들의 간언(諫言)·주소(奏疏) 및 정관(貞觀) 연간의 정치적인 조치를 분류하여 집록하고 있다.

(鶯鶯傳)」은『태평광기』권 488에 보인다. 이 이야기가 문림(文林)을 진동시킨 위력은 대단히 컸다. 당시에 이미 양거원(楊巨源), 이신(李紳) 등이 시를 지어 그것을 확대하였고, 송대에 이르면 조령치(趙令畤)가 그것을 가져다 「상조접련화(商調蝶戀花)」[『후청록(侯鯖錄)』에 수록]를 만들었다. 금대(金代)에는 동해원(董解元)의 『현색서상(弦索西廂)』이 있고, 원대(元代)에는 왕실보(王實甫)의 『서상기(西廂記)』가 있고, 관한경(關漢卿)의 『속서상기(續西廂記)』가 있고, 명대에는 이일화(李日華)의 『남서상기(南西廂記)』가 있다. 육채(陸采) 역시 『남서상기(南西廂記)』가 있고, 주공노(周公魯)는 『번서상기(翻西廂記)』가 있고, 청대에 이르면 사계좌(査繼佐)도 『속서상(續西廂)』 잡극(雜劇)이 있다.

「앵앵전」에 근거하여 지은 잡극(雜劇)과 전기(傳奇)는 예전에는 다만 왕실보와 관한경의 본(本)이 구하기 쉬웠다. 지금은 유씨[劉氏, 유세형(劉世珩)을 가리킴 — 역자]의 난홍실(暖紅室)에서 이미 『현색서상』을 간행하였고, 또 조령치(趙令畤)의 「상조접련화」 등 비교적 유명한 작품 10종을 모아서 『서상기십칙(西廂記十則)』으로 만들었다. 시중의 서점에서도 종종 볼 수 있으니 구하기 어렵지 않다.

「앵앵전」에 홍양(紅孃) 및 환랑(歡郎) 등의 이름은 이미 있지만 장생(張生)만이 이름이 없다. 왕무(王楙)의 『야객총서(野客叢書)』(권 29)에서는 이렇게 되어 있다. "당대에 장군서(張君瑞)라는 사람이 있어 포주(蒲州)에서 최씨(崔氏)라는 여자를 만났다. 최씨는 어릴 때 이름이 앵앵(鶯鶯)이었다. 원진(元稹)은 이신(李紳)에게 이 이야기를 해 주고 「앵앵가(鶯鶯歌)」를 지었다." 나는 객지에 있기에 조령치(趙令畤)의 『후청록(侯鯖錄)』이 없어 「상조접련화(商調蝶戀花)」 속의 장생은 이름을 이미 가지고 있는지 그렇지 않은지 알 길이 없다(실제로 이 작품 속에는 장생의 이름이 없음 — 역자). 거기에 장생의 이름이 없다면 송대에 틀림없이 소설(小說)이나 곡자(曲子)가 있어 여기서 장생을 군서(君瑞)라고 했을 것이다. 편한 대로 여기에 적어 두고 책을 볼 수 있을 때를 기다려 고증하도록 한다.

「주진행기(周秦行紀)」는 내가 본 것이 대체로 세 가지 본(本)이다. 하나는 『태평광기』 권 489에 있다. 하나는 고씨(顧氏)의 『문방소설(文房小說)』에 있으며, 마지막 한 행(行)에 "송대 본을 교감하여 간행하였다(宋本校行)"라고 씌어 있다. 하나는 『이위공외집(李衛公外集)』 속에 덧붙어 있으며 명대 간행본이다. 뒤의 두 본이 비교적 훌륭하여 곧 이에 근거하여 서로 대조하며 옮겨 실었고, 또 『태평광기』로부터 몇 글자를 보충하고 바로잡았다. 세 본 모두 우승유(牛僧孺)가 지은 것이라고 씌어 있다. 승유(僧孺)는 자가 사암(思黯)이고, 원래 농서(隴西) 적도(狄道) 사람이며, 완현(宛縣)·엽현(葉縣) 일대에 살았다. 원화(元和) 초에 '현량방정(賢良方正)' 시험과 대책[對策, 임금의 책문(策問)에 답하는 것-역자]에서 장원으로 급제하였고, 당시의 실정(失政)을 조목조목 지적하고 권세와 지위를 가리지 않고 바른 말을 했으며, 그래서 뜻을 얻지 못했다. 후에 점차 어사중승(御史中丞) 벼슬에 이르렀고, 호부시랑(戶部侍郎)으로서 중서문하평장사(中書門下平章事)를 겸하였다. 또 여러 차례 좌천되어 순주(循州)의 장사(長史)가 되었다. 선종(宣宗)이 즉위하자 부름을 받고 돌아와 태자소사(太子少師)가 되었다. 대중(大中) 2년에 나이 69세로 죽었으며, 태위(太尉)로 추증되고 문간(文簡)이라는 시호를 받았다. 양 『당서』(『구당서』 권 172, 『신당서』 권 174)에 모두 전(傳)이 있다. 승유(僧孺)는 성격이 굳고 괴벽하여 이덕유(李德裕)와 사이가 나빴고 각자 파벌을 지어 죽을 때까지 화해하지 않았다. 또 지괴소설(志怪小說)을 좋아하여 『현괴록(玄怪錄)』 10권이 있었으며, 지금은 모두 없어지고 다만 다른 사람의 집록본에 1권이 남아 있다. 그런데 「주진행기」는 진짜 승유(僧孺)의 손에서 나온 것은 아니다. 조공무(晁公武)[『군재독서지(郡齋讀書志)』 권 13]는 "가황중(賈黃中)은 위관(韋瓘)이 지은 것이라 생각했다. 위관은 이덕유(李德裕)의 문하생으로 이를 빌려 승유를 모함하려는 것이었다."라고 하였다. (案) 이 당시에 두 명의 위관(韋瓘)이 있었는데, 모두 중서사인(中書舍人)을 역임한 적이 있다. 한 사람은 나이 19세에 관중[關中, 섬서성 위하(渭河) 유역 일대—역자]으로 들어가 진사(進士) 시험에 응시하였고, 21세 때 진사에 장원으로 급제하여 좌습유(左拾遺)에 제수되는 방(榜)이 붙었고, 대중(大中) 초년에 계림(桂林)을 감찰하는 일을 맡았고, 얼마 후 주객분사(主客分司)에 제수되었다. 이 내용은 막휴부(莫休符)의 『계림풍토기(桂林風土記)』[50]에 보인다. 다른 한 사람은 자가 무굉(茂宏)이고 경조(京兆) 만년(萬年) 사람이며, 위하경(韋夏卿)의 동생 위정경(韋正卿)의 아들이다. "진사에 급제하고 벼슬을 거듭하여 중서사인(中書舍人)이 되었다. 이덕유(李德裕)와 사이가 좋았다. ……이종민(李宗閔)이 그를 싫어하여 이덕유가 파면되자 그를 명주(明州)의 장사(長史)로 좌천시켰다." 이 내용은 『신당서』(권 162)의 「하경전(夏卿傳)」에 보이는데, 바로 「주진행기」를 지은 사람이다. 호응린(『필총』 권 32)은 이렇게 말했다. "「주진행기」 속에 '심 노파의 아들은 천자입니다(沈婆兒作天子)' 등의 말이 나오는데, 그 저의가 깊다.[51] 다만 사암(思黯, 우승유의 자—역자)이 이처럼 거대한 비방을 당하였음에도 즉각 스스로 해명하지 않았음이 기인한 일인데, 왜일까? 우승유·이덕유 두 붕당의 곡직(曲直)은 대체로 춘추시대 노(魯)나라·위(衛)나라와 마찬가지로 차이가 거의 없다. 우승유는 『현괴록』 등을 지었으나 이덕유를 모함하는 말은 한 마디도 없지만 이덕유 무리들은 그러나 이 「주

---

50) 막휴부(莫休符) : 당말(唐末) 사람이며, 벼슬은 융주(融州) 자사(刺史)를 지냈다. 『계림풍토기(桂林風土記)』 : 원서는 3권으로 현재는 1권이 남아 있다. 풍토·인정·물산을 서술하는 이외에 다른 책에서 볼 수 없는 당시(唐詩)를 수록하고 있다.

51) (역주) 박태후(薄太后)와 우승유(牛僧孺)의 대화에서 나오는 말로서 천자에 대한 우승유의 불경함을 모함하기 위한 것이다.

진행기」를 지어 그를 위태롭게 하였다. 아, 두 사람의 속셈의 차이를 알 수 있겠다! 우승유는 줄곧 공명을 이루며 죽음을 맞이했고 게다가 자손들도 대대로 부귀영화를 누렸다. 이덕유는 세속을 초월한 재능이 있고 시대를 진동시킨 공적을 이루었지만 결국 해도(海島)에서 죽었으니 시기하고 위해하려는 데 대한 보답이 아니겠는가? 곧 이 책을 빌려 무릇 세상에서 모함을 잘하는 사람들에게 널리 알린다.” 호응린은 인과응보에 호소하고 있지만 아무래도 설득력이 부족하다. 그렇지만 이덕유가 지은 「주진행기론(周秦行紀論)」을 살펴볼 때, 이 한 편의 문장을 가지고 우승유를 족멸(族滅)로 몰아가려 하였으니 그의 음험함과 잔인함은 실로 두렵다. 그를 저버린 사람이 많음은 진정 마땅하다. 이덕유의 논문이 그의 문집[『외집(外集)』4]에 있어 다음에 옮겨 싣는다.

말[言]은 마음[中]에서 나오고 감정[情]은 글[辭]에서 드러난다. 그렇다면 말과 글은 사람의 지기(志氣)에서 나온 것이다. 그러므로 그 사람의 말을 살펴보면 그 사람의 내심을 알 수 있고, 그 사람의 글을 음미해 보면 그 사람의 의도가 보인다. 나는 일찍이 태뢰(太牢)[양국공(涼國公)인 이공(李公)은 우승유(牛僧孺)를 태뢰(太牢)라고 했다. 양국공의 이름은 밝히기 곤란하므로 그래서 적지 않는다] 씨는 기괴한 모습과 음험한 행동을 좋아한다고 들었다. 자기 성이 천명을 받아 나라를 다스리는 것에 부합한다는 참언(讖言)을 이렇게 풀이했다. “중간에 세 마리 기린이 나타나 60년을 보내고, 뿔이 둘인 송아지가 제멋대로 미친 듯이 뒤집고, 용과 뱀이 서로 싸우며 피를 흘려 내를 이룬다(首尾三麟六十年, 兩角犢子恣狂顚, 龍蛇相鬪血成川).”52) 그리고 「현괴록(玄怪錄)」에서 분명하게 드러나는데, 은어

---

52) (역주) 송아지가 제멋대로 미친 듯이 뒤흔든다는 것은 성이 우(牛)씨인 사람이 나타난다는 것을 암시하고, 용과 뱀이 싸우며 피를 흘려 내를 이룬다는 것은 제위를 쟁탈하기 위한 싸움이 격렬하다는 것을 말한다.

(隱語)를 많이 사용하고 있으므로 사람들은 이해하지 못할 것이다. 그 중에 이해할 수 있는 것이 한둘 있다 해도 반드시 부회(附會)해 보아야 한다. 우승유는 사마(司馬)씨가 위(魏)나라를 찬탈하던 절차를 내버려 두고 전상(田常)이 제(齊)나라를 차지할 때의 방법을 이용하려 한다. 그래서 낮은 버슬에서 재상에 이르면 그의 붕당은 산과 같아서 흔들어 움직일 수 없게 된다. 고의로 그를 뒤흔들려는 사람이 있으면 모두 모함과 처벌을 당하며, 사람들은 똑바로 보지 못하고 혀를 묶어 두지 않을 수 없으니 이에 관한 사실은 사관(史官)인 유가(劉軻)의 『일력(日歷)』에 자세히 나와 있다. 나는 태뢰(太牢)의 「주진행기(周秦行紀)」를 구해서 반복해서 보았는데, 태뢰(太牢) 자신이 제왕의 후비(后妃)와 저승에서 만나고 있으니 이는 자신이 신하가 아니라 장차 ‘미친 듯이 뒤집음[狂顚, 역성혁명을 가리킴―역자]’에 뜻이 있음을 증명하는 것이다. 그리고 덕종(德宗)을 ‘심(沈) 노파의 아들’이라 희롱하고 대종(代宗)의 황후를 ‘심(沈) 노파’라 희롱하는 데 이르면 사람들은 모골이 송연함을 느낀다. 임금에 대한 무례함이 대단히 심하다고 말할 수 있다. 그는 도참(圖讖)대로 다른 뜻을 품고 있음이 분명하다. 나는 젊었을 때 장문중(臧文仲)의 다음과 같은 말에 탄복하였다. “임금에게 예의가 없는 사람에 대해서는 매가 참새를 몰아내듯 헤아 한다.” 그래서 나는 태뢰를 지켜본 지 이미 오래 되었다. 이전에 내가 정사(政事)를 주관하고 있을 때 법률로 바로잡으려 했으나 힘이 부족하여 오히려 파직되고 말았다. 나는 국사(國史)를 읽으면서, 개원(開元) 연간에 여남(汝南) 사람인 어사(御史) 주자량(周子諒)이 우선객(牛僊客)을 탄핵한 것은 그의 성이 도참(圖讖)과 부합하였기 때문이라는 사실을 알았다. 비록 이와 비슷하지만 그러나 “세 마리 기린이 60년을 보내다(三麟六十)”의 숫자에는 부합하지 않는다. 진국공(晉國公) 배도(裴度)와 나의 양국공(涼國公)(이름을 밝히기 곤란함)에서부터 팽원공(彭原公) 이정(李程), 조군공(趙郡公) 이신(李紳)에 이르기까지 여러 사람들이 태뢰를 원수처럼 질시하며

나의 뜻과 자못 비슷하였다. 사사로운 분노를 품고 있어서가 아니라 대개 그가 도참에 부합함을 싫어해서이다. 태뢰가 양주(襄州)를 친히 지키고 있을 때 복주(復州)의 자사(刺史) 낙곤(樂坤)의 「하무종감국상(賀武宗監國狀)」에 대해 "대수롭지 않은 일[閑事]은 축하할 만한 것이 못된다"고 비평하였다. 자기 성(姓)을 믿고 감히 이런 지경에 이르게 되었다! 얼마 후 나는 다시 정사(政事)를 주관하게 되었을 때 발각하려고 했지만 빌미가 없었다. 마침 소의진(昭義鎭)의 반란을 평정하였을 때 우승유가 유종간(劉從諫)과 교제한 편지를 발견하여 그를 몰아내었다. 아아, 신하된 자로서 역모를 몰래 품고 있으면 사람들은 그를 '죽여야 할 뿐 아니라 귀신도 그를 죽여야 한다. 무릇 태뢰와 공고한 관계를 가진 사람들은 경박하고 무뢰한 놈들로 표리관계로 연결되어 있다. 그들은 태뢰가 희망이 있어 천명을 보좌해야 한다고 생각하고 있는데, 이 역시 천명에 부합한다는 것을 믿은 결과이다. 태뢰에 대한 사사로운 애증 때문이라고 조정의 안팎에서 나를 비난하는 사람들이 있어, 그래서 이런 글을 써서 해명하니 나의 뜻을 알아주기 바란다. 한스러운 것은 그의 집안을 멸하지도 못하고 도리어 내가 또 파직되었다는 점이다. 이 어찌 임금이 될 사람은 죽지 않는다는 것이 아니겠는가? 나라의 화근을 내버려 두는 것 역시 나의 큰 죄이다. 만약 나와 뜻을 같이하는 사람들이 계속 정사를 담당한다면 마땅히 임금을 위해 화를 제거해야 한다. 시대의 흐름은 운수가 있는 법이니 생각건대 우연이 아니며, 만약 자기 당대에서 해내지 못하면 반드시 자손의 시대에서 해낼 것이다. 반드시 태뢰 집안의 노소를 가리지 않고 모두 법에 따라 다스려야 하며, 그렇게 되면 형벌은 공정하고 사직은 안전하여 개국 이후 240년 뒤까지 화가 없을 것이다. 아아, 나는 임금의 도(道)를 추구하고 있는데, 밝은 세상에서 멀리 떨어져 있구나. 사악한 마음을 미워하고 있으니 이전부터 가졌던 생각을 감히 저버릴 수 있겠는가? 이 때문에 붓을 들어 묵은 분노를 드러내었다. 또한 「주진행기」의 사적도 뒤에 써 놓았다.

　논문에서 거론되고 있는 유가(劉軻) 역시 이덕유의 붕당이다. 그가 지은 『일력(日歷)』은 완전한 제목이 『우양일력(牛羊日歷)』인데, 우양(牛羊)은 우승유(牛僧孺)・양우경(羊虞卿)을 가리키며, 이 두 사람을 대단히 비방하고 있다. 이 책은 오래 전에 없어졌고, 지금은 집록본이 있어 무전손(繆荃蓀)이 『우향령습(藕香零拾)』53) 속에 그것을 실어 놓았다. 또 황보송(皇甫松)이라는 사람은 『속우양일력(續牛羊日歷)』을 저술하였으나 역시 오래 전에 없어졌다. 『자치통감고이(資治通鑑考異)』(권20)에 한 조목[則]이 인용되어 있는데, 「주진행기」를 벗어나서 또다시 우승유의 가세(家世)를 통렬하게 비방하고 있으니, 지금 그것을 절록(節錄)한다.

　태뢰는 일찍 고아가 되었다. 어머니 주씨(周氏)는 방탕하여 몸가짐이 신중하지 않았다. 향리에서는 "우승유 형제들이 부끄러워서 그녀에게 재가하도록 하였다"는 말이 있다. 주씨는 이미 이전의 남편과 의절하였으나 우승유가 높은 자리에 오르자 개가한 어머니에게 추증(追贈)하도록 임금에게 청하였다. 『예기(禮記)』에서는 이렇게 말했다. "서씨(庶氏)에게 재가한 어머니가 죽었는데, 무엇 때문에 공씨(孔氏)의 사당에서 그녀에 대해 곡하겠는가?"54) 또 이렇게 말했다. "공급(孔伋)의 아내가 아니니, 역시 공백(孔白)의 어머니가 아니다."55) 그렇다면 이청심(李淸心)에게 재가한

---

53) 『우향령습(藕香零拾)』: 총서(叢書)로서 청대 무전손(繆荃蓀)이 집록하였으며, 도합 39종을 수록하고 있고 102권이다. 청대 광서(光緒) 말년에 간행되었다. (按) 이 책에 수록된 것은 『속우양일력(續牛羊日歷)』이다. 『우양일력(牛羊日歷)』은 송대 조재지(晁載之)의 『속담조(續談助)』 권3에 수록되어 있다.

54) (역주) 공자(孔子)의 아들 공리(孔鯉)의 아내는 서씨(庶氏)에게 재가하였는데, 공리의 아들 공급(孔伋)은 공씨(孔氏) 집안의 사당에서 그의 어머니에 대해 곡할 필요가 없다는 뜻이다.

아내가 다시 우유간(牛幼簡, 우승유의 부친 — 역자)의 배우자가 된다면, 이
는 하후명(夏侯銘)이 말한 바와 같이 "혼령이 있어 이 사실을 안다면 이
전의 남편은 저승에서 받아들이지 않을 것이며, 죽은 후에도 몸을 일으
킬 수 있다면 나중의 남편은 반드시 하늘에 호소할 것이다." 우승유는 자
기 어머니를 덕행을 잃고 의지할 데 없는 귀신으로 만들어 위로는 조정
을 속이고 아래로는 선친을 기만하였으니 충효에 대한 의식이 있는 사람
이라 할 수 있겠는가? 「주진행기」를 지어 덕종을 '심 노파의 아들'이라
했고, 예진(睿眞) 황태후를 '심 노파'라 하였다. 이는 바로 임금에 대한 무
례함이 대단히 심각한 것이다.

대개 이덕유가 우승유를 공격한 요점은, 우승유의 성(姓)이 도참(圖
讖)에 부응하고 마음이 신하가 되는 데 있지 않으며, 또 「주진행기」에
서 덕종(德宗)을 '심(沈) 노파의 아들'이라 하는 것은 더욱더 그의 죄를
실증하는 것이라는 데 있다. 그래서 이덕유는 자기 글 뒤에 「주진행기」
를 덧붙였고, 황보송은 『속우양일력(續牛羊日歷)』에서 역시 이에 대해
더욱 엄하게 꾸짖고 있다. 오늘날 이덕유의 『궁수지(窮愁志)』는 비록
아직 남아 있지만[『이문요외집(李文饒外集)』 권 1에서 권 4까지가 바로
이것이다] 읽는 사람이 많지 않고, 우승유의 『현괴록(玄怪錄)』 역시 일
찍 없어져 겨우 후대 사람들이 그를 위해 집록하여 둔 것이 남아 있을
뿐이다. 다만 이 「주진행기」는 총서(叢書)에 거듭 실리게 되어 세간에
서는 이로 말미암아 우승유의 이름을 더욱 잘 알게 되었다. 시세(時世)
가 바뀌고 미움과 사랑이 모두 사라진 다음 후대의 결과는 종종 당시
에는 미처 생각하지 못했던 것이다.

이하(李賀)의 『가시편(歌詩編)』[56](권 1)에는 「송심아지가(送沈亞之歌)」

---

55) (역주) 공급(孔伋)의 아내 역시 재가하였는데, 그녀는 이미 재가하였으므로 공급의
    아들 공백(孔白)의 어머니가 아니라는 뜻이다.

가 있으며, 그 서(序)에서 원화(元和) 7년 심아지(沈亞之)[57]는 과거에 떨어지고 오강(吳江)으로 돌아갔다 라고 했고, 그래서 시에서 이렇게 읊었다. "오흥(吳興)의 재인(才人)이 봄바람에 원한을 품고,[58] 복사꽃은 길 가득 피어 온 세상이 붉다네. 자줏빛 말채찍은 끊어지고 총이말은 여위었는데, 집은 전당(錢塘)이라 동쪽으로 다시 동쪽으로 멀다네."[59] 여기서 다시 이렇게 읊었다. "시험관이 대낮에 인재를 뽑는데, 황금을 내버리고 용마를 놓아 주는구나. 책상자를 끼고 오강(吳江)으로 돌아와 다시 문을 들어서는데, 오랫동안 고생한 그대 누가 가엾게 여겨줄까."[60] 그렇지만 『당서』에서 이미 심아지의 행적을 자세히 기록하지 못하고 있고, 겨우 『문원전서(文苑傳序)』에서 그의 이름을 한 번 들고 있을 뿐이다. 다행히도 『심하현집(沈下賢集)』이 지금까지 아직 남아 있고, 또 송대 계유공(計有功)의 『당시기사(唐詩紀事)』[61]와 원대 신문방(辛文房)의 『당재자전(唐才子傳)』[62]을 조사해 보면 그래도 그에 대한 개략

---

56) 이하(李賀, 791~816) : 자는 장길(長吉)이고, 하남(河南) 복창(福昌)[지금의 하남성 의양(宜陽)] 사람이며, 중당(中唐) 때 시인이다.『가시편(歌詩編)』은『이하가시편(李賀歌詩編)』을 가리키며, 4권이고, 외집(外集)이 1권이다.

57) 심아지(沈亞之, 781~832) : 오흥(吳興)[지금은 절강성에 속함] 사람이며, 중당(中唐) 때 작가이다. 그가 지은『심하현집(沈下賢集)』은 도합 12권이며, 시부(詩賦) 1권, 문(文) 11권으로 되어 있다.

58) (역주) '오흥의 재인'은 심아지(沈亞之)를 가리키며, 당대(唐代)에 과거시험은 봄에 합격자를 발표하였다.

59) (원문) "吳興才人怨春風, 桃花滿陌千里紅, 紫絲竹斷驄馬小, 家住錢塘東復東."

60) (원문) "春卿拾才白日下, 擲置黃金解龍馬, 携笈歸江重入門, 勞勞誰是憐君者."

61) 계유공(計有功) : 자는 민부(敏夫)이고, 송대 임공(臨邛)[지금의 사천성 공래(邛崍)] 사람이다. 그가 지은『당시기사(唐詩紀事)』는 81권이다. 당대(唐代) 1,150명의 시인들의 작품과 관련된 일(本事) 및 관련 시편을 싣고 있다.

62) 신문방(辛文房) : 자는 양사(良史)이며, 원대 서역(西域)[지금은 신강(新疆) 일대] 사람이다. 그가 지은『당재자전(唐才子傳)』은 10권이며, 당대(唐代) 시인 398명의 평전(評傳)을 수록하고 있다.

적인 것을 알 수 있다. 심아지는 자가 하현(下賢)이고 오흥(吳興) 사람
이다. 원화(元和) 10년 진사에 급제하였고 전중시어사(殿中侍御史)·내
공봉(內供奉)을 역임하였다. 태화(太和) 초년에 덕주(德州)의 행영사자(行
營使者)인 백기(柏耆)의 판관(判官)이 되었다. 백기가 좌천되자 심아지
역시 남강현(南康縣)의 현위(縣尉)로 폄적되었고, 최후에는 영주(郢州)의
속관(屬官)이 되었다. 그의 문집은 원래 9권이었는데, 지금은 12권이
있으니 대개 후대 사람들이 더 보탠 것이다. 그 중에 전기(傳奇)가 3편
이 있다. 역시 모두 『태평광기』에 보이고, 다 "『이문집(異聞集)』에 나온
다"라고 주해하고 있으며, 자구는 종종 그의 문집의 그것과 다르다.
이제 원래의 문집에 의거하여 수록한다.

「상중원사(湘中怨辭)」는 『심하현집(沈下賢集)』 권 2에 나온다. 『태평광
기』에는 권 298에 실려 있으며, 제목은 「태학정생(太學鄭生)」이라 되어
있고, 서(序) 및 편말의 '元和十三年[원화 13년]' 이하 서른 여섯 글자가
없다. 문구 역시 크게 다른데, 아마도 진한(陳翰)이 『이문집』을 엮을 때
삭제하고 고쳤을 것이다. 그렇지만 대체로 원래 문집의 것이 낫다. '遂
我'를 '逐我'로 한 것은 『태평광기』가 훌륭하다. 다만 심아지는 매끄럽
지 않은 문체[澀體]를 좋아하였으니 지금은 확정하기 어렵다. 그래서
이동(異同)이 비록 많지만 전부를 더 이상 언급하지는 않는다.

「이몽록(異夢錄)」은 문집 권 4에 보인다. 당대(唐代) 곡신자(谷神子)가
이미 그것을 취해 『박이지(博異志)』[63]에 수록하였다. 『태평광기』에는
권 282에 실려 있으며, 제목이 「형봉(邢鳳)」으로 되어 있고 문집과 비
교하여 20여 글자가 적고 왕염(王炎)을 왕생(王生)이라 하였다. 왕염(王

---

63) 곡신자(谷神子) : 정환고(鄭還古)를 가리키며, 당대 형양(滎陽)[지금은 하남성에
    속함] 사람이다. 헌종(憲宗) 원화(元和) 연간에 진사(進士)가 되었고, 벼슬은 하북
    (河北) 종사(從事)였으며, 후에 길주연(吉州掾)으로 좌천되었다. 『박이지(博異志)』
    는 『박이기(博異記)』라고도 하며 필기소설집(筆記小說集)으로 1권이다.

炎)은 왕파(王播)의 동생으로서 역시 시를 지을 수 있었는데, 『이문집』 에는 어째서 그의 이름이 없는지 추측할 수 없다. 『심하현집』은 지금 장사(長沙)의 섭씨[葉氏, 섭덕휘(葉德輝)-역자]의 관고당(觀古堂)[64] 간행 본 및 상해(上海)의 함분루(涵芬樓)[65] 영인본이 있다. 20년 전에는 매우 보기 드물었다. 내가 본 것은 소초재(小草齋)의 모사본인데, 그것은 전 기(傳奇) 3편을 수록하고 있을 뿐 아니라 정씨(丁氏)의 팔천권루(八千卷 樓)[66]의 초본(鈔本)에 의거하여 몇 글자를 교감하여 고쳐 놓았다. 동시 에 12권본 『심하현집』과는 자구가 상당히 다른데, 어느 것이 옳은지 알 길이 없다. 예를 들어 왕염(王炎)의 시(詩) '택수장금채(擇水葬金釵)' 의 경우, 오직 소초재(小草齋)[67] 본만이 이렇게 되어 있고, 다른 본에는 모두 '택토(擇土)'라고 되어 있다. 그러나 '택수(擇水)'가 잘못되었다고 즉각 확정하기는 어렵다. 이런 경우는 대단히 많아 지금 전부 열거하 지는 않는다. 간행본이 이미 점차 널리 통행되고 있어 입수하기 쉬우 니 자세히 알고자 하는 사람은 스스로 원서(原書)와 대비하며 교감해볼 수 있을 것이다.

---

64) 섭씨(葉氏) 관고당(觀古堂) : 섭덕휘(葉德輝, 1864~1927)는 자가 환빈(奐彬)이고, 호 남(湖南) 장사(長沙) 사람이다. 관고당(觀古堂)은 그의 서실(書室) 이름이며, 여러 종 의 책을 번각하였다.

65) 함분루(涵芬樓) : 상해(上海) 상무인서관(商務印書館)의 장서루(藏書樓)이며, 청대 광서(光緒) 말년에 설립되어 귀중한 책[善本秘籍] 여러 종을 소장하고 있었다. 1924년에 동방도서관(東方圖書館)으로 옮겼다. 1932년 '1·28'전쟁 중에 일본 침략 군에 의해 소실되었다.

66) 정씨(丁氏)의 팔천권루(八千卷樓) : 청대 전당(錢塘)의 정신(丁申)·정병(丁丙) 형제 의 장서루(藏書樓)는 세 부분으로 나뉘어 있었는데, 팔천권루(八千卷樓)에는 사고 전서(四庫全書)에 기록되어 있는 책을 소장하고 있었고, 소팔천권루(小八千卷樓)에 는 귀중한 책이 소장되어 있었고, 후팔천권루(後八千卷樓)에는 사고전서에 수록되 지 않은 책을 소장하고 있었다.

67) 소초재(小草齋) : 명대 문학가 사조제(謝肇淛)의 서실 이름이다. 사조제의 저작으로 는 『오잡조(五雜組)』 등이 있다.

　　꿈에서 허리를 굽혀 추는 춤을 본다는 것은 당대(唐代)의 다른 소설에서도 볼 수 있다. 단성식(段成式)은 『유양잡조(酉陽雜俎)』[68](권 14)에서 이렇게 말했다. "원화(元和) 초년에 한 선비가 있어 그의 성명은 알지 못하며 술에 취해 대청에서 잠을 자고 있었다. 깨어 보니 옛 병풍에 그려진 부인들이 모두 침대 앞에서 발을 구르며 노래하고 있었다. 노래는 이러하였다. '장안의 아가씨들이 봄볕 아래서 춤을 추니, 어디서든 봄볕은 애간장을 끊는다. 소매 휘날리고 허리 굽혀 춤추며 모든 것을 잊어버리고, 아름다운 눈썹은 공연히 9월의 가을 서리 같은 수심을 띠고 있다.' 그 중에서 쌍으로 쪽을 진 여인이 물어 가로되, '허리 굽혀 춤춘다[弓腰] 함은 어떤 것이오?' 라고 하였다. 노래하던 사람이 웃으며 가로되, '그대는 내가 허리를 굽혀 춤추는 것을 보지 못했소?' 라고 하였다. 이에 머리를 뒤로 젖히고 쪽이 땅에 닿자 허리 자세가 콤파스[規]와 같았다. 선비는 깜짝 놀라 곧 이를 나무랐다. 갑자기 여인들이 병풍으로 들어갔고, 역시 아무 일 없었다." 이 노래는 「이몽록」의 그것과 대략 비슷하며, 「이몽록」의 것은 바로 여기서 변화되어 나왔을 것이다. 송대 악사(樂史)가 지은 『양태진외전(楊太眞外傳)』의 상권(上卷) 주(注)에서 양국충(楊國忠)이 누워서 병풍에 그려진 여러 여인들이 침상으로 내려와 자기 이름을 밝히며 노래하고 춤을 추는 것을 보았다고 기록하고 있다. 그 중에는 '초궁궁요(楚宮弓腰)' 춤을 춘 사람도 있는데, 이 또한 『유양잡조(酉陽雜俎)』에 기록되어 있는 것으로부터 와전되어 나온 것이다. 무릇 소설은 유전(流傳)되면서 대체로 점차 넓어지고 점차 변화하는데, 그 시원(始原)을 추적해 가면 사실은 하나이다.

---

68) 단성식(段成式, ?~863) : 자는 가고(柯古)이고, 제주(齊州) 임치(臨淄)[지금의 산동성 치박(淄博)] 사람이며, 당대 문학가이다. 벼슬은 비서성교서랑(秘書省校書郎)·태상소경(太常少卿) 등이었다. 『유양잡조(酉陽雜俎)』 : 필기소설집(筆記小說集)으로 20권이며, 또 속집(續集) 10권이 있다.

 「진몽기(秦夢記)」는 문집 권 2 및 『태평광기』 권 282에 보이며, 제목은 「심아지(沈亞之)」로 되어 있고 서로 다른 데가 많지 않다. '격체무(擊體舞)'는 마땅히 '격박무(擊髆舞)'라 해야 하고, '추주(追酒)'는 마땅히 '치주(置酒)'라 해야 하는데, 각 본이 모두 잘못되어 있다. '여금일(如今日)'의 '금(今)'자는 필요 없이 더 들어간 글자 같으며, 소초재(小草齋) 본에는 있고 다른 본에는 모두 없다.

 「무쌍전(無雙傳)」은 『태평광기』 권 486에 나오며, "설조(薛調)가 지었다"라고 주해하고 있다. 설조(薛調)는 하중(河中) 보정(寶鼎) 사람이며, 생김새가 아름다워 사람들은 그를 '살아 있는 보살'이라 했다. 함통(咸通) 11년 호부원외랑(戶部員外郎)으로서 가부랑중(駕部郎中)의 직함이 더해졌고, 한림승지학사(翰林承旨學士)를 역임하였고, 이듬해 지제고(知制誥)의 직함이 더해졌다. 곽비(郭妃)가 그의 생김새를 좋아하여 의종(懿宗)에게 "부마(駙馬, 공주의 남편 — 역자)는 어째서 설조 같은 사람이 아니오"라고 했다. 설조는 얼마 지나지 않아 갑자기 죽었으니, 나이 43세로 그 때가 함통(咸通) 13년 2월 26일이었다. 사람들은 그가 독살되었다고 생각했다(『신당서』의 「재상세계표(宰相世系表)」, 『한원군서(翰苑群書)』 및 『당어림(唐語林)』[69] 권 4에 보임). 호응린(『필총』 권 41)은 이렇게 말했다. "왕선객(王仙客, 「무쌍전」에 나오는 등장인물)은 ……사적이 크게 괴이하고 사리에 맞지 않았는데, 대체로 지나치게 윤식(潤飾)하였기 때문일 것이다. 혹은 오유선생(烏有先生)·무시공(無是公)[이 둘은 사마상여(司馬相如)의 「자허부(子虛賦)」에 나오는 가공적인 인물임

---

 69) 『한원군서(翰苑群書)』: 12권이며 송대 홍준(洪遵)이 엮었다. 당대 이조(李肇)의 『한림지(翰林志)』·송대 이방(李昉)의 『금림연회집(禁林宴會集)』 및 홍준(洪遵) 본인의 『한원유사(翰苑遺事)』 등, 당·송 양대의 한림학사(翰林學士)의 성명 및 한림원(翰林院) 장고(掌故)를 기술하고 있는 사적(史籍) 12종을 수록하고 있다. 『당어림(唐語林)』: 필기집(筆記集)으로 송대 왕당(王讜)이 지었다. 원서는 오래 전에 없어졌고, 오늘날 본은 『영락대전(永樂大典)』에서 집록한 것으로 8권이다.

―역자]과 같은 인물이었을지도 모를 일이다.” (案) 범터(范攄)는 『운계우의(雲溪友議)』70)(상)에서 이렇게 기록하고 있다. “수재(手才)인 최교(崔郊)라는 사람은 한수(漢水)에서 우거(寓居)하면서 문예에 조예가 깊었지만 재산이 아무것도 없었다. 얼마 지나지 않아 고모의 하녀와 내통하면서 늘 완함(阮咸)71)이 했던 것처럼 하녀를 뒤쫓았다. 하녀는 단정하고 아름답고 자신의 음율적인 재능에 힘입어 한수(漢水) 남쪽에서 최고였다. 고모는 그녀를 절도사에게 팔았다. 절도사는 그녀를 사랑하여 무쌍(無雙, 둘도 없다는 뜻―역자)처럼 여기고 40만 냥을 주며 깊이 총애하였다. 최교는 그리움이 그치지 않아 곧 몰래 부서(府署, 부가 있는 관청―역자)에 접근하여 한 번 만나보고 싶어했다. 그 하녀는 한식절(寒食節)이라 성묘하고 돌아오다 버드나무 그늘 아래에 서 있는 최교를 만났고, 곧바로 연신 울먹이며 사랑의 변함 없음이 산하(山河)와 같다고 맹세했다. 최생(崔生)은 다음과 같은 시를 주었다. ‘귀공자·귀족자제들이 그대의 뒤꽁무니를 쫓고, 녹옥(綠玉)같이 변함 없는 그대 사랑은 눈물 흘려 비단수건을 적시는구나. 귀족가문으로 한 번 들어가면 바다처럼 깊으니, 이제부터 그대의 낭군은 낯선 사람 행인이로다.’” 시가 절도사의 귀에 들어가자 마침내 그녀를 최교에게 돌려보냈다. ‘무쌍(無雙)’이라는 말 다음에 “설태보(薛太保)의 애첩으로서 지금 그림에서 볼 수 있다”라고 주해하고 있다. 그렇다면 무쌍(無雙)은 실제로 그런 사람이 있었을 뿐 아니라 게다가 당시에 이미 아름다움으로 널리 알려져 있었던 것이다. 「무쌍전」 이야기의 전반부는 아마 최교와 고모

---

70) 범터(范攄) : 자호(自號)가 오운계인(五雲溪人)이며, 당(唐) 의종(懿宗) 때 사람이다. 『운계우의(雲溪友議)』: 필기집(筆記集)으로 3권이다. 중·만당(中晚唐) 때의 시인 및 시가와 관련된 자료가 많이 실려 있다.

71) 자는 중용(仲容)이며, 삼국시대 위(魏)나라 사람으로 죽림칠현(竹林七賢)의 한 사람이다. 완적(阮籍)의 조카로서 음률에 능하고 비파를 잘 탔다.

의 하녀 이야기와 서로 비슷하며, 설조(薛調)는 다만 설태위(薛太尉)[72]의 집안을 궁궐로 바꿈으로써 그 이야기를 은은하게 만들었던 것이 아닌가 여겨진다. 후반부는 상당히 수식을 가하여 다소 사리에 어긋난다. 명대 육채(陸采)는 여기서 제재를 따와서 『명주기(明珠記)』를 지었다.

유정(柳珵)의 「상청전(上淸傳)」은 『자치통감고이』 권 19에 보인다. 사마광(司馬光)은 이에 대해 반박하며 이렇게 말했다. "이 이야기가 사실이라면 두참(竇參)이 남으로부터 위협을 당했을 때 덕종(德宗)은 어떻게 도리어 그가 '협객과 자객을 기른다'고 말했겠는가. 하물며 육지(陸贄)는 훌륭한 재상이니 어찌 이런 일을 하려 했겠는가. 설령 그가 두참을 위험에 빠뜨리려 했다 하더라도 방법은 참으로 많으니 어찌 어린애 장난 같은 이런 일을 하려 했겠는가. 전부 인정(人情)에 맞지 않다." 「상청전」 역시 『태평광기』 권 275에 보이며, 제목은 「상청(上淸)」으로 되어 있고 "『이문집』에 나온다"라고 주해하고 있다. '상국 두공(相國竇公)'이 '승상 두참(丞相竇參)'으로 되어 있고, 그 뒤의 '두공(竇公)'은 모두 '두(竇)' 한 글자로만 쓰고 있다. '예명액정(隸名掖庭)' 다음에 '차구(且久)' 두 글자가 더 있고, '노육지(怒陸贄)' 앞에는 '지시대오인(至是大悟因)' 다섯 글자가 더 있고, '노(老)'는 '저(這)'로 되어 있고, '자행모얼(恣行媒孼)' 다음에 '승간공지(乘間攻之)' 네 글자가 더 있고, '특칙(特敕)' 다음에 '삭(削)' 한 자가 더 있다. 그 밖에도 세세한 차이가 있지만 지금 일일이 열거하지는 않는다. 이 이야기는 본래 「유유구전(劉幽求傳)」과 함께 『상시언지(常侍言旨)』 뒤에 붙어 있다. 『상시언지』 역시 유정(柳珵)이 지었는데, 『군재독서지(郡齋讀書志)』(권 3)에서 '그의 백부(伯父) 유방(柳芳)이 들려 준 이야기를 기록한 것이다'라고 하였다. 유방(柳芳)은 포주(蒲州) 하동(河東) 사람이며, 그의 아들로는 유등(柳登), 유면

---

72) 설태위(薛太尉) : 위에 나오는 '설태보(薛太保)'의 잘못이 아닐까 한다.

(柳冕)이 있고, 유등(柳登)의 아들 유경(柳璟)은 『신당서』(권 132)에 보인다. 유정(柳珵)은 대개 유경(柳璟)의 종형제 항렬이다.

「양창전(楊娼傳)」은 『태평광기』 권 491에 나오며, 원래 방천리(房千里)가 지은 것이다 라고 씌어 있다. 방천리(房千里)는 자가 곡거(鵠擧)이고, 하남(河南) 사람이며, 『신당서』의 「재상세계표(宰相世系表)」에 보인다. 『예문지』에는 방천리의 「남방이물지(南方異物志)」 1권과 「투황잡록(投荒雜錄)」 1권이 실려 있으며, "태화(太和) 초년에 진사에 급제하였고, 고주(高州)의 자사(刺史)가 되었다"라고 주해하고 있으니, 이는 그의 마지막 관직이다. 이 작품은 서술이 간략하고 꾸밈이 없어 의도적으로 전기(傳奇)를 지은 것 같지는 않다. 『운계우의(雲溪友議)』(상)에는 또 「남해비(南海非)」라는 1편이 있는데, 그 내용은 이렇다. 박사(博士)인 방천리는 처음 급제하였을 때 영남(嶺南)의 변경을 유람하였다. 진사(進士)인 위방(韋滂)이라는 사람이 남해(南海)로부터 조씨(趙氏)라는 여자를 데리고 와서 방천리의 첩이 되게 했다. 방천리는 유람이 싫증나서 경도(京都)로 돌아가려 하니 잠시 조씨와 남북으로 떨어지는 이별이 있었다. 양주(襄州)를 지나다 허혼(許渾)을 만나 그에게 조씨를 부탁했다. 허혼이 당도하여 땔감과 양식을 주려고 하였는데, 조씨는 이미 위수재(韋秀才)를 따라가고 없었다. 이에 시로써 방천리에게 이렇게 알렸다. "그대 봄바람 부는 날 자줏빛 비단실 고삐 잡고 백마 타고 돌아가고, 때마침 누에가 잠자고 있어 뽕잎을 따지 않는 계절이라네. 오경의 깊은 밤 그대 그리운 마음 간절하겠지만, 오랜 세월 가을 서리 견딜 절개는 없구나. 수놓은 허리띠(애정을 표시하는 물건—역자)를 다시 찾았지만 붉은 넝쿨처럼 엉켜 있고, 오히려 비단 치마에 푸른 풀이 길게 자랐음을 알았다네. 서쪽으로 떠난 그대에게 알리노니 이별의 한을 줄이게나, 완랑(阮郎)이 떠나자 유랑(劉郎)[73]에게 시집갔다네."[74] 방천리는 이 말을 듣고 애통해하며 거의 절명의 지경이었다는 내용이다. 이 전기(傳奇)는 아마 소식을 받은 다음 즉시 지은 것으로 잠시나마 자신의 감개를 깃들이고 있는 것이리라. 그런데 위곡(韋縠)은 『재조집(才調集)』75)(권 10)에서 또 허혼(許渾)의 시를 무명씨가 지은 것으로 여기고 이렇게 적었다. "어떤 나그네가 신풍(新豊)의 역관사(驛館舍)에 이별의 아픔을 담은 글귀를 적어 놓았기에 내가 역리(驛吏)에게 물어 보았고, 그 내막을 다 알게 되자 우연히 사운시[四韻詩, 율시를 가리킴－역자)를 지어 그를 조롱하였다."

「비연전(飛烟傳)」은 『설부(說郛)』권 33에 수록된 『삼수소독(三水小牘)』에 나오며, 황보매(皇甫枚)가 지었다. 역시 『태평광기』권 491에 보이며 '비연(飛烟)'이 '비연(非烟)'으로 되어 있다. 『삼수소독』은 원래 3권이며, 『송사·예문지』및 『직재서록해제(直齋書錄解題)』에 보인다. 지금은 다만 2권만이 남아 있는데, 노씨[盧氏, 노문초(盧文弨)－역자]의 『포경당총서(抱經堂叢書)』및 무씨[繆氏, 무전손(繆荃蓀)－역자]의 『운자재감총서(云自在龕叢書)』76)에 실려 있다. 그런데 이 책을 통해 고증할 수 있는 것은, 황보매(皇甫枚)의 자가 준미(遵美)이고 안정(安定) 사람이라는 점이다. 삼수(三水)는 안정(安定)의 속읍(屬邑)이다. 함통(咸通) 말년에 그는

---

73) (역주) 『태평어람(太平御覽)』권 41에서 유의경(劉義慶)의 「유명록(幽明錄)」을 인용하여 완랑(阮郎, 즉 阮肇)과 유랑(劉郎, 즉 劉晨)이 천대산(天台山)에 들어가 약초를 캐다가 길을 잃고 두 선녀를 만난다는 이야기를 기록하고 있다. 여기서 완랑은 방천리(房千里)를 가리키고, 유랑은 위수재(韋秀才)를 가리킨다.

74) (원문) "春風白馬紫絲韁, 正値蠶眠未采桑. 五夜有心隨暮雨, 百年無節待秋霜. 重尋繡帶朱藤合, 却認羅裙碧草長. 爲報西游減離恨, 阮郎才去嫁劉郎."

75) 위곡(韋縠) : 오대(五代)의 전촉(前蜀) 때 사람이며 벼슬은 감찰어사(監察御史)에 이르렀다. 그가 엮은 『재조집(才調集)』은 당시선집(唐詩選集)으로 도합 10권이다.

76) 노문초(盧文弨, 1717~1796) : 자는 소궁(紹弓), 호는 포경(抱經)이며, 청대 절강(浙江) 항주(杭州) 사람이다. 그가 번각한 『포경당총서(抱經堂叢書)』는 도합 17종이다. 『운자재감총서(云自在龕叢書)』: 청대 광서(光緒) 연간에 무전손(繆荃蓀)이 엮어 번각한 것으로 도합 36종이다.

여주(汝州)의 노산(魯山) 현령(縣令)이었고, 광계(光啓) 연간에 희종(僖宗)이 양주(梁州)에 있을 때, 임금이 있던 행소(行所)로 전임되어 갔다. 명대 요자발(姚咨跋)은 "천우(天祐) 경오(庚午) 해에 황보매는 분주(汾州)·진주(晉州) 등 객지에 머물면서 이 책을 지었다"라고 했다. 지금의 책에는 이에 대해 언급되어 있지 않은데, 아마 황보매의 자서(自序)에 나오는 말이겠으나 지금은 그것이 없어졌다. 무씨(繆氏)의 간행본에는 일문(逸文) 1권이 있어 「비연전(非烟傳)」을 수록하고 있지만, 다만 『태평광기』에 의거하여 인용한 것이므로 『설부(說郛)』의 본과는 약간 다른 데가 있고, 또 편말에 100여 글자가 없다. 『태평광기』에는 어느 책에 나오는지 말하지 않고 있으니 대개 단독으로 간행되었을 것이며, 그래서 여전히 그것을 수록한다.

「규염객전(虯髥客傳)」은 명대 고씨(顧氏)의 『문방소설(文房小說)』에 의거하여 수록하고 『태평광기』권 193에 인용된 「규염전(虯髥傳)」으로 교감하였는데, 각기 상세한 점과 간략한 점 및 같고 다른 점이 있어 지금 20여 글자를 보정(補正)한다. 두광정(杜光庭)은 자가 빈지(賓至)이고 처주(處州) 진운(縉雲) 사람이다. 먼저 천태산(天台山)에서 도(道)를 배웠고, 당조(唐朝)에서 벼슬하여 내공봉(內供奉)이 되었다. 난리를 피해 촉(蜀)땅으로 들어갔으며, 왕건(王建)을 섬기면서 금자광록대부(金紫光祿大夫)·간의대부(諫議大夫)가 되었고, 광성선생(廣成先生)이라는 호를 하사받았다. 후주[後主, 왕건(王建)의 아들 왕연(王衍)을 가리킴—역자]가 즉위하자 그를 전진천사(傳眞天師)·숭진관대학사(崇眞館大學士)로 삼았다. 후에 벼슬에서 물러나 청성산(靑城山)에 은거하며 동영자(東瀛子)라 했다. 나이 85세에 죽었다. 저서는 대단히 많아서 『간서(諫書)』100권, 『역대충간서(歷代忠諫書)』5권, 『도덕경광성의소(道德經廣聖義疏)』30권, 『녹이기(錄異記)』10권, 『광성집(廣成集)』100권, 『호중집(壺中集)』3권이 있었다. 이 밖에 도교의 의칙(儀則), 효험[應驗] 그리고 선인(仙人), 영경

(靈境)을 언급한 것이 20여 종의 80여 권이 더 있었다. 오늘날에는 다만 『녹이기(錄異記)』만 유전(流傳)되고 있다. 두광정은 일찍이 「왕씨신선전(王氏神仙傳)」1권을 지어 촉(蜀)의 임금을 기쁘게 했다. 그런데 이 작품은 제위(帝位)를 엿보는 것(왕위찬탈을 가리킴—역자)을 가장 경계할 일로 여기고 있으니 아무래도 당조(唐朝)에서 벼슬할 때 지었을 것이다. 『송사·예문지』 소설류(小說類)의 기록에는 ‘「규염객전」 1권’이라 되어 있다. 송대 정대창(程大昌)의 『고고편(考古編)』77)(권 9)에도 역시 「규수전(虯鬚傳)」이라 적혀 있는 한 조목[則]이 있는데, 이렇게 말했다. “이정(李靖)은 수(隋)나라에서 벼슬할 때 항상 고조[高祖, 이연(李淵)을 가리킴—역자]는 결국 남의 신하가 되지는 않을 것이다 라고 말했다. 그래서 고조가 경사(京師)에 입성하자 이정을 붙잡아 그를 죽이려 하였다. 태종[太宗, 이세민(李世民)을 가리킴—역자]이 구출하여 죽음을 면하게 해주었다. 고조가 이정을 붙잡은 사실에 대해 역사서는 그 까닭을 말하지 않고 있는데, 대개 이에 대한 언급을 기피했기 때문이다. 「규수전(虯鬚傳)」은 이정(李靖)이 규수객[虯鬚傳, 규수(虯鬚)란 곱슬곱슬한 턱수염을 가리킴—역자]의 도움을 얻어 마침내 집안의 모든 힘을 바쳐 태종의 기의(起義)를 보좌하였다는 이야기이다. 이는 문인의 익살이지만 사람들은 그것을 깨닫지 못할 뿐이다. 또 두보(杜甫)의 시에서도 ‘곱슬수염[虯鬚, 규수를 가리킴—역자]은 태종(太宗)을 닮았다’라고 하였다. 소설[小說, 당시 강창(講唱) 문학의 일종—역자]에서도 태종은 곱슬 수염으로 그 수염은 각궁(角弓)에 걸 수 있다 라고 사람들이 하는 말을 밝히고 있다. 이 규수(虯鬚, 곱슬수염—역자)가 바로 태종이다. 그

---

77) 정대창(程大昌, 1123~1195) : 자는 태지(泰之)이고, 남송(南宋) 휴녕(休寧)[지금은 안휘성에 속함] 사람이며 벼슬은 이부상서(吏部尙書)였다. 저작으로는 『역원(易原)』, 『옹록(翁錄)』 등이 있다. 그가 지은 『고고편(考古編)』은 10권으로 경의(經義)의 차이를 여러 가지로 논하고 역사적 사실(史事)을 고증하고 있다.

런데 규수가 이정(李靖)에게 도움을 주어 그로 하여금 태종을 보좌하게 하고 있으니 익살스런 이야기임을 알 수 있다.” 염(髥)자가 모두 수(鬚)자로 되어 있다. 오늘날 규염(虯髥)이라 한 것은 모두 후대에 고친 것이다. 그러나 고조가 이정을 붙잡은 까닭에 대해서 당시의 사서(史書)에서는 언급을 기피하지 않았다. 『자치통감고이』(권8)에는 이렇게 되어 있다. “유방(柳芳)의 『당력(唐歷)』 및 『당서·정전(唐書·靖傳)』에는 이렇게 씌어 있다. ‘고조가 변방[塞外]에서 돌궐(突闕)을 공격하였다. 이정(李靖)은 고조(高祖)를 살펴보고 그가 세상을 통일할 뜻이 있음을 알았다. 이에 스스로 포박하고 변고가 있음을 아뢰려고 강도(江都)로 가서 임금을 배알하려 하는데, 장안(長安)에 이르러 길이 막혀 버리자 그만두었다.’ (案) 태종이 기병(起兵)을 도모하고 있을 때 고조는 아직 모르고 있었으며, 알았으면 동의하지 않았을 것이다. 돌궐을 공격할 때 아직 다른 뜻은 없었으니 이정이 어떻게 그것을 알아차렸겠는가? 또 변고를 아뢰려면 당연히 역참(驛站)을 이용하면 더욱 빠를 텐데, 어찌하여 스스로 포박하였단 말인가? 오늘날 『정행장(靖行狀)』에 의거하면 이렇다. ‘옛날 수조(隋朝)에서 벼슬할 때 고조의 명을 거절한 적이 있었다. 경성(京城)이 함락되자 고조는 지난 일을 추궁하였고 이정은 격앙된 어조로 솔직하게 변론하자 특별히 용서받아 방면되었다.’” 유방(柳芳)은 당대 사람으로서 변고가 있음을 아뢴 혐의를 기록하고 있는데, 이로써 곧 경성이 함락된 후에 이정이 붙잡힌 원인을 알 수 있다. 그렇지만 역사적 사실에 대해서는 항상 잘 모르고 소설은 곧바로 유전(流傳)되니 「규염객전」 역시 이런 예에 해당하며 여전히 사람들이 좋아하고 심지어 그림으로 그려져 ‘삼협(三俠)’이라 했다. 이 이야기를 취해 희곡으로 만든 것으로는 명대 장봉익(張鳳翼)·장태화(張太和) 모두 『홍불기(紅拂記)』가 있고, 능초성(凌初成)은 『규염옹(虯髥翁)』이 있다.

제오 부분

「명음록(冥音錄)」은 『태평광기』 권 489에 나온다. 본문 속에서 이덕유(李德裕)를 '고상(故相, 이전의 재상이라는 뜻－역자)'이라고 하니 대중(大中) 또는 함통(咸通) 연간 이후에 지은 것이다. 『당인설회(唐人說薈)』에는 "주경여(朱慶餘)가 지었다"고 씌어 있으나 옳지 않다.

「동양야괴록(東陽夜怪錄)」은 『태평광기』 권 490에 나온다. 내용은 성자허(成自虛)가 밤중에 요괴를 만나 은어(隱語)로 서로 응답했다는 이야기를 그로부터 왕수(王洙)가 듣고 서술한 것이다. 『당인설회』에는 곧 "왕수(王洙)가 지었다"라고 씌어 있지만 옳지 않다. 정진탁(鄭振鐸)은 [『중국단편소설집(中國短篇小說集)』]은 이렇게 말했다. "서술하고 있는 줄거리가 우승유(牛僧孺)의 「원무유(元無有)」와 비슷한데, 아마 이 두 편은 동일한 근원에서 나왔을 것이다." (案) 「원무유」는 본래 『현괴록(玄怪錄)』에 실려 있었지만, 책 전체가 이미 없어졌다. 이 조목[條]은 『태평광기』 권 369에서 인용하였다.

보응(寶應) 연간에 원무유(元無有)라는 사람이 있어 늘 중춘(仲春, 음력 2월－역자) 말에 홀로 유양(維揚) 교외의 들판을 걸었다. 마침 날이 저물고 비바람이 크게 몰아쳤다. 그 때는 전쟁통에 어수선한 다음이라 사람들이 대부분 달아나고 없었다. 마침내 길가의 빈 집에 들게 되었다. 순식간에 비가 그치며 날이 갰고, 비스듬히 달이 바야흐로 나타났다. 무유(無有)는 북쪽 창가에 앉았는데, 갑자기 서쪽 회랑에서 사람의 발자국 소리가 들려왔다. 잠시 후 달빛 아래서 네 사람이 보였고 의관이 모두 각기 달랐으며, 유쾌하게 서로 이야기를 주고받고 시를 읊었다. 곧 누군가가 "오늘 저녁은 가을처럼 이토록 바람이 맑고 달이 밝으니, 우리들이 한 마디씩 평생의 사적을 펼쳐 보이는 것이 어떨까?" 라고 했다. 그 중 한 사

람이 이러저러하게 말했다. 시를 읊는 소리가 낭랑하여 무유는 모두 분
명하게 들을 수 있었다. 그 중에서 의관을 갖춘 키가 큰 한 사람이 먼저
이렇게 읊었다. "제나라·노나라의 하얀 비단은 서리와 눈처럼 새하얗고,
그 맑고 높은 소리는 내가 낸 것이다." 검은 의관을 갖춘 키가 작고 못생
긴 두 번째 사람이 이렇게 시를 읊었다. "훌륭한 손님들이 성대한 모임에
모인 이 맑은 밤에, 밝게 빛나는 등촉은 내가 들 수 있다." 낡은 누런 의
관을 갖추고 역시 키가 작고 못생긴 세 번째 사람이 이렇게 시를 읊었다.
"맑고 차가운 샘물은 아침에 물긴기를 기다리고, 뽕나무 껍질로 만든 두
레박줄은 나를 끌며 늘 나고 든다." 낡고 검은 의관을 갖춘 네 번째 사람
이 이렇게 시를 읊었다. "땔감을 때고 물을 담아서 지지고 삶아서, 사람
들을 배부르게 해 주는 것은 나의 공로이다." 무유 역시 네 사람을 이상
하게 여기지 않았고, 네 사람 역시 무유가 대청에 있음을 개의치 않고 돌
아가며 서로 칭찬하였다. 그들의 자부심을 보아하니 비록 완사종(阮嗣宗)
의 「영회(咏懷)」시라 하더라도 그들을 능가할 수 없을 것 같았다. 네 사람
은 날이 밝아오자 바야흐로 자기가 있던 곳으로 되돌아갔다. 무유는 곧
그들을 찾았지만 집 안에는 다만 낡은 다듬이 방망이, 등대(燈臺), 물통,
부서진 납작한 솥만이 있었다. 비로소 네 사람은 바로 이런 것들이 변한
것임을 알았다.

「영응전(靈應傳)」은 『태평광기』 권 492에 나오며, 지은이의 이름이
없다. 『당인설회』에서는 우적(于逖)[78]이 지은 것이라 하였으나 역시 옳
지 않다. 「전(傳)」은 용녀(龍女)의 정숙(貞淑)함, 정승부(鄭承符)의 지혜와
용기를 기술하고 있는데, 역시 이조위(李朝威)의 「유의전(柳毅傳)」에 나
오는 이야기를 채용하고 있어 대개 그 영향을 받았고, 다시 그것을 약

---

78) 우적(于逖) : 당대 천보(天寶) 연간 사람이며, 생평의 사적은 미상이다.

간 고쳐 놓았다. 경원(涇原) 절도사 주보(周寶)는 자가 상규(上珪)이고, 평주(平州) 노용(盧龍) 사람이다. 진[鎭, 경원진(涇原鎭)을 가리킴―역자]에서 농사에 주력하여 식량 20만 석을 모았으며, 양장(良將)이라 했다. 황소(黃巢)79)가 선흡(宣歙)을 점거하자 조정에서는 주보(周寶)를 진해군 절도사(鎭海軍節度使) 겸 남면초토사(南面招討使)로 옮겼다. 후에 전유(錢鏐)80)에 의해 살해되었다. 『신당서』(권 186)에 그의 전(傳)이 있다.

제육 부분

「수유록(隋遺錄)」 상·하권은 원본『설부』 권 78에 의거하여 수록하였으며, 『백천학해(百川學海)』81)로 그것을 교감하였다. 앞에는 "당대 안사고(顔師古)가 지었다"라고 씌어 있다. 말미에는 무명씨의 발문(跋文)이 있는데, "회창(會昌) 연간에 스님 지철(志徹)이 와관사(瓦棺寺) 건물 남쪽 쌍각(雙閣)의 순필(筍筆) 무더기에서 발견했다. 제목은 「남부연화록(南部烟花錄)」으로 되어 있고, 안사고(顔師古)의 유고(遺稿)이다. 『수서(隋書)』에서 취하여 그것을 교감하였으며, 애매한 문장[隱文]이 많다.

---

79) 황소(黃巢, ?~884) : 조주(曹州) 원구(冤句)[지금의 산동성 하택(菏澤)] 사람이며, 당 말(唐末)에 농민기의군의 지도자였다. 건부(建符) 6년에 선(宣)·흡(歙)[지금의 안휘 성 선성(宣城)·흡현(歙縣) 일대]을 점거하였다.

80) 전유(錢鏐, 852~932) : 자는 구미(具美)이고, 임안(臨安)[지금은 절강성에 속함] 사 람이다. 당(唐) 희종(僖宗) 건부(建符) 연간에 벼슬은 항주(杭州) 자사(刺史)였고, 진 해군(鎭海軍) 절도사의 통제를 받았다. 오대(五代) 때 그는 오월국(吳越國)을 세웠 고, 907년~932년 재위했다. 희종(僖宗) 광계(光啓) 3년(887)에 윤주아장(潤州牙將)인 유호(劉浩) 등이 주보(周寶)를 축출하자 전유(錢鏐)는 주보를 항주(杭州)까지 가서 맞이하였다. 역사서에서는 주보가 전유에 의해 피살되었다고도 하고, 또는 주보의 죽음과 전유는 무관하다고도 한다.[『자치통감(資治通鑑)』 권 257 고이(考異) 참고]

81) 『백천학해(百川學海)』 : 총서(叢書)로서 남송(南宋)의 좌규(左圭)가 집록하였고, 도 합 10집(集)이며, 100종이다. 당송대의 필기(筆記), 잡설(雜說), 전기(傳奇) 등을 수록 하고 있다.

후에 다시 「대업습유기(大業拾遺記)」로 엮었다. 원본은 열 중에 일여덟
은 결락(缺落)되어 있어 모두 『수서』로부터 그것을 보충하였다.”라고
하였다. 이 책은 원래 제목이 「남부연화록(南部烟花錄)」이며 다시 엮은
다음에는 「대업습유기(大業拾遺記)」라 하였던 것이다. 지금은 또 「수유
록(隋遺錄)」이라 하는데, 발문에서 언급하고 있지 않으니 아마 다시 후
대에 전각(傳刻)한 사람이 고쳤기 때문일 것이다. 이 책은 송원대(宋元
代) 시기에 이미 상당히 유행하여 『군재독서지(郡齋讀書志)』 및 『문헌통
고(文獻通考)』에서 모두 「남부연화록」을 기록하고 있고, 『통지(通志)』
[정초(鄭樵)가 지었음-역자]에서 「대업습유록」을 기록하고 있다. 『송
사·예문지』 사부전기류(史部傳記類)에도 역시 안사고의 「대업습유(大
業拾遺)」 1권이 있고, 자부소설류(子部小說類)에는 또 안사고의 「수유
록」 1권이 있는데, 대개 같은 책이지만 이름이 다른 것은 다른 두 본
(本)에 의거하고 있기 때문일 것이다. 본문과 발문은 문구와 내용[詞意]
이 거칠고 조잡한데, 한 사람의 손에 의해 씌어진 것 같다. 안사고(顏師
古)의 이름에 가탁하고 있는 것은, 그 방법이 갈홍(葛洪)의 『서경잡기
(西京雜記)』[82]가 유흠(劉歆)의 『한서(漢書)』 유고(遺稿)에서 채록하였다고
하는 것과 마찬가지이다. 그러나 그의 재능과 식견이 갈홍에 훨씬 미
치지 못하기 때문에 빈 틈이 너무 많아 일일이 트집 잡을 필요 없이
그것이 위작임을 진작에 알 수 있다. 청대 『사고전서총목(四庫全書總
目)』(권 143)에서 이렇게 말했다. “왕득신(王得臣)은 『주사(麈史)』에서
그것은 ‘지극히 조잡하여 의심스럽다’라고 하였다. 요관(姚寬)은 『서계
총어(西溪叢語)』에서 역시 이렇게 말했다. ‘「남부연화록(南部烟花錄)」의

---

82) 갈홍(葛洪, 약 283~363) : 자는 치천(稚川)이고, 동진(東晋) 때 단양(丹陽) 구용(句
容)[지금은 강소성에 속함] 사람이다. 저작으로는 『포박자(抱朴子)』 등이 있다. 『서
경잡기(西京雜記)』 : 필기소설집(筆記小說集)으로서 갈홍이 서한(西漢)의 유흠(劉歆)
의 이름을 빌려 지었으며, 원본은 상하 두 권이고 후대에 6권으로 나뉘었다.

문장은 지극히 저속하다. 또 진(陳)나라 후주(後主)의 시라 하여, 석양이 고의로 그러는 듯, 한쪽으로 치우친 작은 창문을 밝게 비추네(夕陽如有意, 偏傍小窻明)라는 시를 싣고 있다. 이것은 곧 당대 사람 방역(方域)의 시이며 육조(六朝)의 시구는 이렇지 않다. 『당서·예문지(唐書·藝文志)』에 수록된 「연화록(烟花錄)」은 수나라 양제(煬帝)가 광릉(廣陵)으로 순시하던 일을 기록하고 있는데, 이의 원본은 이미 없어졌으니, 그래서 세속에서 이를 가탁하여 이 책을 지었던 것이다.' 그렇다면 이것 역시 위작본이다. 지금 하권을 살펴보면 수나라 양제가 월관(月觀)을 순시할 때 소후(蕭后)와 밤에 대화를 나누는 장면이 기록되어 있는데, '우리 집안의 일은 일체 이미 양소(楊素)에게 맡겼소'라는 말이 나온다. 이 때 양소(楊素)는 죽은 지 오래 되었다. 안사고(顏師古)는 어찌 이렇게까지 부주의하고 잘못할 수 있을까? 그 속에는 수나라 양제의 여러 작품 및 우세남(虞世南)이 원보아(袁寶兒)에게 보낸 작품이 실려 있는데, 명대에 육조(六朝)의 시를 집록하던 사람들이 종종 거기서 뽑았으니 모두 고증하지 않은 잘못이다."

「양제해산기(煬帝海山記)」 상·하권은 『청쇄고의(靑瑣高議)』 후집(後集) 권 5에 나오며, 우선 명대 장몽석(張夢錫)의 간행본에 의거하여 수록하고 동씨[董氏, 동강(董康)을 가리킴—역자]가 간행한 사예거(士禮居)본[83]으로 교감하였다. 명대 필사본 원본『설부(說郛)』32권 중에도 역시 발췌본[節本] 1권이 있어 또한 그것을 취해 참고하며 교감하였다. 작품의 제목 다음에 원래 짧은 주(注)가 있어 상권에는 "양제 궁중의 꽃과 나무에 관한 이야기(說煬帝宮中花木)"라 씌어 있고, 하권에는 "양

---

83) 동강(董康)이 청대 황비열(黃丕烈) 사예거(士禮居)가 소장하고 있던 초본(鈔本)에 의거하여 번각한 각본이며, 별집(別集) 7권이 덧붙어 있다. 동강(董康, 1867~1946) : 자는 수경(綬經)이고, 강소(江蘇) 무진(武進) 사람이며, 청대 광서(光緒) 연간에 진사(進士)였다.

제 후원의 새와 짐승에 대한 기록(記煬帝後苑鳥獸)"이라 씌어 있는데, 모두 엮은이가 덧붙인 것으로 지금은 삭제한다. 이 책은 대개 양제(煬帝)의 사치스럽고 화려한 행적을 과장되게 서술하려고 하여 곽씨(郭氏)의 「동명(洞冥)」, 소악(蘇鶚)의 「두양(杜陽)」과 같은 부류이지만, 역량이 미치지 못하고 있다. 본문 속에 「망강남(望江南)」이라는 사(詞) 8수가 있는데, 청대 『사고전서총목』에서 그것은 이덕유(李德裕)가 창작한 것이라고 하였고, 단안절(段安節)은 『악부잡록(樂府雜錄)』에서 그 기원을 대단히 상세하게 기술하고 있으나 역시 대업(大業, 수나라 양제의 연호 —역자) 연간 이전에 그것이 생겼을 수 없다.

「양제미루기(煬帝迷樓記)」는 원본 『설부』 권 32로부터 수록하였다. 명대 초횡(焦竑)은 『국사·경적지(國史·經籍志)』를 지었고 거기에 「양제미루기」와 「해산기(海山記)」를 모두 수록하고 있으며 대개 단독으로 간행되었던 것이다. 청대 『사고전서총목』(권 143)에서는 "역시 『청쇄고의(靑瑣高議)』에 보이며, ……뜻밖에도 미루(迷樓)가 장안(長安)에 있는 것으로 여기고 있으니 정말 터무니없는 말이다"라고 하였다. 그렇지만 『청쇄고의』 속에는 실제로 그것이 없으니 아마 기윤(紀昀) 등의 잘못일 것이다. 주중부(周中孚)[『정당독서기(鄭堂讀書記)』]는 이 평어(評語)를 더욱 밀고 나가 밝히면서 이렇게 여겼다. "글 뒤에서 '대업(大業) 9년에 임금이 다시 강도(江都)를 순시하였을 때 미루(迷樓)가 있었다'라고 하였고, 마지막에는 또 임금이 강도(江都)를 순시하였을 때 당제[唐帝, 당나라 고조 이연(李淵)을 가리킴—역자]가 군대를 동원하여 경성(京城)에 입성하였는데, 미루(迷樓)를 보고 태종(太宗)은 '이것은 모두 백성의 고혈을 짜내어 만든 것이다!'라고 하였다. 이에 그것을 불태우도록 명하였다. 한 달이 지나도록 불이 꺼지지 않았다.' 그렇다면 결국 미루(迷樓)가 장안(長安)에 있다고 여긴 것은 항우(項羽)가 아방궁(阿房宮)을 불태우는 이야기와 닮아서 모두 터무니없음의 극치에 이르고 있다."

「양제개하기(煬帝開河記)」는 원본『설부』권 44에서 채록하였다.『송사・예문지』의 사부지리류(史部地理類)에 1권이 기록되어 있으며, "작자를 모른다"라고 주해하고 있다. 청대『사고전서총목』에서는 "말이 특히 저속하여 모두 길거리에서 전해지던 기이한 이야기[傳奇]에 가깝고 마찬가지로 가탁에 의해 나온 것으로 언급할 것이 못된다"라고 여겼다. (案) 당대 이광문(李匡文)의『자가집(資暇集)』(하)에서 이렇게 말했다. "민간에서 아이들을 어를 때 '도깨비 온다[麻胡來, 반인반수(半人半獸)의 도깨비를 가리키는데, 아이들에게 겁을 줄 때 이렇게 말한다—역자]'라고 한다. 이 말의 기원을 모르는 사람들은 수염이 많은 도깨비[神]가 영험하게 나타나는 것으로 여겼는데, 옳지 않다. 수대(隋代)의 장군 마호(麻祜)[84]는 성격이 잔혹하고 포학하였다. 양제(煬帝)가 그에게 명하여 변하(汴河)를 뚫도록 하였는데, 그의 위세가 등등하여 어린 아이들이 그의 이름만 들어도 무서워하며 서로 놀라 '마호(麻祜)가 온다'라고 말하기에 이르렀다. 어린 아이들은 말이 정확하지 않아 호(祜)가 호(胡)로 바뀌었다." 말미에서 스스로 주(注)를 붙여 "마호(麻祜)의 사당은 휴양(睢陽)에 있다. 부방(鄜方) 절도사 이비(李丕)는 그의 후손이다. 이비는 그를 위해 비석을 새로 세웠다."라고 하였다. 그렇다면 마숙모(麻叔謀)의 포학한 기세는 또한 사실적인 면이 있으며, 이 작품에 기록된 이야기는 원래 입으로 귀로 전해지던 것에서 유래되어 전부 억측하여 만들어 낸 것은 아니다. 아쉽게도 이비(李丕)가 세웠던 비문(碑文)은 지금 볼 수 없으며, 그렇지 않다면 당연히 참고할 만한 내용이 담겨 있을 것이다. 작품에 나오는 무덤에서 생긴 여러 가지 기이한 이야기는『서경잡기(西京雜記)』에 서술된 광릉왕(廣陵王) 유거질(劉去疾)이 무덤을 발견한 이야기에 상당히 뿌리를 두고 있는 듯한데, 부회(附會)하

---

84) (역주) 오늘날 중국어 "마호(麻祜, mahu)"와 "마호(麻胡, mahu)"는 발음이 같고, 다만 "祜(hu)"와 "胡(hu)"의 성조가 다를 뿐이다.

여 늘여서 지은 것이다.

이상 4편은 모두 『고금일사(古今逸史)』[85]에 수록되어 있다. 뒤의 3 편은 또한 『고금설해(古今說海)』[86]에 보이며 지은이는 씌어 있지 않 다. 『당인설회(唐人說薈)』에 이르면, 모두 한악(韓偓)이 지은 것이라 하 였다. 치요[致堯, 한악(韓偓)의 자―역자]는 당말(唐末)에 태어나 우선 만당(晩唐)의 어지러운 시대에서 고생하며 지냈고, 후에는 남쪽 변방으 로 떠돌아다녔고, 비록 염정시(艶情詩)를 지었으나 전기(傳奇)와 같은 이야기[稗史]는 짓지 않았다. 지은 것은 다만 『금란밀기(金鑾密記)』 1 권, 시 2권, 『향렴집(香奩集)』 1권뿐이다. 그리고 역사적 사실에 대해 그는 이 정도로까지 생소하고 모르지는 않았다. 이것은 아마 민간에서 글자를 좀 아는 사람들이 지은 것으로 진정 이른바 가담항의(街談巷議) 그것이며, 그런데 풍유룡(馮猶龍)이 그것을 『수양염사(隋煬艶史)』[87]에 편입하면서 마침내 좀더 보충·분식되어 세상에 유전(流傳)되었다. 오 늘날까지 일반 사람들의 심중에 있는 수나라 양제는 대체로 여전히 낮 에는 서원(西苑)에서 놀고 밤에는 미루(迷樓)에 머무르는 사람이다.

명대 필사본 원본 『설부』 100권은 비록 탈자와 오자가 많지만 「미 루기(迷樓기)」는 실로 훌륭하다. 이는 통속적인 글자, 예를 들어 니(你) 와 같은 글자가 여전히 남아 있기 때문인데, 각복(刻本)의 경우는 대부

---

85) 『고금일사(古今逸史)』: 총서(叢書)로서 명대 오관(吳琯)이 엮었다. 도합 55종을 수 록하고 일지(逸志)·일기(逸記) 2문(門)으로 나누어 놓았는데, 그 속에 일부 소설자 료가 들어 있다.

86) 『고금설해(古今說海)』: 총서(叢書)로서 명대 육즙(陸楫) 등이 엮었다. 도합 135종이 며 대부분 명대 이전의 소설(小說)·잡기(雜記)로 되어 있고, 설선(說選)·설연(說 淵)·설략(說略)·설찬(說纂) 4부로 나뉘어 있다.

87) 풍유룡(馮猶龍, 1574~1646): 이름은 몽룡(夢龍)이고, 장주(長洲)[지금의 강소성 오 현(吳縣)] 사람이며, 명대 문학가이다. 화본소설(話本小說) 『삼언(三言)』을 편저(編 著)하였다. 『수양염사(隋煬艶史)』: 명대 소설로서 40회이다. 작자는 서제동야인(署 齊東野人)이며, 그가 풍몽룡(馮夢龍)인지는 알 수 없다.

분 이(爾) 또는 여(汝)로 고쳐놓았다. 세상의 고아한 사람들은 구어를 싫어하여 편집하여 간행할 때마다 비록 옛 책이 고아하게 기술되어 있더라도 간혹 더 수정을 가하여 그것을 더욱더 아정(雅正)하게 만들었다. 송대에 편찬된 『당서』는 당시에 사용하던 보통말에 대해 간결하고 예스럽게 고치려고 애를 썼는데, 종종 기풍과 맛을 크게 감소시켰고, 심지어 본래의 의미를 알 수 없게 만들었다. 그렇지만 이는 그래도 저술[撰述]이다. 옛 글[舊文]을 중간(重刊)한 경우에는 더욱 용서받을 수 없으니, 즉 본집[노신 자신이 집록한 『당송전기집(唐宋傳奇集)』을 가리킴─역자]에 수록된 글자에 대해 말하자면 송본(宋本) 『자치통감고이』에 인용된 「상청전(上淸傳)」에 나오는 저료노(這獠奴)는 명청대의 각본(刻本) 『태평광기』에 인용될 때에는 모두 노료노(老獠奴)로 고쳐졌다. 고씨(顧氏)가 교감한 송대 본 「주진행기(周秦行紀)」에 나오는 굴양개낭자(屈兩箇娘子) 및 불의부타(不宜負他)는 『태평광기』에 인용될 때 굴이낭자(屈二娘子) 및 불의부야(不宜負也)로 고쳐졌다. 무단으로 옛사람들은 전혀 속자(俗字)로 글을 쓰지 않았다고 스스로 확정하고 필사적으로 옛날로 돌아가려[復古] 하였지만, 옛 의미[古意]는 도리어 점차 잃게 되었다.

제칠 부분

「녹주전(錄珠傳)」 1권은 『임랑비실총서(琳琅秘室叢書)』에 나온다. 이것은 구초본(舊鈔本)에 의거하였고, 다시 다른 본[別本]으로 교감하였다. 말미에 호정(胡珽)의 발문이 있어 이렇게 말하였다. "구본(舊本)에는 지은이의 이름이 없다. (案) 마씨(馬氏)의 『경적고(經籍考)』에는 '송대 사관(史官)인 악사(樂史)가 지었다'라고 씌어 있다. 송대 사람 『속담조(續談助)』에도 이 전(傳)이 실려 있으나 절반이 생략되어 있다. 뒤에는 서루북재(西樓北齋)의 발문이 있어 '직사관(直史館)의 악사(樂史)는 특히 지리학(地理學)에 정통하였다. 그래서 이 전(傳)은 산수(山水)를 상세하게 미루어 고증하고 있으며, 또 모두 지지잡서(地志雜書)에서 뽑은 것이다'라고 하였다. 나는 녹주(綠珠)는 하녀일 뿐이지만 주인의 은혜에 감사할 줄 알고 헌신적으로 노력하였으니 마땅히 그녀의 사적을 간행하여 세상을 교화해야 한다고 생각한다. 함풍(咸豊) 3년 8월에 인화(仁和) 호정(胡珽)이 쓰다." 지금 다시 『설부(說郛)』 권 38에 채록된 것으로 교감하였는데, 크게 다른 점은 없었다. 이른바 구초본과 다른 본[別本] 모두 『설부』에서 나온 것이 아닐까 한다. 옛 교감[舊校]은 다소 번거롭게도 꼭 월(越)을 월(粤)로 고치고 있는데, 이런 것들은 스스로 고생을 사서하는 것에 가까우니 지금 전부 취하지 않았다.

「양태진외전(楊太眞外傳)」 2권은 고씨(顧氏)의 『문방소설(文房小說)』에서 취했다. 사관(史官)인 악사(樂史)가 지은 것이라 서명되어 있고, 『당인설회(唐人說薈)』에서 그것을 수록하고 있으나 오류가 대단히 많다. 그런데 그 잘못은 도종의(陶宗儀)의 『설부』에서 악사(樂史)는 당대 사람이라고 적은 데서 비롯되었다. 이 두 본 이외에 또 경사도서관(京師圖書館)에 소장되어 있는 정씨(丁氏)의 팔천권루(八千卷樓) 구초본을 본 적이 있는데, '훌륭한 본[善本]'이라고 하지만 실제로는 평범한 본일 뿐이며 훌륭한 데가 거의 없다. 『송사·예문지』의 사부전기류(史部傳記類)에서 "증치요(曾致堯)는 『광중대기(廣中臺記)』 80권이 있고, 또 「녹주전(綠珠傳)」 1권이 있다"라고 밝히고 있으니 「전(傳)」 역시 증치요(曾致堯)가 지은 것 같다. 또 「양비외전(楊妃外傳)」 1권이 있다고 밝히고 주(注)에서 "작자를 알 수 없다"고 하였다. 또 "악사(樂史)의 「등왕외전(滕王外傳)」 1권이 있고, 또 「이백외전(李白外傳)」 1권, 「동선집(洞仙集)」 1권, 「허매전(許邁傳)」 1권, 「양귀비유사(楊貴妃遺事)」 2권이 있다"고 밝히고 주에서 "제민산수상(題岷山叟上)"이라 하였다. 글이 모호하여 거의 이해할 수 없다. 그러나 「속담조(續談助)」라는 발문 이외에 또 『군재독서지(郡齋讀書志)』[권 9, 전기류(傳記類)]에서도 "「녹주전」 1권이 있으며, 이상은 본조(本朝)의 악사(樂史)가 지었다"라고 하였다. 또 "「양귀비외전」 2권이 있으며, 이상은 본조(本朝)의 악사(樂史)가 지었다. 당대 양귀비의 사적(事迹)을 서술하고 이명[李明, 당 현종(玄宗)─역자]이 죽는 데서 끝난다."라고 하였다. 그리고 『직재서록해제(直齋書錄解題)』[권 7, 전기류(傳記類)]에서도 "「양비외전(楊妃外傳)」은 직사관(直史館)의 임천(臨川) 사람 자정(子正, 악사의 자─역자) 악사(樂史)가 지었다"라고 하였다. 그렇다면 「녹주전」·「양귀비외전」 두 전은 모두 악사가 지은 것이 분명하다. 「양비전(楊妃傳)」의 권수는 송대에 이미 나뉘기도 하고 합쳐지기도 하여 한결같지 않았으며, 지금 전해지고 있는 것은 대개 조씨(晁氏)가 보았던 2권본이다. 그러나 제목[書名]에는 약간 변화가 있었다.

악사(樂史)는 무주(撫州) 의황(宜黃) 사람이며, 남당(南唐)에서 송대(宋代)로 넘어오면서 저작좌랑(著作佐郎)이 되었고, 능주(陵州)의 지주(知州)로 나갔었다. 부(賦)를 바쳐 부름을 받고 삼관편수(三館編修)가 되었으며88), 저작랑(著作郎)으로 승진하고, 사관(史館)에서 일하였다. 「녹주전(綠珠傳)」·「태진전(太眞傳)」 두 전(傳)에 나오는 마지막 직함을 볼 때, 이들은 모두 이 당시에 지은 것이다. 후에 태상박사(太常博士)로 전임되었고, 서주(舒州)·황주(黃州)·상주(商州) 등 세 주(州)의 지주(知州)로 나갔으며, 다시 문관(文館)으로 들어왔고, 서경(西京) 감마사(勘磨司)89)

---

88) 악사(樂史)는 송(宋) 태종(太宗)에게 「금명지부(金明池賦)」를 바쳐 삼관편수(三館編修)로 부름을 받았다. 삼관(三館)은 사관(史館), 소문관(昭文館), 집현원(集賢院)을 가리키며, 송대에 도서를 관장하고 국사를 편찬하던 기구이다.

89) 서경(西京) 감마사(勘磨司) : 마땅히 서경(西京) 마감사(磨勘司)라 하여야 한다. 북송(北宋)은 변(汴)[지금의 하남성 개봉(開封)]을 경성(京城)으로 삼았고, 낙양(洛陽)[지금은 하남성에 속함]을 서경(西京)으로 삼았다. 마감사(磨勘司)는 관리들의 시험·승진·전임을 주관하던 관서이다.

를 주관하였으며, 임금이 금자[金紫, 금인자수(金印紫綬)-역자]를 하사
하였다. 경덕(景德) 4년에 죽었으니 나이 78세였다. 그의 사적은『송사
(宋史)』(권 306)의 「악황목전(樂黃目傳)」의 첫머리에 상세하게 기술되어
있다. 악사는 저술이 많아서 삼관(三館)에 있을 때 420여 권에 이르는
책을 바쳤으며, 모두 과제(科第)·효제(孝悌)·신선(神仙)에 관한 이야기
이다. 또『태평환우기(太平寰宇記)』200권이 있어 100여 종에 이르는
온갖 책들을 증거로 인용하고 있으며, 지금도 남아 있다. 대체로 악사
는 널리 책을 읽었고 또 지리(地理)에 밝았으며, 그래서 지지(地志)를
수집하고 기술하였는데, 채록(采錄)이 지나치게 흘러넘쳐 도리어 번잡
하게 되었다. 그리고「녹주전」,「태진전」과 같은 전기(傳奇)를 지었으며,
또『어림(語林)』,『세설신어(世說新語)』,『진서(晉書)』,『명황잡록(明皇雜
錄)』,『개천전신기(開天傳信記)』,『장한전(長恨傳)』,『유양잡조(酉陽雜俎)』,
『안록산사적(安祿山事迹)』 등과 같은 구문(舊文)의 수집에 전념하여 다소
나마 순서를 마련해 놓았고, 게다가 항상 산수(山水)에 미련을 두었다.

제팔 부분

송대 유부(劉斧)라는 수재(秀才)는『한부명담(翰府名談)』25권을 지었
고, 또『척유(摭遺)』20권,『청쇄고의(青瑣高議)』18권을 지었는데,『송
사·예문지』의 자부소설류(子部小說類)에 보인다. 지금은 다만『청쇄고
의』만 남아 있다. 명대 장몽석(張夢錫)의 간행본이 있어 전·후집(前後
集) 각각 10권씩이며 상당히 구하기 어렵다. 근대에 동강(董康)이 교감
하여 간행한 사례거(士禮居) 필사본 역시 20권이며, 또 별집(別集) 7권
이 있어『송사·예문지』에는 없는 것이다. 그런데 송대 사람 중에 때
때로『청쇄척유(青瑣摭遺)』를 인용한 사람이 있어 아마 이것이 바로 지
금의 이른바 별집이 아닐까 한다.『송사·예문지』에서는 그것을『한부

명담(翰府名談)』의 『척유(摭遺)』라고 보았는데, 아마 잘못일 것이다. 그 책은 그 당시 사람들의 지괴(志怪) 및 전기(傳奇)를 모은 것으로 산만하여 조리가 없고 간혹 비평의 말도 있으나 역시 대단히 조잡하다. 앞에는 손(孫) 부추[副樞, 추밀원(樞密院) 부사(副使)―역자]의 서(序)가 있어, 이름을 부르지 않고 관직명을 부르고 있으니 매우 이상하며, 지금은 어떤 사람인지 알 수 없다. 여기서는 다만 그 중에서 비교적 조리가 있고 이야기가 변화 많은 것 5편을 선록(選錄)하였다. 작자는 세 사람으로 하나는 위릉(魏陵) 사람인 장실(張實) 자경(子京, 장실의 자―역자)이고, 하나는 초천(譙川) 사람인 진순(秦醇) 자복(子復, 진순의 자―역자)[또는 자이(子履)라고도 함]이고, 하나는 기상(淇上) 사람인 유사윤(柳師尹)이다. 모두 언제 태어나 언제 죽었는지 고증할 수 없다. 1편은 지은이의 이름이 없다.

「유홍기(流紅記)」는 전집(前集) 권5에 나오며, 제목 다음에 원래 "단풍잎에 시를 적어 한씨를 아내로 맞이하다[紅葉題詩取韓氏]"라고 주해하고 있으나 지금 삭제하였다. 당대 맹계(孟棨)의 『본사시(本事詩)』(「정감(情感)」제1)에는 고황(顧況)이 낙승문(洛乘門)의 원수(苑水, 임금의 정원에 흐르는 물―역자)에서 큰 오동나무 잎을 얻었는데 그 위에 시가 씌어 있고 고황이 그에 화답하는 이야기가 있다. "궁궐은 물이 동으로 흐르는 것을 금하지 않으니 잎에 시를 적어 누구에게 부치려는가(帝城不禁東流水,葉上題詩欲寄誰)"라는 구절은 고황이 화답한 시이다. 범터(范攄)의 『운계우의(雲溪友議)』(하)에는 또 「제홍원(題紅怨)」이 있는데, 노악(盧渥)이 과거에 응시한 그 해에 궁궐에 흐르는 물[御溝]90)에서 단풍잎을 얻었고 그 위에 절구시(絶句詩)가 있어 수건상자에 넣어 두었다 라고 하였다. 또한 선종(宣宗)이 궁녀들을 방출할 때 노악은 그 중의 한

---

90) 당(唐)나라 때 종남산(終南山)의 물을 끌어서 궁궐 내로 흐르게 하였는데, 그것을 '어구(御溝)'라고 하였다.

사람을 아내로 맞이하였다 라고 하였다. "단풍잎을 바라보고 한참동안 탄식하며 '그 때는 우연히 시를 적어 물에 띄웠는데, 뜻하지 않게 낭군이 주어 수건상자에 보관하셨군요'라고 했다. 그녀의 필치를 조사해 보고 놀라지 않을 수 없었다. 시는 이렇다. '물의 흐름은 어째서 이렇게 빠르고, 깊은 궁궐은 하루종일 한가롭다. 정성스레 단풍잎에게 알리노니, 속세에 잘 도착하거라.'" 송대 사람들은 전기(傳奇)를 지을 때 처음에 당시의 이야기는 피하고 구문(舊聞)을 모아서 억지로 짜 맞추어 1편으로 만들었다. 그러나 문사와 내용이 모두 초췌하다. 「유홍기(流紅記)」가 바로 그 중의 하나이다.

　「조비연별전(趙飛燕別傳)」은 전집(前集) 권 7에 나오고, 역시 원본『설부(說郛)』권 33에도 보이며, 지금 이를 참고·대조하여 채록하였다. 호응린(胡應麟)[『필총(筆叢)』권 29]은 이렇게 말했다. "무진(戊辰)년에 내가 우연히 연(燕) 지방의 서점을 지나다가 결손된 각본(刻本) 십수 쪽을 얻었는데, 제목이 「조비연별집(趙飛燕別集)」이라 되어 있었다. 읽어 보니 바로『설부』에서 도씨(陶氏)가 삭제한 본임을 알겠더라. 그 문장은 자못 동한(東漢) 사람의 것과 비슷하고, 말미에는 양(梁)나라 무제(武帝)가 조소의(趙昭儀)가 죽은 뒤 큰 자라로 변하였다고 대답하는 이야기를 기록하고 있다. 대개 육조(六朝) 사람이 지은 것이며 송대의 진순(秦醇) 자복(子復, 진순의 자―역자)이 보완·수정하여 유전(流傳)되어 온 것이다. 그러나 마단임(馬端臨)의『문헌통고(文獻通考)』와 어중(漁仲)의『통지(通志)』에는 모두 이 항목이 없다. 그리고 문장은 송대 사람들이 지을 수 있는 것이 아니다. 그 중에 이야기의 서술은 몇 가지뿐이지만 빼어난 말이 많아 영현(伶玄)보다 뛰어나고 순후질박[淳質]하고 고건(古健)함은 어느 것보다 낫다. 전질(全帙)을 볼 수 없음이 아쉽다." 또 그 중의 "향기로운 욕탕에 물이 넘치고(蘭湯灩灩)" 등 세 가지 어구를 특별히 감상하면서 "백세 이후에 읽어도 크게 감동을 받을 것이다"라고 여겼다. 그런데 지금 볼 수 있는 본은 모두 별전(別傳)이라 하고 집(集)이라 하지 않았다. 『설부』본에도 삭제한 부분이 없고 다만 『청쇄고의』에 비하여 50여 글자가 적은데, 아마 필사하던 사람이 빠뜨렸을 것이다. 『청쇄고의』에는 진순(秦醇)이 지은 것을 특히 많이 싣고 있는데, 이 작품 및 「담의가전(譚意歌傳)」 이외에도 「여산기(驪山記)」 및 「온천기(溫泉記)」가 있다. 이들의 문장은 난잡하지만 그래도 간혹 빼어난 말이 있다. 만약 정성을 들여 짓는다면 이런 작품은 능히 지을 수 있다. 원서(元瑞, 호응린－역자)는 비록 감별에 정통하여 『사부정와(四部正訛)』[91]를 지을 수 있었지만 때때로 호기심에 빠져 사람을 깜짝 놀라게 하여 흥분시키기를 좋아하였는데, 그렇다면 그것이 진정한 고서(古書)에 성가(聲價)를 더할 수 있기를 바란다. 이는 오늘날 사람들이 영현(伶玄)[92]의 「비연외전(飛燕外傳)」 및 「한잡사비신(漢雜事秘辛)」이 위서(僞書)임을 듣고서 정색하며 기뻐하지 않는 것과 같다.

　「담의가전(譚意歌傳)」은 별집(別集) 권 2에 나오며, 본래 '전(傳)'이라는 글자가 없지만 지금 더하였다. "영노(英奴)의 재화(才華)와 미모(美貌)를 기술한다"라는 주(注)가 있지만 지금 삭제하였다. 의가(意歌)는 본문에서 의가(意哥)로 되어 있는데, 어느 것이 옳은지 알 수 없다. 당대에 담의가(譚意歌)가 있지만 대개 설도(薛濤)·이야(李冶)와 같은 부류이며 신문방(辛文房)의 『당재자전(唐才子傳)』에 그 이름이 언급되지만 사적(事迹)은 없다. 진순(秦醇)이 이 전(傳)을 쓸 때 달리 뿌리 두고 있는 것이 없었던 듯하며, 아마도 「앵앵전」·「곽소옥전」 등에서 절취하

---

91) 『사부정와(四部正訛)』: 호응린(胡應麟)이 지은 『소실산방필총(少室山房筆叢)』의 1종이며, 이 책의 권 30~권 32이다. 내용은 경사자집(經史子集) 중의 위서(僞書)를 고증하여 밝히고 있다.

92) 영현(伶玄): 자는 자우(子于)이며, 한대(漢代) 노수(潞水)[지금의 북경(北京) 통현(通縣)] 사람이다.

여 전반부로 삼고 대단원으로 끝을 맺었을 것이다.

「왕유옥기(王幼玉記)」는 전집(前集) 권 10에 나오며, 제목 다음에 "유옥(幼玉)이 유부(柳富)를 그리워하다 죽다"라는 주가 있는데, 지금 삭제하였다.

「왕사(王榭)」는 별집(別集) 권 4에 나오며, "풍랑이 오의국(烏衣國)에 밀려오다"라는 주가 있는데, 지금 삭제하였고, 제목 다음에 전(傳) 자를 더하였다. 유우석(劉禹錫)[93]의 「오의항(烏衣巷)」이라는 시(詩)는 본래 이렇다. "주작교 가에 들풀과 들꽃이 피어 있고, 오의항(烏衣巷) 어귀에 석양이 비끼어 있다. 예전에 왕씨(王氏)·사씨(謝氏)(대귀족 집안을 가리킴—역자) 집을 드나들던 제비는, 보통의 여염집을 날아든다." 이 작품은 사(謝)자를 사(榭)자로 고쳐 사람의 이름을 가리키는 것으로 보았고, 게다가 오의(烏衣, 검은 옷이라는 뜻으로 제비를 가리킴—역자)를 제비나라의 국호로 보고 있으니 정말 시적인 맛[意趣]이 결핍되어 있다. 그런데 송대 장돈이(張敦頤)의 『육조사적편류(六朝事迹編類)』[94]에서는 이를 벌써 전고(典故)로 인용하고 있으니, 진정 이른바 "근거 없는 속어(俗語)가 역사서에 흘러들어 간다"라는 말 그것이다. 그래서 이를 실어서 이런 말을 하기 위한 자료로 삼는다.

「매비전(梅妃傳)」은 『설부』 권 38에 나오고, 고씨(顧氏)의 『문방소설』에도 보이는데, 이들을 가져다 서로 교감하였고, 『설부』의 본이 낫다. 이 두 본은 모두 누가 지은 것인지 말하지 않았는데, 『당인설회(唐人說

---

93) 유우석(劉禹錫, 772~842) : 자는 몽득(夢得)이고, 낙양(洛陽)[지금은 하남성에 속함] 사람이며, 중당(中唐) 때의 시인이다. 벼슬은 태자빈객(太子賓客) 겸 검교이부상서(檢校吏部尙書)에 이르렀다. 『유빈객집(劉賓客集)』이 있다.

94) 장돈이(張敦頤) : 자는 양정(養正)이고, 송대 무원(婺源)[지금은 강서성에 속함] 사람이다. 벼슬은 남검주(南劍州)의 교수(敎授), 서주(舒州)·형주(衡州)의 지주(知州)였다. 『육조사적편류(六朝事迹編類)』: 2권으로 육조(六朝) 이외에 당송대의 사적도 아울러 기록하고 있다.

薈)』는 이를 채록하여 조업(曹鄴)이 지은 것이라 써 놓았으니 잘못이다. 『당서·예문지』와 『송사·예문지』에도 기록이 보이지 않는다. 뒤에 무명씨의 발문이 있어 "만권(萬卷) 주준도(朱遵度)[95]의 집에서 얻었고, 대중(大中) 2년 7월에 쓴 것이다"라고 하였다. 또 "오직 섭소온(葉少蘊)과 나만이 얻었다"라고 하였다. (案) 주준도(朱遵度)는 책읽기를 좋아하여 사람들은 그를 '주만권(朱萬卷)'이라 했다. 그의 아들 주앙(朱昂)은 '소만권(小萬卷)'이라 했는데, 오대(五代)의 주조(周朝)에서 송대로 넘어가는 시기에 형주(衡州)의 녹사참군(錄事參軍)이었고, 벼슬을 거듭하여 수부랑중(水部郎中)에 이르렀다. 경덕(景德) 4년에 죽었고 나이 83세였다. 『송사』(권 439)의 『문원(文苑)』에 전(傳)이 있다. 소온(少蘊)은 바로 섭몽득(葉夢得)의 자이다. 몽득(夢得)은 소성(紹聖) 4년에 진사(進士)가 되었고, 고종(高宗) 때 복주(福州)의 지주(知州)로서 세상을 떴으며, 남송·북송 사이의 사람이다. 연대가 너무나 다른데, 어떻게 동시에 주준도(朱遵度)의 집에서 책을 얻었겠는가. 대체로 발문도 역시 위작이며, 진정으로 석림(石林)을 안다는 사람(섭몽득을 가리킴－역자)이 지은 것이 아니다. 지금 송대 사람이 지은 작품 속에 그것을 배치하여 둔다.

「이사사외전(李師師外傳)」은 『임랑비실총서(琳琅秘室叢書)』에 나오며, 구초본(舊鈔本)에 의거한 것이라고 말하였다. 뒤에는 황정감(黃廷鑑)[96]의 발문이 있어 이렇게 말하였다. "『독서민구기(讀書敏求記)』에서 오군(吳郡) 사람인 전공보(錢功甫)의 귀중한 책 중에 「이사사소전(李師師小傳)」이 있는데, 이는 목옹[牧翁, 청대 초의 전겸익(錢謙益)－역자]이 일

---

95) 주준도(朱遵度) : 남당(南唐) 때 청주(靑州)[소재지는 지금의 산동성 익도(益都)] 사람이다. 은거하며 벼슬하지 않았고, 성격이 책 소장을 좋아하여 그 당시 '주만권(朱萬卷)'이라 했다. 저작으로는 『군서려조목록(群書麗藻目錄)』이 있다.

96) 황정감(黃廷鑑, 1752~?) : 자는 금육(琴六)이고, 청대 강소(江蘇) 상숙(常熟) 사람이다. 고증학에 종사하였고 저작으로는 『제육현계문초(第六絃溪文鈔)』 등이 있다.

백 양의 돈을 내걸고 구입하려고 했으나 얻지 못했다고 말한 책이라고 하였다. 우연히 읍내에 소씨(蕭氏)가 이 책을 가지고 있다는 소문을 듣고 얼른 빌려서 1책(冊)을 초록하였다. 문장이 매우 전아하고 간결하여 소설가(小說家)의 말과 같지 않았다. 사사(師師)는 미모뿐만 아니라 예능이 당시에 으뜸이었고, 후반부에서 그녀가 아낌없이 자신을 바치는 대목을 보노라면 강직한 장부의 기개가 가득하다. 불행하게도 비천한 창기의 신세로 전락하여, 정절을 지키기 위해 절벽에 떨어지고 팔을 자르는 여인들과 나란히 동사(彤史, 부녀자의 역사 − 역자)에서 빛을 다툴 수는 없다. 장단의(張端義)의 『귀이집(貴耳集)』[97)에 사사(師師)의 일사(逸事) 두 조목[則]이 실려 있는데, 전기(傳奇)의 문장은 의례 긴 것을 들었으므로 그것을 싣지 않았으나 지금 그 둘 모두를 뒤에 부록(附錄)한다. 또 『선화유사(宣和遺事)』에도 사사(師師) 이야기가 실려 있으며, 역시 이 전(傳)과 완전히 합치하지 않아 함께 참고하며 읽을 수 있다. 금육거사(琴六居士)가 쓰다.”『귀이집(貴耳集)』의 두 조목을 지금 여전히 뒤에 옮겨 싣는다. 그렇지만 이 작품이 꼭 장단의(張端議)가 보았던 본이라 할 수는 없다.

　　도군[道君, 송 휘종(徽宗)을 가리킴 − 역자]이 북쪽으로[금(金)나라로 − 역자] 포로로 잡혀가서 오국성(五國城)이나 한주(韓州)에 있을 때, 사소한 길흉(吉凶) · 상제(喪祭) · 절기가 있으면 북쪽 사람은 반드시 하사품을 내렸다. 하사가 있을 때마다 반드시 감사의 글을 올려야 했다. 북쪽 사람은 그것을 모아 책으로 만들어 관영(官營) 시장에서 간행하였다. 4~50년 동안 전하며 필사하여 사대부들은 모두 그것을 가지고 있었고, 나는 그 책

---

97) 『귀이집(貴耳集)』 : 3권이며, 송대 장단의(張端義)가 지었다. 내용을 보면 대부분 남북 송조(宋朝)의 야사(野事) · 일사(佚事)를 기록하고 있으며, 시화(詩話) · 고증(考證) 등을 아우르고 있다.

을 한 번 본 적이 있다. 「이사사소전(李師師小傳)」도 있어 그 때 동시에 통행되고 있었다.

　도군이 이사사(李師師) 집을 찾았는데, 우연히 주방언(周邦彦)이 먼저 거기에 있었다. 도군이 도착하였다는 사실을 알고 주방언은 곧 침상 아래에 숨었다. 도군은 친히 싱싱한 귤을 하나 들고 와서 "이것은 강남에서 갓 보내온 것이다" 라고 했다. 곧 사사(師師)와 농을 주고받았다. 주방언이 그것을 다 듣고 윤색하여 「소년유(少年游)」를 지어 이렇게 읊었다. "병주(幷州)의 칼은 물처럼 빛나고, 오(吳) 지역의 소금은 눈보다 희고, 가냘픈 손은 신선한 귤을 가른다." 후반부에서 이렇게 읊었다. "성루에서 이미 삼경을 알렸고, 말은 꾀를 부리고 서리는 짙게 깔렸으니, 돌아가지 않는 것이 나으며, 길에 다니는 사람도 적다." 이사사는 후에 이 가사를 노래불렀다. 도군이 누가 지었는지 물었다. 이사사는 "주방언의 사(詞)입니다"라고 아뢰었다. 도군은 크게 화가 나서 조회할 때 채경(蔡京)에게 명을 내려 이렇게 말했다. "개봉부(開封府)에 감세관(監稅官)인 주방언이라는 자가 있는데, 듣자 하니 징수해야 할 액수를 채우지 않았다는데 어찌하여 경윤[京尹, 당시 개봉부(開封府)의 부윤(府尹)을 가리킴―역자]은 조사하여 보고하지 않는가?" 채경은 그 까닭을 알지 못하고 "청컨대 신이 퇴조(退朝)한 다음 경윤(京尹)을 불러 물어 보고 다시 아뢰겠나이다"라고 아뢰었다. 경윤이 도착하자 채경은 임금의 명을 그에게 알렸다. 경윤은 "오직 주방언만이 징수해야 할 액수를 초과하였습니다"라고 했다. 채경은 "임금의 뜻이 이러하니 다만 그렇게 말하는 수밖에 없습니다"라고 했다. 말을 아뢰려는 참에 임금의 명이 떨어졌다. "주방언은 직무를 태만히 했기 때문에 당장에 그를 국문(國門) 밖으로 압송하라." 며칠 지나서 도군이 이사사의 집을 찾았으나 이사사는 보이지 않았다. 그녀의 식구들에게 물어 보고 감세관 주방언에게 갔음을 알았다. 도군은 주방언이 국문 밖으로 압송되었기 때문에 기쁜 마음으로 그녀의 집에 이르렀으나 오히려 만

나지 못하였다. 한참을 앉아 기다리다 초경(初更)이 되어서야 이사사는
비로소 돌아왔고, 근심으로 눈썹을 찌푸리고 눈에는 눈물을 머금고 초췌
한 얼굴에 수심이 가득하였다. 도군이 크게 노하며 "너는 어디 갔었더
냐?"라고 했다. 이사사는 이렇게 아뢰었다. "신첩은 만 번 죽어도 마땅하
나이다. 주방언이 죄를 지어 국문 밖으로 압송되었다는 사실을 알고 이
별주를 한 잔 드렸나이다. 임금이 오셨다는 사실을 모르고 있었나이다."
도군은 "사(詞)가 있었더냐"라고 물었다. 이사사는 "「난릉왕(蘭陵王)」이라
는 사가 있었습니다"라고 아뢰었다. 이것은 오늘날 '유음직(柳陰直)'이라
고 하는 그것이다. 도군은 "노래를 한 번 불러 보거라"라고 했다. 이사사
는 "청컨대 신첩은 술을 한 잔 올리고, 임금께서 장수하시길 바라며 이
사를 노래부르겠나이다"라고 했다. 곡이 끝나자 도군은 크게 기뻐하며
다시 주방언을 불러들여 대성악정(大晟樂正)으로 삼았다. 나중에는 관직
이 대성악(大晟樂) 악부대제(樂府待制)에 이르렀다. 주방언은 사(詞)로써 널
리 알려졌으니 당시에 모두 주미성(周美成)의 사를 칭찬하였다. 주미성은
문장도 크게 볼 만하여 「변도부(汴都賦)」를 지었는데, 사람들은 전혀 모르
고 있다. 전주(箋奏)와 잡저(雜著)들도 모두 걸작이나 아쉽게도 사가 여타
의 문장을 가려버렸다. 당시에 이사사의 집에는 두 명의 방언(邦彦)이 있
었으니, 한 사람은 주미성(周美成)이고 한 사람은 이사미(李士美)였으며,
모두 도군을 모시던 놀이꾼이었다. 이사미는 이 때문에 재상이 되었다.
아아, 임금과 신하가 비천한 기녀나 배우의 집에서 만나 의기투합하였으
니 나라의 안위(安危)와 치란(治亂)은 가히 짐작할 수 있을 것이다.

『당송전기집(唐宋傳奇集)』 서례(序例)[1]

동월(同越) 사람인 호응린(胡應麟)은 명대에 사부[四部, 경(經)·사(史)·자(子)·집(集) 등 중국 전적의 사대 부류를 가리킴－역자]에 널리 정통하였는데, 이렇게 말한 적이 있다. "무릇 기이한 이야기들은 육조(六朝)시대에 성행하였으나 대부분이 터무니없는 이야기[舛訛]를 전록(傳錄)한 것으로 꼭 허구적인 이야기[幻說語]를 구현한 것은 아니다. 당대 사람들에 이르러 드디어 의식적으로 기이함을 좋아하여 소설을 빌려 필단(筆端)에 기탁하게 되었다. 「모영전(毛穎傳)」, 「남가전(南柯傳)」과 같은 것은 그래도 괜찮으나, 「동양야괴(東陽夜怪)」에 나오는 성자허(成自虛), 「현괴록(玄怪錄)」에 나오는 원무유(元無有) 등은 일소(一笑)에 부칠 만하고, 문장의 격조[文氣] 역시 비루하여 언급할 것이 못된다. 송대 사람들이 기록한 것은 사실에 가까운 것이 많으나 문채(文彩)는 볼 만한 것이 없다."[2] 이 말은 대체로 옳다. 시부(詩賦)에 염증이 나서 새로운 길을 널리 구하고 조사(藻思, 문장을 구성하는 능력－역자)가 넘쳐흘러 소설이 이에 찬란하게 되었다. 그러나 후대 학자들은 정통[正]을 거머쥐고 소설을 흙이나 모래처럼 보았으니, 겨우 『태평광기(太平廣

---

1) 이 글은 1927년 10월 16일 상해(上海) 『북신주간(北新周刊)』 제51·52기 합간(合刊)에 처음 발표되었고, 후에 1927년 12월 북신서국(北新書局)에서 출판된 『당송전기집(唐宋傳奇集)』 상책에 인쇄되어 실렸다.
2) 당송전기문에 대한 호응린(胡應麟)의 이 평가의 말은 『소실산방필총·이유철유(중)[少室山房筆叢·二酉綴遺(中)]』에 보인다.

記)』 등의 수록에 기대어 열 중에 하나만 남게 되었다. 그러나 다시 장사꾼이 이익을 얻기 위해 긁어 모으고 깎아내었는데[撮拾彫鐫], 『설해(說海)』, 『고금일사(古今逸史)』, 『오조소설(五朝小說)』, 『용위비서(龍威秘書)』, 『당인설회(唐人說薈)』, 『예원군화(藝苑攟華)』와 같은 책은 총목(總目)을 화려하게 꾸며 보는 사람들을 현혹하기 위해 종종 함부로 편목(篇目)을 만들어 내고 작자의 이름을 고쳐 적었으니, 진당대(晋唐代) 패관(稗官)의 전기(傳奇)는 거의 다 손상[黥劓]3)을 입었다. 무릇 개미새끼가 코를 아끼는 것은 본래 코끼리와 같으며, 모모[嫫母, 황제(黃帝)의 넷째 부인으로 현명했으나 추녀로 이름이 놓았음—역자]가 얼굴을 보호하려 함이 어찌 모장(毛嬙, 전설에 나오는 미녀—역자)에 손색이 있겠는가. 그렇다면 그것이 비록 소설이라 이전부터 비천하여 아홉 유파[九流]의 항렬에 들 수 없는 것으로 여겨졌지만, 머리를 바꿔 버리고 발을 깎아 낸다면 여전히 무서운 재앙이다. 예전에 나는 이를 근심하여 바로잡을 생각을 했었다. 먼저 한대에서 수대까지의 소설을 수집하여 『고소설구침(古小說鉤沈)』 5부(五部)를 완성했고,4) 점차 다시 당송대 전기(傳奇)의 작품을 집록하여 한 권의 책으로 모아 엮어 내려 하는데, 현재 통행되고 있는 본(本)과 비교하여 다소 믿을 만할 것이다. 그러나 거듭 어려운 처지에 놓이게 되어 정리할 겨를 없이 짐 상자 속에 넣어 두고 조금씩 좀벌레를 배부르게 할 뿐이었다. 금년 여름에 일자리를

---

3) 경(黥)은 고대 형벌의 하나로 얼굴에 죄명을 자자(刺字)하던 것을 가리키고, 의(劓)는 고대 형벌의 하나로 코를 베던 것을 가리키지만, 여기서는 함부로 글자를 고치거나 삭제한다는 의미로 쓰였다.

4) 작자가 집록한 『고소설구침(古小說鉤沈)』은 다음의 5종류의 자료를 포함한다. 첫째 『한서·예문지·소설가(漢書·藝文志·小說家)』의 기록에 보이는 것, 둘째 『수서·경적지·소설가(隋書·經籍志·小說家)』의 기록에 보이는 것, 셋째, 『신당서·예문지·소설가(新唐書·藝文志·小說家)』의 기록에 보이는 것, 넷째 상술한 세 가지 지(志)의 소설가 이외의 기록에 보이는 것, 다섯째 사지(史志)의 기록에 보이지 않는 것이 그것이다.

잃고 남방에 은거하면서5) 우연히 정진탁(鄭振鐸) 군이 엮은『중국단편소설(中國短篇小說)』을 보게 되었는데, 그는 연기와 먼지[烟埃]를 쓸어 없애고 거짓된 것을 배제하고 본래 모습을 회복하니 오랜 세월 막혀 답답하던 것들이 하루아침에 분명해졌다. 아쉽게도「야괴록(夜怪錄)」에서는 지은이를 그대로 왕수(王洙)라 적었고,「영응전(靈應傳)」에서는 지은이로서 우적(于逖)을 삭제하지 않았는데, 아마 옛 관점[故舊]에 미련이 남아 있는 듯하다. 나중에 다시 대흥(大興) 사람인 서송(徐松)의『등과기고(登科記考)』6)를 읽었는데, 미세한 자료까지 축적하여 명백히 밝히고 조사가 깊고 정밀하였지만, 이징(李徵)의 과거 급제에 대해서는 여전히 이경량(李景亮)의「인호전(引虎傳)」을 인용하여 증거로 삼고 있었다. 이 책은 명대 사람이 함부로 이름을 적어 넣은 것으로 이경량(李景亮)의 글이 아니다. 비록 짧은 이야기[短書, 소설(小說)이나 잡기(雜記)를 가리킴-역자]나 통속적인 이야기[俚說]라 하더라도 일단 함부로 고쳐지고 어지럽혀지면 글을 비평하는[談文] 데에 해를 가져올 뿐 아니라 역사를 고증하는[考史] 데에도 뜻밖의 재난을 초래한다는 사실을 더욱 강하게 느끼게 되었다. 갑자기 옛날 원고가 기억나서 상자를 열고 찬찬히 살펴보니 빛깔이 더욱 어두워지기는 했지만 아직 파손되지는 않았다. 이에 대략 시대 순으로 배열하고 전체를 일람하였다. 놀랍게도 왕도(王度)의「고경기(古鏡記)」는 여전히 육조 지괴소설(志怪小說)

---

5) 작자는 1927년 4월 21일 중산대학(中山大學) 문학과 주임 겸 교무주임의 직무를 사직하고 광주(廣州)의 동제(東堤) 백운루(白雲樓)에 기거하였다.

6) 서송(徐松, 1781~1848) : 자는 성백(星伯)이고, 청대 대흥(大興)[지금은 북경(北京)에 속함] 사람이며, 가경(嘉慶) 연간에 진사(進士)가 되었다. 저작으로는『당양경성방고(唐兩京城坊考)』·『등과기고(登科記考)』 등이 있다.『등과기고(登科記考)』: 사지(史志)·회요(會要)·유서(類書)·총집(總集) 등에서 산견(散見)되는 관련자료를 모아서 당(唐)에서 오대(五代)까지 진사(進士)에 합격한 사람들의 성명, 간단한 이력 및 과거와 관련된 문헌을 엮어 놓았으며, 도합 30권이다.

의 여풍이 있으며, 다만 화려하고 아름다움이 크게 증가되어 있다. 천리(千里)의 「양창전(楊倡傳)」, 유정(柳珵)의 「상청전(上清傳)」은 극히 비루하고 빈약하여 시(詩)와 운명을 같이 하고 있다. 송대는 권선징악을 좋아하고 사실[實]을 주위 모으는 데 빠져 약동적인 정취는 전혀 기대할 수 없어 전기(傳奇)의 명맥은 여기에 이르러 끊어지고 말았다. 다만 당대 대력(大歷) 연간에서 대중(大中) 연간 사이에 작자들이 구름처럼 일어나 문단을 번영하게 하였으니 심기제(沈旣濟), 허요좌(許堯佐)가 앞서 우수함을 드러내었고, 장방(蔣防), 원진(元稹)이 뒤에서 이채로움을 떨쳤고, 그리고 이공좌(李公佐), 백행간(白行簡), 진홍(陳鴻), 심아지(沈亞之) 등이 특별히 뛰어났다. 다만 「야괴록(夜怪錄)」은 분명히 허무맹랑함[空無]에 의탁하고 있어 오늘날에 이르러서는 참으로 진부한 말이겠지만 당대(唐代)에서는 특히 새로운 맛[新意]이 있었으니 호응린(胡應麟)이 그토록 폄하했지만 나는 동의할 수 없다. 스스로 집록한 것을 살펴보니 비록 대단한 문장[秘文]은 없으나 지난날 애를 썼던 것이라 여전히 스스로 아끼고 있다. 다시 최근 몇 년 동안을 생각해보면 당송대의 전기(傳奇)를 정성껏 보살피고 있는 사람은 많지 않다. 이 미미한 물방울을 가져다 저 소설의 깊은 물에 주입하여 나와 관심이 같은 사람들[同流]에게 바치려는데, 하찮은 미나리에 비교되겠지만 아마 고증하고 찾는 노력을 다소나마 줄여 주고 나아가 완상하는 즐거움을 가져다 줄 것이다. 그리하여 문을 걸어 잠그고 책을 펼쳐놓고 다시 교정을 보니 한 달 만에 비로소 완성되어 전체가 8권으로 인쇄에 부칠 수 있게 되었다. 소망을 이루어 행복함을 느끼지만 바야흐로 기쁨이 이미 한숨으로 바뀌었다. 조국땅[舊鄕]을 돌아보니 발걸음이 옮겨지지 않는데, 날아가는 빠른 세월을 이렇게 다 써 버렸으니, 아아, 이 어찌 나의 생(生)을 잘 꾸렸다고 할 것인가. 그렇지만 부득이한 일이다. 아직 자질구레한 범례[雜例]가 남아 있어 아래에 나열한다.

① 본집(本集)이 자료로 뽑은 책은 다음과 같다. 명대 간행본『문원영화(文苑英華)』. 청대 황성(黃晟)7)의 간행본『태평광기(太平廣記)』—명대 허자창(許自昌)8)의 각본(刻本)으로 대조하였음. 함분루(涵芬樓)가 영인(影印)한 송대 본『자치통감고이(自治通鑑考異)』. 동강(董康)이 번각한 사례거(士禮居) 본『청쇄고의(青瑣高議)』—명대 장몽석(張夢錫)의 간행본 및 구초본(舊鈔本)으로 대조하였음. 명대에 번각한 송대 본『백천학해(百川學海)』. 명대의 초본(鈔本) 원본인『설부(說郛)』. 명대 고원경(顧元慶)의 간행본『문방소설(文房小說)』. 청대 호정(胡珽)의 배인본(排印本)『임랑비실총서(琳琅秘室叢書)』 등.

② 본집이 뽑은 것은 오로지 단편(單篇)에 한정되어 있다. 만약 어느 책 속의 어느 한 편이 비록 그 이야기가 대단한 명성이 있다 하더라도 혹시 원서가 이미 없어졌다면 채록하지 않았다. 예를 들어 원교(袁郊)의『감택요(甘澤謠)』9)에 나오는「홍선(紅線)」, 이복언(李復言)의『속현괴록(續玄怪錄)』에 나오는「두자춘(杜子春)」, 배형(裴鉶)10)의『전기(傳奇)』에 나오는「곤륜노(崑崙奴)」·「섭은낭(聶隱娘)」 등이 그것이다. 황보매(皇甫枚)의「비연전(飛烟傳)」은 비록『삼수소독(三水小牘)』에 나오는 일

---

7) 황성(黃晟, 1663~1710) : 자는 향경(香涇)이고, 청대 강소(江蘇) 소주(蘇州) 사람이며, 건융(乾隆) 연간에 거인(擧人)이 되었다. 건융 18년(1752)에『태평광기』를 간행하였다.

8) 허자창(許自昌) : 자는 원우(元祐)이고, 소주(蘇州) 사람이며, 명대 희곡(戲曲) 작가이다. 저작으로는『수호기(水滸記)』·『귤포기(橘浦記)』 등 전기(傳奇) 극본이 있다. 가경(嘉慶) 연간에『태평광기』대자본(大字本)을 교각(校刻)하였다.

9) 원교(袁郊) : 자는 지의(之儀)[자건(子乾)이라고도 함]이고, 당대 채주(蔡州) 낭산(朗山)[지금의 하남성 여남(汝南)] 사람이며, 괵주(虢州) 자사(刺史)를 역임하였다.『감택요(甘澤謠)』: 전기집(傳奇集)으로 함통(咸通) 연간에 완성되었다. 원서는 이미 없어졌고, 오늘날 본(本) 1권은 명대 사람이『태평광기』에서 집록하여 만든 것이다.

10) 배형(裴鉶) : 당말(唐末) 사람이며, 희종(僖宗)의 건부(乾符) 연간에 벼슬이 성도(成都) 절도부사(節度副使)에 이르렀다.

문(逸文)이지만 『태평광기』가 인용할 때 어느 책에 나오는지 말하지 않았으니 아마 단독으로 간행되었을 것 같아 그대로 수록하였다.

③ 본집이 뽑은 것은 당대(唐代) 문장에 대해서는 관대하였고, 송대(宋代)에 만들어진 것은 상당히 선택을 거쳤다. 무릇 명청대 사람들이 모아 간행한 총서에서 함부로 한 것이 있으면 곧 조사하여 바로잡고 거짓된 것은 제거하였는데, 멋대로 싣고 뺀 것이 아니라 확실함[信]을 지향하였다. 일본에 있는 「유선굴(游仙窟)」은 당대 장문성(張文成)[11]이 지었는데, 본래 「백원전(白猿傳)」 다음에 놓아야 마땅하지만 장모진(章矛塵)[12] 군이 곧 출판할 예정이므로 편입하지 않았다.

④ 본집이 뽑은 문장은 다른 책[書]이나 다른 본(本)에서 중복해서 볼 수 있으면 가져다 서로 대조할 수 있는 것이면 서로 대조하였다. 자구(字句)가 다르면 옳은 것을 따랐다. 역시 어떤 글자가 어떤 본에 어떻게 되어 있다고 일일이 들지는 않았는데, 번거로움을 피하기 위해서였다. 만약 좀더 자세히 알고 싶은 독자가 있으면, 권말(卷末)에 어떤 편(篇)은 어떤 책, 어떤 권(卷)에 나온다고 모두 기록해 놓았으니 스스로 원서를 펼쳐 살펴보아 그 진상을 파악할 수 있을 것이다.

⑤ 지금까지 잡서(雜書)를 섭렵할 때 당송대의 전기(傳奇)와 관련된 것을 만났을 때 참고하고 증거로 삼을 만한 것은 역시 잊지 않기 위해 베껴 두었다. 요즘은 분주히 뛰어다니는 바람에 상당히 산실(散失)되었다. 객지생활이라 또 책 구하기가 쉽지 않아 전혀 보탤 수가 없었다.

---

11) 장문성(張文成, 약 660~740) : 이름은 겸(謙)이고, 당대 심주(深州) 육택(陸澤)[지금의 하북성 심현(深縣)] 사람이다. 고종(高宗)의 조로(調露) 초년(679)에 진사가 되었고, 벼슬은 사문원외랑(司門員外郎)에 이르렀다.

12) 장모진(章矛塵) : 이름은 정겸(廷謙)이고, 필명은 천도(川島)이며, 절강성 소흥(紹興) 사람이다. 북경대학(北京大學) 철학과를 졸업하였다. 당시에 하문대학(厦門大學)에서 가르쳤다. 그가 표점부호를 붙인 『유선굴(游仙窟)』은 1929년 2월에 북신서국(北新書局)에서 출판되었다.

지금 다만 모아놓은 불완전한 자료에다 근래에 본 것을 약간 더하여 함께 1권으로 만들고 본집의 말미에 끼워 넣어 잠시 구문(舊聞)을 보존해 둔다.

⑥ 당대 사람의 전기(傳奇)는 금원대(金元代) 이래로 희극가(戱劇家)들의 창작자료로 크게 이용되었는데, 내가 보고들은 것들에 한해서 한둘 들었다. 그러나 사곡(詞曲)과 관련된 일은 본래 심혈을 기울이지 않았으므로 기존의 책[故書]에서 그대로 옮겨 기록하였으니 짐작건대 잘못되고 소략한 부분이 많을 것이니 정밀한 연구와 넓은 고증은 전문가를 기다린다.

⑦ 본집의 편권(篇卷)은 많지 않지만 완성하기까지 상당히 쉽지 않았다. 우선 허광평(許廣平)13) 군이 이를 위해 선록(選錄)해 주었는데, 『태평광기』 속의 문장이 가장 많았다. 다만 의거한 것은 황성(黃晟)의 간행본뿐이었으므로 잘못이 있을 것으로 대단히 우려하였다. 작년에 위건공(魏建功)14) 군이 북경대학 도서관(北京大學圖書館)에 소장되어 있던 명대 장주(長洲) 사람인 허자창(許自昌)의 간행본으로 교감해 주어 비로소 마음이 놓였다. 지금에 이르러 과거의 잡다한 찰기(札記)를 편집하여 권말에 붙이려고 생각하였으나 원래의 원고[舊稿]가 조잡한 데다 뜻이 통하지 않고 의문스러운 데가 많았는데, 장경삼(蔣徑三)15) 군이 나에게 서적 십여 종을 보내어 내가 찾아볼 수 있도록 해 주어 마침내 일이 진척되었다. 도원경(陶元慶)16) 군이 만든 책표지는 이미 1년여 전

---

13) 허광평(許廣平, 1898~1968) : 광동성 번우(番禺) 사람이다. 북경여자사범대학(北京女子師范大學) 국문과를 졸업하였으며, 노신의 부인이다.

14) 위건공(魏建功, 1901~1980) : 자는 천행(天行)이고, 강소성 여고(如皋) 사람이며, 언어문자학자이다. 북경대학(北京大學) 국문과를 졸업하였다.

15) 장경삼(蔣徑三, 1899~1936) : 절강성 임해(臨海) 사람이다. 절강우급사범학교(浙江優級師范學校)를 졸업하였고, 당시에 중산대학(中山大學) 도서관의 관원 겸 언어역사연구소 조리원(助理員)이었다.

에 나에게 보내 준 것이다. 여러 사람의 힘에 기대어 비로소 이 책을 완성하였으니 삼가 이 공허한 말을 빌려 사람들의 깊은 우의를 두루 새겨 둘 뿐이다.

중화민국 16년 9월 10일 노신이 교감을 마치고 제기(題記)를 쓰다. 이 때 깊은 밤이 하늘 가득 뒤덮고 옥같이 둥근 달이 휘영청 비추고 탐욕스런 모기가 멀리서 탄식하는데, 그렇지만 나는 광주(廣州)에 있다.

---

16) 도원경(陶元慶, 1893~1929) : 자는 선경(璇卿)이고, 절강성 소흥(紹興) 사람이며, 미술가이다. 노신의 저역서인 『방황(彷徨)』, 『무덤(墳)』, 『고민의 상징(苦悶的象徵)』 등의 표지 그림을 그렸다.

『소설구문초(小說舊聞鈔)』 재판 서언[1]

『소설구문초』는 실은 10여 년 전에 북경대학에서 『중국소설사』를 강의할 때 모은 사료의 일부이다. 그 때는 마침 곤궁하여 책을 살 여력이 없어 중앙도서관(中央圖書館), 통속도서관(通俗圖書館), 교육부도서실(敎育部圖書室) 등에서 빌렸는데, 침식을 잊으며 마음을 단단히 먹고 샅샅이 뒤져 때로 소득이 있으면 놀란 듯이 기뻐하였다. 그래서 수집한 것 모두가 비록 특별한 책은 아니지만 그래도 얻기 어려운 것들이라 자못 아꼈다. 『중국소설사략』이 인쇄되어 나온 이 즈음에 또 젊은 친구들의 요청이 있고 해서 이른바 통속소설(俗文小說)의 구문(舊聞)과 관련되고 옛 사가(史家)들이 말하기 꺼려했던 것들을 모아 다소 차례를 정하여 인쇄에 부친 것이다. 다만 내 견문이 비록 좁다 하나 어쨌든 그대로 옮겨 기록하지는 않았으니 학생들은 이 책이 있으면 아마 중복해서 찾고 조사하는 노고를 줄일 수 있을 것이다. 그런데 상해(上海)의 망령된 자들은 드디어 함부로 떠들며 이런 작업은 여유 있음[有閑]의 증거라 하고, 또 바로 돈이 있음[有錢]의 증거라 하니[2], 그렇다면 허리

---

1) 이 글은 1935년 7월 상해(上海) 연화서국(聯華書局)에서 재판된 『소설구문초(小說舊聞鈔)』에 처음 인쇄되어 실렸다.

2) 성방오(成仿吾) 등이 노신이 엮어 인쇄한 『소설구문초(小說舊聞鈔)』에 대한 평론을 가리킨다. 성방오는 『홍수(洪水)』 제3권 제25기(1927년 1월)에 발표한 「우리들 문학혁명의 완성(完成我們的文學革命)」이라는 글에서 이렇게 말했다. "취미를 중심으로 삼고 있는 이러한 생활기조의 경우, 그것이 암시하고 있는 것은 소천지(小天地)에서 스스로가 스스로를 속이는 일종의 자족이며, 그것이 긍지로 삼고 있는 것은

를 드러내며 부드럽게 춤을 추고, 침을 튀기며 멋대로 지껄이는 자라야 고상한 것이다. 그렇지만 이 책은 그다지 유행하지 않아 여태껏 10년 동안 재판되지 않았고, 다만 우연히 구하고자 하나 구할 수 없는 사람들이 있어 그래서 복인(復印)하여 다소나마 관심이 같은 사람들에게 보답하려는 것이다. 다만 이 분야에 대해 오랫동안 관심을 두지 않았고 고서(古書)를 얻을 기회가 점점 적어져서 『계신잡식(癸辛雜識)』, 『곡률(曲律)』, 『도기산장집(賭棋山莊集)』[3) 세 책에서 집록한 것 이외에는 더하거나 보충할 수 없었다. 최근 10년 동안 소설을 연구하는 사람들이 날로 많아져 새로운 지식과 탁견으로 애매한 부분들이 명백하게 밝혀졌으니, 예를 들어 『삼언(三言)』[4)의 체계, 『금병매(金甁梅)』의 원본이 그것인데 모두 그 동안 막혔던 것이 하루아침에 훤히 뚫리게 되었다. 『속녹귀부(續錄鬼簿)』[5)가 등장하면서 나관중(羅貫中)의 수수께끼는 이전에 많은 사람들의 논쟁거리였지만 마침내 얼음이 녹듯 풀렸으니,

---

한가(閑暇), 한가, 세 번째도 한가이다." 아울러 이렇게 말했다. "이 때 우리의 노신 선생은 화개(華蓋) 아래에 앉아서 그의 '소설구문(小說舊聞)'을 베끼고 있다." 또 이 초리(李初梨)는 『문화비판(文化批判)』 제2호(1928년 2월)에 발표한 「어떻게 혁명문학을 건설할 것인가(怎樣地建設革命文學)」라는 글에서 성방오의 말을 인용한 다음 이렇게 말했다. "현대의 자본주의 사회에서 유한계급(有閑階級)은 바로 돈이 있는 계급(有錢階級)이다."

3) 『계신잡식(癸辛雜識)』: 필기집(筆記集)으로 도합 6권이며 남송(南宋)의 주밀(周密)이 지었다. 『곡률(曲律)』: 희곡(戲曲) 논저(論著)로 4권이며, 명대 왕기덕(王驥德)이 지었다. 『도기산장집(賭棋山莊集)』: 『도기산장문집(賭棋山莊文集)』을 가리키며, 7권으로 청대 사장정(謝章鋌)이 지었다.

4) 『삼언(三言)』: 『유세명언(喩世明言)』, 『경세통언(警世通言)』, 『성세항언(醒世恒言)』의 세 책을 가리킨다.

5) 『속녹귀부(續錄鬼簿)』: 1권이며, 원대(元代) 종사성(鐘嗣成)의 『녹귀부(錄鬼簿)』를 속작(續作)한 것으로 원명대(元明代)의 잡극(雜劇) 작자의 소전(小傳) 및 작품목록을 싣고 있다. 작자의 이름은 씌어 있지 않으나, 일반적으로 명대 가중명(賈仲明)이 지은 것으로 여기고 있다.

이 어찌 전인(前人)들이 심정이나 억측으로 할 수 있는 일이겠는가! 그렇지만 이런 내용은 여기에 기록하지 않는다. 그렇게 하는 까닭은 바로 어떤 것은 본래 전문적인 저술이어서 정기 간행물에 게재되었고, 어떤 것은 원서(原書)를 아직 보지 못해 그대로 옮겨 쓰고 싶지 않기 때문인데, 그 자세한 내용은 마렴(馬廉), 정진탁(鄭振鐸) 두 사람의 글에 실려 있다.6)

1935년 1월 24일 밤, 노신이 교감을 마치고 적다

---

6) 마렴(馬廉, 1893~1935) : 자는 우경(隅卿)이고, 절강성 은현(鄞縣) 사람이며, 북경공덕학교(北京孔德學校) 총무장(總務長)을 역임하였고, 아울러 북경사범대학·북경대학에서 가르쳤다. 1926년 10~11월 북경의 『공덕월간(孔德月刊)』 제1·2기에 그가 역술(譯述)한, 염곡온(鹽谷溫)이 일본의 동경제국대학에서 강연한 원고 「명대의 통속단편소설(明代之通俗短篇小說)」이 실려 있다. 그는 또 「녹귀부신교주(錄鬼簿新校注)」를 지었고 그 속에 「녹귀부속편(錄鬼簿續編)」을 포함하고 있는데, 나중에 1936년 1월에서 10월까지 『국립북평도서관관간(國立北平圖書館館刊)』 제10권 제1기~5기에 발표하였다. 정진탁(鄭振鐸)은 1933년 7~8월에 『소설월보(小說月報)』 제22권 제7~8호에 「명청 이대의 평화집(明淸二代的平話集)」이라는 글을 발표하여 『삼언(三言)』의 발견 상황을 소개하였다. 또 같은 해 7월에 곽원신(郭源新)이라는 필명으로 『문학(文學)』 월간 제1권 제1호에 「금병매사화(金甁梅詞話)」라는 글을 발표하여 새로 발견된 『금병매사화(金甁梅詞話)』는 "원본의 본래 면모를 갖추고 있다"고 여겼으며, 아울러 그것의 작자·시대 등의 문제를 고증하였다.

【魯迅選集 2】

한문학사강요 | 고적서발집

2003년 2월 5일 인쇄
2003년 2월 10일 발행

지은이 루쉰(魯迅)
옮긴이 홍식표
펴낸이 이찬규
펴낸곳 선학사
등 록 제10-1519호
주 소 서울시 용산구 한강로1가 141-3
전 화 02-795-0350
팩 스 02-795-0210

값 15,000원

ISBN 89-8072-120-X   93820